동물을 위해 책을 읽습니다

우리는 사랑하고, 입고, 먹고, 즐기는 동물과 어떤 관계를 맺어야 할까?

동물을 위해 책을 읽습니다

세상을 바꾸는 책의 힘을 믿습니다

어쩌다 보니 구멍가게 출판사를 꾸려서 동물 책을 만드는 자로 살고 있지만 나는 꽤 오랫동안 책 읽는 자였다. 어린 시절 혼자 집을 볼 때면 마당에 책을 들고 나가 개를 쓰다듬으면서 책을 읽었다. 지금처럼 책이 흔하지 않던 시절, 여느 집에나 있던 동화·명작·위인 전집을 돌려막기로 읽다가 어떤 날은 남은 페이지가 줄어드는 게 아쉬워서 책을 덮기도 했다. 책은 두려움과 일상에서 도망칠 수 있는 토끼 굴이었다.

그런데 어쩌다가 책 만드는 자가 되어 버렸다. 함께 살던 개가 나이 들고, 갑자기 떠났는데 도움을 받을 책이 없었다. 문제가 생기면 책에서 해결책을 찾던 내게 닥친 시련. 당시 동물 책은 '개를 살 때 코가 촉촉한 개를 고른다.' 수준이었다. 읽을 책이 없으니 내가 직접 만들어 읽겠다는 마음으로 출판사를 열었다. 출판에 대해서는 '1'도 모르면서. 뭐든 모르면 용감해진다.

지금까지 출판사의 출간 리스트는 지독히 사적이다. 아이들이 아프고, 떠나면서 시작한 출판사라서 초기에는 온통 반려동물의 건강과 이별에 관한 책이었다. 그러다가 보호소에서 죽어 가는 유기동물과 길에서 만나는 길고양이가 내 곁에 있는 반려동물과 뭐가 다른지 모르겠어서 관련 책을, 동물원 동물과 무대에 서는 쇼 동물이 개, 고양이와 뭐가 다른지 모르겠어서 또 관련 책을, 각각의 동물 문제가 아니라 전체 동물 문제가 이 시대에 어떤 의미인지 알아야겠어서 또 관련 책을…. 이런 식으로 책을 만들었다. 기획력 없음, 맥락 없음, 장기 기획 없음. 코앞만 보고 기획함. 한 권 한 권 내는 데 급급함. 적어 놓고 보니 정말 엉터리 출판사네.

근데 희한하게도 이런 책을 찾는 독자들이 출판사 망하지 않을 만큼 늘 곁에 있다. 나처럼 삶을, 세상을 보는 시각을 바꾸기 위해 열심히 핸들을 돌리고 있는 분들이겠지. 동지가 있다는 건 꿈을 꿀 수 있다는 뜻이다. 혼자서는 그냥 꿈이지만 동지가 있으면 현실이 될 수 있다. 세상을 바꾸는 책의 힘을 믿는다.

꽤 오래 책을 읽는 자였다가 어쩌다가 출판사를 시작했지만 난 여전히 읽는 자다. 기획력 없는 게으름뱅이가 혼자서 꾸역꾸역 출판사를 운영하다 보니 책 읽을 시간이 없어서 슬픈 자기도 하고. 시간이 날 때면 다른 출판사에서 만든 동물 책 읽는 걸 좋아한다. 가난한 출판사에서는 욕심낼 수 없는 유명 작가, 높은 선인세, 번역비 왕창 들어가는 책을, 좋은 기획력과 공력 높은 편집자들이 다듬어서 만들어 주는 '고급진' 동물 책을 읽는 건 즐거움이다.

한국일보에 연재했던 칼럼 〈애니북스토리〉와 신문, 잡지 등에 실었던 동물 책 관련 글을 모았다. 책 관련된 글을 쓸 때면 읽는 자 모드일 수 있어서 좋다. 이 책에 언급된 동물 책이 100여 권이다. 다양한 주제의 동물 책이 꾸준하게 출간된다는 건 그 주제의 책에 관심 있는 독자가 존재한다는 뜻이다. 우리 사회가 '코가 촉촉한 개를 고른다.'라는 책에서 동물복지와 동물권을 다루는 책을 읽는 사회로 옮겨가기까지 10년이 조금 넘는 시간이 걸렸다. 다른 나라에 비해 꽤 급격한 변화지만 그사이에 고통받고 죽어 간 동물을 생각하면 '고작' 10년이라고 말하기는 어렵다. 가야 할 길도 멀다.

동물 책을 읽고 '생각이, 시각이, 생활이, 식탁이, 인생이' 바뀌었다는 말을 들을 때면 책의 힘을 실감한다. 동물 문제에 관심을 갖게 된 후 다다르는 질문은 결국 '인간이란 무엇인가'다. 인간다운 인간이 되기 위해 기꺼이 고통과 슬픔, 불편함을 감수할 마음으로 책을 드는 이들이 있어서 세상은 또 나아간다.

1장

어떤 생명은
덜 중요하다는 생각

길고양이에게도
온 마을이 필요하다

　내가 사는 작은 동네 골목도 계급사회의 축소판이라는 걸 길고양이에게 밥을 주면서 알게 되었다. 동네의 길고양이에게 밥을 준 지 10년이 훌쩍 넘었다. 한 동네에 오래 살았지만 살가운 성격이 아니라서 안면이 있는 이웃들하고만 데면데면 인사를 나눌 뿐이었는데 고양이에게 밥을 주기 시작하면서 상황이 달라졌다. 산동네 골목에서 밥을 주다 보니 오르락내리락하면서 이웃들과 자주 마주쳤다. 밥을 주는 걸 싫어하는 사람들에게도 이해를 부탁해야 하니 자연스럽게 인사성도 늘었다. 뚱한 여자가 싹싹한 캣맘으로 변신하는 순간.

　얼굴을 자주 대하다 보니 대화도 나누게 되었다. 그중 밥을 주고 있는 내게 가장 먼저 다가와서 말을 붙인 이웃은 중학교에 다니던 학생이었다. 덩치 큰 학생이 먼저 다가와서 고양이를 좋아한다며 말을 건네 놀랍고 반가웠다. 그 학생이 고등학교에 진학했을 때는 내가 키운 자식도 아닌데 내심 뿌듯했다. 오랜만에 고양이들 밥을 주다가 만났는데, 학생은 특성화고에 진학했고 지방에 있는 회사로 현장실습을 다니다 보니 집에 있는 시간이 많지 않다고 했다. 뉴스에 종종 등장하는 특성화고 학생들의 실습 현장 사고 기사가 떠올라 가슴이 쿵 내려앉았다. 자기도 다니기 싫다고 하는데 내가 해 줄 수 있는 말이 없었다. 그저 고양이를 오래 쓰다듬고 있는 걸 바라만 봤다. 얼마 후에는 머리를 깎고 나타나서는 군대 간다는 말을 전했다.

반면 그 옆집, 담이 높은 집에 사는 학생은 같은 고등학생인데도 늘 밝고 여유로웠다. 체대를 지망하는지 매일 운동을 다녔다. 고양이 밥을 주는 내 옆에서 엄마한테는 비밀이니 말하지 말라며 이런저런 수다 떨기를 좋아했다. 비슷한 나이인데 많이 다른 두 아이를 보면서 마음이 복잡했다.

엄마 손을 잡고 유치원에 다니던 핑크색을 좋아하던 꼬마는 어엿한 초등학생이 되어서 엄마에게 고양이의 습성에 대해 설명도 하고, 어른들이 다 외면했던 주차장에 버려진 새끼 고양이를 구조해서 내게 건넸던 꼬마는 '무서운 중2'가 되었지만 고양이에게는 여전히 다정하다. 공장을 운영하시는 자수성가한 아저씨의 긴 가정사는 아이들 밥을 줄 때마다 몇 부작으로 나누어서 며칠 동안 들었고, 애교라고는 없는 두 아들이 자기한테는 뭐 하나 사준 적이 없는데도 길고양이 간식을 사더라며 기가 막힌다는 젊은 아빠의 귀여운 하소연도 들었다. 《모리와 함께한 화요일》(미치 앨봄, 살림)의 주인공 모리 선생님은 좋은 삶의 기준 중 하나가 '지역사회를 위해서 무엇을 했는가'라고 했다. 나는 지역사회 길고양이들의 배를 채워 주겠다고 다짐했었는데 길고양이에게 밥을 주다 보니 사람에게도 좋은 이웃이 되어 가는 것 같다.

물론 호의적인 이웃만 있는 것은 아니다. 밥그릇을 치워 버리거나 태어나 처음 듣는 악다구니를 날리거나 길고양이 밥을 주지 말라는 경고문을 적어 놓는 이웃도 있고, 한심하다는 듯 혀를 끌끌 차며 지나가는 이웃도 있다. 세계 최장 시간의 노동을 마치고 집에 와서 눈을 붙이려는데 고양이 싸우는 소리에 잠을 설쳤다면 화가 나는 게 당연하다. 우리 동네 고양이들은 중성화수술을 다 마쳐서 개체수도 늘지 않고, 싸움도 적고, 밥을 챙기니 쓰레기봉투를 뒤지지도 않아서 청결하다고 말해도 받아들일 마음의 여유가 없다는 것 또한 이해한다. 그래서 최대한 부딪치지 않으려고 사람들 눈에 띄지 않게 조용히 밥을 챙긴다. 서울시 발표에 따르면 길고양이 TNR[Trap(포획)-Neuter(중성화)-Return(방사), 동물의 개체수 조절에 가장 적합한 방법으로 세계적으로 널리 이용된다.]를 실시한 영향으로 2013년도에 25만 마리였던 길고양이 개체수가 2019년 11만 마리로 감소했다. 하지만 당장 길고양이가 골목에서 싸워서 내는 소리에 밤잠을 설친 사람들에게 이런 수치 따위는 별 의미가 없다.

그런데 짜증이 나는 것과 해치는 것은 다른 문제다. 동물학대 사건은 꾸준히 증가하고 있다. 2013년 132건이었던 것에 비해 2017년에는 398건으로 세 배나 늘었는데, 신고되지 않은 길고양이 사건은 빠진 수치다. 최근 근처 동네에서 철사로 목이 죄어 길고양이가 죽었는데 증거가 될 만한 것이 없어서 신고하지 못했다. 신고를 한들 경찰의 수사 의지도, 사법부의 판단도 기대하기 어렵기 때문이다. 동물학대 사건의 가해자가 구속된 경우는 거의 없다.

특히 캣맘이 체감하는 길고양이 학대 사건은 급증하고 있고, 학대 유형도 끔찍하다. 누가 봐도 주인 없는 길 위의 동물만큼 만만한 상대는 없다. 개나 고양이에 대한 학대가 더욱 위험한 것은 의인화된 동물이기 때문이다. 사람처럼 이름을 갖고, 인간 곁에서 생각과 감정을 나누는 존재. 그런 동물을 학대한다는 것은 인간학대의 전조기 때문에 이미 많은 나라에서 동물학대에 주목하고 있다. 저항할 수도 없고, 신고할 수도 없는 무고한 존재에게 폭력을 가하고, 타자의 감정을 무시하는 법을 학습하는 과정인 동물학대는 그 자체로 문제적이다. 동물학대가 '해도 괜찮은 것'으로 용인되는 사회로 두어서는 안 된다.

특히 길고양이 사건에 주목해야 하는 이유는 지역사회에 범인이 있을 확률이 높기 때문이다. 길고양이 학대 사건이 발생하면 캣맘들이 죽은 아이에 대한 슬픔을 지우기도 전에 남은 아이들 보호에 바짝 긴장하는 이유다. 게다가 동물학대는 성범죄만큼이나 재범률이 높다. 미국의 경우 동물학대를 중범죄로 처벌하고 있으며, 성범죄자와 마찬가지로 동물학대자의 신상을 등록하고 공개하는 주도 늘고 있다. 동물에 대한 폭력, 특히 길고양이에 대한 폭력을 지역사회의 안전성의 지표로 삼아도 좋을 것이다.

사제들의 아동 성추행 문제를 쫓는 언론을 다룬 영화 〈스포트라이트〉에는 "아이를 키우는 것도 마을 전체의 책임이고, 학대하는 것도 마을 전체의 책임이다."라는 대사가 나온다. 길고양이 학대 문제도 마찬가지로 마을 전체의 책임이다. 길고양이는 인간이 몰려들기 이전부터 이미 여러 세대에 걸쳐 그 마을에 살았던 주인이다. 아이를 키우기 위해 온 마을이 필요하다는 외국의 속담처럼 길고양이를 돌보기 위해서도 온 마을이 필요하다.

인류학자인 엘리자베스 마셜 토머스는 《인간들이 모르는 개들의 삶》(엘리자베스 마셜 토머스, 해나무)에서 그가 관찰한 여러 개의 이야기를 들려준다. 그 중에 한 녀석은 홀로 산책을 나갔다가 길을 잃으면 동네 아무 집이나 문 앞에 무작정 앉는다. 문이 열리고 사람이 나오기를 기다리는 것이다. 집으로 돌아가는 가장 빠른 방법이 인간의 도움을 받는 것임을 아는 녀석이다. 저자는 개마다 문제를 해결하는 방법이 다르고 우리는 동물에 대해 아는 것이 많지 않다는 말을 하고 있지만 정작 나는 "야, 이 동네 살기 좋네." 감탄했다.

다행히도 우리 동네는 길고양이를 돌보기에 썩 나쁘지 않다. 며칠 전에도 고양이들이 싸우는 소리가 나서 달려 나갔는데 아랫집 아저씨가 먼저 나와 계셨다. 혹시 싸우다가 고양이가 다칠까 봐 걱정이 되어서 나왔다고 하셨다. 지난 명절 때 앞집 아저씨는 손주들에게 동네 고양이들이 다른 차 보닛에는 올라가지 않는데 할아버지 차에만 올라간다며 자랑을 하셨다. 고양이들이 추운 겨울이면 조금이라도 따뜻한 곳을 찾다보니 차 보닛에 올라가는 경우가 종종 있다. 그러다 보니 이웃과 갈등을 겪는 경우가 많은데 그에 비하면 천국 같은 동네다.

20년 전 어느 날, 동네 어느 집에서인가 아이가 맞는 소리가 들렸는데 나는 아무것도 하지 못했다. 정확히 어느 집인지도 몰랐지만 적극적으로 알아보지도 않았다. 지금이라면 신고를 했겠지만 그땐 방법도 몰랐고, 용기도 없었다. 누군가에게 가해지는 폭력을 모른 척하면 다음 피해자는 나일 수도, 누구라도 될 수 있다는 생각을 하지 못했던 어리석은 시절이었다. 길고양이를 챙기면서 산다는 게 혼자가 아닌 이웃 공동체와 함께하는 것을, 약자에 대한 폭력을 지역사회가 모른 척하면 안 된다는 것을 뒤늦게 배우고 있다.

'우연히' 인간이란 종으로
태어났으면서

일요일 아침 공중파 동물 프로그램의 영향력은 컸다. 그간 여러 동물단체, 신문, 방송 등에서 강아지 공장puppy mill의 실체에 대해 끊임없이 알렸음에도 끄떡도 하지 않던 여론이 인기 있는 예능 프로그램인 〈TV 동물농장〉에서 다루자 격하게 움직였다.

사실 강아지 공장의 현실은 동물 문제에 조금이라도 관심이 있다면 대부분 알고 있는 내용이다. 하지만 굉장히 불편한 진실이어서 일반인은 의도적으로 진실을 회피하고, 행정 기관은 관리 의지가 없고, 입법자들은 동물 문제를 소홀히 다루는 삼합이 맞아떨어지면서 숨겨져 있었을 뿐이다. 강아지 공장에서 생산되는 개들은 바로 현금화할 수 있는 일종의 환금성 물건이기에 최저 비용으로 최대 수익을 얻기 위해 운영된다. 강아지 공장은 점점 육류 생산을 위한 공장식 축산을 닮아가고 있어서 〈TV 동물농장〉의 오프닝 멘트도 "열려라 동물 '공장'"이라고 바뀌어야 할 판이다.

비단 우리나라만의 문제는 아니다. 미국에는 1만 개가 넘는 강아지 공장이 있고, 그중 절반 이상이 허가도 관리도 받지 않는다. 그곳 또한 더 이상 번식 능력이 없어진 모견은 경매장으로 보내진다. 다만 다른 것은 우리나라는 경매장뿐 아니라 식용으로도 보낼 수 있다.

방송 중에 가장 끔찍했던 것은 제왕절개였다. 살아 있는 생명의 배를 가르며 아무런 감정도 느끼지 않는 강아지 공장 주인을 보면서, 동물을 대하는 우리의 태도가 "사람을 제외한 동물은 축축한 기계"라던 철학자 데카르트가 살던 시절보다 나아지지 않았구나 생각했다. 데카르트학파 과학자들은 동물은 고통을 느끼지 못한다며 동물을 해부대 위에 산 채로 못 박은 채 배를 가르고 장기를 꺼냈다. 그때 동물이 내는 고통의 소리가 기계에서 나는 소리와 같다고 했다. 인간만 특별한 존재고 마음이 없는 동물은 생각도 못하고 고통도 느끼지 못한다고 생각했다. 그래서 동물은 도덕적 배려의 대상이 아니었다.

사실 생명을 물질화하고 대상화하는 것은 비단 동물만의 문제가 아니다. 같은 인간이라도 인종, 나이, 성별, 종교, 경제력 등에 따라 동물보다 못한 위기에 처한다. 아프리카의 나이지리아 등 가난한 나라에는 생소한 단어인 '아기 공장baby factory'이 존재한다. 여성을 강제로 임신시킨 후 태어난 아기를 아동 성매매, 아동 노동 착취, 장기 밀매, 희생 제물 등의 목적으로 구입하는 사람에게 판다. 강아지 공장과 운영 방식이 흡사하다. 세상이 지금처럼 불공평하다면 인간으로 태어나는 것 또한 모두 축복은 아니다.

철학자 마크 롤랜즈는 《동물도 우리처럼》(마크 롤랜즈, 달팽이)에서 인간이 직접 획득한 어떤 차이가 있어야만 인간이 동물보다 도덕적 배려를 더받아야 한다고 주장할 수 있다고 했다. 종, 인종, 성별, 타고난 지능과 신체적 능력은 도덕적으로 적절한 차이가 아니다. 직접 획득한 것이 아니니까. 태어나 보니 인간이라는 종에 속한 거니까.

"내가 태어난 세상이 어떤 세상이면 좋을까?"

나는 이 질문에 어떤 대답을 해야 할까? 머리를 많이 굴릴 필요도 없다. 내가 어떤 모습으로 태어날지 모르니 모든 존재에게 공평한 세상을 선택하면 된다. 그야말로 복불복. 개로 태어날지 모르니 강아지 공장이 없고, 소나 돼지로 태어날지 모르니 공장식 축산도 없는 세상. 이것이 도덕적으로 평등한 세상이다. '우연히' 인간이란 종으로 태어났으면 인간 집단만 옹호한다면 그건 정의가 아니다. 도덕적 고려의 대상에 왜 동물도 포함시켜야 하는지 묻는 이들과 언성 높이지 않고 생각해 보기 좋은 질문이다.

설악산 케이블카 못 탄 안내견,
로키산맥에 오른 장애견

한국에서는 노동하는 사람만큼이나 노동하는 개도 그 가치를 제대로 인정받지 못한다. 장애인을 돕는 도우미견, 공적인 일을 담당하는 특수견의 처우와 그들을 대하는 저급한 인식 때문에 벌어지는 사건, 사고가 종종 터진다. 2020년에는 시각장애인 국회의원이 안내견과 함께 국회에 출입할 수 있는지에 대한 설왕설래가 오갔다. 논란 후에 출입은 가능해졌지만 이런 일이 처음이 아니다. 2004년 17대 국회 때 첫 시각장애인 국회의원이 안내견과 함께 국회에 등원하는 데 실패했다. '국회법'에 "의원은 본회의 또는 위원회의 회의장에 회의 진행에 방해가 되는 물건이나 음식물을 반입해서는 안 된다."는 규정에 따른 것이라고 했다. 안내견은 물건이나 음식물이 아니다.

입법부인 국회가 이 모양이니 안내견은 물론이고 퍼피워킹puppy walking (강아지 시절에 일반 가정에 1년여 간 위탁되어 사회화 과정을 익히는 것) 중인 강아지가 출입 금지 당하는 일이 일상으로 벌어진다. 언젠가 마트에서 쫓겨난 퍼피워커와 퍼피워킹 중인 예비 안내견의 모습이 아직도 눈에 선하다. 잡지 기자 시절 안내견을 여러 번 취재했었다. 평범한 개로 누려야 할 일상을 억누르고 살아야만 해서 안 그래도 애처로움이 좀 있는데 사진 속 잔뜩 겁먹은 예비 안내견을 보니 부끄러웠다. 한국에서 안내견으로 살기가 녹록지 않을 텐데 벌써부터 쓴맛을 본 것이다.

안내견과 함께 설악산 케이블카를 타려던 장애인 가족이 탑승을 거부당한 일도 있었다. 직원은 개털 알레르기 문제가 생길 수 있다는 핑계로 안내견의 탑승을 거부했다. 장애인 도우미견은 법에 의해 어디든 갈 수 있다고 설명했지만 끝내 발길을 돌려야 했다. 이후 가족은 안내견학교를 통해 공식 사과를 요청했으나 케이블카 업체는 도우미견이라도 케이블카에는 탈 수 없다는 입장을 고수하다가 여론이 들썩이고 나서야 뒤늦게 사과했다.

나는 후속 기사를 계속 찾아 읽으며 케이블카 운영업체가 장애인 가족과 안내견의 탑승을 왜 이토록 막았는지 찾아보려고 애썼지만 실패했다. 개 한 마리가 케이블카에 탄다고 무슨 난리가 나는 것도 아니다. 약자에 대한 혐오 이외에 다른 합당한 이유를 찾을 수 없었다. 약자에 대한 오만함과 한국 사회의 유별남에 욕지기가 나왔다. 제기랄, 세상은 쉽게 바뀌지 않는다. 여전히 이 모양이다.

나는 한때 한국에서 '일하는 개'를 취재해서 시리즈로 잡지에 연재했다. 이때 도우미견과 함께 생활하는 장애인들을 여럿 만나 인터뷰했다. 사회에서 약자로 살아가는 같은 처지인 장애인과 동물이 어떤 방식으로 서로 도우면서 편견과 싸워 나가는지, 그들 사이의 믿음과 관계가 얼마나 특별한지 알리고 싶어서 시작한 연재였다. 그런데 그들이 익숙한 듯, 별일도 아니라는 듯 음식점, 숙박시설, 교통수단 등의 이용을 거부당한 이야기를 덤덤하게 들려줄 때면 내가 더 분노했다.

장애인에게 도우미견은 동반자 이상의 의미다. 내가 만난 지체장애인은 도우미견을 만나고 "살맛이 났다."라고 말했다. 영국의 단체 동반견협회 Canine Partners는 매년 스무 명 정도의 장애인에게 도우미견을 분양하는데 《인생의 동반자들》(제인 비더, 바움)은 그들이 분양한 도우미견과 장애인의 이야기를 모은 책이다. 많은 장애인이 갑자기 찾아온 장애에 자존감을 잃는 경험을 한다. 그런데 '고작 개 한 마리'가 기적을 일으키고 장애인의 삶을 살 만하게 만든다. 정말 특별한 능력이다.

스물다섯 살에 교통사고로 신체와 언어 능력에 심각한 장애가 생긴 캐롤라인은 전화기를 떨어뜨려도 누군가 집어줄 때까지 몇 시간이고 기다려야 하는 상황에 수치심과 비참함을 느꼈다. 그런데 도우미견 브리디를 분양받은 후 삶이 달라졌다. 브리디는 말하지 않아도 떨어진 전화기를 집어 주었고, 더불어 사라진 자존감도 되찾아 주었다. 브리디 덕분에 캐롤라인은 외출을 다시 시작했고, 공원에서 브리디와 공놀이도 즐기게 되었다. 떨어진 전화기도 집지 못하는데 어떻게 공놀이를 즐길 수 있을까? 브리디는 캐롤라인이 자신에게 공을 던질 수 없다는 걸 알기 때문에 공원에 도착하면 먼저 주변부터 살핀다. 캐롤라인과 자신을 도와줄 만한 사람을 탐색하는 것이다. 그런 다음 적당한 사람을 찾으면 다가가 그의 발치에 공을 떨어뜨린다. 갑자기 자기 앞에 다가온 개가 공을 떨어뜨리면 사람들은 이게 무슨 일인가 싶어서 주변을 둘러볼 것이다. 그러다가 캐롤라인을 본다면 상황을 감지하고 대신 브리디와 공놀이를 해 주게 된다. 내가 책에서 가장 감동 깊게 읽은 내용이다. 도움을 청하는 약자가 눈에 띄었을 때 상황을 파악하고 기꺼이 도움을 주는 사람들도 아름다웠지만 무엇보다 누구라도 약자에게 손을 내밀어 줄 거라는 사람과 공동체에 대한 믿음이 부럽고 아름다웠다.

장애인과 도우미견이 케이블카를 못 타게 된 사건이 더욱 우려스러운 건 그들이 거부당할 때 주변에 있던 사람들은 왜 아무것도 하지 않았을까 하는 것이었다. 브리디의 공을 대신 던져 주는 사람들처럼 장애인 편에서 옹호하는 사람이 많았다면 상황은 달라졌을 것이다. 도우미견에 대한 출입 거부는 장애인에게는 자기 존재에 대한 거부의 의미로 받아들여질 수 있다. 그 동안 케이블카 앞에서 모멸감을 안고 돌아간 사람들이 얼마나 많았을까.

사실 이런 경우는 장애인들이 일상으로 겪는 일 중 하나일 뿐이다. 그래도 시각장애인과 안내견에 대해서는 안내견학교의 홍보력 덕분인지 많이 알려져 있지만 다른 장애를 가진 장애인을 돕는 도우미견에 대한 편견은 여전히 심하다. 도우미견과 함께 대중교통을 이용하려고 했다가 거부당한 청각장애인은 말로 소통을 잘 하지 못해서 제대로 항의도 못했다고 했다. 그러다 보니 아예 도우미견과 함께 외출을 잘 하지 않는다고. 이때도 주변의 누군가가 "장애인 도우미견은 대중교통을 이용할 수 있고 어디든 갈 수 있습니다."라고 장애인의 목소리가 되어 주었다면 힘이 되었을 것이다. 나도, 우리도 약자 편에 서서 목소리를 내는 연습이 더 필요하다. 감시자가 되고, 목격자가 되고, 때로는 대신 목소리를 내주는 존재가 되는 것.

몇 년 전 캐나다 로키산맥에 있는 휘슬러산에 갔었다. 설악산 케이블카와 마찬가지로 정상 부근까지 올려다줄 케이블카를 타는 곳은 사람들로 북적였고 사람 가족과 산을 즐기러 온 반려견들이 많았다. 그중 리트리버 한 마리가 유독 사람들의 예쁨을 받고 있었다. 물어보니 이름은 그레이스, 6살, 오른쪽 뒷다리가 없는 장애견이었다.

그레이스는 누구의 제지도 없이 당당히 케이블카를 탔고(그레이스만이 아니라 많은 반려견이 사람 가족과 함께 산에 올랐다) 케이블카에서 내려 정상을 향해 씩씩하게 올라갔다. 많은 사람들은 그레이스의 등정을 따뜻한 미소로 응원했다. 함께 케이블카를 탔으나 저질 체력인 나는 금세 그레이스를 놓쳤고 잠시 후 정상을 찍고 내려오는 그레이스와 다시 만나 애틋한 작별 인사를 나눴다. 오래오래 건강하게 가족과 함께 살라고 속삭여 주었다. 그레이스를 이곳까지 데려온 가족과 함께라면, 그레이스를 따뜻하게 응원해 주는 이웃이 많은 사회라면 장애를 가졌어도 끄떡없을 것이다. 우리나라의 장애인과 도우미견에게도 그날의 그레이스처럼 든든한 옹호자들이 많아지기를 바란다.

가난은 개, 고양이와
살 자격마저 부정된다

영화 〈기생충〉을 보며 지금, 우리가 사는 사회를 표현하는 방식에 감탄했다. 나는 감독이 대비시킨 두 계급 중 어디에 속하는지 거리를 두고 보다가 '지하철 냄새'가 등장하는 순간 기택 옆에 서게 되었다. 예측한 다음 장면이 보란 듯이 깨지는 즐거움이 있는 영화였지만 영화관을 나올 때에는 수석이 등에 얹혀 있는 느낌이었다. 내 삶은 다음 장면을 예측할 수 있기를 바랐다. 다음 장면을 예측할 수 없기로는 인간에게 기대어 살고 있는 반려동물만 할까. 직업병인지 영화를 봐도 언제나 내 눈은 등장하는 동물을 따라간다. 〈기생충〉에는 박 사장네 반려견 쭈니, 베리, 푸푸가 나온다.

박 사장네 가족이 짜파구리에 한우를 넣어 먹듯 그들의 반려견도 잘 먹고 잘 산다. 가족이 캠핑을 떠나면서 개들의 먹을거리를 일일이 챙기는 모습은 세심하게 보살핌을 받는다는 의미기도 하다. 내 눈에는 박 사장네 개들이 사람을 따라 부지런히 계단을 뛰어올라가는 장면과 기택의 가족이 폭우 속에서 계단을 따라 한없이 아래로 내려가는 장면이 대비되었다. 반려동물의 삶도 가난한 집보다는 부잣집이 나을 것이다. 하지만 한 순간 나락으로 떨어질 수 있는 게 반려동물의 운명이다. 극장을 나서며 집을 팔고 간 박 사장네는 쭈니, 베리, 푸푸를 모두 데리고 갔을까 생각했다. 한국에서 반려동물을 버리는 주요 이유 중 하나가 이사다.

먹는 것만큼 계급을 극명하게 드러내는 것도 없다. 같은 한 끼지만 누군가는 인스턴트로 끼니를 때우고, 누군가는 유기농 채소와 a++ 고기로 차려진 근사한 밥상을 받는다. 반려동물도 마찬가지다. 개 농장의 개들은 '습식 사료'라고 부르는 음식물 찌꺼기로 끼니를 때우고, 유기동물 보호소의 개도 그저 배를 채우는 데 만족한다. 돌봄을 잘 받는 반려동물은 건강에 좋은 재료로 만든 사료나 반려인이 직접 만들어 주는 자연식을 먹는다. 반려동물의 삶에도 계급이 있다. 하지만 인간도 먹고사는 것이 해결된 상태라면 경제력이 높아진다고 행복이 비례하지 않는 것처럼 반려동물도 부잣집 개가 가난한 집의 개보다 무한 행복하지는 않다. 반려동물의 행복은 인간과의 우정과 신뢰가 좌우한다.

이렇게 생각하면서도 나도 구조한 아이들을 새로운 가족에게 입양 보낼 때면 흔들린다. 8차선 도로를 헤매던 개, 동네 골목을 헤매던 개, 탯줄이 채 마르지 않은 새끼 고양이 등을 구조해서 돌보다가 입양처를 찾을 때면 경제력을 무시하지 못했다. 물론 책임감이 있는 사람인지를 가장 중요하게 봤지만 함께 살 집이 너무 좁거나 안정적인 수입이 없거나 노동 시간이 너무 길면 입양자 후보에서 조용히 배제했다. 반려동물과 함께할 수 있는 시간과 공간의 여유가 있고, 아플 때 주저하지 않고 병원에 데려갈 수 있을 정도의 경제력은 있기를 바랐다. 그러면서도 마음은 불편했다.

경제적 약자, 건강 약자, 어린이와 노령자에게 반려동물은 감정적 지지는 물론 사회에서 고립되지 않도록 연결하는 끈이 된다. 반려동물이 그들에게 신체적·정신적 도움이 된다는 건 잘 알려진 사실이다. 더 많은 지식과 정보를 갖고 있으면서도 현실에 적용하지 못하는 이유를 생각해 봤다. 이런 모순적 사고가 단지 나의 이기심 때문일까?

모든 반려동물은 돌봄을 제대로 받을 권리가 있다. 하지만 그걸 전적으로 개인에게 맡길 수는 없다. 사회의 역할이 필요하다. 모두가 동등한 돌봄을 받지 못하더라도 배고픔은 면하고, 아프면 치료를 받는 등의 기본적인 뒷받침은 되어야 한다. 반려동물에 대한 이 정도의 사회적 지지만 있어도 입양을 보낼 때 의심의 눈초리로 입양 후보자를 걸러내지 않을 것이다.

2019년 카라와 서울시가 취약계층을 대상으로 하는 반려동물 중성화사업을 펼쳤고, 그에 대한 성과 보고서《취약계층 중성화사업 성과 보고》를 냈다. 거의 반 년 동안 진행한 사업에서 중성화수술과 의료지원을 받은 개체는 1,000마리 정도였다. 대상 개체수가 적고 사업 결과가 나타나려면 시간이 필요하지만 사업을 진행하면서 반려동물과 사는 취약계층에 대한 면밀한 설문조사가 이뤄진 것은 큰 성과다. 반려동물과 사는 취약계층에 어떤 어려움이 있는지 알았으니 이후 사업을 이어갈 때 소중한 자료가 될 테니까.

설문 결과 중성화수술을 하지 않은 이유는 '수술비가 너무 비싸다' 46.2퍼센트, '중성화수술에 대해 몰랐다' 14.5퍼센트로 가장 많았다. 중성화수술의 필요성에 대한 교육과 동시에 중성화수술에 대한 의료적 지원이 필요함이 증명되었다. 중성화수술이 제대로 이뤄지지 않다 보니 애니멀호더 animal hoarder(강박적으로 감당하기 힘든 숫자의 반려동물을 수집하면서 제대로 돌보지 못하고 방치하는 사람들)나 호더 위험군에 속하는 가구가 꽤 되었다. 애니멀호더의 증가는 유기동물 보호소의 부담을 가중시키고 살처분 비율을 높이기 때문에 예방이 중요하다. 이번 조사로 저소득층 가구에서 애니멀

호더가 발생할 확률이 높다는 것이 증명되었다.

반려동물을 통한 삶의 만족도 변화를 질문한 결과 '삶의 만족도가 올라갔다'라고 응답한 이가 95.2퍼센트로 반려동물과 사는 것이 정서적으로 큰 도움이 됨을 알 수 있었다. 그런 반면 반려동물을 포기하고 싶었던 경험을 한 응답자가 32.2퍼센트로 꽤 높았는데 포기하고 싶었던 이유로는 비용 문제, 환경이 반려동물에게 좋지 않아서, 문제 행동 순이었다. 그러다 보니 지원받고 싶은 내용도 의료비, 장례비, 사료 및 간식 순으로 나타났다. 반려동물과 함께 사는 취약계층에게 무슨 도움을 주었을 때 어떤 변화를 얻을 수 있을지 알 수 있는 중요한 자료다.

사실 이런 결과는 어느 정도 예상된 것이다. 나는 종종 동물과 관련된 강연을 하는데 한 번은 복지관에서 강연 요청이 왔다. 신체적·정신적 장애가 있거나 저소득층, 고령자가 찾는 곳인데 반려동물과 관련해서 이웃들과 갈등을 겪는 경우가 많으니 도움이 되는 강연을 해 주었으면 좋겠다고 했다. 강연 대상자에 대한 이해가 적은 상태에서 만났는데 강연을 하면서 상황이 짐작되었다. 어떤 반려인보다 반려동물에 대한 애정도가 높았고, 반려동물로 인한 행복감도 높았다. 하지만 대부분 중성화수술이 되어 있지 않았고, 기본적인 행동교육이 되어 있지 않은 상태였다. 이렇게 되면 이웃과의 갈등이 심해지는 건 불 보듯 뻔했다. 내가 당장 문제를 해결해 줄 수는 없었지만 반려동물에 대해 이야기하는 것만으로도 그들의 얼굴에 행복감이 퍼졌다.

이미 외국에서는 취약계층의 반려동물에 대한 지원을 여러 방면으로 하고 있다. 취약 지역 반려동물의 중성화수술과 예방접종, 질병 치료 등을 목적으로 하는 공공 동물병원을 운영하거나 이동식 의료 버스를 운영하고, 반려동물의 사료와 간식을 지원하고, 반려인이 입원하면 반려동물을 임시로 보호해 주는 등의 지원을 한다. 능력도 안 되면서 동물을 키운다고 비난하는 게 아니라 그들을 사회적 고립으로부터 끌어내는 데 반려동물을 활용하는 것이다. 그래서 취약계층의 반려동물에 대한 지원은 동물복지 개념만이 아니라 인간복지라고 봐야 한다.

동물을 사랑하는 지인들이 외국에서는 노숙자가 개를 키운다면서 개가 불쌍하다고, 이기적이라고 하는 말을 종종 듣는다. 노숙인과 반려동물은 서로가 서로에게 삶의 전부인 경우가 많다. 내가 본 사람들은 자기 밥보다 개밥을 먼저 챙겼다. 그들에게도 사연이 있을 테고, 현재의 삶에 최선을 다하고 있는데 너의 삶이 문제적이라고 누구도 말할 수 없다. 부정적인 시선보다 노숙인의 반려동물에게 의료 서비스, 사료와 간식, 목줄이나 옷 등을 지원하는 제도가 필요하다. 취약계층이 반려동물과 사는 행복을 느낄 수 있도록 제도를 갖춰 나가는 것이 중요하다. 그 사회의 가장 낮은 계층이 누리는 인권이 보편적 인권이다. 서울시가 시민참여예산으로 취약계층 반려동물에 대해 중성화수술, 예방접종, 교육 등을 지원한다고 밝히자 개를 세금으로 키우냐는 악플이 달리기도 했지만 세금은 그런 데 쓰라고 있는 거다.

영화 이야기로 시작했으니 마무리도 영화로 해볼까. 영화 〈로지〉는 집값이 치솟은 아일랜드에서 아이 넷과 순식간에 거리로 내몰린 로지 부부의 이야기다. 당장 하룻밤 잘 곳이 없어서 자동차 안에서 잠을 청하는 상황. 그 상황에서 아이들은 삼촌 집에 맡긴 반려견 너깃을 데려오자고 부모를 조른다. 일상이 통째로 흔들린 공포 앞에서 아이들에게 너깃은 다시 예전으로 돌아갈 수 있다는 희망이고, 현실을 잊을 수 있는 따뜻한 환상일 것이다. 앞으로 우리의 정책도 취약계층에게서 너깃을 뺏는 것이 아니라 그들의 품으로 돌려주는 것이어야 한다.

동물이 동물이기 때문에 처하는 위험이
언제나 도사리고 있다

오래 전 겨울, 이른 아침이었다. 동물병원에 가느라 반려견 찡이와 택시를 잡는데 쉽게 잡히지 않았다. 개와 함께 택시를 타려고 할 때마다 택시 잡기가 쉽지 않았지만 이날은 유난했고 한 시간 넘게 겨울 추위에 떨고서야 겨우 탈 수 있었다. 고맙다며 차에 올라타는 우리에게 기사님이 차 잡기 어렵지 않았는지 물었다.

"첫 손님으로 여자 태우면 재수 없다고 하는데 짐승까지 있으니 어렵지."

아하! 그제야 수많은 빈 택시가 우리 앞을 스쳐간 이유를 알았다. 나는 개가 원인일 거라 생각했는데 이런 내가 공범이었네. 여자와 동물. 누군가의 눈에는 다르지 않은 대상이다. 이런 나의 자조에 '피해의식 쩌네.', '약자 코스프레 하네.'라고 혀를 찰 수도 있지만, 남성이 폭력을 행사할 때면 여성과 동물을 같은 방식으로 대하는 유사성이 곧잘 드러난다. 2007년 캐나다의 가정폭력피해여성쉼터에서 생활하는 여성들을 대상으로 한 연구에서 몇몇 남성은 폭력을 행사하면서 아내를 기르는 반려견 이름으로 부르기도 했다. 아내와 개를 동일시한 것이다.

강남역에서 여성이 살해된 사건 이후 많은 여성이 자신의 이야기를 하기 시작했다. 언어 표현은 그 자체가 해방이다. 사건 이후 여러 행사와 집회가 이어졌다. 그중 밤길 걷기 행사 포스터에는 여성, 노인, 동물, 임산부 등 여러 사회적 약자가 등장했다. 그 사건을 개인의 문제로 보지 않고 사회 문제로 환원하고 있는 것이다. 사회 현상을 사회적 맥락 속에서 이해하려는 노력은 얼마나 소중한가.

인류의 긴 역사는 동물을 인간과 구별하려고 애썼다. 이성, 감정 등 차이를 주장하면서 우월성을 확인했다. 그리고 그 동물의 영역에 흑인, 여성, 장애인 등 약자를 포함시키려 노력했다. 그들을 동물의 영역에 잡아넣어 노동과 교육, 정치 등 공적인 공간에 접근하지 못하도록 차단했다. 그런데 현대과학은 인간과 동물의 차이를 확인하기는커녕 차이가 없음을 계속해서 확인해 주고 있다. 그러니 긴박해진 주류는 '불쾌한 것, 저속한 것'을 약자에게 전가하고 내 것이 아닌 척 비난한다.

여러 사건을 통해 사회가 다름과 혐오에 대해 배우고 각성하는 계기가 되는 것 같지만 그 안에서는 비난과 증오의 언어가 난무한다. 때로 남성과 여성의 대결로 저속하게 몰고 간다. 동물 관련 사건이 벌어졌을 때도 마찬가지다. 캣맘이 살해당하는 사건이 발생했을 때도 원인이 밝혀지기 전부터 언론은 길고양이에게 밥을 주는 행위가 갈등을 일으킨다고 부추겼고, 댓글에는 캣맘에 대한 비난의 글이 주렁주렁 달렸다. SNS(사회관계망서비스)에 한 아파트의 경고문이 떴다. 길고양이에게 밥을 주지 말라는 경고문이었는데 말미에 '벽돌 사건 참조'라는 문장이 삽입되어 있었다. 여섯 음절이 주는 공포와 협박의 의도가 고스란히 전해졌다.

《철학자들의 동물원》(아르멜 르 브라 쇼파르, 동문선)에는 국제연합기구가 1979년과 1993년 두 번에 걸쳐 내놓은, 유고슬라비아 내전에 관한 보고문이 소개되어 있다. 수용소에서 폭력을 당한 여성들의 증언을 기록하고 조사한 보고문이다. 국제연합기구는 이 보고문을 바탕으로 '여성이 여성이기 때문에 처하는 위험이 언제나 도사리고 있음'을 입증했다. 그런데 이 선언의 '여성'의 자리에 동물, 아동, 장애인, 경제적 약자인 비정규직과 일용직 등 사회적 약자를 넣으면 지금 우리 사회의 이야기가 된다. '동물이 동물이기 때문에 처하는 위험이 언제나 도사리고 있음,' '장애인이 장애인이기 때문에 처하는 위험이 언제나 도사리고 있음,' '비정규직이 비정규직이기 때문에 처하는 위험이 언제나 도사리고 있음.'

사회, 경제적으로 어려운 시절에 약자에 대한 편견, 무시, 조롱은 급증한다. 현실의 책임을 그들에게 전가하는 것이다. 가벼운 동물 영화로 많이 회자되지만 애니메이션 〈주토피아〉는 다름이 제대로 받아들여지지 않을 때 다름이 어떻게 공포와 혐오로 변해 가는지를 보여 준다. 여러 다른 존재가 함께 사는 것에 대한 이해가 뒷받침되지 못한 사회에서는 자신의 불안함과 불편함을 상대방 때문이라고 생각하게 된다. 과연 나의 불안함이 상대방 때문일까? 상대에 대한 존중과 기본적인 권리가 보장되는 평등한 사회에서는 모두가 안전하다.

한국을 비롯한 많은 위험 사회에서 위험은 언제나 약자에게 쏠리고 사회는 책임지지 않으려 한다. 이걸 막으려면 약자는 부지런히 발언해야 하고, 다른 약자와 연대해야 한다. 그런데 동물은 인간의 언어로 발언하지 못하니 그들의 옹호자들이 대신 발언하려면 부지런히 공부하고 실천해야 한다. 바쁘다 바빠.

잊지 말 것,
용서하지도 말 것

생태주의 작가가 버려진 개들을 2년간 관찰하여 기록한《버려진 개들의 언덕》(류커샹, 책공장더불어)이라는 책을 출간했는데 판매가 부진했다. 야생 동물을 기록한 현장 과학자들의 책은 많은데 정작 인간과 가까운 유기견의 일상을 기록한 책은 없었던 터라 소중한 작업물이라고 느꼈던 책인데 반응이 없다니. 낙담하여 출판사 블로그에 투덜대는 글을 올렸다. 그런데 달린 댓글을 보면서 판매 부진의 이유를 알았다. 잔인한 동물학대 사건이 많다 보니 고통스러울 것 같은 책은 읽지 못하겠다는 글이 대부분이었다. 길고양이를 죽이겠다고 약을 놓는 동네는 왜 이리 많고, 집 잃은 개는 이웃에게 잡혀 먹히고, 개를 학대하는 개 농장주를 처벌하라고 서명을 해도 결과는 늘 허탈한 현실. 댓글에서 동물을 옹호하는 사람들의 절망과 체념이 고스란히 전해졌다.

칠레의 작가 루이스 세풀베다의 산문집《길 끝에서 만난 이야기》(루이스 세풀베다, 열린책들)에는 검둥이와 치키토, 두 마리의 개가 나온다. 스페인의 휴양지 라콘차의 길에서 사는 개 검둥이는 카페, 식당에서 사람들이 챙겨주는 밥을 먹고, 사랑받으며 산다. 사이클링 대회가 이 지역을 지날 때면 함께 달리기도 하고, 시위가 벌어지면 시위대의 제일 앞에 서서 행진도 한다. 거리의 생명에게 온화한 사회의 일반적인 모습이다. 지역의 유명인사였던 검둥이는 나이가 들어 가정집에 입양되었는데 목걸이를 했을 뿐 여전히 휴양지의 거리에서 사람들에게 웃음을 선사하며 산다.

반면 치키토는 아르헨티나 거리의 개다. 치키토는 한 남자가 들고 있던 고기가 든 봉투에 코를 대고 냄새를 맡았다가 발길질을 당했다. 그리고 심지어 고소까지 당해 감옥에 갇히고 만다. '치키토에게 자유를'이라는 청원 운동이 일어났지만 치키토는 결국 감옥에 갇힌 채 죽었다.

나는 책 내용 중 개 이야기에 집중했지만 저자는 이외에도 여러 이야기를 통해 자본주의의 폭력성과 그로 인한 사람들의 피폐해짐에 주목한다. 삶의 질이 악화되는 현실 속에서 사람들의 절망과 체념은 약자에 대한 저주와 증오로 이어진다. 치키토가 그런 경우고, 현재 한국에서 일어나는 각종 약자 대상 범죄가 그럴 것이다. 저자는 자신의 반려견들에게 검둥이 이야기를 들려주면서 치키토 이야기는 들려주지 않았다고 했다. 슬픈 이야기를 외면하고 싶은 우리와 같은 마음이었을 것이다.

세풀베다는 피노체트 독재 정권에 맞서 저항하다가 망명했고 14년 만에 잠시 돌아온다. 독재정권 치하에서 살고 있는 조국의 아이들의 모습은 처참했다. 17살 세실리아는 꿈꾸는 게 두렵다고, 희망을 가져봤자 화만 난다고 했다. 언제나 싱글벙글하던 15살 마르코스는 가난에 밀려 물건을 훔치다가 총에 맞아 죽었다. 저자는 마르코스를 "등에 묘비를 메고 태어난 운명이었나 보다."라고 적었다. 등에 묘비를 메고 태어난 운명. 동물을 비롯해 한국의 많은 약자가 이런 운명일까.

길고양이는 태어나 위협만 당하다가 약물을 먹고 죽고, 잠시 애완견으로 집에서 살던 개는 버려져 길에서 헤매다가 죽고, 식용견으로 태어난 개는 뜬장에서 태어나 평생 땅 한 번 밟아보지 못하고 죽는 삶. 뒤틀린 세상에 대한 분노가 체념과 절망이 되지 않기 위해 무엇을 해야 할까.

저자는 '잊지 말 것, 용서하지도 말 것'을 삶의 신념으로 갖고 산다. 이 책 또한 그 신념을 확인하는 여정이다. 그런데 이 말은 말 못하는 동물을 대신하려는 사람들에게도 유효하다. 사회적 약자, 비참하게 하루하루를 사는 생명, 즐거운 삶을 누릴 권리를 박탈당한 사람들을 잊지 말고, 그들이 꿈꾸는 정의롭고 올바른 세상을 위해 현실을 직시하고 내가 할 수 있는 일을 하는 것. 무엇보다 어려운 일이지만 가장 필요한 일이다.

책에는 독일 베를린의 기특한 개 에드워드도 소개된다. 공항에서 마약 탐지견으로 일하던 에드워드는 부유한 사람들에게는 엄격하게 굴면서 후줄근하게 차려입은 사람들에게는 관대해서 파면당한다(아마 한국이었어도 같은 결과였을 것이다). 그 후 입양된 가정에서 뛰쳐나와 에드워드가 찾아간 곳은 빈 건물을 점유한 후 문화, 사회적인 공공의 목적으로 공간을 활용하는 사람들이 모인 곳이었다. 그곳에서 에드워드는 경찰이 사람들을 내쫓으려고 들이닥칠 때면 귀신같이 알아채서 사람들에게 알려 그들을 도왔다. 언제나 약자의 편에 섰던 에드워드를 기리는 노래도 있었다.

"하늘이시여, 우리들의 자그마한 자유나마 옆에서 지켜주던 에드워드를 보살펴 주소서."

약자들의 작은 자유도 지켜주지 못하는 세상, 생명의 존엄에 대한 철학이 없는 세상, 그래서 약자는 다 배제된 이 시대의 취약한 민주주의를 지탱하는 것은 오로지 사람들의 의지일까. 이 취약한 민주주의를 지키겠다는 사람들의 의지. 그 의지를 실천으로 옮길 때 우리에게도 에드워드와 같은 털북숭이 친구들이 곁에서 작은 위로가 되어 줄 것이다.

이 글을 쓰고 몇 달 후 신문 귀퉁이에서 세풀베다의 짤막한 부고 기사를 만났다. 코로나19로 사망. '하아~' 탄식이 나왔다. 대자연을 파괴하는 인간의 탐욕에 관한 수많은 글을 써냈던 그가 인간의 자연 파괴로 불거진 전염병으로 떠났다. 가난한 조국의 아이들을 사랑했던 작가. 부자 나라의 기자들이 사파리 관광하듯 가난하고 취약한 조국을 취재해 가는 모습에 분노했던 작가. 매우 계층화된 방식으로 코로나가 퍼져서 가난한 나라, 가난한 계층의 사람들이 가장 큰 고통을 받고 있는 자비 없는 상황에서 그의 떠나는 발걸음이 너무 무겁지 않기를.

그게 차별이고,
혐오예요

"그 겨울에 어떻게 매주 광화문에 나갔나 몰라. 어휴, 추워."

겨울이면 사람들과 나누는 말이다. 2016년의 광장에서 여러 단체와 모임, 개인이 제작한 수많은 손 팻말을 받았다. 각자 바라는 세상에 대한 다양한 구호가 적혀 있었다. 그 겨울, 광장에 모인 사람들의 당장의 목표는 같았다. 하지만 이후 꿈꾸는 세상에 대한 염원은 다 달랐다. 내가 꿈꾼 세상은 종차별 없는 세상이었다. 각자의 자리로 돌아간 사람들은 일상의 민주화와 일상의 정의를 위해 어떻게 애쓰고 있을까 궁금하다.

《그건 혐오예요》(홍재희, 행성B)는 여성, 장애인, 이주 노동자, 양심적 병역 거부자, 성소수자, 동물 문제에 천착해 온 독립영화 감독들을 만나 그들과 나눈 이야기를 정리한 책이다. 한국 사회의 약자로, 차별과 혐오의 대상이 되고 있는 이들을 계속 조명하는 작업을 해온 감독들은 우리가 잘 모르는 그들의 이야기를 조곤조곤 들려준다. 관심을 갖고 있는 동물 분야 이외에 잘 모르는 다른 삶에 대해서도 알고 싶어서 들었던 책. 차별의 이유가 다를 뿐 각자가 처한 처지는 비슷할 거라 생각했다.

서울시 교육청에서 발달장애인 직업훈련센터를 설치하려고 하자 지역 주민들의 반대 시위가 잇달아 일어났다. 반대 이유는 범죄에 노출될 수 있다는 것이었다. 장애인을 대놓고 범죄자 취급했고, 장애인 혐오는 당연하다는 듯 행동했다. 성난 주민들 앞에 장애인 부모들이 눈물을 흘리면서 무릎을 꿇었다. 그런데 2년 후에도 특수학교 설립 문제를 놓고 이 장면이 똑같이 반복되었다. 이에 대해 장애인 관련 영화를 작업해 온 이길보라 감독은 말한다. "내 눈앞에 장애인이 있는 게 무조건 싫은 거, 보기 불편하다는 거. 그러니까 밖에 나오지 말라는 거예요." 그들에게 장애인은 차별을 당해도 되는, 그럴 만한 이유가 있는 타자였다.

이런 현상은 동물 문제에도 똑같이 재현된다. 무는 개 사건이 자주 이슈가 되면서 개와 산책하는 반려인들은 차갑게 노려보는 사람들의 시선 폭력과 "개새끼 끌고 나오지 마."라는 언어폭력에 시달린다. 물론 어떤 대상이 싫을 수도 혐오할 수도 있지만 그걸 공공연히 드러내고 물리적이든 언어로든 폭력을 행사하는 것은 다른 문제다. 서울시와 동물단체가 추진했던 공공 의료시설인 반려동물 중성화센터 개관이 최종 무산된 적이 있다. 나도 참여했던 사업이라 실망이 컸다. 유기동물과 안락사를 줄이는 근본적인 접근 중 하나라고 생각했던 사업이었다. 센터의 무산 이유도 설립될 지역의 주민 반대였다.

인터뷰이가 된 책 속 감독들은 약자 혐오의 근본 원인, 작동 방법 등에 대해 거의 똑같은 분석을 내놓았다. 여러 이유로 우리 사회가 경제 상황이 악화되고, 빈부 격차가 커지고 보수화되면서 당장의 분노를 퍼부을 약자가 필요하기 때문이라고. 정의와 평화는 그들(이성애자, 남성, 인간, 비장애인 등 스스로 정상이라고 규정짓는 무리)만의 정의와 평화고, 약자는 모멸감을 느껴도 내색하지 못하고, 못 들은 척, 안·들은 척해야 했다. 동물 문제도 여기에서 조금도 벗어나 있지 않다.

여성이면서 장애인이거나 여성이면서 이주 노동자라는 이중고를 겪는 약자들은 더욱 힘들다. 동물 문제도 마찬가지다. 길고양이를 돌보는 사람들의 모임에서 남성이 고충을 토로하면 "어유, 남자들은 우리가 듣는 욕의 10분의 1밖에 안 듣는 거예요."라는 캣맘들의 말이 쏟아진다. 서울시에서 동물 문제를 담당하는 팀장과 이야기를 나눈 적이 있는데 이 부서가 민원이 가장 많은 부서 중 하나라고 한다. 동물을 옹호하는 사람들은 지자체의 미지근한 조치가 마음에 들지 않아서, 동물을 싫어하는 사람들은 지자체가 동물 편을 드는 것 같아 마땅치 않아서 민원을 넣는다. 특히 길고양이 문제가 갈등이 심하다. 그러다 보니 제대로 일을 하지 못할 정도로 전화 민원에 시달리는 날이 많은데 특이한 건 남자 직원이 전화를 받으면 여자 직원이 전화를 받았을 때에 비해 욕을 하거나 화를 내는 수준과 빈도가 현저히 떨어진다는 것이다. 여자라서 만만해서일까? 이런 현상은 전화를 건 사람이 여자여도 마찬가지라고.

2010년 즈음, 홈리스의 자활을 돕는 잡지 《빅이슈》의 한국판 창간 준비를 하는 데 도움이 필요하다는 기사를 봤다. 오랫동안 잡지 기자로 일했으니 도움이 될까 싶어서 찾아가 창간 준비를 함께했다. 처음에는 잡지쟁이였던 내 경력이 작은 도움이 되었으면 좋겠다는 생각이었는데 잡지의 창간 정신과 약자를 돕는 영리하고 선한 방식에 대해 알게 되면서 더 끌리게 되었다. 특히 외국의 사례처럼 홈리스가 반려동물과 함께 《빅이슈》를 판매하면서 자활에 성공하는 사례가 한국에서도 있기를 기대했다. 반갑게도 《빅이슈》 한국판이 창간되고 국내에서도 반려동물과 함께하는 판매원이 생겨났다. 그런데 사람들의 편견에 결국 함께 거리에 나오는 것을 포기했다는 소식에 좌절했다. 홈리스와 동물. 두 약자가 함께 있는 모습을 보는 사람들의 시선이 어땠을지 짐작이 갔다. 사람들은 그들에게 어떤 말을 던지며 지나갔을까. 답은 너무 뻔하다.

내가 많이 부러워하는 영국 단체가 있다. 비영리단체인 거리의수의사 street vet다. 단체이름이 말해 주듯 이 단체는 노숙인과 함께 길에서 생활하는 반려동물을 돕는다. 반려동물의 건강을 관리해 주고, 그들이 반려동물을 잘 보살피고 책임을 다할 수 있도록 교육도 함께 진행한다. 재활을 위해 노력하는《빅이슈》판매원과 함께 있는 동물이 안타깝다면 혐오의 한 마디를 던지고 사라질 게 아니라 그 상황을 바꾸기 위해 내가 무엇을 할 수 있는지 고민하는 게 먼저다. 혐오는 무지에서 온다.

차별과 혐오의 문제에서 '객관적'이라는 허울을 쓰고 판단을 미루는 사람들이 있다. 어느 쪽 편도 들지 않고 어정쩡하게 중립적 입장이라고 말하는 사람. 동물 문제에도 그런 태도를 보이는 사람들이 많다. '나는 개를 먹지 않지만 먹는 것도 어쩔 수 없다고 생각해.'라고 말하는 식이다. 성소수자 문제에 천착하는 이영 감독은 말한다. "판단을 유보하는 입장은 현재의 차별을 유지하는 쪽과 같은 쪽에 서게 된다는 것을 알아야 합니다." 내가 어떤 판단을 했다면 그 편에 서서 목소리를 내어 알리고, 그렇게 나도 남도 불편하게 하는 것. 그게 광장에서 일상으로 돌아온 우리가 벌이는 일상 투쟁이 되어야 한다.

미투, 동물학대, 가부장제,
그리고 목 비틀기, 버지니아 울프

항암 치료 후 정기 검진을 받는 아빠를 모시고 병원에 자주 가는데 필수 코스는 채혈실이다. 채혈실은 피 뽑히는 순서를 알려주는 '딩동' 벨소리뿐인 적막한 곳이다. 그런데 얼마 전, 이 조용한 곳이 고래고래 지르는 고함소리와 웃음소리가 섞여 시끌시끌했다.

"잠깐만요, 내 몸에 손대지 마세요."

대여섯 살쯤 되었을까. 채혈이 무서워서 이런저런 핑계를 대며 계속 채혈 순서를 미루던 여자 아이였다. 채혈실에 있던 환자들과 보호자, 의료진은 아이의 고함에 귀엽다며 웃었다. 나는 생각했다. 유치원에서 성폭력 예방 교육을 제대로 받았군. 그러면 안 되지만, 진짜 위험한 상황에 처했을 때 지금처럼 싫다는 표현을 제대로 할 수 있어야 할 텐데. 그런데 그 말이 소용이 있을까, 그 말을 귀 기울여 들어줄 이가 있을까, 그런 세상일까. 물론 나라에 따라 성폭행 위험에 처했을 때 반항하지 말라는 교육을 하는 곳도 있다. 목숨을 건지는 게 더 중요하다는 판단에서다.

한 검사의 용기 있는 폭로로 시작된 한국의 미루me too 운동이 들불처럼 번졌다. 이후 법조계, 문화예술계, 종교계, 언론계, 시민단체 등 사회의 어느 분야 하나 빠짐 없이 발언이 터져 나왔다. 이런 상황을 놀라워하는 사람도 있지만 수면 위로 올라왔을 뿐 현재 한국 사회에서 너무나 있음직한 일이다. 여전히 많은 미디어가 피해자와 피해 사례를 선정적으로 파고들지만 그래도 조금 더 나은 세상으로 향하고 있다(고 믿고 싶다).

이런 일들이 나라, 직종을 망라하고 가능했던 것은 어느 사회나 뿌리 깊은 가부장제 구조로 굴러가고 있기 때문이다. '미국에서도 그랬다니 한국은 오죽하겠어.', '저렇게 똑똑한 사람도 당하는데 약한 사람은 더하겠지.'라는 말이 나오는 배경이다. 남성 중심주의 사회에서 여성은 성적 결정권이 없으며, 성적 대상이 되고, 가족도 가장의 소유물이 된다. 이런 구조에서는 각종 성적 폭력은 쉽게 자행되고, 묵인되고, 비가시화된다. 미투 운동이 시작되고 여자들끼리 모이면 빠지지 않고 이 말이 나왔다. "강도의 차이지 그런 경험 없는 사람이 있기나 해?" 이게 여성들이 사는 세상이다.

미투 운동을 보면 동물학대 문제와 어찌 이리 닮았을까 싶다. 지금까지 한국에서는 동물학대로 제대로 처벌을 받은 사례가 없다. 길고양이를 수백 마리 잡아서 죽여도, 개를 처참하게 때리고 굶겨 죽여도, 자동차에 매달아 질질 끌고 다니며 끔찍하게 죽여도 수십만 원 벌금형이 대부분이다. 동물은 주체적 존재가 아니라 인간의 소유물이기 때문이다. 이 같은 동물을 향한, 자연을 향한 가부장적인 태도는 동물의 가치를 폄하하고, 동물을 이용 가능한 사물로만 취급하게 한다. 동물학대 문제가 발생해도 동물은 생명을 잃지만 가해자는 아무것도 잃는 것 없이 살 수 있다. 미투 사건의 가해자들이 수십 년 동안 별일 없이 살았던 것처럼.

한국은 제자리걸음이지만 세계적으로 동물학대는 근래 꽤 주목을 받고 있다. 동물학대가 인간학대와 밀접하게 관련되어 있다는 연구가 지속적으로 발표되고 있기 때문이다. 《인간과 개, 고양이의 관계 심리학》(세르주 치코티, 니콜라 게갱, 책공장더불어)에는 동물학대와 인간학대, 특히 여성학대의 연관성에 관한 연구가 많이 소개되어 있는데 그중에는 부인에게 폭력적인 남편이 동물을 더 잔인하게 학대한다는 연구결과가 있다. 또한 남성이 여성과 동물을 대상으로 폭력을 행사할 때 나타나는 유사성도 밝혀냈다. 남성들은 여성과 동물을 같은 방식으로 대했다. 최근 국내에서도 데이트 폭력을 행사하는 남성들이 여성의 반려동물에게 폭력을 가하거나 죽이는 일이 종종 일어나고 있다.

동물학대와 인간학대의 연관성은 뚜렷하다. 하지만 동물학대는 인간학대와 상관없이 생명에 관한 문제고, 약자에 대한 폭력의 문제기 때문에 그 자체로 중요하게 논의되어야 한다. 다음 세대는 약자에 대한 폭력이 없는, 성차별, 종차별이 없는 사회에서 살아야 하니까. 1922년, 버지니아 울프는 친구에게 보낸 편지에 이렇게 썼다. "현 세대는 다음 세대가 평온하게 살아갈 수 있도록 자신의 목을 비틀어야만 해." 지금 필요한 일이 바로 이것이지 않을까. 다음 세대를 위한 목 비틀기. 지금까지 살던 대로 살 수는 없다.

어떤 생명은
덜 중요하다는 생각

그날 그 뉴스는 순식간에 나를 불의하고 정의롭지 못한 세상에 데려다 놓았다. 모른 척 살고 있었는데, 별일 없이 살고 있었는데 말이다. 고시원의 화재, 많은 사망자. 고시원에서 일어난 화재인데 사망자는 대부분 나이가 많았다. 이미 한국에서 고시원은 고시를 준비하는 사람들의 공간이 아니라 빈곤한 자들이 머무는 쪽방의 다른 이름이다. 화재 속에서 가까스로 목숨 건지기에 성공한 사람들이 목숨을 놓친 사람들과 다른 거라고는 오로지 월 4만 원짜리 창문이 하나 있었다는 것이다. 경제적 결핍은 가장 근본적인 인권마저 박탈한다. 가난한 이들의 불행은 당연한 것인지 먹먹했다.

사고 후 홈리스를 돕는 단체 활동가의 인터뷰는 더 아팠다. 서울시의 지원으로 홈리스를 고시원으로 입주시키는 사업을 하고 있는데 화재를 보면서 이게 맞는 것인지 고민이라고 했다. 활동가가 자책하지 말기를 바랐다. 나도 홈리스의 재활을 돕는 잡지 《빅이슈》의 창간 준비를 함께하기 위해 찾아갈 때 그분들에게 재활의지가 있는지 의심했다. 하지만 직접 얼굴을 맞대고 이야기하면서 내 안에 '노숙인'이라는 단어가 얼마나 편협하게 정의되어 있었는지 확인하고는 창피했다. 《빅이슈》가 창간되고 잡지 판매를 통해 재활에 성공하거나 임대주택에 입주한 분들이 많이 생겼다. 그들을 직접 돕는 활동가, 부러 찾아와 잡지를 구입하는 독자가 있기에 가능한 기적이다. 잡지 판매원 중 한 분이 하늘의 구름을 보면 임대주택 같고, 누군가 잡지를 구입해 주면 마음을 어루만져 주는 것 같다고 했다. 갈수록 심해지는 불평등을 이기는 것도 불의를 이기겠다는 단호함을 지닌 사람들일 것이다.

21세기의 슈바이처로 불리며 사회정의와 보건평등을 위해 활동하는 폴 파머는 "어떤 생명은 덜 중요하다는 생각, 이것이 모든 악의 근원이다."라고 말한다. 의사이자 인류학자로 빈곤층과 사회적 약자를 위해 30년을 헌신한 그가 한 이 말에 나는 매료되었다. 아이티 등 세계 최빈국의 가난한 사람들에게 의료 지원을 하는 그에게 사람들이 어떤 말을 했을지 상상이 되었다. 예를 들어 어떤 논문은 아프리카에서 에이즈에 걸린 환자를 치료하는 것보다 새로운 에이즈 환자의 발생을 막는 것이 비용 대비 28배나 효과적이라는 결론을 냈다. 그럼 당시 2500만 명인 아프리카의 에이즈 환자는 그냥 죽게 놔두라는 것인가. 생명을 두고도 사람들은 효율성을 따지고, 누군가는 이 논문의 주장에 고개를 끄덕였다.

그가 말한 '어떤 생명'의 사회적 약자의 범주를 나는 동물까지 확장한다. 당장 글을 쓰는 순간에도 광주에서 개가 네 다리 모두에 화상을 입은 채 발견되었다는 기사가 떴다. 발견 당시 개의 다리는 까맣게 그을리고 살갗이 벗겨져 피가 흐르고 있었다. 치료를 받고 있지만 패혈증 등으로 위험한 상태라고 했다. 이 사건의 가해자에게 개는 인간과 같은 생명의 범주에 들지 못한다. 다른 종이어서, 다른 인종이어서, 가난해서 죽어도 어쩔 수 없는 생명이 있는 세상이다.

요람에서 무덤까지 인간의 경제적 불평등이 가속화되는 것처럼 동물도 양극화 문제가 심각하다. 개만 보더라도 버려지지 않고 인간의 안전한 보살핌을 받는 개는 전체의 고작 12퍼센트고(2010년 동물자유연대 조사), 나머지는 사는 동안 한번쯤은 버려져 생사 여부가 순식간에 불투명해진다. 뜬장에서 음식물 쓰레기만 먹고 살다가 식용으로 죽임을 당하는 개가 1년에 200만 마리다. 1년에 두세 번 기계처럼 끊임없이 새끼를 생산해야 하는 강아지 공장의 개들도 있다. 고양이도 최근 붐이라며 관심이 집중되지만 길에 사는 고양이 중 첫 번째 겨울을 무사히 넘기지 못할 생명이 수두룩하다. 인간에게 보기 좋은 순종이 되려고 오늘도 온갖 기형을 갖고 태어나는 고양이도 마찬가지다. 근본적인 생명권도 보장받지 못하고 살고 있기는 인간이나 동물이나 매한가지다.

연설집 《세상은 이렇게 바꾸는 겁니다》(폴 파머, 골든타임)에 실린 하버드 의대 졸업식 연설문에서 폴 파머는 졸업생들에게 영화 〈매트릭스〉의 모피어스가 내민 파란색과 빨간색의 두 알약 중 빨간 약을 먹는 모험을 하기를 권한다. 파란 약을 삼키고 진실을 외면한 채 풍요로운 의사 생활을 할 수도 있지만 무지는 축복이 아니라고. 빨간 약을 먹으면 불필요한 슬픔과 고통이 보이지만 그래야 세상을 바꿀 수 있다고. 가장 아프고 약한 사람들의 생존과 존엄을 위해서 싸우라고.

저자의 이런 권유는 약자의 편에 서려는 모든 사람들에게 전하는 말일 것이다. 빨간 약을 먹고 생명의 편에 서라고. 물론 빨간 약을 먹고는 곧 토하고 싶을지도 모른다. 세상을 있는 그대로 보는 일은 고통이니까. 약을 입에 넣고 삼킬지 다시 뱉을지는 오롯이 각자의 몫이다.

2장

동물만 행복한 나라는
없다

우리 모두가 유죄는 아니지만
모두에게 책임이 있다

거의 매일 끔찍한 동물학대 사건이 보도된다. 그럴 때면 느껴지는 기시감. 비슷한 보도를 한 달 전에도, 1년 전에도 접했다. 보도된 게 이 정도지 온라인이나 직접 전해 듣는 것까지 합하면, 동물학대 사건 소식은 거의 매일 들려온다. 이 정도로 반복되는 사건이라면 사회가 용인한 폭력 아닌가. 지금 이 시간에도 폭력 앞에 떨고 있는 생명이 세상 천지에 있다.

경남의 한 마을에서 개를 몽둥이로 때려죽인 남자가 동물보호법 위반으로 고발되었다. 개 농장을 운영하는 남자가 움막에서 개를 끌고 나와 몽둥이로 때려죽이는 영상이 공개되었는데, 수십 명이 사는 마을에서 대낮에 벌어진 일이었다. 개를 때려죽이는 소리가 집이며 학교까지 들리니 주민들이 민원을 넣기도 했지만 지자체는 단속을 나오지 않았다. 당연하다. 개 식용에 관련된 폭력은 우리 사회에서 용인된 폭력이다. 동물단체도 폭력 자체가 아니라 다른 동물이 보는 앞에서 개를 죽인 행위를 문제 삼아 동물보호법으로 고발했다. 이런 행위를 처벌할 수 있는 '동물임의도살금지법'

이 발의되었지만 국회에서 떠돌다가 20대 국회가 끝나면서 폐기되었다.

잔인한 폭력은 개 농장 개에게만 일어나지 않는다. 매일 일어나는 잔인한 폭력 중 하나가 길고양이 학대다. 2019년 서울 경의선 숲길에서는 카페에서 돌보는 고양이가 한 남자에 의해 살해되었다. 평화롭게 잠들어 있는 고양이를 잡아 올린 남자는 고양이를 바닥과 난간에 내팽개쳐 죽였다. 살해 도구를 갖춘, 사전에 계획된 끔찍한 범행이었지만 경찰이 신청한 구속영장은 법원에 의해 기각되었다. 이 정도면 길고양이 학대 또한 사회가 용인한 폭력으로 봐야 한다. 다행히 청와대 청원이 20만 명이 넘는 등 많은 사람들의 관심을 끌어내면서 가해자에게 6개월의 실형이 선고되었다.

반려동물은 안전할까? 유튜브에는 동물학대라고 볼 수 있는 영상이 많이 올라온다. 한 유튜버가 생방송 도중 반려견을 때리고 내던지는 폭력을 행사했다. 사람들의 신고로 경찰이 찾아갔지만 별 조치 없이 돌아갔고, 유튜버는 별문제 없을 거라며 큰소리를 쳤다. 큰소리 칠 만하다. 한국에서 그 정도 폭력으로 징역형을 살거나 의미 있는 정도의 벌금을 낸 사람은 없다. 생명에 대한 연민도 없고, 생명의식이 높아지는 사회 분위기를 따라가지 못하는 사법부가 한심하지만 다행히 남의 일로 여기지 않고 바로 신고한 사람과 재빠르게 소유권 포기각서를 받아내서 개를 안전하게 보호한 동물단체가 그나마 희망이다.

이 지경이면 이 땅에서 인간이 아닌 종은 매일 살아남기 위한 전쟁을 치르고 있다고 해도 지나치지 않다. 사회가 용인한 폭력의 총량이 많을수록 용인되지 않은 폭력이 일어날 확률이 높은 것은 당연하다. 사회가 용인한 폭력을 줄여 나가는 것은 안전한 사회로 가기 위한 중요한 한 걸음이다.

《함락된 도시의 여자 : 1945년 봄의 기록》(익명의 여인, 마티)은 제2차 세계대전 막바지, 러시아군이 베를린에 들어온 시절을 증언한 한 여인의 일기다. 당시 베를린에 남아 있던 민간인 수는 270만 명이었고 그중 200만 명이 여성이었다. 자신의 몸이 곧 전쟁터였던 여성들. 러시아 병사들이 여성들을 "인형인 듯, 물건인 듯 다루었다."는 묘사가 나온다. 어느 상황에서든 약자가 받는 대우는 똑같다. 남성들이 끊임없이 여성을 성적 대상화하지만 글로 증언하며 자기 삶의 주체가 되려는 저자의 모습에, 그 강인함에, 살아남기 위한 고군분투에 마음이 단단해지는 책이다. 홀로코스트와 침략 전쟁을 반성하는 독일 정부는 '모두가 유죄는 아니지만 모두에게 책임이 있다.'는 태도를 갖고 있다. 동물에게 홀로코스트 같은 지옥을 만들고 있는 우리 사회가 되새겨볼 자세다. 사회에 만연해 있는 동물 폭력에 대해 우리 모두가 유죄는 아니지만 우리 모두에게 책임이 있다. 동물을 사회의 구성원으로 받아들이기 위해 우리는 각자의 자리에서 져야 할 책임이 있다.

길고양이 학대 사건이 일어난 경의선 숲길은 나도 종종 가는 곳이다. 길고양이들을 만나면 간식을 건네는데 언젠가 간식을 주고 있는데 교복을 입은 학생이 성큼성큼 걸어오더니 나를 부른다. "고양이에게 아무 거나 먹이시면 안 됩니다. 잘못 먹이면 큰일나요."라며 나를 나무라는 얼굴을 한다. 내가 주는 건 고양이 전용 간식이라고 말하니 머쓱해하며 돌아서는 모습을 보며 빙그레 웃었다. 길고양이를 보호하려는 마음에 용기를 내준 학생이 고마웠다. 경의선 숲길의 길고양이 학대범 처벌도 학대 장면을 촬영하고 신고한 학생들 역할이 컸다. 각자의 자리에서 약자의 편에 서서 행동하고 책임을 다하려는 사람들이 있을 때 동물에게 전쟁터 같은 이 사회가 바뀔 것이다.

동물복지와 헌법,
정치적 진보

선거 때마다 동물을 위한 투표를 하기 위해 노력하지만 사실 가장 바라는 건 개헌이다. 대선 때마다 후보들은 개헌 공약을 내세우는데 왜 매번 실패하는가.

가장 최근에 발의되었던 개헌안은 2018년에 대통령이 발의한 개헌안인데 국회 본회의에서 최종 무산되었다. 나를 비롯해서 동물 문제에 관심이 있는 사람들은 이 개헌안에 관심이 컸다. 개헌안에 동물 관련 내용을 넣기 위해 많은 단체와 개인이 노력했기 때문이다. 개헌안에 '국가는 동물 보호의 의무를 지닌다.' 정도만 들어가도 큰 승리라고 생각했다. 그런데 공개된 개헌안 제38조 제3항이 "국가는 동물보호를 위한 정책을 시행해야 한다."였다. 추상적인 의무 조항이 아니라 정책 시행을 강조하는 구체적인 조항이었다. 기대 이상의 내용이었다. "우와~ 우와!" 탄성을 질렀다. 덩실덩실 춤이라도 출 것 같았다.

동물보호, 동물복지, 나아가 동물권이 헌법에 보장되는 것은 중요하다.

현재 우리나라 헌법에는 동물에 관한 언급이 없고, 민법상 동물은 물건으로 취급된다. 반면 독일은 헌법에 동물보호 조항이 있으며, 오스트리아는 민법에 동물을 물건이 아닌 보호의 대상으로 규정했다. 프랑스도 민법에 동물은 생명체라는 규정이 있다. 현재 헌법에 동물에 대한 내용이 있는 나라는 독일, 인도, 스위스 등 10여 개 나라 정도다. 헌법에 동물에 대한 내용이 있다는 건 한 나라가 모든 생명을 책임지겠다는 원칙을 천명하는 것이다. 그래야 동물보호법도 재산권, 소유권을 주장하는 개인, 기업에 맞설 수 있는 법적인 힘을 더 갖게 된다.

끔찍한 동물학대 사건은 하루가 멀다 하고 일어나고, 공장식 축산 속 농장동물과 동물실험 천국인 한국의 실험동물은 사람들의 관심 밖에서 일상적인 극한 폭력에 노출되어 있다. 동물학대자에 대한 법의 판결은 언제나 관대하고, 농장동물과 실험동물은 동물보호법 밖에 있다. 동물보호법은 수많은 동물학대 사건에 무용지물이다. 법은 학대자를 징역형에 처하지도, 학대 동물을 구조하지도 않았다. 동물보호법은 인간의 소유권, 재산권 앞에서 무력했다.

2016년 길고양이 600마리를 뜨거운 물에 넣어 죽인 뒤 식용으로 유통시킨 남자에게 법원은 징역 10월, 집행유예 2년, 80시간의 사회봉사 명령을 선고했다. 끓는 물에서 산 채로 죽어 가는 고통이 인간과 길고양이에게 어떻게 다른지 법원의 답변을 듣고 싶다. 동물학대 죄에 유독 관대한 우리나라는(물론 성범죄, 음주운전, 산업재해 등 관대한 영역은 광범위하다) 동물보호법만으로 징역형이 선고된 경우가 거의 없다. 동물 관련법도 부실하지만 집행의지도 없는 것이다. 동물학대죄를 엄격하게 적용하는 외국과 비교된다.

최근 국회에서 동물 관련 법안 발의나 입법 공청회 등이 활발하다. 하지만 말만 무성할 뿐 손에 쥐는 건 그저 그렇다. 동물보호의 사각지대에 놓인 전시동물을 보호하기 위해 동물원법 제정을 논의할 때 환경노동위원회 국회의원이 한 말이다.

"아동복지, 노인복지도 아직 미성숙한데 동물복지는 이르다."

우리가 국회로 보낸 입법자들의 수준이다. 어떤 약자도 보호의 대상에서 배제하지 않겠다는 입법자로서의 기본이 없다. 약자에 공감하는 입법자를 국회에 보내는 게 왜 이렇게 어려운가.

《인간과 동물, 유대와 배신의 탄생》(웨인 파셀, 책공장더불어)은 세계 최대 동물 단체 휴메인소사이어티의 활동 내용을 잘 정리해 놓은 책이다. 미국은 동물단체가 힘이 있어서 동물을 학대해서 돈을 버는 기업이나 개인과 맞설 만하고, 그래서 책의 내용은 꽤 스펙터클하다. 2004년 미국 루이지애나주의 상원의원 선거가 우리에게 희망을 줄 수 있을 것이다. 당시 루이지애나주는 동물학대와 도박의 온상인 투계(닭싸움)가 합법이었고, 민주당 후보인 크리스 존은 투계를 중요한 전통산업이라며 지지했다. 루이지애나는 전통적으로 민주당 의원이 배출되는 곳이어서 그의 당선은 확실시되었지만 동물단체는 존 낙선운동에 돌입한다. 동물단체는 민주당을 지지하는 여성 유권자들을 주요 타깃으로 잡아서 설득했고, 선거 결과는 존의 낙선! 기존에 민주당을 지지했던 여성 유권자의 32퍼센트가 동물복지를 지지하는 공화당 후보에게 투표했다. 그리고 2008년 8월 루이지애나는 투계를 중범죄로 다루는 법을 발효한다. 시민단체의 활동과 유권자의 각성이 선거 결과를 뒤집고 새로운 법을 만들어 냈다.

우리도 동물구조, 보호소 운영 등 학대의 뒤처리가 아니라 근본적인 해결을 위한 학대 정책을 이끌어 낼 입법전쟁이 필요하다. 물론 입법전쟁은 진전이 느리고 자주 중단되지만 동물학대를 근절하는 가장 빠른 길인 것은 확실하다. 그래야 지금처럼 대부분의 사람들이 동물학대를 범죄로 인식하는데도 불구하고 동물학대자는 처벌받지 않고 동물학대 산업이 번창하는 이상한 상황에서 벗어날 수 있다.

특히 최상위법인 헌법에 동물보호 정책에 대한 조항이 생기면 동물학대 사건이 벌어질 때 법리적으로 위헌 여부를 다툴 수 있고, 관련 법률을 제정하라고 요구할 수 있게 된다. 대통령 발의안대로 개정되면 싸움이 붙을 때마다 든든한 뒷배가 생기는 거였는데, 젠장, 무산되고 말았다.

20세기 사상가인 헨리 솔트는 "미래의 위대한 국가는 자비를 인간에게만 한정하지 않을 것이다."라고 말했다. 언젠가 개정되는 한국의 21세기 헌법에 '동물은 타고난 습성대로 행복하게 살 권리가 있다.'라는 문장이 명시되기를 바란다. 그래서 인류 역사가 노예제 폐지, 인종차별주의 반대, 여성의 시민권 획득을 이끌어 낸 것처럼 정치적 진보가 동물에 대한 도덕적 존중까지 확장되기를 바란다.

당신이 버리면 생산한다,
괴물이 된 반려동물 산업

어린 시절 마당에서 키우던 개들의 출생 내력은 명확했다. 우리 집 쫑은 친구네 집 바둑이가 낳은 새끼였고, 이후에도 지인의 개가 낳은 새끼거나 그 개가 낳은 새끼를 키웠다. 반면 요즘은 복잡하다. 펫숍에서 샀다면 직전에는 경매장의 매물로 몸값을 흥정하는 대상이었을 테고, 그 전에는 무허가 강아지 공장에서 평생 임신, 출산을 반복하는 모견에게서 태어났을 것이다. 유기견을 입양했다면 활동가나 단체가 보호소에서 구조한 후 임시보호 가정을 거쳐서 왔을 테고, 보호소에 오기까지 많은 고난을 겪었을 것이다. 개들의 일생은 복잡하고 지난해졌다.

미국의 저널리스트인 킴 캐빈의 《72시간》(킴 케빈, 가치창조)은 입양한 유기견 블루가 어떻게 자신에게 왔는지에 대한 궁금증으로 시작한다. 보통 〈24시간〉, 〈48시간〉 등의 제목을 단 영화가 정해진 시간 안에 문제를 해결하기 위해 숨 쉴 틈 없이 전개되는 것처럼 버려진 개들이 보호소에 머물 수 있는 기간이 보통 3~5일인 미국에서 3일이 지나면 안락사당하는 급박한 현실을 알리기 위한 제목이다. 3일, 우유 유통기한보다 짧다.

저자는 블루가 입양되기까지의 과정을 차근차근 되짚으면서 취재하는데 그걸 시간순으로 정리해 보면 이렇다. 개가 새끼를 잔뜩 낳자 주인은 새끼를 방치하고 학대하다가 보호소에 버린다. 보호소는 입양자가 나타나지 않으면 동물을 3일 만에 안락사시킨다. 입양이 될 법한 개는 며칠 유예를 두기도 하는데 블루는 학대를 받아서인지 겁이 많다는 이유로 입양 불가 판정을 받았다. 곧장 가스실로 가야 할 순간 구조단체가 블루를 보호소에서 빼냈다. 보호소에서 나와 임시 보호소로 갔지만 그곳은 죽음만 피할 수 있을 뿐 환경이 열악했다. 블루를 종일 작은 공간에 가둬 두었고, 고작 4만 원이면 치료되는 피부병을 표백제를 사용해 자가 치료했다.

우리라고 사정이 다를까. 중성화수술을 안 하고 키우다가 개가 덜컥 새끼를 낳으면 감당하지 못하고 박스째 버리는 일이 비일비재하고, 지자체가 위탁하는 보호소의 계류 기간은 길어야 30일, 보호소에서 매년 약 5만 마리의 유기동물이 공식적으로 죽는다. 목숨은 건졌으니 다행이라고 말하기도 힘든 열악한 시설의 사설 보호소도 많고, 거리를 헤매다가 로드킬 당하거나 보신용으로 누군가의 먹을거리가 되는, 통계에도 잡히지 않는 개도 부지기수다. 제도와 문화가 뒷받침되지 않은 채 팽창하는 반려동물 산업이 괴물이 되어 버리는 순간.

여러 통로를 통해 이제는 많은 사람들이 반려동물 산업의 이면을 알게 되었다. 개를 보호소에서 입양했든, 펫숍에서 샀든 어떤 과정을 통해 내게 왔는지 대강의 여정을 안다. 만약 내가 개를 포기할 경우, 그 개가 어떤 과정을 겪으며 고통받을지도 어렴풋이 안다. 그런데도 사람들은 여전히 쉽게 사고, 버리고, 어느 순간 더 이상 알고 싶어 하지 않는다. 안다는 건 내 마음이 아프고, 외면하기 힘들게 된다는 것이기 때문이다.

우리 출판사는 동물 책만 내는데 학대받고 고통받는 동물들에 관한 내용이 많다. 잘못된 것을 바꾸고 옳은 일을 격려하는 데 현실을 드러내는 것만큼 좋은 방법은 없다. 그런데 매번 '고통스러운 책 좀 그만 내라.', '마음 아파서 보다 덮었다.'는 단골 독자들의 원성이 자자하다. 알 만큼 아는데도 자꾸 들이미니 불편한 거다. 하지만 고통을 함께 느끼고, 아파하다 보면 함께 헤쳐 나갈 용기도 더 크고 빠르게 생기지 않을까.

드라마에서 "모르는 게 약이라는 걸 아는 게 힘이다."라는 대사를 들었다. 웃으며 흘렸지만 무서운 말이다. 무지가 만들어 내는 이익은 결국 어떤 권력 관계든 강자의 것이다. 오죽하면 조지 오웰의 《1984》(조지 오웰)에 등장하는 독재 정당의 슬로건이 '전쟁은 평화, 자유는 예속, 무지는 힘'일까. 무지가 만든 힘이 약자를 약탈하는 강자의 것이 되게 해서는 안 된다. 원하는 세상이 있다면 아는 게 낫고, 제대로 알아야 한 생명이라도 더 구할 수 있다.

동물해방운동은 인권운동과
다를 게 없었다

돌아보니 나는 대선 선거 운동원으로 두 번 참여한 적이 있다. 대학생이던 1992년에는 소위 '민중 대통령' 후보의 선거 운동원으로 지역사회에서 활동했다. 학교 밖 사회가 궁금해서 지역 활동을 자원했고, 거리 홍보를 나갔다가 아저씨들에게 잡혀 학생들이 끼어들어 야당 표를 가져간다고 된통 혼났던 기억이 있다. 2002년에는 이직을 위해 몇 주 쉬는 기간이 마침 대선과 겹쳐 진보정당의 운동원으로 뛰었다. 당비 꼬박꼬박 내는 진성당원이지만 출퇴근 시간에 거리에서 선전전 정도나 참여하는 뜨내기 운동원이었다. 선거 당일에는 개표 참관을 마치고 당원들과 맥주 집에서 개표 결과를 보며 다른 당인 노무현 후보의 당선에 환호했다.

아저씨들의 호통에 가슴이 벌렁벌렁하고, 다른 당 후보의 당선에 환호하는 당성 부족한 진보정당 당원이었던 그때의 나와 지금의 내가 선거 때마다 바라는 것은 같다. 지금보다 나은 세상. 성별, 노동, 계급, 인종의 다름이 차별의 원인이 되지 않는 세상. 차이가 차별이 되지 않고, 다름이 존중받는 세상으로의 전진. 하지만 그때나 지금이나 취약한 민주주의는 쉽게 흔들리고 다원성은 거부된다. 느린 전진과 때때로 광폭의 후진.

그럼에도 동물권 문제에 관심을 두고 있는 나는 몇 년마다 찾아오는 각종 선거에서 시대의 변화를 느낀다. 동물 문제는 정치에서 언제나 찬밥 신세였는데 어느 순간부터 후보들이 동물 정책을 내놓는다. 반려동물, 길고양이 공약부터 야생·농장·전시 동물 등에 관한 내용이 두루 있다. 개식용의 단계적 금지, 동물 진료비 부가세 폐지 등 숙원 과제도 눈에 띈다. 각 당에는 동물 관련 법안 발의와 통과 때 열심이었던 국회의원들이 있으니 실천력도 믿을 만하다. 동물권의 시대로 진입하고 있음이다.

물론 현실은 여전히 척박하다. 한 아파트의 경비원이 고양이를 초등학생들이 보는 앞에서 생매장하는 일이 일어났다. 다친 듯 보이는 고양이를 산 채로 묻으며 경비원은 이렇게 묻어 줘야 고양이가 편한 거라고 아이들에게 설명했다. 정말로 그렇게 믿었을까. 비슷한 일은 반복된다. 자식이 10년간 키우던 페키니즈를 두고 간 후 2년간 키우던 60대 부부는 개가 늙고 병이 들자 공터에 생매장했다. 땅에서 개울음 소리를 들은 주민이 신고를 해서 구조되었지만 땅속에서 숨을 제대로 쉬지 못한 개는 탈진해서 이틀 뒤에 죽었다. 인간의 고통과 고양이의 고통, 인간의 고통과 늙은 개의 고통은 다른가. 어떻게 다른가.

현실은 악화된 듯 보이지만 타자에게 고통을 주는 것은 잘못이라는 명쾌한 논리에 동의하고 행동하는 사람들이 있어서 세상은 전진한다. 강제로 확인하기 전까지 차별을 깨닫는 것이 얼마나 어려운 일인지 사람들이 알아야 한다고 《동물 해방》(피터 싱어, 연암서가)에 썼던 실천윤리학자 피터 싱어. 그가 쓴 《모든 동물은 평등하다》(피터 싱어, 오월의봄)는 걸출한 동물해방운동가 헨리 스피라의 평전이다. 제목의 '모든 동물'에는 동물이기를 거부하지만 어쩔 수 없이 동물인 인간도 포함된다. 헨리는 모든 변화는 조금씩 일어나지 혁명적으로 일어나지 않는다고 믿었다. 우리가 동물학대범의 판결에, 고양이를 생매장한 경비원의 행동에 절망하면 안 되는 이유다. 그리고 헨리는 실천을 강조한다. 시작하지 않으면 아무것도 일어나지 않는다.

55세까지 인권운동을 하며 동물에 대해서는 관심도 없던 헨리가 달라진 건 지인이 버리다시피 맡긴 고양이를 입양한 후다. 고양이를 보며 "뭐랄까, 지금 고양이와 노닥거릴 때가 아닌데."라고 생각하다가 곧 고양이에게 매혹되고 동물권운동에 뛰어든다. 고양이와 노닥거릴 때가 아니라는 그의 중얼거림이 동물권운동을 바라보는 흔한 시선이라서 피식 웃었다. 하지만 헨리가 동물 문제에 관심을 쏟은 것은 고양이가 귀여웠기 때문이 아니라 동물권운동이 그가 평생 해온 인권운동과 다름을 발견하지 못했기 때문이다. 동물은 인간과 달라서 고통을 가해도 된다는 종차별은 성차별, 인종차별과 하등 다를 게 없는 편견의 형태다. 인종, 성별, 생물종에 상관없이 모든 존재의 권리는 동등해야 한다.

아저씨들한테 욕을 먹으면서도 차별 없는 세상을 꿈꿨던 대학생은 이제 종차별 없는 세상을 위해 일한다. 내가 차별받기 싫다면 타자가 차별받는 것도 거부해야 하고, 그 타자에 동물이 포함되는 것이 지금의 시대정신이 아닐까. 그러려면 동물학대 사건이 발생할 때마다 건건이 분노하는 것이 아니라 사회구조를 바꾸어야 한다. 인간으로, 개로, 길고양이로, 멧돼지로, 고래로 태어나도 살 만한 나라. 이게 공정한 나라다.

재난은 약자에게
더 가혹하다

엄마는 재난영화를 좋아한다. 비행기 사고, 화재, 화산폭발, 지구 멸망 등 재난의 종류도 가리지 않는다. 옛날 분이라 오랜만에 극장에서 보는 영화니 돈 생각이 나지 않을 정도로 스케일이 큰 영화가 흡족하고, 재난영화는 대체로 스토리가 단선적이라 나이 든 엄마가 이해하기에도 쉽기 때문인 것 같다. 재난 현장에 뛰어든 주인공이 마침내 가족을 구하고(때로는 많은 사람을 구하는 영웅이기도 하고) 끝을 맺는 해피엔딩. 나이 든 분에게 이만한 오락거리가 없다.

그런 엄마가 TV에서 가끔 방영하는 일본 후쿠시마 지진에 이은 쓰나미 영상은 보지 못한다. 영화가 아니고 현실이다 보니 그 일을 당하는 사람들이 생각나서 힘들다고 했다. 게다가 현실은 재난영화처럼 해피엔딩이 아니지 않은가. 재난이 일어난 현장에서 살던 이들은 남아서 또 살아가야 한다. 사람이든 동물이든. 엔딩은 없고 고통은 지속된다.

우리나라도 최근 잦아진 지진, 수해, 화재 등의 재해에 반려동물 커뮤니

티도 들썩였다. 재해 발생 시 반려동물과 어떻게 대피해야 할지 구체적으로 생각하기 시작했다. 지진이 오기 전에 동물들은 전조 증상을 느껴서 이상행동을 한다는데 자신의 반려동물은 잠만 잤다며 무용지물이라고 시시덕거리기도 했지만 속내는 복잡하다. 정작 재해 발생 시 사람도 어떻게 대피해야 할지 무지한 상황이니까.

게다가 이제는 재해가 일어나면 원전 폭발이 더 걱정인 세상이 되었다. 원전 폭발 후의 세상은 어떨까? 재앙이 닥친 도시에서 인간과 관계를 맺었던 동물들은 어떻게 살까? 최악의 원전 사고로 기록된 1986년 체르노빌 원전 폭발 사고는 폭발 사고가 일어난 원자로에서 반경 30킬로미터 지역이 30년이 지난 현재까지도 일반인 출입금지구역으로 지정되어 있다. 당시 소련 정부는 모든 것을 비밀에 부쳤고, 기록을 남기지 못하게 막아서 아직도 체르노빌의 진실은 제대로 밝혀지지 않았다. 다행히 정부에 맞서 그 비극을 글로, 사진으로 기록하는 용기 있는 사람들 덕분에 실상이 조금씩 알려지고 있고, 후쿠시마도 마찬가지다. 덕분에 우리는 원전이 무엇인지 알아가고 있다.

《후쿠시마에 남겨진 동물들》(오오타 야스스케, 책공장더불어)의 저자는 2011년 3월 11일 동일본 대지진이 일어나자 바로 현장으로 달려갔다. 아프가니스탄, 유고슬라비아 등 여러 분쟁 지역을 다녔던 사진작가인 저자의 눈에도 후쿠시마의 비극은 처참했다. 고양이와 살고 있고, 지역의 길고양이를 돌보는 그는 후쿠시마에 남겨진 동물들이 걱정되었고, 카메라를 들고 기록하기 시작했다. 언론의 출입이 차단된 지역에서 일어나는 비극을 기록하지 않고 그냥 있다가는 그곳에서 벌어진 일이 전혀 없었던 일이 되어 버릴지도 모른다고 생각했다.

재앙은 언제나 약자에게 더 가혹했다. 후쿠시마에 남겨진 동물들은 끝없이 죽어 갔다. 지진에 이은 쓰나미로 많은 수가 익사했고, 살아남은 동물들도 돌봐주던 사람이 사라지자 서서히 죽어 갔다. 곧 돌아올 거라고 믿었던 사람들은 개에게 목줄을 채우거나 고양이를 방에 가둔 채 피난을 떠났는데 끝내 돌아오지 못하자 동물들은 집에서 굶어 죽었다. 운 좋게 풀려 있던 동물도 돌봐줄 사람이 사라지자 굶주린 채 떠돌다가 죽었다. 소, 돼지 등 가축도 굶어 죽거나 물을 찾아 헤매다가 용수로에 빠져 죽었고, 용케 살아남은 가축들은 방사능 오염으로 식용으로 판매가 불가능해지자 감염병을 걱정한 정부가 살처분 명령을 내렸다. 인간을 위해 존재했던 동물들에게 자비는 없었다.

전기 수요가 많은 대도시에 전력을 대기 위한 원전은 대도시에서 멀리 떨어진 지역에 지어진다. 후쿠시마도 목축업, 농업, 수산업 등이 주요 산업인 지방도시다. 후쿠시마 주민들의 소망은 원전 사고 이전으로 돌아가 예전처럼 목장을 운영하고, 바다에서 고기를 잡는 것이지만, 이제 그건 불가능하다. 인간만이 이 땅의 주인인 듯 살아가는 세상에서 동물은 언제나 약자지만 원전 지역의 사람들 역시 상대적 약자다. 이 시대 원전 지역은 대도시의 식민지가 아닐까.

우리나라는 지진의 안전지대라면서 원전을 지었다. 그러다가 최근 지진이 잦아지자 그래도 우리 원전은 설계부터 안전하다고 우긴다. 믿을 수 있을까. 일본에서는 원전을 '켤 수는 있지만 끌 수는 없는 스위치'라고 표현한다. 인간의 능력으로 끌 수 없는 스위치라면 켜는 것을 멈추는 것 말고는 비극을 막을 방법이 없다.

재난 시에
'나중은 없다'

대형견을 어깨에 걸치고 허리까지 찬 물속을 걸어 나오는 여성, 파괴된 집 앞에서 살아남은 반려동물과 껴안고 울음을 터뜨리는 남자, 두려움에 두 눈을 크게 뜨고 이동장에 갇혀 구조되는 고양이, 살기 위해 죽을힘을 다해서 헤엄치는 말…. 최근 심해진 자연재해 지역의 모습이다. 귀중품이 아닌 생명을 안고 업고 함께 탈출하는 사람들의 모습에 뭉클했다.

미국도 재해 시에 동물과 함께 머물 대피소가 없었다. '재난이 생기면 인간만 대피하라.'가 오랜 재난 지침이었다. 2005년 초대형 허리케인 카트리나가 상륙한 미국은 당시 인구의 70퍼센트가 반려동물과 살고 있었다. 낡은 제도는 바뀌어야 했다. 사람들은 반려동물을 버리고 갈 수 없다고 피난을 거부했다. 결국 재난 시 동물도 함께 구조해야 한다는 관련 법률이 제정되었다. 그 후 미국 검찰은 재난 때 반려동물을 보호소에 버리거나 마당에 개를 묶어두고 떠난 사람들을 동물학대죄로 기소하겠다고 밝혔다. 재난은 사람들의 책임감을 가늠해 보는 계기가 된다. 허리케인 카트리나 때는 폭풍우로 목숨을 잃은 주인을 5일간이나 지키던 푸들이 구조되기도 했다. 사람이 동물에 대한 책임을 다할 때 동물도 사람 곁을 지킨다.

우리나라도 평범한 일상이 지속적으로 위협받고 있다. 자연에 의해서든 인간에 의해서든 평범한 일상이 위협을 받으니 '생존 배낭 꾸리기' 같은 기사에 눈길이 머물게 마련이다. 그래봤자 재난 시에 동물과 함께하는 대피법은 없다.

2016년 경주 지진 때 진앙지 근처에서 살고 있던 독자가 당시의 급박함을 전해 주었다. 지진의 영향을 고스란히 느꼈던 독자는 이동장을 두려워하는 고양이에게 가슴줄을 채우고 담요로 말아 차로 피난을 갔는데, 표정을 숨기지 못하고 겁먹은 고양이의 눈을 생생히 기억한다고 했다. 또 태풍 치바 때는 강이 범람해서 강 옆 공원에서 살던 길고양이들이 다 사라지고 나타나지 않아서 며칠을 울었다고. 독자도 나도 반려동물과 사는 사람은 재난 대비를 더 철저히 해야 하겠다고 다짐했지만 막상 그 순간이 닥치면 침착하게 준비한 대로 대처할 수 있을지 자신이 없다.

많은 자연재해와 전쟁을 겪은 일본은 동물 관련 책에도 그들의 상황이 그대로 담겨 있다. 반려동물과 사는 만화가는 대피소에서 생활할 때를 대비해 동물들에게 꼭 필요한 생존 가방을 마련해 놓고 정기적으로 동물과 대피하는 방법을 머릿속으로 시뮬레이션한다. 1940년대 일본을 배경으로 한 만화《개와 산다는 것》(이시카와 유고, 대원씨아이)에서는 공출될까 봐 개를 밖에 나가지 못하게 한다(한국의 개만 군수품으로 끌고 간 게 아니었다). 개를 끌어안고 방공호로 뛰어가다가 폭격을 맞아 개 타로를 놓친 소년의 이야기가 가슴 아팠다. 세월이 지나 노인이 되어서도 타로에 대한 미안함을 갖고 있었던 할아버지는 개집을 만들어 놓고 중얼거린다.

"이제야 알았어. 타로는 돌아올 집이 없었던 거야."

우리 출판사에서 일본 토끼 책을 번역해서 출간했는데 토끼 돌보기에 관한 책인데도 재난 시에 동물과 함께 대피하는 방법이 나오는 걸 보고 일본은 재난에 대한 대비가 일상화되어 있구나라고 생각했다. 책에서 반복해 강조하는 것은 '나중에 구하러 와야지.'라는 생각은 버려라, '함께 대피하지 않으면 동물은 죽는다.'고 생각해라 였다. '나중은 없다.'는 말이 와닿았다.

엄마는 늘 말한다. "별일만 없으면 행복한 거지." 전쟁과 가난을 겪은 엄마 세대의 소극적 행복론이라고 생각했다. 《아라비아 고양이 골룸》(야마자키 마리, 애니북스)의 작가 야마자키 마리는 낯선 곳, 중동의 다마스쿠스에서 길고양이 골룸과 만난다. 작가의 유쾌한 시선과 새끼 고양이의 눈으로 본 중동의 생활사가 재미있는 만화책이었다. 그런데 시리아 내전이 장기화되고 관련 기사에 등장한 '다마스쿠스 포연, 테러, 공습'이라는 단어에 다시 이 책을 찾았다. '이 책의 배경이 시리아였던 거야?' 싶어서 찾았더니 맞았다. 책에서 만난 중동의 이색적인 골목들, 사람과 고양이가 어우러진 공간의 특별함과 떠들썩함이 전쟁 속으로 사라져 버렸다. 재난이 남의 일이 아닌 것처럼 느껴질 때면 엄마의 소극적 행복론에 새삼 동의하게 된다. 별일만 없어도 행복한 거라는 행복론, 전쟁만 없어도 평화라는 소극적 평화론과 같은 의미다.

자녀를 키우는 부모도, 반려동물을 키우는 반려인도 평화가 절실하기는 마찬가지다. 어떤 이유로든 평화가 깨지면 약자는 더 불행해진다. 엄마는 "너희 세대에는 전쟁이 없어야 할 텐데."라는 말을 자주 한다. 자연재해가 잦아지고 신냉전 시대가 돌아오는 듯한 국제 정세 속에서 우리 세대는 다음 세대와 동물 가족에게 평화를 보장할 수 있을까.

올림픽과
동물 수난

오랜만에 우리나라에서 열린 올림픽인 2018년 평창 동계 올림픽은 여느 스포츠 대전처럼 감동도 있고, 남북 화해 분위기도 조성되었지만 마음이 좋지 않았다. 환경 올림픽은 가리왕산의 500년 된 원시림을 베어낼 때부터 물 건너갔다. 잘라진 가리왕산은 시간이 지나도 복구되지 않고 있다. 심지어 평창이 선정한 올림픽 마스코트는 백호와 반달가슴곰이었다.

백호가 민속신앙에서 영험하게 여기는 신비한 동물이라지만 사람들은 이미 백호를 동물원에서 자주 만나고 있다. 백호는 자연에서 1만분의 1의 확률로 태어나는 돌연변이인데 동물원은 희귀한 동물로 관람객을 끌어 모으기 위해 인위적으로 근친교배를 해 백호를 '생산'한다. 반달가슴곰도 복원을 위해 긴 시간 노력하고 있지만 한국에 가장 많이 살고 있는 반달가슴곰은 철장에 갇힌 사육곰이다. 이미 동물보호운동은 국경 없이 고민하고 연대하며 진화하고 있는데 여태 우리의 생명 감수성은 우물 안에 갇혀 있음을 올림픽 마스코트 선정을 보면서 확인했다.

심지어 정부의 압력으로 마스코트를 진돗개로 하려고 했다는 소식도 들려왔다. IOC 측의 '개고기를 먹는 나라여서 마스코트로 진돗개는 안 된다.'는 불가 이유가 글로벌 감성으로는 타당하다. 개식용으로 많이 쓰이는 진돗개를 올림픽 마스코트로 선정한다는 건 참 염치없는 짓이다.

외부의 지적에 '왜 우리나라만, 왜 개고기만' 갖고 그러냐고 발끈할 이유도 없다. 중국은 올림픽 개최 신청 때마다 개고기와 사육곰 문제로, 스페인은 투우 문제로 비난받는다. 2012년 런던 올림픽 개막공연 역시 거센 비난을 받았다. 영화 〈슬럼덕 밀리어네어〉의 감독이 개막식 예술 감독을 맡았는데 영국 전통 농장을 재연하면서 살아 있는 개, 소, 말, 닭, 오리 등 동물을 대거 동원했기 때문이다. 개막식 이전부터 비난이 들끓자 올림픽위원회 측은 개막식에 출연한 동물들은 도축되지 않을 것이고, 동물의 스트레스를 줄이기 위해 왕립동물학대방지협회(RSPCA)와 협조하겠다고 설명했다. 하지만 거대한 공간, 온갖 소음, 눈부신 조명 밑에서 맡은 역할을 소화해야 하는 동물들의 스트레스를 인간이 짐작이나 할 수 있을까.

동물 마스코트는 1972년 뮌헨 올림픽 때부터 시작되었다. 뮌헨은 개를 마스코트로 선정했다. 독일이 개를 마스코트로 선정한 것에 딴지를 건 사람은 아무도 없었다. 독일은 동물은 물건이 아니며, 동물보호가 국가의 책무임을 헌법에 규정한 나라며, 한 마리의 유기동물도 안락사시키지 않는 노킬NO-KILL 보호소를 운영하는 나라니까.

2016년 리우 올림픽은 최악의 올림픽이었다. 재규어가 마스코트였는데 마스코트 선정이 문제가 아니라 성화 봉송에 살아 있는 재규어를 동원한 게 문제였다. 재규어 주마는 동물원에서 태어나 온순해서 이미 여러 차례 지역 행사에 끌려 나왔던 경험이 있었지만 소란스러운 환경 속에서 갑자기 탈출을 시도하다가 총에 맞아 죽었다. 야생동물을 거리의 구경거리로 삼은 뻔한 결과였다. 그렇게 리우 올림픽은 피를 흘리며 시작했다.

2012년 시사주간지 《타임》은 최악의 올림픽 개막식 중 하나로 1988년 서울올림픽을 선정했다. 개막 행사 때 날린 비둘기가 성화대에 앉아 있다가 성화가 갑자기 점화되면서 그대로 타죽는 모습이 생중계되었기 때문이다. 이후 비둘기를 비좁은 곳에 가두었다가 날리는 이벤트는 동물학대라는 인식으로 자리 잡아서 올림픽에서 대부분 사라졌다. 1900년 파리 올림픽 때는 살아 있는 비둘기 쏘기가 경기 종목인 적도 있으니 비둘기 사살에서 비둘기 날리기 행사가 사라지기까지 긴 시간이 필요했다.

《사향고양이의 눈물을 마시다》(이형주, 책공장더불어)의 저자는 현대의 동물 문제는 한 국가에만 국한되지 않고 그물처럼 연결되어 있음을 알려준다. 매년 캐나다에서 벌어지는 끔찍한 하프물범 사냥을 지탱하는 것은 중국과 한국의 소비자다. 중국의 작은 유리관에 갇혀 세상에서 가장 슬픈 북극곰이라 불린 곰의 처우를 개선하기 위해 여러 국제동물단체가 노력했는데 그 시작은 애처로운 북극곰을 촬영해서 세상에 알린 관람객이었다. 동물학대의 산물을 소비하는 것에도, 학대받은 동물에 연민을 표하고 구조하는 일에도 이미 국경은 무의미하다.

각종 국가적 행사 때마다 개식용에 관한 세계적 압박이 거세지고 있다. 그만큼 세계는 동물보호와 동물복지, 동물권 문제에 성큼성큼 앞서나가고 있다. 그럴 때마다 문화상대주의, 사대주의 운운하지 말고 계기로 삼아 생산적인 논의가 이루어져야 한다.

부활절 달걀 값이
걱정인가요

동물보호단체가 주최한 강연에 갔다. 강연의 주제는 '인간이 만들어 내고 비인간동물에게만 벌어지는 비극'이었다. 거의 매년 구제역, 조류독감, 아프리카돼지열병 등으로 동물이 살처분되는 상황에서 우리가 무엇을 할수 있을지 이야기를 나누는 자리였다. 2000년 이후 우리나라에서 가축 전염병으로 살처분된 생명이 1억 마리를 넘었다. 참석자들은 바뀌지 않는 세상에 안타까움을 토로했다. 한 참석자는 지인이 부활절 달걀 값이 너무 비싸다고 걱정하는 모습에 분노했다고 했다. 자신은 수많은 생명이 속절없이 매장되는 게 끔찍했는데 세상은 변한 게 없는 것 같으니 그럴 것이다.

그 즈음 환경단체 활동가를 만났을 때 설악산에 추진하려던 오색 케이블카 사업의 부결 결정이 나던 날의 분위기가 어땠는지 물었다. 환경단체 활동가로 4대강 사업부터 올림픽으로 가리왕산의 나무 수만 그루가 베어지는 등 근 10년 동안 환경 파괴적인 사업이 진행되는 것을 힘들게 지켜보았을 터였다. 오랜만의 승리에 현장이 얼마나 축제 분위기였는지 궁금했다.

그런데 의외였다. 사업이 부결되었다는 소식을 전해 들은 사람들은 이제 서울로 올라가자며 덤덤하게 짐을 정리했다고 한다. 얼마나 기뻤을지 잔뜩 기대하고 있던 나는 맥이 빠져 버렸다. 긴 싸움에서 이긴 사람들의 반응이 상상 밖이어서 그게 다냐고 다시 물었다. 그랬더니 저녁 식사 자리에서야 활동가들은 비로소 승리를 실감하고 기쁨을 만끽했다고. 그 이야기를 듣는데 짠했다. 환경단체는 매번 지자체나 거대 기업과 싸워야 하는데 그러다 보니 이길 확률이 너무 낮다. 그간 법적 다툼에서 수없이 졌을 테고 이미 패배감에 젖어 있었던 것이다. 오랜 기간 동안 잦은 패배에 익숙해지다 보니 승리하고도 기뻐하는 법을 잠시 잊었던 것이다. 질 걸 알면서 시작하는 싸움은 얼마나 힘든가. 승리의 경험을 좀처럼 맛보기 힘든 싸움 속에 있는 여러 부문 운동에 투신하는 활동가들이 짠했다.

환경 분야와 마찬가지로 동물 분야도 좀처럼 승리의 기쁨이 없다. 미진한 사회제도, 전반적으로 낮은 생명의식, 하루가 멀다 하고 벌어지는 동물학대 사건. 게다가 동물 전염병으로 인한 살처분은 거의 매해 벌어진다. 첫 대량 살처분이 일어났던 2010년의 겨울 이후 매년 살처분이 반복되다 보니 충격도 줄어드는 것 같다. 무섭지만 무뎌진달까.

동물보호운동 진영의 패배는 심지어 1992년 세계 최초로 동물의 존엄성을 헌법에 명시한 스위스에서도 일어났다. 헌법 덕분에 스위스에서 동물은 동물보호법의 대상이 아니라 인간의 동료 생명체로서 본연의 존재 가치를 인정받았다. 《동물들의 소송》(앙투안 F. 괴첼, 알마)의 저자 앙투안 괴첼은 취리히주의 형사소송 관련 동물복지 변호사로 활동했다. 그렇다. 스위스는 각 지자체마다 동물 변호사를 둔 나라다. 그런데 2010년 20년간 지속된 동물변호사제도가 사라진다. 저자는 재직하는 동안 맡았던 700여 건의 소송에서 대부분 승소했는데 정작 중요한 승부에서 패배했다. 사회를 변혁하는 싸움은 길고, 승리와 패배는 번갈아 찾아온다.

2018년 중요한 동물학대 관련 재판 결과가 있었다. 식용견을 기르는 개 농장에서 목을 매다는 방법으로 개를 도살했던 사람들에게 징역 4개월, 집행유예 1년이 선고된 것이다. 처음 뉴스를 접하고는 그럼 그렇지, 또 집행유예네. 실망했다. 그런데 정작 동물단체는 실망할 일이 아니라고 보도자료를 냈다. 그간 개 농장의 동물학대는 인정되지 않았는데 이번에 징역형이 적용되었으니 긍정적으로 평가해야 한다는 것이었다. 여전히 부족하지만 한 걸음 나아가는 것으로 해석하는 단체의 긍정성에 피식 웃었다. 앞으로 나아간다는 경험이 얼마나 중요한가. 지향하는 세상이 있다면 전진은 중요하다.

동물보호 진영이 작은 승리를 경험하면서 앞으로 나아갔으면 좋겠다. 중국에서만 아프리카돼지열병으로 돼지 1억 마리가 살처분되었다. 한 나라의 돼지산업이 몰락할 수도 있다는 두려움 때문인지 살처분 위주의 국내 대처법에 의문을 제기하는 곳은 많지 않고, 70도 이상에서 오래 가열해서 완전히 익혀 먹으라는 안내만 넘친다. 가축 전염병에 대한 인간의 대처를 보면 작가 아이작 싱어의 "동물과의 관계에서 모든 사람은 나치다."라는 말에 끄덕이게 된다. 한국에서 동물, 특히 농장동물에 대한 인식이 하루아침에 바뀔 리 없지만 그래도 조금씩 나아가는 것을 보고 싶다.

상승하는 혐오 지수에 올라타서
덩실덩실 칼춤을 추는 언론

　동물판이 학대 사건이 워낙 끊이지 않고 발생하고, 그럴 때면 여론이 들끓는 곳이라 매일 폭풍 속에 있는 느낌이다. 게다가 개 물림 사건은 하루가 멀다 하고 기사화되는데 유명인이 연루된 사건이 발생하면 심지가 타들어가던 폭탄이 팡 터지게 된다. 이런 상황이 발생하면 반려인들은 속을 끓인다. 학창 시절 선생님이 지각하지 말라고 혼낼 때 정작 지각하는 아이는 자리에 없고 시간 맞춰 온 아이들이 단체로 혼나는 것과 비슷하다.

　물론 문제 있는 반려인, 있다. 큰 개를 제어하지 못하고 질질 끌려 다니는 사람을 보면 나도 무서워서 피하고, 목줄 안 하고, 똥 안 치우는 사람 보면 나도 화가 난다. 사람들이 제일 싫어하는 "우리 개는 안 물어요. 순해요."라는 상황은 나도 당해 봤다. 우리 개는 줄을 하지 않고 달려오는 개에게 각막을 다쳐 한동안 안과 신세를 졌다.

　무책임한 사람들을 보면 화가 난다. 개는 인간과 오랜 시간 공진화한 종이다. 개에 대해 조금만 공부해도 문제없이 잘 키울 수 있는데 생명을 들이면서 최소한의 책임도 지지 않으려 한다. 물론 그런 사람보다 잘 키우는 사람이 더 많다. 그런데 사건이 터지면 '일부의 문제고, 전체로 몰아가면 안 되고, 이번 일을 기회 삼아 사고를 예방하는 반려문화 전반을 돌아보는 계기로 삼자.'는 목소리가 나오지 않는다. 가장 나쁜 건 언론이다. 사람들이 개에게 물린 건 팩트다. 그런데 팩트 너머 본질과 핵심을 말해야 할 언론이 가파르게 상승하는 사람들의 혐오 지수에 올라타서 덩실덩실 칼춤을 춘다. 맹견, 안락사, 물린 사람만 손해… 등 자극적인 단어가 클릭 장사를 위해 동원되고, 비슷한 내용이 제목만 바뀐 채 포털 사이트를 장악한다. 기사마다 문제의 본질을 지적하는 척하며, 대안을 내놓는 척하며 제시하는 자료들은 또 얼마나 엉터리인가.

동물 문제가 터질 때마다 느끼는 거지만 이런 식의 반응은 사회적 약자인 여성, 동물, 성소수자, 노인, 외국인 노동자 문제 등에 비슷하게 연동한다. 사람들은 약자 문제의 본질에 관심이 없다. 약자는 지금과 같은 약자의 자리에 계속 머물기를 바라고, 언론은 거기에 비위를 맞춘다. "망치만 가지고 있으면 모든 게 못으로 보인다."는 말처럼 망치질로 분노를 표출할 곳을 찾는 사람들에게 약자의 사건, 사고는 못으로만 보인다. 하지만 부분을 보고 전체를 본 것으로 추측하는 사고는 오류를 만들어 낸다.

모든 갈등에는 이유가 있는데, 갈등의 원인이 '문제 있는 반려인' 하나만은 아니다. 반려동물이 늘고 갈등도 느는데 관리 감독할 콘트롤타워의 부재(동물등록제가 의무화되었지만 여전히 외장형도 허용하고 있다. 또한 로드킬 당하거나 보호소에 입소한 동물에 대해 동물등록 여부를 확인하지 않아서 보호자도 모르는 사이 폐기물로 처리되거나 안락사되는 일이 빈번하다), 관련 규제에 대한 실행 의지 없음(목줄하기, 똥 치우기 등에 관한 규제는 있으나 마나 하고, 맹견 범위, 안락사 논의 등은 언제나 졸속으로 진행된다), 교육의 부재(아이들은 제도권

교육 안에서 생명교육은 고사하고 개에게 발을 구르거나 먹는 것을 뺏으면 물릴 수 있다는 안전교육도 받지 못한다), 반려인 교육의 부재(TV 프로그램을 통해 정보와 지식을 얻은 사람들은 반려동물의 먹을거리, 훈련법을 유행처럼 따른다) 등 사건을 발생시킨 원인은 복합적이다.

이런 상황에서 불거진 갈등을 조속히 해결하려는 자세는 문제를 악화시킬 뿐이다. 평화교육자인 존 폴 레더락은 《갈등 전환》(존 폴 레더락, 대장간)에서 갈등 '해결'이 아닌 갈등 '전환'을 제안한다. '해결'이라는 용어는 강자가 갈등을 무마하기 위해 약자를 회유하는 강자의 논리가 내포될 수 있다. 우리는 노사 갈등, 정치적 갈등 등 수많은 사회 갈등이 한쪽의 일방적인 '해결, 타결' 발표로 흐지부지되거나 갈등이 더 폭발하는 것을 보아왔다. 사실 해결이라는 단어는 어떤 문제의 끝이 아니라 시작이어야 한다. 그래야 정당하게 제기되어야 할 중요한 이슈가 사장되어 버리는 위험을 피해 갈 수 있다.

갈등은 그 자체로 갈등을 깊이 들여다볼 기회를 제공한다. 사실 수면 위로 불거진 사건은 어쩌다 생긴 사고가 아니라 과거에 쌓였던 갈등의 결과물이다. 따라서 어떤 한 사건에 의해 갈등이 폭발했다면 갈등을 전환할 수 있는 기회로 생각해야 한다. 동물 문제라면 우리 사회가 동물을 대했던 방식, 갈등을 해소하는 방식, 다음 세대를 교육하는 방식 등에 관해 찬찬히 논의하면 된다. 갈등이 없는 사회는 없고, 갈등은 건강한 사회의 동력이다.

이런 시점에 언론이 클릭 장사를 위해 혐오를 부추기는 부끄러운 짓을 멈추기 바라지만 지금 같은 언론 환경에서 가능할까 싶다. 사회적 갈등은 언제라도 성과 없이 과거로 뒷걸음칠 수 있다. 많은 사회적 갈등이 건강한 사회로 가는 동력이 되는 길에 언론이 도움은 못 줘도 가랑이를 붙잡고 늘어지는 추태는 보이지 않아야 한다.

암이라면
치료하지 않겠습니다

　동물을 어떻게 학대해야 법은 실형을 내릴까? 개 160여 마리를 방치하고 그중 79마리를 사망하게 한 펫숍 주인에게 집행유예가 선고되었다. 개들은 늑골과 두개골이 훤히 드러난 채 죽어 있었다. 재판부는 개들이 병과 굶주림에 서서히 고통스럽게 죽어 갔을 거라고 판단하면서도 실형을 선고하지 않았다. 병든 개는 방치했지만 건강한 개는 굶어 죽게 하지 않았다는 이유다. 그렇구나. 병든 개는 굶어 죽어도 괜찮은 거구나.

　동물 문제에 관심 있는 사람들은 이런 장면에 꽤 익숙하다. 애니멀호더의 집이나 폐업한 생산판매업소에서 발견되는 동물 사체의 모습은 대부분 비슷하다. 질병과 굶주림에 시달리다가 죽어서, 백짓장도 이보다 얇을 수 없겠다 싶을 정도로 동물들의 뱃가죽은 들러붙어 있다. 동물보호법이 동물을 보호하지 못하는 이 나라의 현실이다.

　이 펫숍이 더 악랄하다고 생각되는 것은 운영 방식 때문이다. 펫숍은 사람들이 키우다가 버리는 개를 받아주면서 돈을 받았다. 돌보다가 입양을 보내겠다는 명목이었지만 제대로 돌보지 않았고 방치해서 죽였다. 무엇보다 나쁜 것은 개를 버리는 사람들이 평생 가져야 할 죄책감과 수치심을 돈 몇 푼으로 털어 줬다는 점이다. 알량한 돈으로 자신은 개를 위해서 끝까지 최선을 다했다고 생각할 수 있게 했다. 정확히 버리는 개를 맡아 주는 대가로 얼마를 받았는지는 공개되지 않았지만 어차피 비쌌다면 그냥 버리지 돈 주고 펫숍에 버릴 사람은 없을 테니 알량하다는 표현이 맞을 것이다. 펫숍이 무슨 자격으로 그들에게 면죄부를 주나.

재판부의 시각도 놀랍다. 펫숍 주인이 실형을 면할 수 있었던 이유 중 하나는 건강한 개들은 굶어 죽도록 두지 않았다는 것이다. 다시 말하면 병든 개의 죽음은 문제가 없다는 말이다. 이런 시각은 인간에게도 그대로 적용된다. 우리 사회는 건강 약자를 배제하고 무시하는 태도가 뿌리 깊다. 장애가 있으나 병이 있는 사람들의 목소리에 관심이 없다. 권력, 자본이 있거나 그들 보기에 좋은 외모나 신체를 가지지 않은 이들은 모두 주변화되어 버린다. 그러니 '아픈 인간'도 아닌 '아픈 개'라니 오죽하랴. 우리 사회에서 개의 존재 이유는 예쁨과 귀여움이지 병들고 추함이 아니다.

유기동물 보호소에 독자들과 함께 봉사를 갔을 때다. 한바탕 일을 하고 잠시 쉬고 있을 때 누군가 보호소 문을 두드렸다. 길에서 헤매는 아이를 구조해서 왔으니 보호소에서 개를 받아달라고 했다. 데리고 온 개는 나이가 많아 보였고, 관절염이 있는지 걷는 게 불편했다. 이곳은 사설 보호소라서 유기동물을 받지 않으니 구청에 신고하고 지자체 유기동물 보호소로 보내야 한다고 절차를 알려줬다. 그런데 함께 온 사람과 개는 모르는 사이처럼 보이지 않았다. 사람이 가자고 하자 몸이 불편한 개는 자연스럽게 몸을 돌려 함께 걸었다. 어기적거리며 사람을 따라 걷는 개. 병들고 늙은 개의 운명은 전적으로 함께 걷는 사람의 생각에 달렸다.

반려동물 암 전문 수의사인 세라 보스턴의 책 《암 전문 수의사는 어떻게 암을 이겼나》(세라 보스턴, 책공장더불어)에서 저자는 보호자의 생각이 암에 걸린 개의 운명을 좌우한다고 말한다. 개가 암임을 알렸을 때 "암이면 치료하지 않겠습니다."라고 말하는 보호자들이 많다. 어떤 암은 많은 만성 질환보다 오히려 치료가 쉬운데도 말이다. 물론 경제력도 중요하지만 가장 중요한 건 보호자에게 개가 어떤 존재냐다. 보호자에게 개가 털 달린 자식이라면 치료 결정은 빠르게 내려진다. 반면 가족으로 받아들여지지 못했다면 결과는 비관적이다. 생명의 가치는 사람에 의해 결정되고, 개의 삶은 사람의 생각에 따라 송두리째 위태로워진다.

저자의 어머니는 암 수술 전문 수의사를 딸로 두었으면서도 평생 "개에게 암 수술은 절대 시키지 않을 거야. 수술비가 얼마라고? 세상에나!"라고 말했다. 꽤 많은 사람이 저자의 어머니와 같은 생각을 갖고 있을 수 있다. 그런데 14년을 함께 산 반려견 바이런이 암 진단을 받자 저자의 어머니는 돈을 마련한 후 수술을 결정한다. 평생 가족에게 많은 것을 주었으니 두 번째 삶의 기회를 얻을 자격이 있다는 이유에서였다. 저자는 수술을 집도하면서 부모님이 많은 돈을 쓰고도 바이런을 잃게 되면 어쩌나 걱정했다. 그렇게 되면 자신들이 바이런을 너무 힘들게 했다고, 그럴 가치가 없는 일을 했다고 자책할 것이 뻔했다. 다행히 바이런은 수술이 잘 되어 두 번째 삶을 행복하게 살았다. 어머니의 변화가 놀라우면서도 반갑고 해피엔딩이어서 다행이다. 하지만 14년을 함께한 개가 아니라도, 버려져서 펫숍에 있더라도, 인간과 관계를 맺은 모든 생명은 아프면 치료받고, 보살핌을 받을 권리가 있다.

3장

우리는 정말 그들을
사랑하는 것일까

지인에게 받은 고양이는
'산' 걸까? '입양'한 걸까?

'사지 말고 입양하세요!'

동물보호운동 진영에서 사용하는 슬로건으로 반려동물 문제에 관심 있는 사람들에게는 아예 입에 달라붙은 말이다. 해외 동물단체도 같은 문구를 대표 슬로건으로 사용한다. 'Don't buy. Adopt!' 반려동물을 펫숍, 인터넷 등에서 사지 말고 유기동물을 입양하자는 캠페인성 문장인데 사실 더 많은 의미가 담겨 있다. 생명을 사고판다는 행위에 대한 저항, 동물을 자본주의 사회의 상품으로 인식하지 말라는 경고, 입양이라는 단어가 주는 책임감 등을 다 담은 문장이다. 의미 전달이 쉽고 문장도 간결해서 누구나 한 번 들으면 쉽게 기억할 수 있다. 참 잘 만들었다고 생각하는데 동물 문제가 복잡해진 요즘, 이것만으로는 역부족인 것 같다.

반려동물 문제는 학대, 책임지지 못할 많은 동물을 키우는 호더 등 문제가 여러 가지지만 가장 큰 문제는 유기동물의 발생과 그로 인한 안락사다(공식적인 용어로는 안락사지만 신체적·행동적 문제가 전혀 없는 건강한 동물을 죽이는 것이므로 살처분이라는 표현이 맞다). 나이를 먹지 않는 털 달린 귀여운 장난감을 사듯 동물을 들이고는 몇 년 지나지 않아서 여러 가지 핑계로 동물을 버리면, 버려진 동물들은 보호소로 옮겨져 안락사로 생을 마감한다. 매년 수치는 조금씩 다르지만 거칠게 계산해 보면 우리나라에서는 매년 약 13만 마리의 유기동물이 발생해서 그중 절반가량이 보호소에서 안락사와 자연사로 죽는다. 보호소의 자연사는 안락사 비율에 대한 부담감 때문에 치료가 필요한 동물을 방치하는 경우가 있어서 안락사보다 오히려 더 나쁜 죽음이다. 동물보호단체는 사설 보호소나 거리에서 떠도는 동물을 합하면 버려지는 동물의 수는 공식적인 숫자의 서너 배는 될 거라고 예측한다. 그렇다면 수십만 마리에 달하는 동물들은 왜 거리를 떠돌다가 잡혀서 죽임을 당하는가?

유기동물의 발생과 그로 인한 안락사 문제는 어느 나라나 동물 문제의 주요 이슈다. 미국의 경우 1970년대는 믿기 어려울 정도의 숫자인 매년 약 1500만 마리의 동물이 보호소에서 안락사로 죽었다. 그 숫자가 최근에는 300만 마리로 줄었는데 그중 4분의 3이 건강하고 입양 가능한 동물이다. 미국의 동물단체들은 안락사되는 동물이 줄어든 주요 원인으로 중성화수술과 유기동물 입양을 꼽는다. 이 두 가지 방법은 세계적으로 보호소의 안락사를 줄이는 가장 효과적인 방법으로 인식되고 있다.

유기동물을 줄이려면 반려동물의 생산, 판매에 대한 강력한 규제, 생명에 대한 시민의식 향상, 내장칩을 필수로 하는 동물등록제의 완전한 의무화 등 필요한 것이 많다. 하지만 중성화수술과 유기동물 입양, 두 가지는 유기동물 문제를 해결할 수 있는 핵심이고, 둘은 항상 함께여야 효과가 있다. 그래서 중성화수술이 빠진 사지 말고 입양하자는 슬로건은 때로 사람들을 맥빠지게 한다.

농촌진흥청 등이 조사한 〈2018년 반려동물 보유현황 및 국민인식조사 보고서〉에는 반려동물을 어디서 데려왔는지에 대한 결과가 나오는데 예상 밖이었다. 46.3퍼센트(개), 37.8퍼센트(고양이)의 응답자가 '친척, 친구, 지인으로부터 받았다.'고 답한 것이다. 2위 펫숍이나 인터넷 사이트 등에서 산 경우, 3위 유기동물 입양에 비해 월등히 높은 비율이었다. '지인'이라는 변수의 등장이다. 농림축산식품부가 실시한 '2019년 동물보호 국민의식조사' 또한 전체 반려동물 입양 방법 중 지인 간 거래 61.9퍼센트, 펫숍 23.2퍼센트, 유기동물 보호소 9퍼센트였다.

이런 결과는 사지 말고 입양하자는 홍보가 중성화수술이 빠졌을 때 얼마나 무의미한지 보여 준다. 유기동물을 입양하려고 했다가도 지인이 반려동물이 새끼를 낳았다고 한 마리 데려가라고 하면 거절하기 힘들다. 거절한 후 새끼의 운명이 걱정되기 때문이다. 같은 보고서에는 과거에 반려동물을 몇 년 동안 키웠냐는 질문에 5년 이하가 54.6퍼센트였고, 현재 키우는 반려동물의 나이도 5세 이하가 50.1퍼센트(개), 53.1퍼센트(고양이)로 가장 많았다. 대체로 한 반려동물과 5년 이하로 사는 경우가 많음을, 반려동물에 대한 책임감의 유효기간이 5년 정도임을 보여 준다. 이러니 중성화수술이 되지 않은 반려동물에게서 끝없이 새끼가 태어나는 한 유기동물 문제 해결은 답보 상태일 수밖에 없다. 수도꼭지를 잠그지 않고는 넘치는 물을 멈출 수 없다.

미국의 동물보호단체 토비프로젝트는 암컷 개 한 마리와 그 자손을 중성화수술 시키지 않을 경우 6년 뒤에 자손이 무려 6만 7,000마리가 된다는 자료를 제시한다. 6만 7,000마리 중 몇 마리나 좋은 가족을 만나 제 수명대로 살까? 한국에서라면 평생 한 가족과 사는 확률이 12퍼센트니(2010년 동물자유연대 조사) 8,040마리를 제외한 나머지의 운명은 연이은 파양으로 여러 집을 전전하거나, 거리를 떠돌거나, 보호소에서 안락사당하거나, 식용견이 될 것이다.

우리나라만이 아니라 어느 나라나 유기동물 안락사는 인간이 임의로 생명을 처분한다는 윤리적인 문제뿐만이 아니라 안락사에 들어가는 사회적 비용 부담 때문에 중성화수술 문제에 국가가 적극적으로 개입한다. 미국은 많은 주가 중성화수술을 적극 지원하는데 특히 로스앤젤레스는 모든 반려동물의 중성화수술이 의무며, 대만은 정부가 중성화수술 비용을 지원한다. 덕분에 미국은 반려동물의 80~90퍼센트가 중성화수술이 된 반면 한국은 고작 46퍼센트(개), 58퍼센트(고양이) 수준이다. 그나마 다행이라면 중성화수술을 한 비율이 매년 늘고 있다는 것이다.

지난 여름, 지인이 비닐하우스에서 방치된 채 살던 개 한 마리를 구조했다. 이름을 검둥이라고 짓고 나도 힘을 보태서 개를 입양 보내기 위해 백방으로 수소문했지만 검은 털색에다가 중형견이어서 끝내 새 가족을 찾아주지 못했다. 희고 작은 개를 선호하는 분위기라서 어려울 거라 예상은 했지만 끝내 실패할 줄은 몰랐다. 결국 구조자가 입양했다. 흰색의 소형견이면 가족을 찾아줄 수 있었을까? 그 개는 비닐하우스 쓰레기 사이에 끼여 살아서 발을 들거나 엉덩이를 낮춰서 소변을 누는 법도 몰랐다. 지인은 개의 주인에게 돈을 지불하고 데리고 오면서 다시는 개를 키우지 말라고 신신당부했지만 과연 그럴까? 돈을 주고 사지는 않을 테고 아마 '지인'의 집에서 개가 새끼를 낳으면 한 마리 달라고 해서 또 같은 방법으로 방치할 것이다.

반려동물의 중성화수술은 동물의 질병을 예방하고, 기대수명을 높이고, 공격성, 울기, 짖기 등 문제행동을 줄일 수 있어서 동물 유기를 예방하는 역할을 함에도 불구하고, 자연적이지 않다거나 수술의 위험성, 잘못 알고 있는 건강 정보 등을 이유로 반대하는 사람들이 있다. 반려동물은 야생동물이 아니다. 주거 공간부터 외형, 먹을거리, 번식 등 이미 그들의 거의 모든 삶에 인간이 개입되어 있다. 그들이 주장하는 의미로 자연적일 수 없다. 보호자가 정한 상대와 교배를 하고, 생후 1~2개월인 새끼를 어미에게서 빼앗아 다른 집에 보내는 것이 자연적일 수 없는 것처럼. 자연적인 방법으로 개, 고양이를 먹이고, 키우고, 보살피는 방법에 대해 평생 연구한 저명한 홀리스틱 수의사 리처드 피케른은 "책임감 있는 반려인이 되는 가장 중요한 요소 중 하나는 우리 집의 개, 고양이가 전체 반려동물 개체수 과잉 문제에 일조하지 않도록 주의를 기울이는 것이다."라고 했다.

현재 반려동물 개체수 과잉으로 인한 비극은 이미 중성화수술을 개인의 선택에 맡길 수 없는 상황에 놓였다. 보살핌을 받지 못해 방치되거나 학대당하고, 거리를 떠돌다가 보호소에서 안락사당하는 생명이 수만, 수십만인데 개인의 선택에 맡긴다는 건 한가한 소리다. 중성화수술은 윤리적인 기준으로, 사회적 합의를 통해 강제하는 것이 바람직하다. 그게 수없이 태어나는 검둥이의 불행을 막는 최선이다.

개의 문제는 99.9퍼센트
인간 때문에 발생한다

2018년 '황금개띠 해'를 맞아 이곳저곳에서 인터뷰와 원고 청탁이 들어왔다. 하지만 그해 한국의 개들은 '40센티미터와 입마개'로 한 해를 시작했다. 체고가 40센티미터 이상인 개는 모두 관리대상견으로 입마개 착용을 의무화한다는 뒤통수를 한 대 맞고 개의 해를 시작한 것이다.

1995년 중국 베이징시는 개로 인한 사고의 위험성, 무책임하게 개를 키우는 사람들로 인한 불만이 많아지자 체고가 35센티미터 이상인 개를 키울 수 없게 규제했고, 실제로 대형견을 잡아들이는 모습이 세계로 전해졌다. 35센티미터라는 기준이 비과학적이고 실행 방법이 폭력적이라는 비난을 받았음에도 실행되는 모습을 보고 전체주의적 발상이 가능한 나라구나 생각했다. 길을 가다가 갑자기 경찰에게 개를 빼앗긴 사람들이 돌려달라고 울부짖는 모습, 수많은 대형견이 살처분당한 채 누워 있는 모습. 베이징시는 사람을 안전하게 지키기 위한 규제라고 말했지만 35센티미터 규제로 인해 더 안전한 도시가 되었을까? 안전해졌다고 믿게 하고, 믿고 싶은 허상만 남은 게 아닐까.

　그런데 난데없이 근거를 알 수 없는 40센티미터 망령이 한국에도 찾아왔다. 체고 40센티미터면 골든리트리버, 래브라도리트리버, 허스키 등 대부분의 중대형견이 해당된다. 덩치 큰 개들을 잠재적인 문제견으로 보고있는 것이다. 하지만 이런 견종을 키우는 사람들은 안다. 대형견이 공격성이 적고 친화력이 좋은 '덩치 큰 동네 바보 형' 성향이라는 것을. 이런 규제를 야기한 결정적 사건은 유명 연예인의 반려견이 이웃을 물어서 사망케한 사건이다. 그 사건을 일으킨 개가 대형견이었나? 아니다. 프렌치불도그의 체고는 고작 30센티미터다. 견종 문제도 아니다. 프렌치불도그는 순하고 활발해서 반려견으로 적합한 견종이다. 프렌치불도그가 문제를 일으켰다면 교육을 제대로 시키지 못한 반려인의 문제다.

　물론 대형견이 사람을 물면 피해가 크다. 하지만 그간 일어난 사건사고의 경우를 찾아보면 대부분 줄에 묶이거나 갇힌 채 살면서 공격성이 커진경우가 많다. 대형견을 집단으로 키우는 개식용 농장이나 투견 농장의 개, 인간과 어떤 교류도 없이 외부에서 짧은 줄에 묶인 채 키워지는 개에 대한관리와 규제가 우선되어야 한다.

　무엇보다 개로 인한 사고를 예방하고 싶다면 우리나라에 어떤 종의 개가, 어떤 목적으로, 어떤 곳에서, 어떤 식으로 키워지고 있는지에 대한 정확한 통계가 필요하다. 40센티미터 이상의 개에게 입마개를 의무화하고, 공격성 평가 후에 공격성이 없으면 입마개를 하지 않아도 되는 예외 규정을 둔다고 했다. 코웃음이 났다. 물론 이후 합리적이지 못한 기준에 대한반발로 이 규정은 은근슬쩍 사라졌지만 당시에는 한심했다. 사실 정부는한국에 체고 40센티미터 이상인 개가 몇 마리인 줄도 모른다. 체고 40센티미터 이상인 개는 개식용 농장에 가면 수두룩하다. 다행히 당시 정부안은 욕만 먹고 유야무야 사라졌지만 실제로 정부안을 강행했다면 개식용 농장의 개들도 공격성 평가를 꼭 하라고 요구했을 것이다. 평가 덕분에 그곳의 개들은 태어나 처음으로 땅을 밟을 수 있었을 테니까.

영국에서 활동하는 반려견 행동심리 전문가인 잰 페넬은 "개의 문제는 99.9퍼센트 게으르고, 어리석고, 학대를 일삼은 인간 때문에 발생한다."고 말했다. 개가 인간을 공격하는 경우는 자신을 방어하기 위해, 더 이상 도망갈 곳이 없을 때 보이는 당연한 반응이기 때문이다. 그런데 인간에게는 '정당방위'라는 말이 수용되지만 개의 경우에는 원인이 무엇이었든 개에게 책임이 돌아간다.

《말리와 함께한 4745일》(존 그로건, 저스트북스)의 주인공인 말리는 전 세계인의 사랑을 받았다. 말리는 래브라도의 평균 체고인 60센티미터보다 훨씬 컸고, 활동량과 번잡함이 타의 추종을 불허했다. 수많은 사건사고가 있었지만 한바탕 소동일 뿐이었다. 말리는 덩치만으로 위협감을 줘서 범죄가 많은 동네에 사는 가족은 말리가 집에 있는 것만으로도 든든하다고 좋아했다. 하지만 실제로 도둑이 들어온다면 말리는 도둑을 향해 달려들어 침을 처덕처덕 바를 거라는 것을 가족들은 알고 있었다. 13살 말리가 떠나는 날, 가족들은 말리의 귀에 대고 속삭였다. "너는 골칫덩어리가 아니야. 한순간도 그렇게 생각하지 않았어. 말리, 넌 훌륭한 개야."

2020년 중국 윈난성의 웨이신현은 개 산책을 전면 금지시키는 '반려견 사육 문명화법'을 내놓았다. 개가 산책을 나왔다가 걸리면 두 번은 벌금을 내고, 세 번째는 안락사를 시키는 내용으로 국내외적으로 논란만 일으켰다. 정책 입안자들이 여론에만 휘둘리면 이런 정책이 나온다. 부디 개에 대한 정책을 만들 때는 개를 아는 전문가의 이야기에 귀 기울이기를 바란다.

좋아서 사람을
무는 개는 없다

　순식간이었다. 목줄을 하지 않은 개가 산책 중인 우리 개를 향해 맹렬히 달려오더니 눈 주위를 물었다. 개 보호자는 자기 개는 안 문다고, 괜찮다고 말하며 느긋했다. 끙끙거리는 우리 개를 내가 안아올려 살피는 동안 그 사람은 내 뒤통수에 죄송하다는 말만 남기고는 개와 함께 사라졌다.

　이렇게 보호자가 자신의 반려견의 공격성을 인지하지 못한 채, 목줄이나 입마개를 하지 않고 산책을 하다가, 다른 개를 무는 일을 내가 직접 겪은 게 10여 년 전이다. 그사이 상황이 좀 나아졌을 것 같지만 반려 인구가 느는 만큼 준비 없이 반려동물과 사는 보호자도 많아져서 반려견과 관련된 사건사고는 증가 추세다. 특히 개에게 사람이 물리는 사고가 꾸준히 증가하고 있다. 개가 사람을 물면 문제는 커진다.

　개가 사람을 무는 사고 중에서 최근 가장 크게 이슈 된 사고는 개가 35개월 된 어린 아이를 문 끔찍한 사건이다. 전에도 이미 여러 번 사람을 문 적이 있는 개라고 했다. 그런 개를 데리고 산책을 하면서 주의도 하지 않고 입마개도 하지 않고 줄이 늘어나는 목줄을 했다니 화가 났다. 이런 사건이 터지면 반려견과 사는 사람들에게 비난이 쏟아지지만 사실 가장 화가 많이 나는 사람 또한 반려인이다. 당장 맹견, 안락사, 입마개 등의 고약한 말이 터져 나오고 개와 하는 산책도 사람들의 싸늘한 시선 때문에 눈치가 보이기 때문이다.

그래서 개 물림 사고를 일으킨 보호자에 대한 강력한 처벌을 원하는 사람 또한 반려인이다. 개 물림 사고가 잦아진 지 벌써 오래 전인데 왜 제대로 된 제도가 마련되지 않는 것일까. 개의 체고에 따른 입마개 착용, 목줄을 2미터로 하는 등의 대책은 반발을 사다가 사라졌고, 맹견에 대한 규제도 최근 사건을 일으킨 개들이 모두 맹견으로 지정된 종이 아니어서 별 의미 없음이 증명되었다. 영국 런던도 1991년 맹견 사육은 법원의 허가를 받고, 입마개와 목줄을 하는 법을 만들었지만 개 물림 사고를 줄이는 데 효과가 없어서 2016년 재검토하기로 했다. 사실 개 물림 사고의 예방은 견종별, 덩치별이 아니라 개체별 관리에서 시작해야 한다.

미국 UC 데이비스 수의과대학에서 동물행동의학 전공의 과정을 마친 김선아 수의사는 공격성이 있는 개를 진료할 때 일단 개에 대한 많은 정보를 얻는 것이 시작이라고 했다. 같은 배에서 태어난 형제 개들의 행동, 부모견의 행동, 그 동안 훈련을 받아온 과정, 과거와 현재의 병력, 현재의 환경과 그 동안의 행동에 대해 듣고 행동을 관찰한다. 물론 건강에 문제가 있는지도 확인한다. 견종과 덩치도 고려 대상이다. 한 개체의 모든 역사가 공격성 진료의 기본이 되는 것이다.

개와 관련된 정책을 세우려면 먼저 개라는 종에 대해 배우는 게 우선이다. 개는 어떤 존재일까? 개는 같은 견종이라고 같은 성향을 지니지 않는다. 개는 인간처럼 각자 개별적인 존재다. 나의 다섯 인간 남매가 각기 다른 성향을 가졌듯 개도 같은 견종이고 한 엄마에게서 태어난 강아지라도 각기 다른 성향을 지닌다. 또한 개는 유전자에 각인된 본능만 따라서 행동하는 생각 없는 기계도 아니다. 이는 진화론과 수많은 연구가 증명하고 있다. 개가 각자의 서사를 지닌 개별적인 존재라는 것을 인정하지 않는다면 앞으로 어떤 정책을 내놓아도 개 물림 사고 예방에 아무런 도움도 되지 않을 것이다.

개의 개체별 관리는 보호자의 몫이다. 반려견이 공격성을 띠지 않도록 기본 교육을 시키고, 유전적 이유든 환경적 이유든 공격성을 갖게 되었다면 치료에 최선을 다하고, 입마개를 하고 목줄을 짧게 하고, 산책을 줄이는 등 개 물림 사고가 나지 않도록 조심해야 한다. 그럼에도 사고가 발생했다면 그에 합당한 경제적·법적 책임을 져야 한다. 김선아 수의사가 2년간 미국에서 한 개 진료 중 공격성 문제는 85퍼센트였다. 이처럼 미국의 보호자들이 개 물림 사고를 예방하기 위해 병원을 찾는 노력을 하는 이유는 개가 사람을 물었을 때 피해자에게 보상해야 하는 금액이 어마어마하기 때문이다. 미국뿐 아니라 많은 나라가 같은 추세며 2020년 홍콩에서도 개에 물린 피해자에게 개의 보호자가 1억 5000만 원을 배상하라는 판결이 내려졌다.

우리나라의 경우 동물보호법 제13조에 따라 개가 사람을 무는 경우 징역 2년에 벌금 2000만 원까지 가능하고 견주를 상대로 형사소송도 가능하지만 제대로 적용된 경우가 거의 없다. 세계적으로 개 물림 사고의 해결 방법으로 사고 예방을 위한 개, 보호자, 일반인에 대한 교육 강화는 물론 사고가 발생했을 때 보호자에 대한 처벌 강화가 추세다. 여기서 중요한 것은 개에게 개 물림 사고의 책임을 묻지 않는다는 것이다.

개가 어린아이를 문 사고 후 유명 훈련사인 강형욱 씨가 아이를 문 개에 대해 안락사를 주장했다. 방어적 공격성이 아니고, 아이가 두 명 있었는데 더 작은 아이를 물었고, 분명 이후에 또 아이를 '사냥'할 거라며 안락사가 맞다고 했다. 아무리 보호자의 책임에 대한 경고성 멘트라 해도 부적절했다. 소리도 나오지 않는 흐릿한 짧은 영상을 보고서 그런 단정적인 주장을 하다니. 이미 그가 한 말이면 정답이라고 생각하는 팬덤이 형성되어 있어서 말의 파급력은 컸다. 전문가가 안락사가 맞다고 하는데 왜 토를 다냐는 사람들이 등장했다.

물론 공격성이 심한 개의 경우 안락사가 하나의 선택지가 될 수 있다. 하지만 거기까지 가기에는 지난하고 복잡한 여러 단계가 필요하다. 게다가 '사냥'이라는 자극적인 단어로 인해 수만 년 동안 인간과 공진화한 개는 순식간에 반려동물에서 야생동물로 자리가 옮겨졌다.

반려동물과 아기를 잘 키우는 법에 대한 지식과 정보를 제공하는 미국 단체 FPPEFamily paws parent education는 아기와 개의 관계에 대해 이렇게 설명한다. 사람들은 개가 아이를 특별한 존재로 볼 거라는 환상을 갖고 있지만 사실 개에게 아이는 소리, 냄새, 행동이 다른 존재일 뿐이고, 집 안의 가구나 옆의 고양이나 다르지 않다. 개는 아이를 어리고 연약한 존재라고 얕보지도, 보호하려고 들지도 않는다는 게 팩트다. 아마도 이번에 아이를 문 사건의 개를 진료해 보면 그 또래 아이와 어떤 사연이 있었을 것이다. 어떤 순간이 개에게 정신적인 손상을 입히고, 어떤 영향을 미쳤는지 오랜 시간이 걸려서라도 알아내야 한다.

"개는 개다. 개는 있는 그대로 보아야 하며, 보고 싶은 대로 봐서는 안 된다."

30년 넘게 동물행동학을 공부하고 가르친 콜로라도대학교 명예교수인 마크 베코프가 《개와 사람의 행복한 동행을 위한 한 뼘 더 깊은 지식》(마크 베코프, 동녘사이언스)에서 한 말이다. 평생 개를 사랑하고 함께 산 반려인이자 과학자인 저자는 개의 마음을 읽고 함께 행복하게 사는 법에 대해 최신 과학과 자신의 반려견을 관찰한 결과를 바탕으로 이야기한다. 인간은 같은 인간도 자기가 보고 싶은 대로 본다. 개는 오죽할까. 이러다 보니 개에게 인간은 생명줄이다. 살릴 수도 있고, 죽일 수도 있는. 말을 하지 못한다고 죽여도 되는 게 아니다.

2019년에 농림축산식품부가 발표한 동물복지 5개년 종합계획에는 개 물림 사건에 대한 고민이 담겨 있다. 반려견과 보호자에 대한 교육 강화와 보호자의 의무 강화가 포함되었다. 그런데 개의 공격성에 대한 부분은 전문가로 구성된 팀이 공격성 평가를 해서 안락사 여부를 결정한다는 내용이 포함되어 있어 우려가 된다. 실제로 단순하고 획일적인 공격성 평가가 얼마나 의미 없는지에 대한 연구결과는 이미 많이 나와 있다. 2016년의 논문(〈No better than flipping a coin : Reconsidering canine behavior evaluation in animal shelter〉)에 따르면 보호소에서 공격성이 있다고 판단된 개들 중에서 입양간 뒤에 실제 공격성을 보인 확률은 25퍼센트 미만이었다. 이 정도면 공격성 테스트의 정확도가 동전 던지기만도 못하다는 것인데 어설픈 테스트를 만들어서 '공격성 있는 개'라는 낙인을 찍은 후 쉽게 안락사시키는 제도를 만들지 않기를 바란다.

좋아서 사람을 무는 개는 없다. 항상 긴장한 상태로 있다가 무는 행동을 하는 개들의 삶의 질은 현저히 낮다. 그래서 공격성이 있는 개를 치료하지 않고 방치하는 것 또한 학대다. 개가 인간, 다른 개들과 평화로운 관계를 맺으면서 공동체 안에서 살아갈 수 있도록 해 주는 것 또한 반려인과 사회의 의무임을 잊으면 안 된다.

사람을 물어서 안락사 명령을 받은
딜랜은 어떻게 되었을까?

하루가 멀다 하고 개 물림 사고 소식이 끝도 없이 이어진다. 목줄 풀린 개에게 물린 초등생, 개를 껴안다가 물린 어른, 키우던 개에게 물려 죽은 노인 등. 글을 쓰고 있는 지금도 묶여 있던 진돗개가 풀리면서 동네 주민 2명을 물었다는 기사가 떴다. 소방청에서 발표한 개 물림 사고로 병원으로 이송된 환자의 수는 매년 2,000명이 넘는다. 매일 약 6명이 개에 물려 병원을 찾는다는 것인데 병원에 가지 않는 경우를 더하면 훨씬 더 많은 수의 사람이 개에 의해 사고를 당한다는 것이다.

《개가 행복해지는 긍정교육》(잰 페넬, 책공장더불어)의 저자인 반려견 행동심리 전문가 잰 페넬은 개를 교육시키지 않고 애정만 주는 것은 개를 망치는 잘못된 사랑이라고 말한다. 교육이야말로 개를 올바로 사랑하는 방법이라고. 저자는 사람을 물어서 안락사 위기에 처한 개들에게 교육을 통해 삶을 되돌려 주는 봉사활동을 한다. 봉사활동을 하면서 만난 딜랜은 사람을 물어서 안락사 명령이 내려진 상황이었다. 딜랜이 살 수 있는 마지막 기회에서 저자는 딜랜이 아니라 보호자를 강하게 교육한다. 개의 행동은 보호자에게 달렸으니까. 마침내 딜랜은 살아남는다.

연일 쏟아져 나오는 기사의 제목 '사람 잡는 맹견.' 하지만 대형견이 모두 맹견은 아니고, 특정 종이 모두 맹견도 아니다. 그보다는 개가 공격성을 띠지 않도록 환경을 만드는 법과 문화가 중요하다. 사실 견종은 죄가 없다. 핏불, 도베르만, 로트와일러 등이 위험하다고 키우는 것을 제한하는 나라도 있지만 어떤 견종이 더 위험하다는 것이 명확히 증명되지 않아서 특정 견종 규제 법안은 어느 나라나 늘 논란을 일으킨다. 실제로 핏불은 사람들이 제대로 교육시키지 않고 키우고, 투견에 이용되면서 위험한 견종으로 인식되지만 아이들과 잘 어울려서 '유모 개'라고 불리기도 한다. 결국 개가 어떤 환경에서 키워졌는지가 중요하다.

개가 공격적으로 변하는 중요한 이유는 사람과 사는 법에 대해 제대로 교육시키지 않고, 평생 외부에 묶어 두는 등 제대로 된 환경을 제공하지 않거나, 개 농장, 강아지 공장 등에서 폐쇄된 채 살았거나, 투견, 사냥견 등으로 인간이 길렀기 때문이다. 실제로 최근 일어난 사건을 보면 묶여 있다가 줄이 풀린 개가 사람을 공격하는 경우가 많았다. 개는 사람과 애정을 나누면서 함께 살아야 하는 사회적인 동물이다.

짧은 줄에 묶여 집 밖에서 키우는 것도 동물학대다. 아무리 사회성이 좋은 개라도 줄에 묶이면 공격성이 생기고 위험해진다. 미국 터프츠 대학의 니콜라스 도드만 수의학 박사는 "줄의 길이가 짧으면 짧을수록 개는 더욱 공격적으로 변한다."고 말한다. 개가 묶인 줄의 길이와 공격성은 반비례한다는 의미다. 오랫동안 줄에 묶여 있었던 개들은 사람을 물고, 어린아이를 공격한다는 연구도 있다. 그래서 개를 줄에 묶어 키우는 것을, 세계 100여 곳 이상의 도시에서는 불법으로 규정하고 있다. 사나운 개를 처벌하는 법

개정을 고민한다면 개를 외부에 묶어서 키우는 것을 금지하는 법도 함께 마련해야 한다. 이는 개뿐만 아니라 인간의 안전을 위해서도 옳은 일이다.

위험한 개를 다루는 가장 좋은 방법은 사람을 교육시키는 것이다. 특히 개 물림 사고는 어린아이들에게도 많이 일어난다. 묶여 있는 낯선 개에게는 다가가지 말고, 개를 만지고 싶다면 먼저 개의 주인에게 허락을 구하고, 장난으로 개를 친다거나 소리를 지르고 개의 물건을 뺏는 등의 행동을 하지 않는 등 개를 대하는 올바른 방법을 가르치는 것은 안전사고를 피하는 데 도움이 된다. 통계를 보면 중성화수술을 하지 않는 수컷에 의한 사고가 가장 많다. 반려동물의 중성화수술이 당연한 일이 될 수 있도록 제도와 규제를 만들어 가고, 특히 사고를 일으킨 개는 중성화수술을 통해 번식을 막는 것이 중요하다.

사람이 올바른 지식을 갖추고 책임감 있게 개를 키우면 위험한 개는 사라진다. 평범한 개를 맹견으로 만드는 사람과 사회에 대한 교육이 더 필요한 시점이다. 키우는 개에게 문제행동이 있어서 고민하는 분들에게 나는 슬쩍 책을 권한다. 인터넷이나 예능 프로그램에 나오는 문제 동물의 훈련 영상은 좋은 팁이지만 짧은 시간 안에 기본 개념을 익히기는 쉽지 않다. 책을 통해 개가 어떤 생명체인지 기본부터 이해하기를 바라기 때문이다. 반려견이 여럿인데 짖음이 심해서 힘들었는데 책을 읽고 아이들을 대하니 집이 너무 조용해져서 심심해졌다는 기쁜 소식을 듣고는 폭풍 칭찬을 했다. 사람도 긍정교육이 필요하다.

학대당한 동물도
누군가의 어미고, 새끼다

"어머니, 학습지 좀 보고 가세요."

지금 생각하면 웃기지만 전단지를 내미는 사람에게 "저 결혼 안 했어요."라고 톡 쏘던 때가 있었다. 그냥 안 받으면 될 걸 건넨 사람 무안하게 왜 그랬을까. 비혼인 나에게 '어머니'라는 단어는 낯설고 무거웠다. 그런데 요즘은 "고양이 엄마가 밥 챙기고 있네."라는 말이 싫지 않다. 아이들을 오래 돌보다 보니 '엄마'라는 단어의 무게가 자연스럽게 스며들었다. 고양이 엄마가 사람 엄마보다 무게감이 덜 느껴져서는 단연코 아니다.

언젠가 지인이 반려견이 아파서 병원에 갔더니 "○○ 아버님 진료실로 들어오세요."라고 해서 "나는 개 아버님 아닌데, 마누라랑 딸이 키우는 개인데…." 중얼중얼했다고 내게 하소연을 했다. 그러다가 그 개가 나이 들고 병에 걸리자 내게 나이 든 개는 어떻게 돌보는 게 좋으냐며 조언을 구했다. 늙은 개를 돌봐야 함에 당황했고, 언제나 귀여운 모습으로 살아줄 것 같았던 개의 노화에 아파했다. 그런 지인을 보면서 고레에다 히로카즈 감독의 영화 〈그렇게 아버지가 된다〉가 겹쳤다. 영화 속 아버지는 스스로에게 묻는다. 피가 섞이지 않은 아이도 똑같이 사랑할 수 있을까? 고레에다 감독이 들려주는 가족 이야기를 좋아하는데 나나 지인이나 영화 속 아버지처럼 한 생명을 책임지는 어른으로 성장하고 있구나 싶었다.

내가 반려동물을 통해 가족의 의미를 되새긴다고 하면 발끈하는 이들이 있다. '정상 가족'의 정의가 따로 있는 걸까? 각기 다른 나이, 생각, 젠더, 경제적·신체적 능력을 가진 구성원이 모인 게 가족이라면 거기에 다른 종이 끼어드는 게 안 될 일인가. 사실 내 기준에서는 같이 밥 먹는 게 좋은 사람이면 다 가족 경계 안에 있다. 오히려 '모두 다 똑같은 가족의 모습을 갖자!'고 한다면 그게 폭력이다.

사랑이라는 게 차이를 인정하고 그 차이를 존중하는 거라면 종을 뛰어넘는 동물과의 관계맺음은 사랑을 배우는 좋은 방법이다. 특히 매일 얼굴 맞대고 살 부대끼며 사는 징글징글한 가족이라는 굴레 안에 종이 다른 구성원까지 받아들인다면 그게 진짜 가족사랑 아닌가.

언제부턴가 누군가 억울하게 당한 뉴스가 뜨면 '그 사람도 누군가의 아버지다, 누군가의 딸이다.'라며 호소한다. 피해자를 타자화하지 말자는 호소다. 동물 문제도 마찬가지다. 길 잃은 개를 잡아먹거나 길고양이를 학대하는 사건은 누군가에게는 가족이 죽임을 당하는 일로 여겨진다. 어느 날, TV 예능 프로그램에서 사람들이 흰고래 벨루가 쇼를 보며 환호했다. 벨루가는 평생 무리 생활을 하는 동물이다. 쇼를 하는 벨루가는 포획 당시 대부분 그렇듯 젖도 못 뗀 상태에서 어미로부터, 가족으로부터 강제로 떼어내진다. 그런 불행을 가진 생명의 몸부림을 보면서 손뼉 치며 환호하는 사람들. 몰랐다고 말하겠지만 그들은 벨루가 가족의 불행에 일조했다. 반려동물이든, 농장동물이든, 실험동물이든, 쇼 동물이든 동물을 생명이 아닌 상품으로 인식하는 자본주의에 익숙해진 우리는 모든 생명은 어미로부터 나온다는 것을 잊고 산다.

얼마 전 길고양이에게 밥을 주지 말라고 동네 이웃에게 한바탕 당했다. 그곳은 내가 밥을 주는 밥자리가 아니었다. 길을 가다가 매서운 겨울 추위에 손바닥만한 마지막 겨울 볕을 찾아든 아이들이 옹기종기 웅크리고 앉아 있길래 간식을 좀 주다가 낭패를 당했다. 그는 높은 담 위에서 팔짱을 끼고 서서는 고래고래 소리를 질렀다. 큰 집과 넓은 마당을 갖고 있으면서 작은 생명 하나 담을 마음의 구석이 없었다. 자기 개가 고양이를 무서워한다고 했다. 반려동물과 산다고 모두 엄마가 되는 건 아닌가 보다. 진짜 엄마가 된다는 건 내 아이만이 아니라 세상 모든 아이가 배곯지 않고 안전하게 보호받았으면 하는 게 아닌가.

일본 작가 하이타니 겐지로를 좋아한다. 그의 책을 읽으면 존경하는 스승에게서 좋은 이야기를 듣는 것 같다. 《외톨이 동물원》(하이타니 겐지로, 비룡소)에는 사람들이 '정상'이라고 말하는 것에서 조금 벗어난 여러 인물이 등장한다. 그중 마리코는 장애가 있어서 보통 사람보다 열 배나 힘을 들여서 40분을 걸어도 겨우 200미터를 가는 아이다. 그런 마리코에게 "마리코 힘내.", "수고가 많군."이라고 말하는 이웃이 있고, 반면 "저러다가 해 떨어지겠네.", "저런 애는 무슨 낙으로 살까?"라고 말하는 사람도 있다. 나는 나와 다른 모습의 존재를 보며 어떻게 생각하고 말하고 살았는지 곰곰 생각했다.

저자가 들려주는 말 중에서 이 말을 나는 마음에 품고 산다. "너희가 모르는 곳에 갖가지 인생이 있다. 너희 인생이 둘도 없이 소중하듯 너희가 모르는 인생도 둘도 없이 소중하다. 사람을(나는 '누군가를'로 바꾸어 읽는다) 사랑하는 일은 모르는 인생을 사랑하는 일이다."

우리는 죽어 가는 개들을
붙잡아 죽이고 있는 걸까?

상암동 월드컵공원에서 살던 유기견 상암이가 포획 과정에서 마취총을 맞고 죽었다. 상암이는 사람을 잘 따라 밥과 쉼터를 챙기는 사람들이 있었고, 구조해서 입양갈 곳도 있었다고 했다. 산책 나온 개들과 즐겁게 노는 상암이의 사진 밑에 주검이 된 상암이의 사진을 보며 의아함과 분노가 뒤섞였다.

상암이는 어느 날 월드컵공원에 나타났다. 성격이 유순하고 사회성이 좋아서 산책 나온 개들과 잘 어울렸는데 사람은 좀 경계했다니 아마도 버려진 기억 때문일 것이다. 자주 사람들 눈에 띄면서 사랑받게 되었지만 같은 이유로 포획하라는 민원도 늘었다. 상암이를 돌보던 사람들은 구조해서 입양 보낼 계획을 세웠고, 곧 구조해서 입양을 보내겠다는 의견을 관리소 측에 전달한 상황이었다. 하지만 민원에 밀린 공원관리소는 포획을 시도하다 실패했고, 엽사를 동원했다가 상암이를 죽였다.

사건을 정리하다 보니 안타까운 지점이 한두 군데가 아니다. 반려동물을 떠나보낸 후에 '만약에 내가 다른 선택을 했다면 살릴 수 있지 않았을까?'란 후회를 많이 한다. 상암이도 그렇다. 만약에 마취총이 아닌 다른 방법으로 포획했다면, 민원에 밀려 급하게 포획하지 않았다면, 사람들이 민원을 넣지 않았다면, 입양자가 빨리 나타났다면, 버려지지 않았다면, 만약에, 만약에…. 그러나 이 모든 과정에서 상암이가 스스로 선택할 수 있는 것은 하나도 없었다. 모든 선택은 사람의 몫이고, 계속 나쁜 선택이 이어졌다.

빨리 구조하지 않고 이제 와서 항의하냐며 상암이를 챙기던 사람들을 향해 악플이 달렸다. 혐오는 가장 힘든 사람을 가해자로 만드는 재주가 있다. 하지만 한 번이라도 버려진 동물을 구조해 본 사람이라면 안다. 구조가 제일 쉽고, 개에게 그럴듯한 가족을 찾아주는 일이 제일 어렵다는 것을. 엄청난 심적 노력과 많은 시간과 돈이 들어가기 때문이고, 입양자를 못 찾으면 안락사될지도 모를 보호소로 보낼 수 없으니 본인이 껴안을 수도 있다. 이런 이유로 길에서 떠돌이 개나 아픈 길고양이를 맞닥뜨렸을 때 순간적으로 '구조할까, 말까?' 망설이다가 그런 자신에게 자기 혐오를 느끼기도 한다. 그러니 상암이를 돌보던 이들의 상황을 이해해야 한다. 하지만 이후 상황은 용납이 어렵다. 구조해서 입양을 보낼 거라는 의사를 표현했는데도 마취총을 동원한 포획이라니.

동물 포획 시 마취총 사용은 지자체와 동물단체 간에 끊임없는 논쟁의 대상이다. 마취총 사용은 이번 상암이 사건에서 보듯이 생명을 앗아갈 수 있는 위험한 포획 방법이기 때문이다. 농림축산식품부의 동물보호센터 운영지침에 따르면 "사람을 기피하거나 인명에 위해가 우려되는 경우, 위험 지역에서 동물을 구조하는 경우에는 수의사가 처방한 약물을 투여한 바람총 등 장비를 사용할 수 있으며, 장비를 사용할 경우 근육이 많은 부위를 조준하여 발사하여야 한다."고 나와 있다. 상암이는 위에서 규정한 상황에 맞지 않고, 수의사도 없었으며, 마취총은 엉덩이와 허벅지 부위에 맞아야 안전한데 상암이는 가슴 부위에 맞았다.

아니면 상암이를 들개로 분류한 것일까? 2010년 이후 산 주변 지역을 중심으로 들개가 자주 출몰해서 민원이 증가하자 포획 시 마취총 사용이 논의되었고, 동물단체의 반대에도 불구하고 2016년부터 마취총을 동원하여 포획하고 있다. 하지만 '들개'는 만들어 낸 엉터리 용어다. 서울시는 임의로 '산속에서 여러 세대를 거치면서 야생화된 유기견'을 들개로 정의했다. 심지어 한 국회의원은 산 주변 지역의 유기견을 '야생화된 동물' 또는 '유해 야생동물'로 지정하자는 법안을 발의하기도 했다. 언어는 거리두기의 강력한 무기다. 들개를 유기견과 다르게 분류해서, 다른 방법으로 해결하기 위함이었다. 유기견이 들개가 되는 순간 포악하고, 위험하고, 잡아서 없애도 괜찮은 존재가 된다.

뇌과학자이자 인지과학자인 나카노 노부코는 《우리는 차별하기 위해서 태어났다》(나카노 노부코, 동양북스)에서 "단결이 차별을 만든다."고 했다. 인간은 타인을 괴롭히면서 존재감을 느끼고, 다수 쪽에 속해 생존하고픈 본능이 서로를 단결하게 만든다. 이런 과정에서 차별은 자신이 다수라는 쾌감을 느끼게 해 주는 증표다. 인간은 인간끼리의 대동단결을 위해 동물을 배제하고, 인간 안에서도 다수끼리의 대동단결을 위해 소수자를 배제한다. 하지만 '누군가를 공격했을 때 결국 손해 보는 것은 나 자신'이라는 공식을 우리는 익혀야 한다. 또한 이러한 차별이나 배제는 특별한 일이 아니고 평범하게 일어날 수 있는 일이다. 그렇기 때문에 차별과 배제의 본능을 드러나지 못하게 하는 사회적 배경이 중요하다. 지금처럼 유기동물을 쉽게 들개, 유해동물로 구분지어서 처리하려 든다면 다음은 동물이 아니라 우리가 어떤 기준으로 사회에서 배제될지 알 수 없다.

2014년, 서울 성북구에서는 산에 사는 개들이 주택가로 내려와 길고양이를 닥치는 대로 죽여 문제가 되자 캣맘, 동물단체, 방송사의 6개월간의 노력으로 들개 두 마리를 포획했다. 2~3살의 어린 개였는데 모두 심장사상충에 걸려 있었다. 심장사상충은 무서운 병으로 야외에 사는 개는 피하기 어려운 치명적인 질병이다. 당시 포획된 개들은 심장사상충 치료를 위한 주사도 맞기 힘들 정도로 건강 상태가 좋지 않았다. 산에 사는 들개의 삶이 한치 앞을 알 수 없을 정도로 비참함을 보여 주었다. 이 개들의 상태로 보아 산속 개들은 이미 영양불량, 질병, 추위 등으로 죽어 가고 있었다. 우리는 어쩌면 죽어 가는 개들을 붙잡아 죽이고 있는지 모를 일이다.

훈련소로 옮겨진 두 마리는 사람과의 친밀감을 회복하는 교육을 집중적으로 받자 사람과 산책을 다닐 수 있을 정도가 되었다. 훈련소를 찾은 캣맘들은 개들의 변화된 모습에 기뻐하며 그들의 새 삶을 응원했다. 그러면서 그들이 남긴 말이 우리가 들개라고 부르는 개들을 어떤 시각으로 봐야 할지 알려주었다.

"얘, 눈 좀 봐. 이렇게 순한데. 보통 개하고 똑같잖아요."

인간이 똑같은 개를 반려견과 식용견, 반려견과 들개, 품종견과 잡종견 등으로 나눌 뿐이다. 인간이 들개라고 부르는 개들은 인간을 위협하는 괴물이 아니고 인간에게 버려져 죽음으로 내몰린 희생양일 뿐이다.

보호소로 간 동물들은
어떻게 되었을까?

"새끼 고양이인데 얘는 죽은 거 같아요."

주차장에 버려져 있던 새끼 고양이를 데려왔다며 이웃이 내미는 과자 상자에는 채 마르지 않은 탯줄을 단 핏덩이 둘이 있었다. 길고양이를 꽤 오래 돌보고 있었지만 갓 태어난 새끼를 처음 봐서 심하게 당황했다. 고양이에게 밥을 주는 사람이니 살려주겠지 싶어서 우리 집 문을 두드린 건데 정작 나는 털도 없이 민둥민둥한 손가락만한 생명체를 보면서 "고양이가 맞나요?" 묻기까지 했다. 콩닥거리는 가슴을 진정시키고 새끼 고양이 살리기 대작전에 돌입했다. 밥벌이인 출판사 일을 잠시 내려놓고 서너 시간마다 분유를 먹이고 똥오줌을 받는 어미 고양이 노릇을 시작했고, 다행히 두 녀석은 무사히 커서 좋은 집에 입양을 갔다. 만약 그때 이웃이 새끼들을 내게 데려오지 않고 외면했거나 보호소로 보냈다면 어떻게 됐을까?

한동안 지자체 캣맘 모임의 대표를 했는데 가장 어려웠던 일은 구청에서 새끼 고양이 구조 신고가 들어왔다며 내게 연락을 해올 때였다. 입양처를 구하지 못하면 새끼 고양이는 보호소로 보내지는데 새끼 고양이에게 보호소는 살처분 장소나 다름이 없다. 보호소는 새끼 고양이에게 서너 시간마다 밥을 주고 똥오줌을 받아줄 시간도 인력도 없으니 당연히 방치되다가 죽는다. 길을 가다가 홀로 우는 새끼를 본 사람들이 '선의'로 각 지자체, 119, 경찰서 등에 연락하면 결국 보호소로 가게 되는데 우리가 중간에 끼어드는 것이다.

하루 이틀 만에 새 가족을 찾아야 하는 촉박한 상황 속에서도 결국 다 입양에 성공했던 이유는 새끼 고양이가 보호소로 가면 어떤 결말이 기다리고 있는지 아는 지역 캣맘, 구청·동사무소·경찰서·소방서 직원들의 도움 덕분이었다. 새끼 고양이 공지만 뜨면 사방으로 알리고, 직접 입양을 하기도 했던 지역 캣맘들의 자발적 활동은 여느 단체 구성원들의 열의보다 뜨거웠다. 공무를 보는 와중에도 내가 새끼 고양이를 받으러 갈 때까지 새끼 고양이들을 먹이고 돌봤던 구청 직원, 자기들이 수소문해서 새끼 고양이 두 녀석의 입양처를 찾아준 경찰서 직원까지. 그들 덕분에 꽤 많은 고양이가 이 순간을 살고 있다.

유기동물 보호소를 동물을 '보호하는 곳'이라고 생각하는 사람들이 아직도 있는 모양이다. 물론 모범적으로 운영되는 보호소도 소수 있지만 대부분의 지자체 보호소는 '보호'의 기능을 잃은 지 오래다. 잠시 길을 잃은 동물이 원래 가족을 찾아가고, 버려진 동물들이 새 가족을 만나는 낭만적인 장소가 아니라는 뜻이다. 2017년에 동물권단체 케어는 전국 지자체에서 직영·위탁하는 유기동물 보호소를 조사한 보고서 《길에서 데려간 동물들은 어떻게 됐을까》를 발간했다. 1차 보고서가 나온 지 10년 만에 나온 2차 보고서라서 10년간 국내 보호소의 변화도 볼 수 있었는데, 그 후 2020년에 동물단체 비글구조네트워크가 다시 전국 유기동물 보호소 25곳을 조사하면서 유기동물 보호소의 민낯이 드러났다.

유기동물 발생 숫자는 (통계에서 빠진 유기동물을 제외하고) 공식적으로 2017년에 10만 마리를 넘더니 2019년에는 13만 마리가 넘었다. 유기동물을 입양하고 끝까지 책임지는 문화를 만들기 위해 단체와 개인이 노력하고 있지만 여전히 버려지는 동물은 급증하는 추세다. 강아지 공장 등 생산·판매에 대한 규제, 중성화수술 등 반려동물 개체수 감소를 위한 정부의 대책이 빈약하기 때문에 유기동물 발생 숫자를 줄이지 못하고 있다.

입소한 유기동물들이 어떻게 되었는지도 중요한데 이 또한 절망적이다. 유기동물 입양 비율은 꾸준히 줄고, 안락사와 자연사 비율은 줄지 않고 있다. 농림축산식품부의 발표에 따르면 2019년에 버려진 동물은 13만 5,791마리(개 75.4퍼센트, 고양이가 23.5퍼센트)였다. 그중 원래 가족에게로 돌아간 경우 12.1퍼센트, 새로운 가족에게 입양 26.4퍼센트, 보호소에서 자연사 24.8퍼센트, 안락사 21.8퍼센트, 보호소에 남겨진 동물 11.8퍼센트였다(농림축산식품부 발표는 더한 값이 96.9퍼센트로 오류가 있다). 눈여겨 봐야 할 것은 안락사와 자연사의 비율이다. 현재 보호소에서의 자연사는 치료를 하지 않고 방치해서 죽이는 고통사라고 볼 수 있다. 안락사에 사용되는 약물 비용을 줄이고, 안락사에 대한 대중의 비난을 피하기 위함이다. 안락사보다 못한 죽음이라고 할 수 있는 자연사가 줄지 않는 것도 풀어야 할 숙제다.

유기동물 보호소는 1995년 설립 때부터 지자체에서 위탁을 받아 수익 사업으로 보호소를 운영하는 곳이 많아서 보호소 동물을 식용견으로 판매하거나 굶어 죽이는 곳이 많았다. 그런데 이런 비상식적인 일이 줄었다고는 하지만 2020년에도 여전히 벌어지고 있다. 경북 울진의 유기동물 보호소는 전직 개 농장주가 관리하고 있었다. 다른 개들이 보는 앞에서 안락사를 하는 보호소도 많다. 이는 동물보호법 위반임에도 불구하고 제대로 처벌이 이뤄지지 않기 때문에 같은 일이 반복된다.

안락사 또한 불법적으로 이루어졌다. 비용을 아끼려고 마취제를 사용하지 않고 근이완제인 석시콜린만 투여해서 동물을 죽였다. 석시콜린은 마취가 되지 않은 경우 의식이 있는 상태에서 숨을 쉬지 못하는 고통을 그대로 느끼다가 죽음에 이르게 한다. 이보다 더한 고통이 있을까.

심지어 어떤 보호소는 아예 동물의 질병을 방치해서 죽게 했다. 질병으로 인한 자연사로 분류되면 안락사 비용을 그대로 남길 수 있기 때문이다. 차라리 안락사를 시켜달라고 애원해야 할 지경이다. 이 보호소의 그간 자연사 비율은 80퍼센트라고 비글구조네트워크는 밝혔다.

보호소에 대해 자세히 알게 되면 보호소 수의사의 역할이라는 게 치료보다는 안락사 시행에 한정되어 있다는 것을 알게 된다. 보호소라는 타이틀을 달았다면 적어도 다쳐 들어온 동물들에 대한 응급치료는 시행해야 하지 않나. 돈을 벌기 위해 보호소와 담합한 수의사들은 동물을 살리기 위해 수의사가 된 초심 따위는 잊은 모양이다.

2017년 대만의 유기동물 보호소에서 일하던 수의사 지안지쳉은 동물을 안락사시킬 때 쓰는 약물로 자살했다. 동물을 사랑해서 수의사가 된 그는 보호소에서 일하는 2년 동안 700마리의 동물을 안락사시킨 죄책감을 떨치지 못했다. 보호소라는 곳이 생명을 살리고픈 수의사에게 얼마나 가혹한 공간인지 알 수 있다. 그해 대만에서는 유기동물의 안락사를 금지하는 법안이 시행되었다.

각 지자체의 보호소가 이 모양으로 운영되는 이유는 직영이 아니라 민간 위탁으로 운영되고 있기 때문이다. 위탁업체는 수익을 내야 하는 사업체인데 감시와 규제가 없다 보니 동물의 고통은 무시하고 돈벌이를 하게 된다. 동물단체는 유기동물 보호소를 지자체 직영으로 운영하기를 계속 요구하고 있지만 현재 보호소의 직영 비율은 15퍼센트에 그치고 있다.

보호소 동물 입양 시 '중성화수술 의무' 조항은 여전히 권고사항에 머무르고, 입양 후 사후 관리도 제대로 이루어지지 않고 있다. 그래서 대형견만 입양하거나 여러 마리를 입양하고(식용견으로 팔 우려), 암컷만 입양하는(번식의 우려) 사람들을 관리하지 못하고 있다. 조사 중에 보호소에서 입양 보낸 개가 개 농장에서 발견되기도 했다니 나쁜 마음을 먹은 사람에게 보호소는 공짜로 돈벌이를 할 수 있는 곳이 되기도 한다.

첫 유기동물 보호소가 생기고 25년이 지난 지금, 이 지경에 이른 곳을 보호소라고 부르는 게 마땅할까? 길에서 길 잃은 동물이나 치료가 필요한 길고양이와 마주쳤을 때 외면했던 사람들이 있을 것이다. 지자체에 신고하면 안락사시키는 보호소로 갈 게 뻔하고, 직접 구조하면 치료비와 입양에 대한 부담을 져야 하는데 그럴 시간적, 경제적 여건이 되지 못하면 어쩔 수 없이 눈을 감았을 수 있다. 현재의 유기동물 보호소는 선량한 사람들에게 이런 죄책감을 갖게 하는 곳이 되고 있다. 매년 200억이 넘는 세금을 유기동물 예산에 쓰면서도 국가가 국민을 도움이 필요한 동물을 모른 척 지나치게 하는 비겁한 사람으로 만들었다. 보호소는 동물을 죽이는 곳이 아니라 살리는 곳이어야 한다. 좋은 가족을 만나기 위해 잠시 머무르는 곳. 누군가의 쉬운 돈벌이가 되어서는 안 된다.

우리는 동물 문제를
너무 감성적으로 바라보고 있다

2019년의 그날은 견디기 힘든 시간이었다. 동물을 살리라고 후원했는데 죽이다니. 참담함, 배신감, 떠난 동물에 대한 미안함이 뒤섞였다. 국내 3대 동물단체 중 하나인 케어의 대표가 단체에서 운영하는 보호소의 개들을 살처분했다는 의혹이 제기되었다. 4년 동안 230여 마리. 지자체 보호소의 살처분 문제를 끊임없이 제기했던 단체라서 충격이 더 컸다. 언제나 케어가 운영하는 보호소에서는 살처분이 없다고 천명했었다. 우리 출판사는 책 출간 이벤트로 모은 사료를 이 단체 보호소에 전달하기도 했다. 관심이 없는 아이들 위주로 살처분을 했다는데 그때 만난 환한 미소의 믹스견 아이들은 어떻게 됐을까.

여러 동물단체와 관계를 맺었던 사람들을 만나서 이야기를 나눠 보면 단체 운영에 대한 우려가 많았다. 대표 개인의 독단적인 단체 운영과 개별 활동가들의 의견이 받아들여지지 않는 비민주적인 의사결정 구조, 투명하지 못한 재정 흐름 등 문제점이 한두 가지가 아니었다. 문제제기를 해도 시정이 되지 않으니 역량 있는 활동가들이 단체를 나오고 악순환이 반복되었다. 그래서 터질 게 터졌다고 생각했다. 그런데 내용이 보호소 아이들의 살처분이라니. 오히려 돈 문제라면 이렇게까지 참담하는지 않았을 것이다.

2000년대 초반에 태동한 동물단체들은 반려 인구가 늘고 동물 문제에 대한 관심이 고조되면서 짧은 기간에 폭발적으로 성장했다. 다른 분야 시민단체 활동가를 만났을 때 동물보호운동에 대한 사람들의 관심과 후원이 부럽다고 했을 정도다. 늘어난 관심만큼 회원과 후원금이 늘어서 예산도 늘었지만 그에 상응하게 조직이 운영되지 못했다. 이번 사건만 해도 단체 정체성에 반하는 행위가 단체 조직원은 모른 채 몇몇 사람들의 '깜깜이 결정'으로 가능했다. 먼저 성장했던 다른 분야의 시민단체들이 대표의 공금 횡령, 조직 내 폭력 등으로 길을 잃었는데 그뒤를 이을 셈인가.

일이 불거지자 케어는 안락사 사실을 시인하며 안락사에 대한 사회적 논의를 제안했다. 찬성이다. 유기동물 보호소의 운영과 관리, 안락사와 자연사를 어떻게 줄일 것인가에 관한 논의는 필요하다. 하지만 케어가 한 것은 안락사가 아니라 살처분이다. 죽음보다 더 힘든 고통을 끊기 위한 안락사가 아니라 공간을 만들기 위해, 윤리적인 기준도 없이, 멀쩡하게 살아 있는 생명을 죽인 살처분. 보호소 안락사에 대한 제대로 된 논의는 필요하다. 나는 어떤 일에도 자격을 따지는 것은 옳지 않다고 생각한다. 하지만 그 순간 케어가 이 논의를 제안할 자격이 있는가 묻고 싶었다. 염치가 없다.

인간동물학에 관한 책《동물은 인간에게 무엇인가》(마고 드멜로, 공존)에는 보호소 종사자들에 대한 분석이 나온다. 보호소 종사자들은 자신이 사회의 다른 사람들보다 도덕적으로 우월하고, 문제를 만드는 것은 사회지만 자신들은 그것을 해결하기 위해 노력하는 용기 있는 소수의 집단이라고 인식했다. 책을 읽으며 이런 생각으로 임해야 강아지 공장, 식용견 농장 등 지옥 같은 현장에서 스스로를 다잡을 수 있는 거구나 생각했다. 하지만 이번 사건의 경우는 주둥이 염색 운운하며 안락사 후 조작, 은폐를 도모하는 내용 중 어디에도 일말의 도덕성을 찾을 수 없다.

이 일이 한 사람을 악마화하는 걸로 끝나서는 안 된다. 케어 대표의 감성 마케팅을 거론하는데 이걸 가능하게 한 것은 무엇인가. 우리는 너무나 동물 문제를 감성적으로 바라보고 있지 않은가. 한국의 동물판에서 독일의 유기동물 보호소인 '티어하임'은 단어 자체로 이미 완결성을 부여받았는데 그걸 가능케 하는 게 보호소 종사자들의 도덕성인가? 개도 고양이도 웃을 일이다.

정부는 반려동물에 대한 전수조사 자료가 없고, 등록제가 의무가 되면서 등록률이 오르고는 있지만 내장칩이 아닌 인식표도 가능한 반려동물 등록제는 어설프다. 측정되지 않았는데 무슨 제도를 만들 수 있을까. 지금도 중성화수술을 하지 않은 누군가의 집에서는 개, 고양이가 태어나고, 온라인 중고거래 사이트에서는 개, 고양이가 팔리고, 강아지 공장에서는 시체처럼 누운 모견이 새끼를 생산해 내고, 짬밥만 먹어서 물도 먹을 줄 모르는 식용견은 1년에 200만 마리가 도살된다. 반려동물 전수조사, 강력한 생산·판매 규제, 개 도살 금지, 중성화수술에 대한 정부의 지원, 유기동물 입양 활성화라는 선순환 구조를 만들지 않는 한 이번과 같은 일은 되풀이될 것이다. 불행하게 사는 동물이 천지인데 정부가 손을 놓고 있으니 누군가 그들을 데려다가 (살처분한다는 말은 하지 않겠지만) 목숨만은 살리겠다고 하면, 죽음을 면했으니 다행이라고 사람들은 또 후원을 할 테니까.

유기견 사체가
동물 사료가 되다

2019년 제주의 유기동물 보호소에서 죽은 개의 사체를 동물 사료의 원료로 사용한 사실이 알려졌다. 그해 보호소에서 죽은 개 3,829마리의 사체가 렌더링 업체에서 처리된 후 사료업체로 보내진 것이다. 죽은 개로 만든 사료를 개, 고양이가 먹을 수도 있는 상황이라는 의미다. 이런 사실이 알려지자 제주도는 유기견 사체로 만든 사료 25톤을 전량 회수 폐기할 거라고, 사료는 대부분 가축용이라고 설명했다. 하지만 이미 사용되었을 테니 전량 회수는 불가능하다. 가축용 사료로만 사용되었다는 말도 믿기 힘들지만 가축용 사료는 문제가 안 된다고 생각하는 건가? 죽은 개가 안락사를 당했건 질병으로 죽었건 약물이 사용되었을 것이다. 그렇다면 가축이 먹어도 위험하다.

20년 넘게 거대 사료시장을 조사한 앤 마틴의 《개 고양이 사료의 진실》(앤 마틴, 책공장더불어)은 불편한 진실로 가득하다. 유기동물 사체가 얼마나 오랫동안 개, 고양이 사료로 쓰였으며, 이런 사실을 알리고자 하는 사람과 덮고자 하는 기업 사이의 갈등, 사료회사의 잔인한 동물실험 등 우리가 몰랐던 사료에 관한 내용이 적나라하게 실려 있다. 이번 사건은 터질 게 터진 거다. 반려동물 사료를 만들어 온 역사가 100년이 넘는 외국에 비해 우리는 짧아서 드러나지 않았을 뿐이다.

1998년, 안락사용 약물인 펜토바르비탈에 대한 내성 때문인지 개를 안락사시킬 때 효과가 떨어진다는 수의사들의 문제제기로 미국식품의약국(FDA) 수의학센터는 사료에 펜토바르비탈이 함유되어 있는지 실험했다. 실험 결과 30개의 개 사료에서 펜토바르비탈이 검출되었다. 이어서 수의학센터는 사료에 들어간 펜토바르비탈을 개에게 투여하는 실험을 했다. 실험 결과 펜토바르비탈이 개의 간세포를 파괴한다는 결론을 얻었다. 이처럼 펜토바르비탈은 사람은 물론 모든 동물이 적은 용량이라도 섭취하면 안 되는 약물이다. 그럼에도 펜토바르비탈로 안락사된 동물이 렌더링 과정을 거쳐 다시 개의 사료로 사용되면서 개에게 내성이 생기는 지경에까지 온 것이다.

국내에서 이런 사태가 터지고 가장 먼저 든 생각은 '그 동안 다른 지자체의 안락사된 유기동물은 어떻게 처리되었을까?'였다. 보호소마다 화장장을 갖추고 있지 않으니 외부로 내보냈을 텐데 비용을 들여서 화장처리를 했을까? 제주도 동물위생시험소는 이전 해까지 매립을 했는데 매립지가 포화 상태여서 렌더링 업체로 보냈다고 주장했다. 다른 지역 사정도 비슷할 것이다. 2000년 이후 가축 전염병으로 살처분당해 땅에 묻힌 동물이 1억 마리가 넘는다. 매립지가 남아날 리가 없다.

우리나라는 매년 10만 마리가 훌쩍 넘는 유기동물이 보호소로 들어오고 그중 절반 정도가 안락사와 자연사로 사망하니 매년 5만~6만 마리의 사체를 처리해야 한다. 미국 국립동물관리협회는 2002년 통계에서 매년

1300만 마리의 반려동물이 안락사되는데 그중 30퍼센트는 매장, 30퍼센트는 화장되지만 약 520만에 이르는 나머지 사체는 렌더링 시설로 옮겨진다고 공식적으로 발표했다. 저자가 2002년 이후 최근 자료를 요청하자 더이상 수치를 공개하지 않기로 했다고 답한다.

이번 사태를 통해 사람들은 '렌더링'이라는 낯선 단어와 만났다. 렌더링은 온갖 동물 사체와 도축되고 남은 부산물, 식당, 정육점 등에서 나온 동물 부산물과 폐유 등을 고온, 고압으로 처리해서 사료, 비료, 화장품 등의 원료로 이용하는 방법이다. 수백 년간 지속되어 온 재활용 산업 중 하나로 사회에서는 환영받지 못하지만 인간이 소비하기를 거부한 것들의 종착역이다. 아이러니하게도 현재 이 시설은 사회에 꼭 필요한 시설이 되었다. 육식주의 사회가 만들어 낸 렌더링이라는 이 거대한 통 안에 이제는 인간에 의해 생명을 빼앗긴 개의 사체까지 던져지는 지경이 되었다.

2007년 미국은 6000만 포대의 사료가 리콜되는 역사상 최악의 사료 리콜 사태를 겪었다. 값싼 원료를 찾아 중국에서 수입한 밀 글루텐의 오염이 원인이었다. 미국 식품의약국은 개, 고양이 수십 마리가 사료를 먹고 죽었다고 발표했지만 반려인들이 모인 온라인 사이트에서는 병들거나 죽은 수천 마리의 반려동물 목록이 작성되었다. 하지만 언론이 다루지 않았을 뿐 2007년 이전과 이후에도 수많은 반려동물이 오염된 사료를 먹고 아프거나 죽었고, 수많은 사료가 조용히 리콜되었으며 현재도 마찬가지다. 이제 인간의 식탁만이 아니라 동물의 식탁에도 윤리의 문제를 올려놓을 때가 되었다.

"어미 고양이를 중성화시키면 어떨까요?"
"너무 가엽잖아요. 게다가 돈도 들고요."

2005년쯤이었을 것이다. 나는 동물보호 활동가와 이야기를 나누다가 생전 처음 듣는 '중성화수술'이라는 단어에 발끈했다. 우리 집 개가 열 살도 넘은 노견이다 보니 수술에 대한 거부감, 갖고 태어난 신체 기관들이 각자 역할이 있고 상호작용을 할 텐데 장기를 강제로 제거하는 것은 부자연스럽다고 생각했다. 자연스럽지 못한 걸 강요하는 게 무례하다고 생각했다. 하지만 당시 부르르 떨던 나는 10여 년이 지난 지금 중성화수술이 유기동물 문제를 푸는 핵심이라고 생각한다.

구청의 동물 문제 담당자에게 다급한 도움 요청이 왔다. 주민센터에 들어온 새끼 고양이 4마리의 입양처를 구해 달라는 것이었다. 유기동물 보호소에 연락했더니 법정 보호 기간은 10일이지만 새끼들은 대부분 일찍 안락사된다고 했단다. 보호소는 포화상태고 돌볼 인력도 뻔한데 손이 많이 가는 새끼를 돌볼 여력이 없을 것이다. 유기동물에 관한 일본 다큐멘터리 〈개와 고양이와 인간과〉에도 갓 태어난 새끼 고양이들이 보호소에 들어오자마자 안락사되는 장면이 나온다. 3일 뒤 안락사될 새끼를(일본의 유기동물 보호 기간은 대체로 3일이다) 누가 서너 시간마다 분유를 주며 돌보겠는가. 새끼들을 데리고 오기 위해 주민센터에 갔더니 새끼 고양이들이 박스에 담겨 꼬물거리고 있었다. 박스에 담겨 마을버스 종점에 버려져 있었다는 걸 보니 집에서 태어난 새끼를 어쩌지 못하고 버린 것 같았다. 중성화되지 않은 개, 고양이는 1년에 두세 번 4~5마리씩 새끼를 낳는다. 누구에게라도 벅찬 일이다.

《유기동물에 관한 슬픈 보고서》(고다마 사에, 책공장더불어)는 버려진 개와 고양이가 안락사되기까지 마지막 3일을 보내는 일본 유기동물 보호소의 모습을 담은 사진 에세이다. 유기동물 보호소는 중성화되지 않은 반려동물에게 어떤 비극이 닥치는지 무섭게 보여 주는 곳이다. 임신했다는 이유로 버려진 어미 개가 태어나지도 못한 뱃속의 새끼들과 안락사되는 곳, 이른 봄 출산 시즌이 되면 갓 태어난 새끼들이 밀려들어오는 곳. 저자가 4마리의 새끼 고양이를 보호소로 데려온 주부에게 묻는다.

"이 아이들 어떻게 된 건가요?"

"우리 집 고양이가 낳았는데 다 못 키우겠더라고요."

"새로운 주인은 찾아보셨나요?"

"찾아보긴 했는데 없더라고요."

"이 아이들 여기에 두고 가면 가스실에서 죽습니다. 괴로워하면서 죽어갈 거예요."

"하지만 어쩔 수 없으니까요."

"집에 있는 어미 고양이는 중성화를 시켜 주시면 어떨까요?"

"네? 너무 가엽잖아요. 게다가 돈도 들고요. 전 좀 바빠서 이만…."

많은 사람들이 중성화수술을 피하는 이유와 그것이 불러오는 비극을 잘 보여 주는 대화다.

지자체의 캣맘 활동을 하면서 밥집과 술집이 많은 상업지구 길고양이의 대규모 TNR를 진행할 때 많은 사람을 만났다. 낯선 사람들이 여럿 와서 커다란 덫을 설치하고 서성이니 이상한지 상점에서 사람들이 슬금슬금 나왔다. 그 분들에게 취지를 이야기하면 대부분 이해해 주셨다. 우선 길고양이 개체수가 준다는 것에 찬성했고, 새끼가 태어나고 몇 개월도 되지 않아 시름시름 앓다가 죽는 모습을 너무 많이 봐서 안타까웠던 게다. 중성화수술이라는 단어를 어색해하셔서 "고양이 피임 수술이에요. 피임 수술!"이라고 말하면 찰떡같이 알아들으셨다. 좋은 일 한다고 칭찬도 해 주셨다. 이렇게 현장에서 중성화수술에 대해 차근차근 알리면 되겠다는 생각이 들었다.

반려동물 중성화수술은 길고양이와 또 다르다. 특히 여자로 태어났는데 애는 한 번 낳아봐야 되지 않느냐는 주장이 의외로 많다. 비혼인 나 같은 경우에 잊을 만하면 듣는 얘기를 반려동물 중성화수술 때도 듣다니 착잡했다. 사람이나 동물이나 암컷의 삶의 가치는 오로지 임신, 출산, 모성애인가? 이런 이유로 가정에서 출산을 하고 분양을 하는 경우가 의외로 많다. 거기에는 새끼를 한 번 낳아야 건강하다는 미신 같은 믿음도 작용한다. 수의학적으로 개, 고양이 암컷의 경우 중성화수술은 빠를수록 건강과 장수를 보장받는다. 첫 발정을 하기 전이 제일 효과적이다.

근래 가장 마음 묵직하게 본 영화 중 하나가 〈가버나움〉이다. 레바논 빈민가에서 태어나 출생 기록조차 없이 사는 12살 자인의 이야기다. 영화는 전쟁, 빈민, 난민, 아동인권, 유아매매 등 많은 이야기를 하는데 결국 생명의 존엄성에 관해 이야기한다. 무능한 나라, 무지하고 무능한 부모 밑에서 태어난 자인은 출생 기록도 없고, 교육도 받지 못한 채로 길에서 돈을 벌며 살아가는데 어느 날 여동생이 집주인에게 돈에 팔려갔다가 죽고 만다.

그런데도 부모는 감당 못할 애를 또 갖는다. 자식을 돌보지 않는 부모가 지긋지긋한 자인은 부모가 아이를 더 이상 낳지 못하게 해달라고 고소한다. 부모를 왜 고소하냐는 판사에게 "나를 세상에 태어나게 해서요."라고 말하는 아이. 사랑받지 못하고, 존중받지 못하고, 희망 없는 자신과 같은 삶을 살 아이가 더 이상 태어나지 못하게 해달라는 바람이었다. 인생이 좆 같다는 자인의 말처럼 대책 없이 태어나는 이 땅의 수많은 개, 고양이도 마찬가지의 마음일 거라 생각했다. 그들에게도 목소리가 주어진다면 자인처럼 '대책 없는 인간들 참 좆 같다.'라고 하지 않을까.

중성화수술은 쉬운 결정이 아닐 수 있다. 반려동물과 제대로 사는 법에 대해서는 다양한 의견이 있을 수 있으니까. 다만 어떤 결정을 하더라도 그 전에 보호소에서 죽어 가는 아이들의 두려움과 고통, 슬픔을 생각해 주면 좋겠다. 반려동물의 중성화수술과 유기동물의 안락사에 대해 논하기에는 어떤 지면도 부족하다. 그만큼 의견이 다양하다. 다만 어떤 의견을 갖고 있든 《유기동물에 관한 슬픈 보고서》에 사진이 실린 보호소 동물들은 모두 안락사되어서 이제는 이 세상에 없음을 기억하기를. 유기동물 문제는 안락사라는 마지막을 붙잡고 고민하지 말고 시작을 고민해야 답이 나온다.

생명을 버린 사람들은
불행해야 해

길고양이와 인연을 맺은 후 내게 봄은 새끼 고양이 대란의 계절이다. 중성화수술이 안 된 길고양이 암컷이 겨울이 물러갈 무렵 임신을 해서 이 시기에 대거 새끼를 낳기 때문이다. 그런데 어느 봄날, 길고양이가 아닌 세마리 푸들 소식이 한꺼번에 들려왔다.

노견 카페 이웃인 지인에게서 연락이 왔다. 동네에 새끼 푸들이 떠돌고 있어서 구조한 후 일단 유기동물 보호소로 보냈단다. 20일을 기다렸지만 가족도, 새로운 입양자도 나타나지 않아서 지인이 데리고 나와 깨비라는 이름을 지었다. 보호소에서 가족을 찾지 못하면 지자체에 따라 다르지만 평균 10~30일 후 살처분되니 그냥 둘 수 없었다. 유기동물 보호소에서 입양되지 못한 노견들을 여러 마리 입양해서 돌보고 계시는 분이다. 돌보는 아이를 더 늘릴 수 없어서 함께 입양처를 찾아보기로 했다. 그런데 보호소에 보낼 때 피부병과 감기 기운이 있던 깨비는 보호소 생활 후 상태가 더 나빠졌다. 도대체 시설이 어떤 상태길래 치료는 고사하고 더 나빠졌을까.

피부병에 걸린 생후 2개월짜리가 주택가에 버려진 이유는 전후 사정상 피부병 때문에 판매가 될 것 같지 않으니 버린 것 같았다. 주택가에서 참혹한 환경과 끔찍한 방법으로 소규모로 강아지를 생산해서 파는 사람들이 꽤 있다. 운 좋게도 깨비는 미국에 사는 교포에게 입양이 되었다. 태어난 지 고작 3~4개월 된 강아지, 어미가 건강하지 않았는지 약골로 보이는 녀석을 이 땅에서 가족을 찾아주지 못하고 비행기를 태워 보내는 게 미안하고 걱정이 되어서 고민을 많이 했지만, 이 또한 녀석의 운명이겠다 싶었다. 깨비는 기대한 것 이상으로 좋은 집의 가족이 되었고, 한국에서 입양한 다른 유기견과 함께 지내고 있다. 미국에서 보내온 깨비의 모습이 행복해 보여서 미안함이 사르륵 사라졌다.

깨비를 미국으로 보낼 무렵 미국에 사는 친척에게서 연락이 왔다. 함께 살았던 반려견이 떠나고 많이 힘들어하다가 푸들 루이를 입양했다고 했다. 새로 가족이 된 루이의 사진을 내게 왕창 보내왔는데 그중에 루이와의 첫 만남 사진이 있었다. 스탠더드푸들을 전문적으로 분양하는 브리더의 집이었다. 멋진 갈색 털을 가진 루이 아빠, 눈부신 흰색 털의 엄마가 건강하고 행복하게 살고 있었다. 유기견을 입양했으면 했는데 아쉬웠지만 그래도 펫숍에서 사지 않고 좋은 브리더를 통해서 입양해서 다행이다 싶었다. 미국도 우리와 상황이 비슷해서 매년 수백만 마리의 유기동물이 보호소에서 안락사당하고, 끔찍한 강아지 공장도 많다.

깨비와 루이, 시간차도 두지 않고 내게 온 두 푸들 이야기가 행복해서 다행이다 하고 있었는데 함께 책을 만드는 디자이너가 푸들을 구조하러 간다는 연락을 해왔다. 일상이 갑자기 푸들푸들해졌다. 휴양지로 유명한 산골 오지에 푸들이 버려져서 보호소로 옮겨졌다는 말에 평소 유기견 임보, 입양 활동을 열심히 해온 디자이너가 출동했고, 꼬박 하루 걸려서 데리고 왔다. 이름은 커피라고 지었다. 그 오지가 의외로 도시에서 온 사람들이 개를 많이 버리고 가는 곳이란다. 굳이 오지까지 가서 버리는 사람들의 심리는 뭘까? 그 정성이면 키우겠다며 둘이서 마구 욕을 해댔다. 커피의 나이는 여덟 살로 추정되었다. 입양을 보내기에 쉽지 않은 나이지만 건강하고, 사람을 잘 따르고, 인기 견종이니 입양보내기 쉬울 거라고 낙관했다. 그런데 며칠 후 커피가 떠나고 말았다. 개에게는 치명적인 파보장염으로. 파보장염은 바이러스에 의한 감염성 질환이다. 커피는 치료 도중에 병원에서 떠났다. 믿기 어려웠다. 건강했었는데. 보호소에서 옮은 걸까. 끝까지 보살펴 줄 좋은 가족을 만나는 걸 보고 싶었는데 실패하고 말았다. 미안하다.

깨비, 루이, 커피, 세 마리 푸들의 운명. 깨비와 커피는 우리의 유기동물 정책 수준을 여실히 보여 준다. 유기동물 관련 정책은 언제쯤 생명을 살리는 방향으로 옮겨갈까. 가브리엘 뱅상은 《어느 개 이야기》(가브리엘 뱅상, 별천지)에서 버려진 개의 막막함을 글 하나 없이 크로키로만 표현했다. 선하나에 슬픔과 아픔을 담을 수 있다는 걸 이 책을 보고 알았다. 자동차의 문이 열리고 버려지는 개 한 마리. 개는 미친 듯이 차를 쫓다가 포기하고, 하염없이 기다리고, 떠돌고, 그러다가 인간 사회에 물의를 일으킨다. 야생에서 개는 무리를 이끌고 미래를 계획하고 전술을 짜는 멋진 동물이치만 인간 세계에서는 무력하다. 복잡한 인간 세상에 버려진 개는 할 수 있는 게 없다. 개가 허공을 향해 울부짖는 소리가 마음을 친다. 개에게서 느껴지는 두려움, 외로움. 책을 보며 밀려오는 참담함은 오롯이 독자의 몫이다. 개를 차에서 내려놓고 도망간 사람들은 어떻게 살고 있을까. 불행해야한다. 생명을 버리는 죄를 지었으면 불행이라는 벌을 받아야 한다.

4장

이게 다 길고양이
때문이다

겨울의 길고양이처럼
약자끼리 체온을 나누는 법을 배워야 해

잊히면 안 되는 일이 있다. 잊지 않으려고 기억을 움켜지려고 해도 야속하게도 뇌는 지난 일부터 차츰차츰 기억을 지운다. 하지만 길고양이 관련 사건이 터지고 나면 다시 예전 기억이 소환된다. 우려했고 두려웠던 일이었다. 길고양이를 챙기는 캣맘이라면 누구나 갖고 있는 폭력에 대한 두려움. 2015년 캣맘이 떨어진 벽돌에 맞아 사망한 사건은 시간이 오래 지나도 가슴을 쿵쾅거리게 만든다. 길고양이 겨울 집을 만들던 캣맘이 아파트에서 떨어진 벽돌에 맞아 사망했고, 경찰은 누군가 의도적으로 벽돌을 던져 사고가 난 것으로 보고 용의자를 추적했다. 결국 초등학생이 아파트 옥상에서 의도 없이 벽돌을 던진 것으로 결론이 났다. 겨울을 앞둔 시점에 이 사건으로 가슴이 서늘해진 캣맘들. 당시는 며칠 사이 기온이 뚝뚝 떨어지면서 대부분의 캣맘은 사망한 캣맘처럼 '겨우내 길고양이들 추위 피할 집 만들어야겠다.'라는 같은 생각을 하고 있었다. 내가 운영하는 동물 관련 카페에도 며칠 전부터 길고양이 겨울 집 만들 스티로폼을 구하는 글이 올라왔고, 우리 집도 마당에 있는 길고양이 집을 겨울용으로 보강했던 때였다.

캣맘 폭행 사건은 드물지 않게 일어난다. 쇠파이프로 위협을 당하기도 했고, 쓰레기통에 처박히기도 했다. 하지만 그건 드러난 일일 뿐 거의 모든 캣맘은 매일 어느 정도의 위협에 노출되어 있다. 쥐약을 놓겠다는 협박, '미친년' 소리, 완력으로 겁주기 등. 밥그릇을 밟아 버리는 것은 애교다. 그러다 보니 점점 사람들 눈에 띄지 않는 으슥한 곳에서 밥을 주게 되고 그게 다시 캣맘의 안전을 위협한다. 나도 동네 골목 몇 곳에 밥을 주는데 한 곳이 특히 외진 곳이라 가족의 걱정이 많다. 그럴 때마다 내가 하는 말. "가장 으슥한 곳이 우리에게는 가장 안전한 곳이야." 우리란 길고양이와 캣맘이다.

《하루를 견디면 선물처럼 밤이 온다》(김하연, 이상미디어)는 길고양이 사진작가인 저자가 새벽 신문을 배달하면서 만나는 길고양이를 기록한 책이다. 최근 쏟아져 나오는 고양이의 매력을 찬양하거나 고양이를 피사체화하는 책들 사이에서 몇 안 되는 우리나라 길고양이의 현실을 보여 주는 책이다. 책에는 도시에서 고단하게 살아가는 길고양이들의 모습이 여과 없이 실려 있다. 다른 책처럼 깨끗하고 우아한 고양이는 없지만 조금은 지저분하고 병들고 겁먹은 표정이래도 투덜대지 않고 짜증내지 않고 주어진 삶을 견디는 아름다운 고양이로 가득하다.

사진에 집중하라는 것인지 책에는 고양이 각자의 사연이 없어서 아쉽다. 고양이들 이야기는 저자의 블로그, 인스타그램 등을 통해 볼 수 있다. 길고양이 밥 주기의 최전선에 있는 저자 또한 사람들과 잦은 갈등을 겪는다. 물론 저자는 남자라서 캣맘이 당하는 강도에 비하면 약하지만 대신 챙기는 아이들이 많으니 갈등은 배가 된다.

길고양이에게 밥을 주는 것이 못마땅한 사람도 그게 죽임을 당할 일은 아니라는 것에 동의할 것이다. 길고양이에게 밥을 주면 고양이가 음식물 쓰레기를 뜯지 않아서 위생적이고, 쥐가 없어지고 중성화수술을 해서 방사하는 TNR를 하면 길고양이 개체수가 늘지 않고, 싸우거나 우는 소리가 줄어드는 장점이 있다는 것을 이미 많은 사람이 알고 있다.

그렇기에 빈번하는 캣맘 사건을 비롯해 비슷한 동물 관련 사건을 혐오 범죄로 봐야 한다. 이유 없이 그냥 싫은 것, 약자를 조롱하고 함부로 대하는 것, 분노와 화풀이 대상을 찾는 심리가 바로 혐오다. 사회가 어려울수록 남을 조롱하고 짓밟음으로써 자존감을 찾으려는 혐오 심리는 폭발한다. 하지만 약자끼리 서로 미워하는 것이 과연 누구에게 이득인지 묻지 않을 수 없다.

책 속 길고양이들은 찬바람이 불면 서로 몸을 겹쳐 체온을 나누며 추위를 견딘다. 우리도 그들처럼 약자끼리 체온을 나누는 법을 배워야 하지 않을까.

길고양이 여리의 목숨은
500원짜리 동전만 했다

도자기 공방을 운영하는 캣맘이자 동네 이웃에게 제작을 부탁한 것이 있어서 공방에 잠시 들렀다. 그런데 공방 앞에 통덫이 두 개나 놓여 있었다. 밥을 먹으러 오는 길고양이 중에 '여리'라는 아이가 3주 전부터 목에 철사가 감긴 채 다녀서 포획하려는 중이라고 했다. 도심의 길고양이가 올무에 걸렸다는 게 믿기 어려웠다. 철사에 감긴 목 주변에 상처가 점점 심해져서 속살이 다 드러났다고 했다. 날씨가 더워지고 있으니 염증이 심해지면 위험할 수 있었다. 구조가 더 늦어지면 안 될 것 같아 걱정되었는데 다행히 그날 밤에 포획했다는 소식이 전해졌다.

여리는 이제 살았구나. 가슴을 쓸어내렸다. 병원에 가서 마취 후에야 몇 주 동안 아이 목을 옥죄었던 철사를 풀 수 있었다. 구조자들이 올린 사진을 보니 철사 둘레가 고작 '500원짜리 동전'만 했다. 그렇게 목이 조인 채 살아 있었던 게 신기할 정도였다. 꽤 굵은 철사였다. 수의사는 누군가 도구를 이용해 꼼꼼하게 매듭까지 지으면서 의도적으로 철사를 감은 것이라며 욕을 내뱉었단다. 무엇이 아무 방어도 못하는 동물에게 이토록 잔인한 짓을 하게 만들었을까. 여리가 살던 곳은 캣맘들이 중성화수술도 잘 시키고 관리를 잘해서 딱히 갈등이 없는 곳이었다. 여리도 중성화수술을 했다는 표식으로 왼쪽 귀의 일부가 잘려 있다. 인간과 함께 살아 보려고 귀를 내주었는데 끝내 목까지 졸리고 말았다.

여리 일이 우리 동네에서 일어난 일이라서 내가 더 흥분하는 것일 뿐, 사실 지금 이 순간에도 이 땅 어디에서는 많은 길고양이가 여리만큼 끔찍한 일을 당하고 있다. 수원에서는 입양을 코앞에 두었던 길고양이가 안구가 돌출되고 온몸의 뼈가 다 부러진 채 발견되었고, 부산에서는 허리가 잘린 길고양이가 발견되었고, 서울에서는 몸에 나뭇가지가 박힌 채 길고양이가 죽어 있었다. 불에 그을리고, 독극물을 먹고, 신체가 잘리고, 구타 당해 피투성이가 된, 기사화되지 못한 길고양이 이야기는 수두룩하다. 하지만 길고양이 학대 사건은 수사가 신속하게 진행되지도, 범인이 잡혔다고 해도 제대로 된 죗값을 묻지도 않는다. 사회적 약자 중 약자. 우리 사회에서 길고양이의 사회적·법적 지위는 길 위의 돌멩이와 다를 게 없다.

우리 사회만 동물에게 폭력적일까. 뉴스 보기가 무서울 정도로 도를 넘은 약자에 대한 혐오와 폭력이 우리만의 문제는 아니다. 다른 나라들도 1990년대 이후부터 동물학대 문제에 관심을 갖기 시작했다. 《동물학대의 사회학》(클리프턴 플린, 책공장더불어)의 저자이자 사회학자인 클리프턴 플린은 동물학대가 과거에 무시되어 온 이유는 동물의 가치가 인간에 비해 낮다고 생각되었기 때문이고, 최근 들어 관심을 보이는 이유는 동물학대가 인간폭력으로 이어진다는 연구 결과 때문이라고 지적한다.

국내에서도 유영철, 강호순 등의 연쇄살인자들은 동물을 학대한 경험을 갖고 있었다. 특히 첫 범행 직전에 개를 상태로 살인 연습을 한 것으로 알려져 있다. 락우드와 처치의 1998년 연구에 따르면 연쇄살인자들의 36퍼센트가 아동기에, 46퍼센트가 청소년기에 동물을 죽이고 고문한 적이 있었다. 인간은 이기적이라서 동물학대가 인간에 대한 폭력과 연관이 있다는 말에 화들짝 놀라고 나서야 발 빠르게 대응하기 시작했다. 현재 미국은 모든 주에서 동물학대를 중범죄로 처벌하고, 동물학대자의 신상 정보를 공개하는 주도 늘고 있다. 중범죄로 처벌한다는 것은 최대 10만 달러의 벌금과 5년형이 선고될 수 있다는 의미다.

2020년 12월 아동성폭행 혐의로 12년을 복역한 조두순이 출소하자 피해자 가족과 지역사회는 불안감에 떨었다. 그와 함께 그의 과거 동물학대 행적이 폭로되었다. 과거에 다섯 마리의 반려견을 키웠는데 강아지를 벽에 집어던지거나 눈을 찔러 죽였다는 것이다. 많은 나라에서는 이미 동물학대자에 대해 동물 소유를 금지하고, 학대 동물을 압수한다. 하지만 아직 우리나라는 관련법이 없어서 동물학대 현장에 있어도 학대당한 동물을 데리고 나오지 못한다. 반려동물은 법적으로 인간의 소유물이기 때문에 소유권을 침해하기 때문이다. 동물학대에 대해 관대한 나라. 안전한 사회에 대한 의지가 있는가 싶다.

칼럼을 쓰고 있는 도중, 연락이 왔다. 여리가 떠났다고. 갑자기 심정지가 왔다고 했다. 여리는 목의 신경손상이 심해서 응급수술을 한 후 회복 중이었다. 밥을 먹기 시작했다고 해서 한시름 놓았는데…. 몇 시간 전까지 살고자 밥을 먹던 생명이 싸늘한 주검이 되었다. 여리 목에 철사를 감았던 인간은 수사나 체포에 대한 위협도 느끼지 않은 채 잘 먹고 잘 살고 있겠지. 그다음 대상이 또 길고양이일지, 인간일지는 아무도 모른다. 동물학대의 종결이 모든 폭력의 종결에 중요한 한 걸음임을 잊지 말아야 한다.

길 위의 삶은
지속된다

전화기를 들고 한참을 가만히 있었다. 동물 관련 사건 사고가 터지면 전화로 언론에서 의견을 물을 때가 있다. 그런데 이번에는 질문이 이해가 잘 되지 않았다. 몇 년 전에 일어났던 캣맘 사망 사건 이후 아사한 길고양이가 있냐는 질문에 되물을 수밖에 없었다.

"그러니까 그 사건 이후로 캣맘들이 겁을 먹어서 밥 주는 걸 중단해서 굶어 죽은 고양이가 있느냐는 질문인 건가요?"

길고양이 관련 기사를 쓰면서 지난 사건에 대한 후속 취재를 하는 거였고, 사람이 죽은 사건이니 어떤 식이든 파장이 있으리라 생각했을 것이다. 하지만 내가 아는 한 그런 일은 없다. 단지 아파트 화단에서 밥을 주는 캣맘이 밥을 줄 때 자꾸 위를 쳐다보게 된다고 해서 그게 마음 아팠을 뿐. 길고양이를 돌보는 일이란 게 각자의 일상임을 기자에게 이해시키기가 쉽지 않았다. 쉽게 말하면 취미로 캣맘 하는 게 아니라는 뜻이다. 이미 삶의 일부로 받아들인 사람들이다.

길 위의 생명을 보살피는 일은 한두 마디로 정의하기 어렵다. 밥을 주는 사람의 상황이나 마음가짐, 동네 상황, 길고양이들의 성격 등이 다 다르니 밥을 주는 방법도 위기 상황에 대처하는 방법도 다를 수밖에 없다. 그러다 보니 각자의 방법으로 길고양이를 챙기는 일에 다른 사람이 가볍게 조언하거나 개입하기 힘들다. 캣맘들의 모임이 있지만 같은 처지의 사람들이 만나서 서로 격려하면서 전투력을 재확인하고, 도움이 필요할 때 서로 돕는 정도다.

아마도 길 위의 생명을 돌보는 일이 캣맘과 길고양이라는 집단끼리의 만남이 아니고 각 개체가 만나는 사적인 관계여서 그럴 것이다. 어찌 보면 지극히 개인적인 일. 그런 까닭에 조직력이 뛰어난 어떤 단체가 어느 날 '오늘부터 길고양이에게 밥 주지 마.'라고 발표를 한들 캣맘들은 '흥' 콧방귀 한 번 뀌고는 주섬주섬 밥을 챙겨서 각자의 '우리 아이들'을 만나러 갈 게 뻔하다.

사진집 《방랑 고양이》(사라 닐리, 녹스, 예담)의 저자이자 사진작가인 녹스는 미국 뉴욕에 있는 자신의 스튜디오 주변의 길고양이들을 챙긴다. 자동차 밑에 숨은 생명체에 별 관심이 없는 회색 도시에서 길 위에서 스스로 삶을 부양하는 생명체들과 인연을 맺는다. 꾸준히 밥을 주면서 아프고 다친 아이는 치료하고, 때로는 입양도 보내고, 중성화수술을 해서 개체수를 조절하면서 부지런히 돌본다. 하지만 그곳이 어느 도시든 길고양이는 전염병, 로드킬, 인간의 편견과 잔혹함, 코요테나 너구리의 공격 등으로 떠난다. 뉴욕이라고 서울과 다를 게 없다.

힘들게 죽어 가는 아이들을 지켜보는 고통, 이웃과의 갈등을 겪으면서도 여전히 밥을 챙기는 녹스의 행동을 일반인은 이해하기 힘들 수 있다. 다만 길 위의 삶은 지속된다는 것을 아는 사람들만이 녹스처럼 오늘도 묵

묵히 밥을 챙기러 나갈 뿐이다. 그래서일까. 녹스의 사진집 속 길고양이는 길 위의 고단함이 아닌 우리 곁에서 숨 쉬며 살고 있는 뜨거운 생명으로 다가온다.

'아프지 말고, 다치지 말고, 사라지지 말고.'

동네 길고양이들 밥을 챙길 때마다 아이들 뒤통수에 대고 내가 매일 하는 주문이자 부탁이다. 겨울이면 추위를 못 견디고 떠나는 아이들이 많아서 늘 신경을 곤두세우고는 한다. 한 녀석도 떠나보내지 않고 무사히 겨울을 나고 봄을 맞을 일만 남았을 때는 잘했다고 스스로 칭찬하기도 한다. 지난 캣맘 모임에서 춥다 보니 옷을 잔뜩 껴입은 채 밥과 물을 담은 가방을 들고 어둠 속으로 숨어드느라 수상한 사람으로 신고를 당해서 경찰과 맞닥뜨린 캣맘 이야기에 깔깔 웃었다. 다음 날에는 잘 차려입고 나갔더니 불편해서 안 되겠더라고 해서 또 깔깔. 겨울이 끝나기도 전에 캣맘들은 벌써 봄을 기다린다. 겨울 외투를 벗고 가벼운 차림으로 밥을 챙기고 싶어서, 그렇게 길고양이의 길 위의 삶은 지속된다.

에볼라, 메르스, 코로나19···
전염병의 창궐과 생명의 무게

동네 캣맘에게서 길고양이와 살인진드기에 관한 뉴스를 봤느냐는 다급한 문자가 왔다. 서울시에 사는 길고양이 126마리의 혈액을 검사했는데 일명 살인진드기라 불리는 SFTS 바이러스 감염률이 17.5퍼센트라는 내용이었다. 여기까지는 팩트. 그런데 기자의 결론은 이상하게 흘러간다. 서울 시내 길고양이는 20만 마리로 연구진은 사람 간 바이러스 전파 사례로 볼 때 길고양이와 사람 간 바이러스 전파 가능성을 우려하고 있다고 전했다. 하지만 현재까지 SFTS 바이러스의 동물과 사람 사이의 전염 사례는 없다. 사례도 없는데 뭘 우려한다는 거지?

정유정 작가의 소설 《28》(정유정, 은행나무)에서 비슷한 구절을 본 것 같아서 뒤적였다. 도시 화양에 사람과 개의 눈이 빨갛게 된 후 수일 안에 죽는 일명 빨간눈 괴질이 돌자 뉴스는 보건당국의 발표를 전한다.

"···개와 사람 모두에게 전염되는 인수공통 전염병으로 추정되며 감염된 개 한 마리가 수백 명의 사람을 동시 전염시키는 것이 가능해 보인다고 밝혔습니다⋯ 수용 중인 유기견들을 살처분하고⋯."

뉴스는 '사람이 사람에게, 사람이 개에게'라는 부분을 생략한 채 개의 전염성만 부각하고, 추정과 가능성을 확증처럼 전한다. 개의 살처분을 용인받기 위한 명분 만들기다. 하지만 괴질이 무섭게 확산되자 곧 국가는 개만이 아니라 화양 전체를 처분하려는 여론을 만들어 간다. 생명을 생명으로 보지 않고 대상화했을 때 누구라도 폭력의 대상이 될 수 있음을 보여준다. 반려인이며 캣맘인 정유정 작가는 구제역으로 생매장되는 돼지를 보고 이 책을 구상했다고 했다. 만약 소, 돼지가 아니라 반려동물에게 치명적인 인수공통 전염병이 돈다면 어떤 일이 벌어질까 생각했다.

실제로 2014년 에볼라 바이러스로 세계가 공포에 떨 때 스페인에서 첫 환자가 발생하자 당국은 반려견을 안락사시킨다. 격리 조치된 남편은 엑스칼리버의 안락사를 막으려 애썼고, 동물단체는 반대성명을 내고 40만 명이 넘는 사람들이 안락사 반대에 서명했지만 안락사는 너무나 빠르게 집행되었다. 에볼라 감염 증상이 나타나지 않았으니 격리조치 정도가 합당했다. 그렇게 홀로 남겨져 집을 지키던 반려견 엑스칼리버는 떠났다. 그들에게 개라는 생명의 무게는 얼마일까? 인간과 얼마만큼의 차이가 있을까?

반면 미국에서도 비슷한 경우가 있었지만 대처 방법은 달랐다. 미국 텍사스주 댈러스에서 국내 두 번째 에볼라 감염자가 발생하자 시는 환자가 완치될 때까지 반려견을 안전한 곳에 격리시키기로 결정했다. 환자에게 소중한 가족인 반려견을 안전하게 돌볼 것임을 밝혔고, 둘은 건강한 모습으로 다시 만났다. 스페인 당국을 비난하기만도 어려운 일이다. 죽음의 공포 앞에서, 그게 남의 일이 아니고 나의 일이 되었을 때 과연 사람들은 동물들에게 내줄 자비의 마음이 얼마나 될까 생각하게 된다.

2003년 사스, 2009년 신종플루, 2014년 에볼라, 2015년 메르스, 2020년 코로나19까지 바이러스에 의한 전염병은 21세기 들어 빈번하게 발생하고 있다. 전문가들은 앞으로는 이보다 더 심각하고 확산 속도가 더 빠른 전염병이 자주 출몰할 것이라고 예상한다. 개발과 숲의 훼손으로 인간과 야생동물의 접촉면이 점점 넓어지고 있기 때문이다. 그때마다 인간은 자신의 안전을 지키기 위해 동물을 희생양으로 만들 것인가.

내게 문자를 보낸 캣맘은 이런 보도로 길고양이에 대한 사람들의 인식이 더 나빠질 것을 걱정했다. 언론이 도와주지 않아도 한국에서 길고양이는 충분히 힘들게 살고 있다. 평화롭게 골목길을 걷던 임신한 고양이의 배를 냅다 찬 남자의 "길고양이인 줄 알았다."는 해명이 용인되는 사회, 머리가 잘리고, 내장이 터져 죽은 길고양이 사체가 하루가 멀다 하고 발견되는 사회. 잠이 안 오고, 골목이 지저분해도 모든 게 다 '길고양이 때문이야.'가 먹히는 사회. 언젠가 이웃집 아주머니가 내게 길고양이 밥을 주지 말라고 했다. 외출을 나가다가 새똥을 맞았는데 그게 내가 길고양이한테 밥을 주니 새까지 몰려서 일어난 일이라고.

캣맘들의 연민에 기대어 사회적 안전망 없이 살고 있는 한국의 길고양이. 캣맘들이 그들의 목소리를 대신 내려 노력하지만 늘 한계에 부딪치고 '캣맘충'이라는 비난은 덤이다. 언젠가 고양이를 데리고 택시에 탔더니 기사가 자기 동네에 도둑고양이가 많다며 어디에 신고해야 잡아가서 죽여주느냐고 물었다. 그 정도로 길고양이 TNR 사업은 홍보가 안 되어 있다. 오늘도 수많은 길고양이가 인간과의 공존을 꿈꾸며 수술대 위에 오른다. 배를 가르고, 귀를 자르고, 뭘를 더 내주어야 인간은 길고양이와의 공존을 허락할까.

이 많은 고양이는
어디에서 왔을까?

갑수는 우리 동네 길고양이다. 어느 날 우리 동네에 나타나자마자 동네 터줏대감 고양이들과 하루가 멀다 하고 싸워서 얼마나 미웠는지 모른다. 조용하던 동네가 하루아침에 시끄러워졌기 때문이다. 고양이들의 영역싸움은 치열해서 다쳐서 생명을 잃기도 하고, 싸우는 소리에 이웃들의 원성도 높아진다. 동네 길고양이들이 모두 중성화수술이 되어서 평온한 동네에 이게 웬 난리인가 싶었다. 며칠 머물고 떠나는 고양이들도 있어서 그러길 바랐건만 갑수는 눌러앉았다. 별 수 없이 잡아서 중성화수술을 시키고 방사했는데 고양이의 삶도 미래를 알 수 없는 법. 6년이 지난 지금, 갑수는 동네의 귀염둥이가 되어서 길고양이 홍보대사 역할을 톡톡히 하고 있다.

연일 고양이들과 쌈박질하고 다닐 때는 몰랐는데 갑수는 사람을 꽤 좋아하는 인간친화형 고양이였다. 눈에 하트를 담아 자신을 향해 달려와서 몸을 비비는 고양이를 거절할 수 있는 사람이 몇이나 되겠는가. 갑수에게 호감을 갖는 사람들이 점점 늘었고 급기야 이웃들이 먼저 내게 갑수의 안

부를 묻게 되었다. 겨울이 되자 이웃들의 관심사는 온통 갑수 겨울나기다. 자기를 보면 달려오는 고양이가 추운 겨울을 길에서 나야 한다니 다들 마음이 쓰일 수밖에.

사실 추위가 시작되면 캣맘은 비장해진다. 겨울에 추위를 이기지 못하고 죽는 길고양이가 많다 보니 겨울 채비에 마음이 바쁘다. 추위를 피할 곳이 필요해서 스티로폼, 박스, 단열재 등을 이용해서 길고양이 겨울 집을 만드는데 문제는 어디에 두느냐. 집을 놔둔다는 건 '여기에 길고양이 밥을 줍니다.'라고 밝히는 것과 같기 때문이다. 그러다 보니 아예 집을 만들 엄두도 내지 못하는 캣맘이 많고, 용기를 내어 집을 만들어서 "겨울이 지나면 철거하겠습니다."라는 글을 써서 붙여 보지만 며칠 되지 않아 집이 없어지거나 훼손되는 경우가 많다. 얼어 죽는 것만 막아 보자고 만드는 집인데도 길고양이에게는 이 정도의 공간도 허락되지 않는다. 그래서 캣맘의 활동은 고양이의 밥을 챙기고, 중성화수술을 시키는 것보다 길고양이를 함께 사는 지역 구성원으로 받아들이도록 이웃을 설득하는 일이 중요하다. 가장 어려운 일이지만 가장 중요한 일이다. 어떤 문제든 가장 힘든 건 사람을 대하고 설득하는 일이고, 길고양이를 돌보는 일도 마찬가지다. 길고양이 돌보기의 시작과 끝은 늘 사람이다.

《이 많은 고양이는 어디에서 왔을까?》(김바다 외, R)는 고양이 구조 활동을 하는 개인 활동가들의 이야기다. 사람들은 고양이를 팔고, 사고, 사소한 이유로 버리고, 포기하고, 길 위의 고양이를 학대한다. 그럼에도 그들에게 다시 손을 내미는 것도 사람이고, 고양이는 그 손을 내치지 않는다. 배수로에 빠져서 꼼짝도 못하다가 구조된 새끼 고양이 보보는 사람들의 도움으로 생명을 건졌다. 하지만 긴 입원치료에도 몸이 완전히 돌아오지 않았다. 하반신마비와 양쪽 눈의 시력상실이라는 장애를 얻었다. 보보는 구조된 동네에서 장애 없이 태어나서 살던 고양이라는데 어쩌다가 이렇게 된 걸까? 알아본 결과 어느 날 지나가던 사람이 이유 없이 보보를 심하게 구타했는데 다행히 그 모습을 본 사람들이 말려서 구타를 멈췄다고 한다. 그런데 그때 그 장소에 있던 그 누구도 다친 보보를 구하지 않고 뿔뿔이 흩어졌다. 폭력은 막았지만 다친 고양이를 병원에 데리고 간 사람이 아무도 없었던 것이다.

다행히 보보의 이야기는 해피엔딩이다. 보보가 좋은 집으로 입양을 간 것이다. 보보는 장애 고양이여도 괜찮다는 고마운 사람, 형제 고양이와 행복하게 살고 있다. 보보가 행복해서 다행이다 싶으면서도 나는 사고 후에 곧장 구조되었다면 장애가 없었을 거라는 미련을 떨치지 못했다. 지켜보던 많은 사람 중 한 명이라도 구원의 손길을 내밀었다면…. 물론 나도 안다. 다들 생각이 많았을 것이다. 구조한 후 오롯이 자신이 져야 하는 경제적, 시간적 손실과 마음고생까지. 보보는 동네 고양이였다. 평소 길고양이에 대한 지역사회의 인식이 어느 정도 있었다면 결과는 달라지지 않았을까. 만약 우리 동네였다면 어땠을까 생각했다. 선뜻 자신이 구조해서 큰 부담을 지지는 못하더라도 나를 비롯한 동네 캣맘에게 연락하지 않았을까. 평소 갑수의 홍보 활동 덕분에 길고양이를 따뜻한 눈으로 바라봐 주는 이웃들이니 그럴 거라고 믿고 싶다. 아이를 키우려면 온 마을이 필요한 것처럼 길고양이에게도 온 마을이 필요하다.

보보를 구조한 활동가는 장애 고양이를 왜 구조하느냐는 물음에 답한다. "살아 있으니까." 길고양이도 우리와 마찬가지로 살고자 하는 생명이라는 것에 동의하는 이웃이 많아지기를.

앞으로 너는 하루하루 죽음과
싸우면서 살아야 해

캣맘은 지구온난화를 응원한다. 웃자고 하는 얘기지만 그만큼 겨울이 무섭다는 이야기다. 아무리 잘 챙겨 먹여도 그 해에 태어난 새끼들은 첫 번째 겨울을 넘기기 힘들고, 고양이들에게 무서운 병 중 하나인 구내염은 면역력이 떨어지는 겨울에 창궐하고, 그러다 보니 겨울에 속절없이 떠나보내는 아이들이 많다. 내가 돌보는 동네 고양이들도 겨울이면 단단히 채비를 한다. 마당의 창고를 터전 삼아 사는 길고양이들을 위해서는 사방에 단열 '뽁뽁이'를 두르고, 고양이 집도 단열처리를 하고 분주히 움직이는데 언제나 문제는 골목에서 사는 아이들이다.

이 동네에서 몇 년씩 사는 터줏대감 고양이들이라서 주차장, 텃밭, 마당 등 나름 각자의 아지트가 있는데 이웃이 공사를 하거나 집주인이 바뀌거나 하면 갑자기 새로 머물 곳을 찾아야 한다. 길고양이용 겨울 집을 마련하는 것은 어려운 일이 아니다. 늘 어디에 놓을지 고민하느라 머리가 빠진다. 길고양이에게 호의적인 동네이긴 하지만 주차장이나 마당처럼 자신들의 공간까지 내어 주기는 쉽지 않다. 그곳에서 영역다툼이라도 한다면? 평소에 고양이들을 귀여워하던 이웃이 자신에게 작은 불편을 끼치자 매몰차게 야박하게 구는 모습을 봤기에 언제나 결정이 쉽지 않다.

고양이에게 밥을 주기 시작하면서 나는 좀 싹싹한 동네주민이 되었다. 매일 길고양이 밥을 챙기다 보니 사람들과 마주치는 일이 잦아졌고, 문제 없이 계속 아이들을 챙기려면 중성화수술을 시키면서 이웃들에게도 폐를 끼치지 않게 노력 중이라는 걸 이해시켜야 해서 말을 붙이기 시작했다. 내가 어느새 골목길에서 이웃과 긴 수다를 떠는 일을 하고 있다. 그야말로 고양이의 힘이다. 게다가 혹시 밥 주는 게 마뜩찮은 이웃의 불평을 원천봉쇄하려고 실실 웃고 다닌다. 웃는 얼굴에 침 못 뱉는다는 말은 만고불변의 진리인 것 같다.

그러다 보니 이웃들의 별별 이야기를 다 듣는다. 밥 먹는 길고양이 주변에 둘러서서 사람들이 털어놓는 개인의 역사, 뉴스에 한 줄 적히지 않지만 각자에게는 무엇보다 소중한 이야기에 나와 고양이는 귀를 기울인다. 물론 마음을 나누는 법은 나보다 고양이가 탁월해서 동네에는 고양이에게 속내를 털어놓는 분들이 많다. 한 번은 누군가 건물 앞 계단에 앉아서 고양이를 쓰다듬으며 긴 이야기를 하길래 그들의 시간을 방해하지 않으려 밥그릇을 들고 어둠 속에 숨어 있기도 했다.

길고양이는 많이 태어나고 많이 죽는다. 새끼 길고양이는 갑자기 나타나서 짹짹거리며 귀엽게 동네를 뛰어다니다가 어느 순간 휙 사라진다. 늘 죽음과 함께 있다 보니 길고양이가 죽어 사라지는 게 이상할 것도 없다고 느껴지겠지만 그들도 똑같이 소중한 생명이다.

캣맘을 바라보는 세상의 시선이 곱지 않지만 고양이 입장에서 캣맘은 생명줄이다. 김중미 작가의 소설 《그날, 고양이가 내게로 왔다》(김중미, 낮은산)에서 어미 고양이는 "앞으로 너는 하루하루 죽음과 싸우며 살아야 해."라고 무섭게 말하며 첫째를 독립시킨다. 독립은 했지만 서툰 사냥 실력으로 배를 쫄쫄 굶던 첫째에게 한 여학생이 사료를 내밀자 첫째는 말한다. "정말 고마워. 너는 내 생명의 은인이야." 물론 학생은 고양이의 말을 못 알아듣지만. 도시에서 배를 채울 방도가 없는 고양이들에게 모든 캣맘은 생명의 은인이다.

책 말미 작가의 말을 보니 소설 속에 등장하는 동물 주인공들은 작가가 참여하는 공부방 아이들의 친구가 되어 준 개, 고양이들이 모티프였던 모양이다. 작가는 고양이로부터 슬픔과 아픔을 나누는 법, 기억하는 법을 배웠고, 그걸 사람들과 나누고 싶다고 했다. 나도 같은 걸 고양이에게 배웠고, 배운 걸 동네 이웃들과 나누고 싶다. 어느 겨울, 길고양이 겨울 집을 놓을 곳을 동동거리면서 찾다가 한 빌라의 주차장에 몇 분의 동의를 얻어 덜컥 가져다 놓았다. 일을 저질러놓고는 무슨 일이 벌어질까 두근두근했다. 겨울 집이 사라지거나 무참히 부서지거나 욕이 잔뜩 적힌 경고문이 붙을 수도 있었다. 전국에서 일상적으로 벌어지는 일이니까.

다행히 4년이 지난 지금까지 겨울 집은 무사히 빌라 주차장에 놓여 있다. 강추위가 몰아치는 날이면 더 따뜻하라고 겨울 집에 박스며 옷가지를 둘러놓고 가는 분들이 있을 정도다. 오히려 이웃들은 아무 말도 안 하는데 고양이들이 애용해 주지 않아서 서운하다. 그래도 추운 겨울과 긴 장마 때면 동네 고양이들이 돌아가며 들락날락한다. 잠시라도 몸을 녹일 곳이 있어서 얼마나 다행인지. 이렇게 길고양이 덕분에 나도 이웃들도 조금씩 좋은 사람, 좋은 이웃이 되어 간다.

사람들이 떠나면
고양이는 어떡하지?

겨울 한파는 캣맘의 마음을 조마조마하게 하는데 새끼 고양이들의 동사 소식을 전해 들으면 머리가 멍해진다. '그래도 살아봤으니 됐어.'라고 말하기에는 너무 짧은 삶. 우리 동네 고양이들은 다 중성화수술이 되어 있어 새끼 고양이가 태어나지 않으니 그 걱정은 덜었지만 매년 추위는 어른 고양이가 견디기에도 매섭다. 게다가 악재가 겹친 해가 있었다. 아랫동네에서 큰 공사가 여전히 진행 중이고, 앞집이 재건축을 위해 집을 부수기 시작했다. 낯선 사람들이 바쁘게 오가고, 굉음이 이어지고, 큰 트럭들이 먼지를 내뿜으며 내달리자 아이들은 우왕좌왕하고 숨기 바빴다. 밥을 줘도 눈치 보면서 정신없이 먹었다.

작은 동네에서 벌어지는 공사가 이러니 대단지 아파트 공사 현장의 고양이들은 겨울을 어찌 날까. 긴 공사 기간 동안 살아남는 게 가능하기나 할까. 토목 공화국인 이 나라는 언제 어느 곳에서나 건물이 부서지고 그곳에 살던 사람들이 떠난다. 과천에 사는 친구도 아파트 재건축 결정이 났다고 한 걱정을 했다. 대단지 아파트의 재건축이라는 게 사전 작업부터 보통 오래 걸리는 게 아니다. 그걸 아시는 나이 든 어머님은 이번에 나가면 다시 이 동네로 돌아올 수 없을 거라고 생각하고 계신다고 했다. 오래 산 정든 집에서 계속 있고 싶은데 그게 마음대로 안 되는 세상이다.

친구의 이야기를 들으며 연로하신 어머님 걱정과 함께 그곳 길고양이들도 걱정이 되었다. 오래된 아파트 단지는 유휴 면적이 넓고 나무가 많아서 길고양이들에게는 천국과 같다. 그런 곳에서 사람들이 떠나면 고양이는 어떡하나. 언제부터인가 곳곳에서 이뤄지는 대단지 아파트 재건축 때 길고양이 문제가 이슈가 되기 시작했다. 그곳에서 아이들을 오래 돌본 캣맘들과 동물단체가 이를 이슈화했다. 대책 없는 재건축이 이뤄지면 그곳에 남겨졌던 고양이들은 굶어 죽거나 공사 중에 사고로 죽거나 다른 지역으로 이동을 하다가 로드킬로 죽는 경우가 너무 많기 때문이다.

재건축과 재개발이 일상이 된 이 나라의 캣맘들은 여러 방법으로 길고양이들을 이주시킨다. 밥 주던 길고양이들을 몽땅 포획한 후 함께 이사해서 새로운 곳에 방사하기도 하고, 재건축을 하지 않는 옆 단지로 차근차근 이동시키기도 한다. 2018년 길고양이 관련 세미나 자리에서 재건축이 시작된 둔촌주공아파트의 길고양이 이주 프로젝트를 진행하는 분들을 만났다. 1979년 겨울, 첫 입주를 시작한 둔촌주공아파트는 5,940세대, 축구장 면적 88배의 어마어마한 면적의 대단지여서 그 안에 사는 길고양이 수도 굉장하다. 녹지가 많아서 길고양이에게도 살기 좋은 곳이었다. 그러다 보니 나이 든 고양이들도 많다. 재건축이 끝나고 새로운 단지가 조성되어도 기간이 꽤 걸릴 테니 이 노묘들은 고향 같은 이곳으로 돌아오지 못할 것이다. 자신은 새 아파트에 못 들어갈 거라는 친구 어머님의 말씀에 마음이 아렸는데 사람이나 고양이나 처지가 비슷했다.

다행히 둔촌주공아파트의 캣맘들은 오래 전부터 부지런히 TNR를 실시해 중성화된 아이가 80퍼센트였다. 중성화수술을 통해 고양이 숫자를 유지하면서 남은 아이들의 정보를 모았다. 캣맘들은 이미 입주민의 3분의 2가 떠난 휑한 단지를 돌면서 남은 고양이 하나하나의 정보를 모아 기록했다. 이후에는 입양도 보내고, 아이들의 밥자리를 천천히 이동시키는 방법으로 아이들을 다른 곳으로 옮겼다.

둔촌주공아파트에서 나고 자란 사람들이 모여 만든 책《안녕, 둔촌주공아파트》(독립출판) 시리즈에는 이곳을 고향으로 생각하는 사람들의 추억이 고스란히 담겨 있다. 둔촌주공아파트의 더러운 흙과 낡은 놀이터도 그립다는 사람들, 한여름이면 나무 위에서 떨어진 송충이가 바닥에 득시글거렸다는 글에서 이곳의 자연환경이 얼마나 좋았는지 알 수 있었다. 만약이 책에 길고양이들의 글도 받았다면 어떤 내용이었을까? 이 주공아파트 단지의 나이가 약 40살. 40년이면 고양이들은 수십 세대를 이어서 살았을 테니 첫 입주 고양이의 30~40대손이 할머니에 대한 추억부터 이야기할지 모른다. 흙과 녹지가 많아 눈치 보지 않고 똥 싸고 나무를 맘껏 긁고, 햇살좋은 날이면 잘 데워진 땅에 올라와 게으름을 부렸다는 이야기를 들려주고, 긴 시간 동안 배곯지 않게 밥을 대령했던 많은 캣맘들에게 감사의 마음을 전했을 수도 있다.

둔촌주공아파트의 캣맘들은 돌보던 길고양이들 때문에 가장 늦게까지 그곳을 지켰고, 몸은 일찍 떠났지만 마음은 떠나지 못해 고양이들의 이주를 돕기 위해 소셜 펀딩을 하는 등 많은 노력을 기울였다. 사람이 이사하려면 이사 비용이 드는 것처럼 길고양이도 이사 비용이 필요하니까. 그곳의 캣맘들은 각자의 방식으로 돌보던 아이들에 대한 책임을 졌다. 끝까지 밥을 챙기고, 중성화수술을 시키고, 아픈 아이는 구조해서 치료하고, 임시

보호를 하고, 입양하거나 한두 마리씩 이사한 곳으로 데리고 가거나 옆 동네로 천천히 이동시켰다. 그중 한 분은 지방으로 이사를 하시면서 돌보던 길고양이 40여 마리를 데리고 가기도 했다. 인연을 맺은 생명에 대한 책임의 무게가 대단하구나 싶었다.

재건축 단지의 길고양이 문제가 본격적으로 대두된 건 2017년 서울 강남구 개포동 주공아파트 재건축 때였고, 다음 해에 강동구 둔촌주공아파트 길고양이 이주 문제가 많은 관심을 받으면서 서울시, 구청, 국회에서도 토론회가 이어졌다. 이런 앞선 캣맘들의 경험과 자료가 지금도 전국에서 이어지는 재건축 지역의 캣맘들에게 귀한 도움이 되고 있다. 이제 자신의 동네에서 재건축이 시작되면 그곳의 캣맘들은 일단 정확한 개체수를 파악하고, 개체수 조절과 이주할 곳에서의 안정적인 정착을 위해 중성화수술을 진행하고, 아픈 아이들을 치료하고, 아이들의 상태에 따라 임보나 입양도 동시에 진행하고, 펜스 통로와 급식소 위치를 조정하면서 자연스럽게 주변 지역으로 유도하는 활동을 시작한다.

걱정했던 친구네 동네의 재건축 현장에도 길고양이를 위한 이동 통로와 급식소가 설치되었다는 소식을 들었다. 예전 같으면 현장에 갑자기 펜스가 다 둘러쳐져 고양이들은 도망갈 곳 없이 갇혔는데 요즘은 재건축 현장에 고양이를 위한 이동 통로를 만드는 곳들이 꽤 있다. 아파트 재건축 시 길고양이 이주에 대한 매뉴얼이 잘 정착되어서 어떤 고양이도 다치지 않고, 고양이 이주를 돕는 사람들의 마음도 다치지 않고 매번 성공적인 고양이 이사가 정착되기를 바란다.

'길고양이인 줄 알았다'는
변명

"길고양이인 줄 알았다."

'경의선 숲길 고양이 살해 사건'이라고 알려진 사건의 재판에서 살해범이 형량을 줄이기 위해 주장한 말이다. 결국 살해범에게 징역 6개월의 실형이 선고되어 법정 구속되었는데 왜 살해범은 계속 자두가 길고양이인 줄 알았다고 주장한 걸까.

재판의 쟁점은 자두가 '길고양이인가 집고양이인가'였다. 자두가 길고양이라면 동물학대죄만으로 형량이 정해지지만 집고양이라면 동물학대보다 형량이 무거운 재물손괴죄가 함께 적용되기 때문이다. 그간 동물학대죄로 실형이 선고된 경우가 거의 없기 때문에 자두가 보호자의 돌봄을 받던 집고양이라는 걸 증명하는 것이 중요했다. 많은 사람들이 이번 사건에 실형이 선고된 것에 대해 환영하고 있지만 자두가 길고양이였더라도 결과가 같았을까? 실형은 어려웠을 것이다.

동물은 법적으로 어떤 존재일까? 현행법상 동물은 생명이 아니다. 반려동물은 인간의 소유물이다. 집의 싱크대, 의자와 같은 지위다. 그래도 반려동물은 재산이라는 지위 때문에 그나마 보호를 받는다. 이게 현재 한국에서 동물의 법적 지위다. 독일이 민법에서 '동물은 물건이 아니다.'라고 규정하는 것과 차이가 있다. 그러다 보니 많은 동물학대 사건에 재물손괴죄가 적용된다. 그런데 길고양이는 누군가의 재산도 아니다. 현행 동물보호법은 길고양이에게 위해를 가하는 것을 동물학대로 본다. 하지만 현실은 다르다. 소중한 한 생명을 빼앗은 자두 살해범에게 사법부는 고작 6개월의 실형을 내렸으니까. 이 정도면 자두의 사망은 분명 사회가 방치한 사회적 타살이다.

자두 사건이 터지고 3년 전 기억이 떠올랐다. 당시 동물 관련 기사를 검색하다가 생각 없이 영상 시작 버튼을 누르고는 후회했다. 내용은 끔찍했고, 자두 사건과 흡사했다. 가게에서 돌보는 고양이가 테라스에서 자고 있는데 지나가던 사람이 다짜고짜 고양이를 잡아서 패대기쳐 죽이는 장면이었다. 한동안 잔영이 남아서 덜덜 떨었고, 동네에서 돌보던 길고양이들이 하루라도 안 보이면 안절부절못했다. 살해범은 곧 잡혔는데 이미 고양이를 살해해서 벌금형을 받은 적이 있는 재범임에도 역시나 벌금형이었다. 같은 해에 한 남자가 길에 있는 고양이를 걷어차는 사건도 발생했다. 만삭이었던 고양이의 뱃속 새끼가 죽을 정도로 강력한 폭력이었다. 반려인이 놀라서 다가가자 남자는 "길고양이인 줄 알았다."는 변명을 남기고 도망갔다.

'길고양이인 줄 알았다.'가 동물학대범, 동물살해범의 변명이 되고, 그게 받아들여지는 나라. 길고양이인 줄 알았다며 생명을 던지고 차고 죽이는 나라. 길고양이 600마리를 끓는 물에 산 채로 넣어 죽이고도 집행유예를 받을 수 있는 나라. 서서히 변하고 있다지만 고통받고 죽어 가는 생명들에게 기다려 달라기에는 염치없이 변화가 느리다.

생명윤리학자인 제시카 피어스는 《당신 개는 살쪘어요》(제시카 피어스, 황소걸음)에서 철학자 힐러리 복의 주장을 소개한다. 현실을 정확히 반영하는 언어를 써야 한다고 주장하는 복은 현실에서는 동물을 물건으로 취급하면서 반려동물, 반려인이라는 단어는 문제를 모호하게 만든다고 말한다. 반면 저자는 언어를 바꾸면 현실을 바꾸는 데 도움이 된다고 주장한다. 부적절한 언어가 마찰하는 곳에서 우리는 분열의 순간을 경험하고 새로운 가능성을 얻을 수 있다고.

길에서 자유롭게 사는 고양이를 도둑고양이라고 부르다가 길고양이로 부르기 시작한 지 고작 10년 되었을까. 그런데 나는 여전히 이 단어가 불편하다. 냉한 길이 누군가의 집이 될 수 있을까? 그래서 동네 이웃들이 길고양이 밥 주냐고 물으면 "네, 우리 동네 고양이에요."라고 답한다. 동네가 이 아이들의 집이고, 이웃인 우리 모두가 아이들의 보호자라는 뜻을 전하고 싶기 때문이다.

외국에 사는 지인이 자기 동네 고양이 이야기를 들려주었다. 공동주택에 사는데 그곳에 길고양이도 함께 살고 있다고. 아파트에 사는 사람들은 고양이 집을 마련하고, 밥을 챙기면서 고양이를 함께 돌봤다. 그곳에 안내문이 한 장 붙어 있다고 했다. 여러 사람들이 함께 돌보는 고양이니 말없이 데려가지 말라고. 집고양이로 키우고 싶더라도 이미 돌보는 사람들에게 동의를 얻으라는 의미였다. 그야말로 동네 고양이였다.

길고양이를 동네 고양이로 바꿔 부른다고 뭐가 얼마나 달라질까 싶다. 그러면서도 계속 그렇게 부르는 건 언어라도 바뀌면 저 아이들의 삶이 좀 나아질까 싶은 간절한 마음에서다.

'도둑'고양이는 '길'고양이가 되었지만
길고양이의 집은 어디인가?

동네 길고양이에게 밥을 주기 시작한 지 10년이 넘었지만 밥을 챙기는 시간에는 늘 긴장한다. 언제라도 싫은 소리를 들을 준비를 해야 하니까. 그날, 아이들 밥을 챙기는데 골목 끝에서 사람들이 우르르 다가오는 게 보였다. 어르신들 일자리 중 하나로 골목 청소가 생긴 모양이었다. 얼마 전부터 아침이면 어르신 대여섯 분이 골목에서 보이시길래 그 시간을 피해 아이들 밥을 챙겼는데 그날은 딱 걸렸다. 길고양이 밥을 챙길 때면 주로 나이 많은 분들이 한 마디씩 해서 자꾸 피하게 된다. 아니나 다를까 한 분이 나를 향해 다가오셨다. 한 소리 들을 각오를 하고 숨을 깊이 들이마셨다.

"길고양이 밥을 주는 모양이네."

말투도 다정했지만 '도둑고양이'가 아니고 '길고양이'라는 단어를 사용하셔서 놀랐다. 그러더니 휴대전화 화면을 들이미시며 집에서 키우는 고양이라고, 나는 이렇게 일하는데 편하게 이불 속에서 잠만 잔다며 그래도 참 귀엽다고 자랑을 하셨다. 고양이 자랑하는 어르신이 더 귀여우셨다. 세상이 좀 변했구나.

10년 전쯤 이웃집이 공사를 해서 골목이 복잡했다. 산동네에 있는 집을 향해 올라가는데 골목 가운데서 시멘트를 섞던 아저씨가 지나가는 고양이를 보더니 발을 구르면서 위협했다. 급하게 다가가서 우리 애한테 왜 그러시냐고 했더니 도둑고양이인 줄 알았다고, 집고양인 줄 몰랐다며 사과했다. 우리 고양이라고 하니 태도가 변한 것이다. 기댈 곳 없는 고양이는 함부로 해도 된다는 차별적인 태도에 더 화가 났다. 차라리 모든 고양이에게 그렇게 대하는 거라면 화가 덜 났을 것이다. 도둑고양이라는 단어는 차별적인 태도를 정당화하고 강화하는 요인이 되고 있었다.

이런 시간들을 지나 길고양이에게 밥을 주냐며 다가오는 어르신을 만나다니. 훔친 것도 없이 그리 불리던 고양이들은 '도둑'이라는 누명을 벗었고, 길고양이라는 단어는 이제 고유명사가 되었다. 여기까지 오는데 10여 년이 걸렸다. 그래봤자 이름에 덧씌워진 누명은 벗었지만 길고양이라는 단어도 그다지 사람들에게 함께 살아야 하는 생명체라는 공존의 의미를 부여하지는 못하고 있다. 거처할 곳이 없어서 길에서 지내는 노숙인에 대한 편견과 혐오가 존재하는 사회에서 길 위의 동물이라니.

동네에 변화가 생기면 동네 고양이들도 그 영향을 피할 수 없다. 온 국토를 공사장으로 만들었던 대통령이 서울시의 시장이었던 시절, 온 도시가 재개발, 재건축의 광풍에 시달렸다. 내가 살던 오래된 동네도 피해 가지 못했고, 동네 분위기는 재개발 찬성파와 반대파로 나뉘어 뒤숭숭했다.

우리 집도 결혼한 자식들까지 와서 온 식구가 모여 몇 번의 가족회의를 했다. 나이가 많은 부모님을 위해 이 참에 아파트로 가서 편히 사는 게 낫지 않겠느냐는 의견과 부모님과 오래 산 이 집을 지키자는 의견이 나왔다. 어떤 선택이 부모님께 좋은 결정일지 고민했다. 그 와중에 나는 이사를 하게 되면 이 집에 익숙한 늙은 개와 고양이, 마당의 고양이들과 동네 고양이들을 어찌할지 걱정이 가득했다. 늙은 마을의 안락사는 그곳에 터를 잡고 살아가는 동네 고양이의 삶을 통째로 흔드는 일이었다.

다행히 재개발의 광풍은 지나갔고 오래된 동네는 안락사를 면했지만 태생적으로 쉽게 세우고 부수는 도시에 사는 한 이런 상황은 반복될 것이다. 지금도 집주인 인심이 좋아서 아이들이 처마 밑에서 쉬곤 하던 한옥집이 공사 중이고, 아이들의 안정적인 오랜 밥자리인 텃밭이 있는 빌라도 재건축에 들어간다는 소문이 돈다. 인간의 욕망이 꿈틀거리는 도시에서 함께 사는 한 길고양이의 주거 불안정은 계속될 것이다. 개포동, 둔촌동, 과천 등 대형 재건축 단지의 고양이들만 봐도 알 수 있다. 인간과 고양이의 주거불안정은 연결되어 있다.

2011년 3월 11일, 동일본 대지진에 이은 쓰나미로 후쿠시마 원전이 폭발했을 때 '저 지역의 아이들은 어떻게 됐을까?' 걱정이 되었다. 어떤 땅이든 인간만 사는 곳은 없다. 인간의 집 안에, 우리에, 길에, 야생에 살고 있는 동물들이 있었을 텐데…. 비슷한 생각을 가진 봉사자들이 후쿠시마로 달려갔고, 사료를 들고 달려간 사람 중에 사진작가이자 《후쿠시마의 고양이》(오오타 야스스케, 책공장더불어)의 저자 오오타 야스스케가 있었다.

작가가 찾아간 후쿠시마는 사람은 떠났고 동물만 남아 있었다. 이는 길들여진 동물을 돌볼 이가 사라졌다는 의미다. 반려동물, 길고양이, 농장동물 등 인간과 함께 살아가던 동물들은 급변한 상황을 이해하지 못했다. 처음으로 오롯이 땅이 그들만의 것이 되었지만 인간이 없는 그곳에서는 그들도 살 수 없었다. 지진과 쓰나미에도 가까스로 살아남은 반려동물은 굶어 죽거나 먹이를 찾아 떠돌며 야생화되었고, 우리에 갇힌 농장동물은 이유도 모른 채 죽어 갔다. 땅은 인간만이, 동물만이 아니라 그들이 함께 있을 때 의미가 있었다.

작가가 만난 마츠무라 씨는 후쿠시마에 남아 개, 소, 타조 등 남겨진 동물을 돌보면서 살아간다. 일본 정부는 남은 동물을 모두 살처분하라고 명령했지만 생명을 쓰레기 치우듯 버릴 수 없어서 법을 어기며 돌보고 있다. 그러던 어느 날 시로와 사비라는 두 고양이를 운명처럼 만난다. 원전 폭발 이후 후쿠시마에서 태어난 고양이로 보호소에서 살처분되기 직전에 마츠무라 씨가 입양했다. 정부, 전력회사와 싸우느라 마음에 슬픔과 분노만 있었는데 시로와 사비를 만나고 행복감을 느낀다는 마츠무라 씨. 재난의 현장에서 사람은 고양이를 구하고, 고양이는 사람을 구원한다.

우리 동네 길고양이 이야기로 시작해서 후쿠시마의 고양이 시로와 사비까지 와 버렸다. 어느 곳에 살든 자연과 인간과 동물이 모두 연결되어 있음을, 그중 하나라도 아프면 그 고통은 모두의 것임을 이야기하고 싶었다. 지난 10여 년 동안 길고양이를 바라보는 시선에 작은 변화가 있었던 것처럼 앞으로는 지금보다 조금 더 주변의 생명에게 상냥하기를, 그래서 동네 고양이들이 꼬리를 좀 더 빳빳하게 들고 다닐 수 있기를 바란다.

후쿠시마를 찾은 작가가 굶은 채 길을 떠도는 동물들에게 사료를 내밀면 사료에 입을 대면서도 자꾸만 작가에게 기대왔다고 했다. 배고픔보다 외로움이 컸던 것이다. 인간의 온기가 그리웠을 것이다. 나는 "집에 가자."는 말을 좋아한다. 그보다 마음이 편안해지는 말이 또 있을까. 인간과 동물이 서로에게 기댈 수 있는 집이기를, 서로에게 온기가 되는 관계기를!

5장

동물이 지킬 때
세상은 지속했다

고통 가득한 세상에서
절망을 건너는 법

　제주도 여행길에 잠시 쉴 겸 길가에 앉았는데 바닥에 뒹구는 일회용 컵 안에서 나비가 빠져나오려고 날개를 퍼덕이며 사투를 벌이고 있었다. 빨대를 꽂는 뚜껑 가운데 구멍으로 나오면 될 것 같은데 나비는 그 구멍을 찾지 못했다. 달콤한 냄새를 쫓아 들어갔다가 갇힌 모양이다. 다행히 내 눈에 띄어 다시 날 수 있었다. 컵을 쓰레기통에 버리지 않은 사람을 원망했다. 이후 생산하는 데 5초, 사용하는 데 5분, 분해되는 데 500년이라는 플라스틱에 대해 알게 되었고, 제주도 쓰레기통에 넣은 그 컵과 빨대는 지금 어디에 닿아 있을까 생각했다. 아니, 여태껏 내가 마구 사용한 플라스틱과 비닐은 어디에 닿아 있을까. 거북이 코에 꽂힌 빨대, 고래 뱃속에 가득한 비닐은 남이 아닌 내가 사용한 것이었다. 작은 나라의 산동네에서 희미하게 살고 있는 내가 저 멀리 대양에 사는 해양동물의 고통에 연결되어 있었다.

　누구에게도 나쁜 영향을 미치지 않고 일상을 살려고 노력하지만, 불가능하다. 일회용 컵을 쓰지 않으려고 물병을 들고 다니면 뭐하나. 돌보는 길고양이들 밥을 주고 나면 캔과 비닐이 남는다. 지구의 30퍼센트는 숲이고, 그 숲에서 80퍼센트의 동식물이 산다. 나무와 숲을 살리고, 숲에 사는 동물을 살리겠다고 책을 만들 때 재생지를 사용한다. 그러면 뭐하나. 인도네시아 밀림이 타고 있는데. 밀림은 제지산업을 위해서도 벌목되지만 팜유 농장을 만들기 위해서도 끝없이 화재를 겪는다. 팜유는 빵, 과자, 라면, 비누 등 수많은 생활용품에 이용되는 값싸고 유용한 식물성 기름이다. 연일 뉴스에 나오는 아마존의 화재는 사람들의 관심에서 멀어졌지만 아마존은 계속 불타고 있다. 아마존의 많은 면적이 인간의 육식을 위해서, 가축을 기를 땅과 가축에게 먹일 사료를 재배할 땅이 필요해서, 의도적으로 일으킨 화재로 불타고 있다. 인도네시아 밀림에 사는 오랑우탄의 비극과 내가 먹는 라면이, 아마존에서 죽은 새끼를 껴안은 어미 원숭이의 울부짖음과 수입 고기가 연결되어 있었다. '인간이 사라져야 끝나나 보다.' 무력감만 남는다.

영화 〈알바트로스〉를 봤다. 사진작가이자 다큐멘터리 감독인 크리스 조던이 북태평양의 미드웨이섬의 알바트로스를 촬영한 영화다. 플라스틱을 먹고 죽어 가는 알바트로스에 관한 내용이라는 걸 알았기 때문에 영화를 보려면 용기가 필요했다. 무력감과 좌절감을 접하러 자발적으로 갈 것인가. 예상대로 영화를 보는 동안 숨을 몰아쉬거나 숨이 멈춘 사이에 슬픔이 나를 통과해 가는 걸 여러 번 느꼈지만 그럼에도 마음이 꽉 차올랐다. 미드웨이섬의 생명들은 아름다웠고, 경외심을 끌어올렸으며, 그들을 바라보는 카메라의 시선은 온화했다. 영화를 보고 나와서 바로 그가 쓴 책이 있는지 찾았다. 아마존을 뒤졌는데 없어서 절망했는데 고맙게도 청소년을 위한 인문학 서점인 인디고서원에서 영화와 감독과의 대화 등을 엮어서

《크리스 조던》(크리스 조던, 인디고서원)을 내놓았다.

작가는 섬을 처음 방문했을 때 섬을 가득 채운 새들의 무덤에 무력감만 안고 떠나왔다고 했다. 시기상 알바트로스가 이미 섬을 떠난 때여서 플라스틱을 먹고 죽은 알바트로스 사체만 본 것이다. 섬에 다녀온 후 슬픔과 무력감에 빠진 그에게 친구가 다시 그곳으로 가보라고 조언했다. 아직 보지 못한 무언가가 있을 거라고. 다시 찾은 섬에서 작가는 생기 넘치게 살아 숨 쉬는 알바트로스를 만났고, 그들을 사랑하게 되었고, 마침내 무력감을 떨치는 법을 찾아냈다. 슬픔을 외면하지 않고 직시하는 것. 너무나 큰 문제들 앞에서 절망하지 않고 '슬픔을 느끼고, 아름다움을 알려고 하고, 이 세계를 온전히 사랑하는 것'을 통해서 절망을 넘어서라고 했다.

알바트로스가 죽어 가는 모습을 여러 시간에 걸쳐 찍는 일이 많이 어려웠다는 작가. 작가는 새가 죽음을 향해 가는 고통의 시간에도, 죽은 후에도 오랫동안 함께했다. 그리고 새의 깃털에 얼굴을 묻고 눈물을 쏟았다. 작가는 죽어 가는 새들에게 "넌 이제 유명한 영화배우가 될 거야. 너의 이야기를 전 세계인들에게 알려줄 거야."라고 말했다. 죽어 가는 새의 고통을 줄일 수는 없지만 외면하지 않겠다는, 목격자가 되겠다는 작가의 약속이었다.

동물학대, 지나친 육식주의, 지독한 인간중심주의 사회에 매번 절망하지만 그럴 때면 그가 알려준 대로 현실을 마주보고, 기꺼이 슬픔과 고통도 마주하고, 다시 삶이 얼마나 아름다운지 느끼면서 절망을 넘어보기로 했다.

인간에게 빼앗긴 동물의 언어,
강자에게 빼앗긴 약자의 언어

"해리야, 너무 힘들면 이제 그만 가도 돼."

엄마가 울면서 반려견 해리를 품에 안고 속삭였다. 해리는 원인을 알 수 없는 병으로 며칠에 한 번씩 발작을 하면서도 짧은 발작이 지나면 별일 없이 잘 지내곤 했는데 이날은 발작이 멈추지 않았다. 힘들게 발작을 이어가는 해리에게 엄마는 이제 그만 가도 된다고 말했고, 나는 해리가 떠난다는 게 무서워서 울고만 있다가 안고 병원으로 향했다. 더 이상 힘들지 않게 보내주려 했다. 그렇게 해리는 떠났다. 해리 나이 고작 3살. 대학병원에서도 발작의 원인을 찾지 못했고, 가족들은 발작을 하지만 아직 어리니 잘 관리하면 되지 않을까라는 희망으로 해리를 붙잡고 있었다. 그러나 고통스러운 마지막 모습을 보면서 일찍 안락사를 결정하지 못한 걸 후회했다. 함께 살던 반려동물을 보낼 때마다 안락사 기준을 수정한다. 너무 늦지 않기를, 의미 없는 고통을 연장하지 않기를.

그리스어에서 온 안락사euthanasia라는 단어의 어원은 '좋은 죽음'이다. 죽음보다 더한 고통에서 벗어날 수 있는 죽음. 동물의 안락사는 의사표현을 할 수 없는 동물을 대신해서 반려인이 결정해야 하기에 그 앞에서 늘 머뭇거린다. 하지만 반려동물에 대한 반려인의 마지막 책임이기에 이성적이고 치열하게 고민하고 결정한다. 심장이 찢기는 고통의 결정이다.

그런데 이 단어가 왜곡되어 사용되고 있다. 유기동물 보호소에서 공간을 만들기 위해 동물을 죽이는 것을 '안락사'라고 할 수 있을까. '살처분殺處分'이라고 써야 맞다. 인간이 임의로 동물을 죽여서 처분하는 것. 또한 유기동물 보호소에 입소한 동물의 약 50퍼센트가 살처분과 자연사로 죽어 나가는데 보호소라고 부르는 게 합당할까? 지자체 캣맘 모임 대표를 하던 시절 종종 소방서나 동사무소 등에서 연락이 왔다. 누군가 새끼 고양이를 잔뜩 안고 와서 자기가 '구조'했다며 '보호소'에 보내달라고 하고 사라졌다고 했다. 새끼 고양이가 보호소에 간다는 건 곧 죽음을 의미한다. 사람들이 구조했다며 버리듯이 공공기관에 두고 간 새끼 고양이를 살리기 위해 그때부터 고난의 행군이 시작된다. 절대 쉽게 나타날 리 없는 새끼 고양이의 가족을 찾기 위해 백방으로 뛰어야 한다. 선의를 갖고 새끼 고양이를 구조했다고 생각하겠지만 어미가 잠시 자리를 비운 것일 수 있고, 보호소는 그들의 생각처럼 동물을 보호해 주는 곳이 아니다. 입소된 유기동물의 반이 죽어서 그곳을 나간다면 '보호소'가 아니라 '죽음의 수용소'라 불러도 무방하다.

약자는 자신의 언어를 갖기 어렵다. 적합한 단어를 두고 다투는 싸움에서 언제나 약자는 강자에게 진다. 동물도 마찬가지다. 동물은 열악한 환경에서 고통스럽게 죽어 가는데 인간은 자기 마음 편하자고 '보호소'에서 '안락사'한다고 표현한다. 길에서 힘겹게 살아가는 고양이는 '도둑'고양이가 되고, 무책임한 인간에게 버려져 산으로 내몰린 개는 '들개'가 된다. 인간의 변심으로 버려져 '반려견'에서 '유기견'이, '유기견'에서 '들개'가 된 개에게 50만 원의 포상금이 걸린 적도 있었다. 임산부가 감염되면 기형아를 낳는다는 톡소플라스마는 우리나라에서 임상 사례가 한 건도 없음에도 '고양이 기생충'이라는 제목을 달고 뉴스가 되기도 한다. 차별과 혐오가 가득 찬 승자의 왜곡된 언어다.

《오늘, 내일, 모레 정도의 삶》(임상철, 생각의힘)의 저자는 홈리스의 자립을 돕는 잡지 《빅이슈》의 판매원인 임상철 씨다. 그는 자신이 어느 순간부터 가진 자가 하는 말에 숨죽이고 순종하는 것에 익숙해졌다고 고백한다. 부당함에 저항하는 언어를 잃어버린 것이다. 그의 글을 읽으며 나 또한 노숙인을 대상화했음을 반성했다. 미래는 관심 없고 오늘, 내일, 모레 정도의 삶에만 집착한다는, 배고픔은 창피함을 이긴다는, 오늘과 내일의 살아가는 이야기가 기적일 수도 있다는, 미워했던 누군가도 그 또한 아프니까 이해하기로 했다는, 그가 자신의 언어로 들려주는 이야기가 좋았다. 그렇게 내가 모르는 또 한 사람의 삶을 알게 되었다. 그런데 그가 들려주는 이야기 속에는 유난히 죽음에 대한 이야기가 일상처럼 튀어 나온다. 가진 자에 비해 약자는 죽음과 더 밀접하고, 빈번하게 마주치며, 그 무게는 가볍다.

동물도 그들의 언어가 있다. 하지만 인간은 들을 마음이 없다. 그래서 빼앗긴 동물의 목소리를 대신 내주는 이들이 분발해야 한다. 언젠가 청소년 독자에게 연락이 왔다. 반려동물 입양이라는 단어를 사용했더니 선생님이 틀렸다고 지적했단다. 동물에게는 '입양'이 아니라 '입식'이라는 단어를 사용해야 한다고. 나도 같은 지적을 당한 적이 있다. 이유를 물으니 동물에게 입양이라는 단어를 쓰면 인간 입양의 가치가 떨어진다고 했다. 동의할 수 없다. 내가 보기에는 존재의 가치를 인간과 동물로 나누는 것 자체가 덜 떨어진 생각이다.

야생보다 농장에
사자가 더 많다

동물 문제에 관심 있는 세계인에게 2015년은 짐바브웨의 사자 세실을 잃은 해로 기억될 것이다. 멋진 갈기와 당당한 모습으로 짐바브웨의 황게 국립공원을 찾는 관광객들로부터 사랑을 받은 사자 세실은 원정 사냥을 온 미국인 월터 파머에게 살해된 후 가죽이 벗겨지고 머리가 잘린 채 버려졌다. 많은 사람들에게 사랑받던 야생동물이 도륙, 참수된 참혹한 모습에 경악했는데 그보다 이게 과연 사냥이 맞는지 의아했다.

세실을 살해한 치과의사인 월터 파머가 한 것은 트로피 사냥trophy hunting 이다. 트로피 사냥은 사냥 후 동물의 사체 전체나 가죽, 뿔, 머리 등을 박제하여 기념품으로 보관, 전시하려는 사냥의 종류다. 거실 벽에 거대 뿔을 가진 사슴의 머리를 걸거나 머리가 달린 사자나 호랑이 가죽을 바닥에 깔고 싶어 하는 사람들의 취미생활이다.

사냥의 목적은 이미 생존이 아닌 무언가를 과시하는 것으로 변화했고, 그 무엇은 시대와 문화에 따라 다르다. 그 무엇이 권력, 남성성, 지위가 되는 순간 그것은 사냥이라고 할 수 없다. 《오리온의 후예》(찰스 버그먼, 문학과지성사)는 사냥을 통해 남성성의 역사를 다룬다. 수만 년 거슬러 올라가며 사냥을 주제로 문화사를 써내려 가는데 전통적인 남성성이 흔들리는 현대사회에서 사냥은 무엇을 의미하는지, 그들의 욕망과 지배욕은 어떤 두려움에서 오는지 찾는다. 플라톤은 개와 말, 사냥꾼의 네 발로 사냥하는 것만을 사냥으로 인정한다고 했다. 그게 당연한 사냥의 윤리다.

트로피 사냥이라는 취미생활을 합법적으로 즐기려면 막대한 돈이 필요하다. 원정 사냥을 위해서는 항공, 숙박, 사냥허가권, 가이드, 박제, 운송 등에 돈이 든다. 일반인은 엄두도 내지 못하는 각 나라 부자들의 호사 취미다. 불과 얼마 전까지 식민제국에 수탈당하던 아프리카의 동물들이 이제는 부자 나라 부호들의 유흥거리가 되고 있다.

아프리카 원정 사냥을 사냥이라고 부를 수 없는 가장 큰 이유는 가이드가 미끼를 이용해서 유인한 야생동물을 죽이는 방식이기 때문이다. 야생의 포식자들은 토끼 한 마리를 사냥할 때도 온 에너지를 소진한다. 그런데 트로피 사냥은 마련한 성찬을 즐기는 것처럼 너무 쉽다. 트로피 사냥꾼들은 건장한 대형 포유류를 사냥감으로 삼는다. 특히 수컷 사자를 좋아한다. 크고 잘 생긴 사냥감일수록 힘과 권력을 과시하기 좋기 때문이다.

짐바브웨를 비롯한 남아프리카에서는 아예 농장에서 길러진 사자를 데려다가 사냥하기도 한다. 통조림 사냥canned hunting이라고 한다. 그에 비해 세실은 보호구역에 살던 진짜 야생동물이었으니 그보다는 사냥에 가까웠다고 할 수 있을까. 적어도 사자들이 도망이라도 가니 말이다. 통조림 사냥을 위해 농장에서 길러진 사자들은 사냥꾼을 봐도 도망가지 않는다. 새끼 사자였을 때는 돈을 내고 '사자와 걷기', '사자 만지기' 등의 프로그램에 동원되었기 때문에 사람에 대한 두려움이 없다. 그러다 보니 사람이 보이면 밥을 기다리며 가만히 앉아 있거나 밥을 달라고 다가오다가 총에 맞는다. 총을 든 사람은 코앞에 대령한 사자를 향해 방아쇠를 당긴다. 사냥이라기보다 치사하고 더러운 취미 생활이라고 불러야 적합하다.

동물단체는 사냥을 했으면 권력 과시용으로 장식하지 말고 차라리 먹으라고 권고한다. 그게 사냥꾼의 최소한의 윤리며 사냥의 전통 규율이다. 식탁에 올릴 것을 위한 사냥은 비난받을 일이 아니다. 하지만 오래 전부터 사냥은 이미 먹고 살기 위한 행위와 멀어졌다. 18세기에도 영국 권력자들은 사냥을 통해 얻은 모피를 입고, 바닥에 깔고, 머리로 집을 장식했고, 코끼리 다리를 우산꽂이로 썼다.

세실의 죽음 이후 많은 것이 변하는 듯했다. 많은 나라가 트로피 사냥으로 얻는 전리품의 반입을 금지하고, 몇몇 항공사는 수송을 거부하기도 했다. 하지만 여전히 트로피 사냥, 통조림 사냥을 하기 위해 아프리카를 찾는 사람들은 줄지 않고 있다. 통조림 사냥을 주도하고 있는 남아프리카공화국은 야생 사자보다 통조림 사냥을 위해 농장에서 길러지는 사자가 더 많은 지경이다. 또한 박제를 만들고 남은 뼈, 가죽 등의 부산물은 약제나 사치품으로 중국 등의 아시아로 넘어가 새로운 시장을 형성하고 있다.

돈을 버는 일이라면 야생동물을 인공적으로 생산해서 인간의 놀잇감으로 삼는 것이 뭐가 문제냐는 사업가, 별다른 투자 없이 쉽게 돈을 벌 수 있는 좋은 돈벌이라고 생각하는 아프리카의 가난한 나라들, 짜릿한 손맛과 색다른 쾌감을 즐기고 싶은 부자들이 만들어 내는 이 기이한 놀이는 쉽게 없어질 것 같지 않다. 케케묵은 개념인 사냥의 윤리 따위로 설득할 수 있는 시점이 아니다. 어쩌면 인류는 곧 동물원이나 통조림 사냥에 쓰일 동물을 키우는 농장에서나 사자를 보게 될 것이다.

동물은 영혼이 없을까?
같은 하나님의 피조물

서울의 한 절에서 길고양이가 들어오지 못하게 바닥에 밤송이를 깔아 놓았다는 항의 글이 동물단체 홈페이지에 올라왔고, 절에서는 매년 겨울이면 밤송이로 화단 조경을 한다고 해명했다. 중요한 것은 어느 쪽의 말이 사실인지가 아니라 사람들이 동물단체의 글을 읽으며 별 의심 없이 그럴 수 있겠다고 생각했다는 것이다. 그만큼 한국의 종교가 변화하는 반려동물 문화에 호의적이지 않고, 동물복지 문제에 아무 소리도 내지 않는다는 의미다.

나만 해도 반려견과 절에 갔다가 절 관계자에게 싫은 소리를 여러 번 들었고, 아는 캣맘은 천주교 기관에서 일하는데 길고양이 밥 주는 것을 싫어해서 곤란을 겪고 있다. 이럴 때면 법정 스님이 20여 년 전에 쓰신 글을 찾아 다시 읽는다. 스님은 글에서 "불교는 본연의 동물애호사상을 고취시켜 한국인들의 정서를 순화해서 그로 인한 사회의 정화에 일조"해야 한다며 불교가 생명존중의 의식을 퍼뜨리는 제 역할을 하지 못하고 있다고 통탄

했다.

어느 날 반려견 찡이와 산책 중이었는데 어르신 두 분이 교회 전단지를 나눠 주셨다. 내가 웬만하면 전단지를 다 받는 편인데 그날은 한 손에는 찡이 목줄과 똥 봉투, 반대쪽 손에는 엄마 심부름인 반찬거리가 담긴 장바구니가 들려 있었다. 전단지를 받을 손이 없어서 죄송하다고 말씀드리고 지나쳤다. 그때 뒤통수를 때리는 소리.

"아이고, 그렇게 애지중지해 봐야 개는 영혼이 없어. 죽으면 땅으로 꺼진다고."

많이 순화한 표현이다. 이날 너무 상처를 받아서 한동안 교회에서 전단지를 나눠 주면 주먹을 꼭 쥐고 받지 않았다. 나름 소심한 복수였다. 독실한 기독교 신자인 이웃은 반려동물과의 이별 후 동물은 정말 영혼이 없는 건지 혼란스럽다고 했다. 또한 한국 천주교는 유난히 개식용에 관대하다. 아시시의 성 프란체스코는 새들에게 복음을 전했다는데, 하나님은 여섯째 날에 동물도 만드셨다는데 같은 피조물에 대한 대우가 왜 이리 다른지. 종교라는 게 삶의 도덕적 에너지를 고양시키는 것이 목적이 아닌지. 이어지는 질문에 스스로 답을 얻지 못하고 있을 때 신학자 앤드류 린지를 만났다.

옥스퍼드 대학의 동물윤리센터 설립자인 앤드류 린지는 영국성공회 신부이자 《동물 신학의 탐구》(앤드류 린지, 대장간)의 저자다. 그에게 종교를 윤리적으로 판단할 수 있는 기준은 종교가 사람에게 '더 사랑하고, 더 자애롭고, 더 연민하는 삶을 만드는가.'다. 또한 그는 동물권 신학의 핵심은 관대함의 윤리며, 동물은 인간과 평등한 고려 대상이 아니라 더 큰 고려 대상이라고 말한다. 왜냐하면 약자에게 도덕적 우선순위를 두어야 하기 때문이다. 약자를 먼저 돌보라는 당연한 말이 왜 이리 생전 처음 듣는 말처럼 뭉클한지. 이 책의 부제는 '같은 하나님의 피조물'이다. 부제만 보고도 이미 답을 찾은 것 같았다.

저자가 어린 시절 입양한 유기견 바니는 얼마나 생동감 넘치는지 달리는 모습을 보면서 "털북숭이 로켓이 간다!"라고 말할 정도였다. 그런 바니가 병을 얻어 떠나던 날, 그는 교회가 반려동물을 잃은 사람들에게 어떤 목회적 배려도 해 주지 않는다는 걸 깨달았다. 신자들이 집이나 차를 사면 축복해 주면서 말이다. 그는 신학자가 된 후 많은 사람이 자신의 반려동물을 사랑하듯 하나님 역시 그럴 것이라고 믿는다. 그리고 동물 장례식을 위한 예배문을 만들었다. 하지만 기독교 채식주의자기도 한 그를 비판하는 사람들이 기독교 내부에도 있다. 오죽하면 대학교 때 그가 동물 문제 공부에 많은 시간을 들이자 함께 신학을 공부하는 동료가 "맙소사, 그것들은 단지 동물일 뿐이야."라고 했을까. 하지만 가장 약자 편에 있어야 한다는, 내가 생각하는 종교의 개념과 그의 생각은 가장 부합한다.

종교 철학자인 마르틴 부버는 "종교처럼 신의 얼굴을 멋지게 가리는 것은 없다."는 유명한 말을 남겼다. 다른 존재의 고통에, 그들의 울음소리에 무감각하게 만드는 종교가 참된 종교일까. 종교가 이 지독한 인간중심주의 세상을 더 부추기지 말고 인간을 구원해 주기를.

동물은 '좋아요'를 위한
소품이 아니다

신문 한 컷, 사람들이 돌고래를 둘러싸고 활짝 웃고 있는 사진에 뭔가 불안했다. 아니나 다를까 아르헨티나 해변에서 사람들이 해변가에 있던 새끼 돌고래를 끌어내 돌려가며 만지고 기념 촬영을 하는 모습이었다. 결국 돌고래는 죽어서 내동댕이쳐졌고 세계적으로 비난 여론이 들끓자 아르헨티나 매체는 이미 죽어 있는 돌고래라고 발표했지만 죽은 돌고래와의 기념 촬영은 윤리적으로 더한 문제가 아닌가.

미국 플로리다에서는 파도에 밀려온 상어를 뭍으로 끌어내 기념 촬영을 하고, 마케도니아에서는 호수에서 노니는 백조의 날개를 막무가내로 잡아서 끌고 나와 기념 촬영을 하는 일이 벌어졌다. 우리나라에서는 수리부엉이 둥지가 사진을 찍으려는 사람들로 크게 훼손되었다. 둥지 속 새끼를 찍겠다고 주변 나뭇가지를 다 자르고, 조명을 동원해서 야간 촬영을 한 것이다. 덕분에 새끼들은 천적에 그대로 노출되었다.

실제로 우리가 감탄하며 보는 야생동물 사진 중에는 비윤리적이고 몰상

식한 행태들이 그대로 드러나는 경우가 많다. 동물 사진은 오랜 기다림과 교감이 필요한데 시간도 줄이고 좀더 눈에 띄는 이미지를 얻으려고 인위적으로 연출하는 것이다. 무력한 새끼를 둥지 밖으로 꺼내거나 철새 무리에 위협을 가해 억지로 비행을 유도하는 등 극적인 장면 연출을 위해 갖가지 방법이 동원된다. 동물 사진을 찍으면서 생명에 대한 존중은 없다.

이런 일이 최근에 더 자주 일어나는 건 아무래도 개인 SNS의 활성화로 사람들의 반응을 실시간으로 확인할 수 있기 때문일 것이다. 인간은 너무나 시각적인 종이어서 길게 쓴 문장보다 눈길을 끄는 사진 한 장에 더 쉽게 '좋아요'를 누른다. 동물들은 '좋아요'를 위한 촬영 소품이 아닌데 생명의 가치는 '좋아요' 횟수보다 못하게 되어 버렸다.

타인에게 인정받고 싶은 욕구는 인간의 기본적인 욕구 중 하나다. 하지만 웹상의 좋아요 횟수가 진정한 인정, 관심이라고 할 수 있을까. 솔직히 나도 글을 올리고는 공감과 좋아요 횟수가 신통치 않으면 '왜지?'라며 고개를 갸웃거리기는 한다. 남자친구와 "나한테 목매지 마."라며 장난치고는 했는데 그 말을 새삼 실감한다. 타인이 던져 주는 관심에 목매다 보면 나는 온데간데없어진다. 이러다가 지구인은 언젠가 본 애니메이션처럼 될지도 모른다. 지구가 핵전쟁으로 폐허가 된 상황이었는데 사람들은 그걸 배경으로 셀카를 찍고 있었다.

국내외를 막론하고 동물 사진을 찍고, 영상을 촬영하는 작가들을 아낀다. 그들 덕분에 방구석 1열에 편하게 앉아서 야생동물들이 살아가는 아름다운 모습을 볼 수 있으니까. 나는 직접 야생을 찾아가서 동물을 보는 것도 원하지 않는다. 관찰이라고 해도 어떤 방식으로든 그들의 습성에 영향을 끼칠 테니까. 자신들을 뚫어져라 보는 수많은 인간의 눈빛이 얼마나 부담이겠는가. 그래서 거의 현장 과학자의 역할을 하는 몇몇 외국의 자연 다큐멘터리 촬영 작가들을 좋아한다. 국내 작가로는 보는 사람을 행복으로 이끄는 고빈 작가의 동물사진을 좋아한다. 그의 사진에는 거짓이 없다. 사진을 보면 그가 얼마나 행복한 마음으로 셔터를 눌렀는지 마음이 그대로 전해진다. 그에게 사진이란 자신이 마주하고 있는 순간의 조화를 찾아내는 것인 모양이다.

그의 사진 에세이 《만나게 될 거야》(고빈, 담소) 중에서 나는 한 소년과 흰 개가 함께 포즈를 취한 사진을 좋아한다. 작가가 오래 머물던 인도를 떠나기 전에 마지막으로 갠지스 강변을 걷고 있는데 한 소년이 "아저씨, 사진 찍어 주세요."라고 부탁하길래 곁에 있던 흰 개와 함께 찍어 주었다는 사진이다. 한국에 돌아와서 현상을 했는데 현상소 직원이 개가 외눈박이냐고 물었다. 분명 외눈박이가 아니었는데 사진을 보니 정말 개가 한쪽 눈을 감고 있다. 아마도 사진이 찍히는 순간 눈에 먼지가 들어가서 눈을 감았던 모양이다. 작가는 이 사진을 보면서 자신이 마주하는 이 모든 순간이 신의 윙크가 아닐 수 없다고 말한다.

작가는 파키스탄을 여행하다가 4,000미터가 넘는 산맥을 넘어야 하는데 차편이 끊기는 바람에 당나귀를 사서 산을 넘는다. 처음에는 빌릴 생각이었는데 뼈가 휘도록 일하면서 매질만 당하는 당나귀가 불쌍해서 덜컥 사서 여정을 함께한다. 그리고 마침내 목적지에 다다른 후 작가는 당나귀에게 자유를 준다. 작별 선물은 당나귀가 좋아하는 초콜릿 비스킷과 콧잔등 쓰다듬어 주기. 우리가 동물 사진에서 원하는 건 '좋아요'를 향한 끝없는 욕망이 아니라 인간과 동물의 선한 만남과 헤어짐이다.

개는 함께 무리를 이룰
서로를 원한다

집을 나간 개가 이웃 주민에게 잡혀서 잡아먹히는 사건은 한국에서 종종 발생한다. 엽기적이지만 개식용을 허용하고 있는 나라에서 충분히 발생 가능한 일이다. 또한 개식용을 찬성하는 사람들이 말하는 반려견과 식용견은 다르다는 주장이 얼마나 얄팍한지 보여 주는 사건이다. 길을 잃었다가 이웃에게 잡아먹힌 개들은 대부분 누가 봐도 식용견으로 길러진 개가 아닌 흔히 말하는 '순종'이다. 이미 사람들의 식탁에 순종과 잡종, 반려견과 식용견 구분 없이 올라가고 있다는 걸 인정해야 한다.

아직도 우리나라 많은 사람들의 눈에 개는 '먹을 수 있는 것'일 뿐이다. 내게는 가족인데 누구에게는 입맛 다시게 하는 음식 재료라니 간극이 너무 크다. 개와 산책할 때면 지나가는 사람들이 비웃듯이 툭 던지는 "된장 발라야 되는 개xx를 왜 저렇게 끌고 다녀.", "한 끼도 안 되겠네."라는 말이 소름끼치는 이유다.

한창 더운 여름날 앞집의 백구네 집이 발칵 뒤집혔다. 문이 열린 사이 백구가 집을 나간 것이다. 그런데 하필 중복 날이었다. 복날과 백구. 답이 쉽게 나오는 두 단어의 조합. 가족들은 나쁜 생각에 마음을 졸이며 백구를 찾아 헤맸고 다행히 몇 시간 만에 매일 다니던 산책길을 따라 집으로 돌아오는 백구를 발견했다. 가족들은 몸 고생보다 마음고생이 더 심했다.

똑똑한 백구는 산책길을 따라 집으로 돌아왔지만 10여 년 전 9살이던 우리 집 개는 길을 잃고 매일 다니던 산책길을 벗어나 떠돌고 있었다. 그때도 여름 한복판인 8월 14일. 시집 장가간 형제들까지 달려와서 전단지를 붙이며 찾았고, 사랑스러운 막내아들을 못 볼지도 모른다는 생각에 나이 든 아빠는 식사도 못한 채 한여름 땡볕에 동네를 헤맸다. 특히 아빠는 동네에 있는 보신탕집을 차례로 다니며 살폈고, 어느 식당 주인이 검은 비닐봉투에 뭔가 들고 들어갔다며 의심했다. 소심한 아빠는 가게에 들어가 보지도 못하고 문밖에서 "찡이야!"를 외쳤다. 블랙코미디 영화의 한 장면 같은 순간. 시내 보신탕집에서는 개를 직접 잡을 수 없고, 우리 개는 체구가 작아서 먹을 것도 없고, 누가 봐도 집에서 키우는 개니 보신탕집에는 없을 거라고 아빠를 진정시켰다. 키우던 개를 잃어버렸는데 보신탕집 앞에서 쩔쩔 매는 모습이라니 얼마나 한심한가.

인류학자이자 동물학자인 엘리자베스 M. 토머스가 쓴 《인간들이 모르는 개들의 삶》(엘리자베스 M. 토머스, 해나무)은 몰랐던 개의 습성을 알 수 있는 좋은 책이다. 저자는 인간이 인간 외의 생물에게는 사고와 감정이 결여되어 있다고 생각하는 것에 매우 놀라며 개가 인간을, 세상을 보는 방법에 대해 많은 이야기를 들려준다. 특히 관찰 대상의 개 중에서 미샤는 무려 32킬로미터 떨어진 곳까지 산책을 나가서도 어김없이 집을 찾아오는 개였다. 저자는 미샤가 어떤 방법으로 집을 찾아오는지 끝내 알아내지 못한다. 별이나 태양의 위치였을까? 저주파나 냄새였을까? 반면 같은 허스키인 마리아는 집만 나가면 길을 잃었는데 그 역시 매번 용케 집으로 돌아왔다. 마리아가 돌아오는 방법은 인간을 이용하는 것이었다. 마리아는 길을 잃었다고 생각되면 아무 집 현관 앞에 앉아서 가만히 기다렸다. 그러면 마리아를 발견한 사람들이 목걸이에 적힌 연락처로 연락해서 집을 찾아주었다.

생각해 본다. 과연 우리나라였다면 마리아는 집으로 돌아올 수 있었을까? 다행히 집을 나갔던 우리 집 개는 이틀 만에 멀리 떨어진 아파트에서 찾았다. 8차선 대로를 건너 대단지 아파트를 지나 집과 점점 멀어지고 있는 이 바보 개를 아파트 경비 아저씨와 주민들이 길을 잃은 것 같아서 잡아둔 덕분이었다. 이분들이 아니었으면 어땠을까. 지금처럼 마이크로칩 인식표도 사용하지 않던 시절이다. 앞집 백구도, 우리 집 개도 운 좋게 잡아먹으려고 달려드는 사람을 만나지 않은 덕분에 무사히 집으로 돌아왔다. 좋은 사람들을 만난 덕분에 운 좋게 살아남은 개들.

사람 아이도 부모뿐 아니라 사회가 함께 키워야 하는 것처럼 집 잃은 개를 보면 가족을 찾아주어야겠다는 생각이 먼저 드는 세상일 수는 없을까. 저자는 책에서 개들이 가장 원하는 것이 무엇인지 알려준다. 개들은 서로를 원한다. 함께 무리를 이룰 서로를 원하는 것이다. 하지만 현재 한국에서 인간은 개의 무리가 되기에 많이 부족하다. 개의 무리에서 필수적인 서로에 대한 존중이 없기 때문이다. 우리는 아직 개에 대해 너무 모르고 개에 대해 배워야 할 것이 너무 많다.

우리는 입장 바꿔 생각하기를
거부하고 있다

동물 책을 만드는 일을 하다 보니 매일 나오는 동물 기사를 챙겨보는 편이고 댓글도 읽는다. 누군가 작정하고 댓글 조작을 하지 않는 한 댓글은 동물 문제를 대하는 사람들의 반응을 어느 정도 감지할 수 있기 때문이다. 동물 기사에 대한 댓글의 유형에는 몇 가지가 있다. 동물원 동물, 강아지 공장 등 심각한 동물 문제에 시간이 흘러도 똑같이 달리는 댓글 '이런 내용 처음 알았어요.'를 보면 아무리 노력해도 동물 문제는 늘 제자리인가 싶어 힘이 빠지고, 의인화의 시선이 가미된 동물들의 감동 스토리에는 '인간보다 동물이 낫다.'라는 영혼 없는 선플이 달리고, 개식용 관련 글에는 여전히 '그럼 닭은? 소는? 돼지는?'이라는 댓글이 빠지지 않는 반면, 고통받는 닭, 소, 돼지를 다룬 공장식 축산 폭로 글에는 '천사 나타났네. 식물도 고통을 느끼는데 밥은 어떻게 먹나.'라는 반대를 위한 반대 댓글이 달린다. 반려동물 산업의 성장 기사에 달리는 '니 부모한테는 그렇게 하냐?'라는 댓글은 외울 정도. 물론 기사 자체가 틀린 정보와 잘못된 논점을 전하는 경우도 많지만 동물 관련 글에는 빠지지 않고 등장하는 전형적인 댓글이 있다는 게 신기하다.

외국 단체의 모피나 야생동물 활동 기사에는 '동물에 미친 한국 동물단체들은 개, 고양이 얘기만 하지 말고 이런 동물들이나 신경 써라.'는 훈계하는 댓글이 많다. 한국의 동물보호 활동가들이 반려동물 문제에만 신경 쓴다고? 아니다. 외국 단체만큼 모피, 실험동물, 전시동물 등 여러 분야에서 고통받는 동물을 위해 싸우지만 사람들의 반응이 적고, 그러다 보니 언론도 기사화하지 않는다. 동물보호 활동가가 맹견에 대한 기사를 썼다가 악플 폭탄을 맞았다. 맹견이 따로 있는 게 아니고 인간의 책임이 크고, 맹견 범위를 확대하고 규제 강화가 답이 아니라고 썼으니 충분히 좋은 글이었다. 하지만 '니가 물려봐라.'라는 댓글 폭탄이 쏟아졌다.

사람들은 동물 문제에 깊게 다가가지 않고 표면적인 분노만 쏟아내는데 이는 무관심, 무시의 다른 표현이다. 거기에 미디어 또한 동물 문제의 핵심에는 다가가지 않고 의도적으로 본질을 가리는 비가시화에 앞장선다. 이 글을 쓰면서 미래 농업을 다룬다는 TV 다큐 프로그램을 틀어놓고 있다가 깜짝 놀랐다. 네덜란드의 축산 농가에서 돼지 꼬리를 자르는 관행에 대해 '돼지끼리 장난을 치다가 꼬리를 물어서 상처를 주기 때문에 문제'라고 설명하고 있었다. 틀렸다. 공장식 축산에서 돼지는 좁고 단조로운 사육 공간에서 받는 스트레스 때문에 서로의 꼬리를 물어뜯는데 이를 방지하려고 농가에서는 태어나자마자 마취도 하지 않은 채 꼬리를 잘라 버린다. 네덜란드 농부가 분명하게 "사회가 도덕적인 이유로 꼬리 자르기를 원하지 않기 때문에 다른 방법을 찾기 위해 노력하고 있다."고 인터뷰하는데도 앞뒤가 맞지 않는 설명을 하고 있었다. 이런 식으로 언론은 동물 문제의 본질을 사람들이 알지 못하도록 비가시화한다. 진실을 왜곡하는 내레이터의 설명이 역겹고 소름끼쳤다.

이게 동물 문제를 다루는 우리 미디어의 현실이고 이런 상황 속에서 진실을 알리려는 단체, 활동가들의 주장을 사람들은 외면한다. 한때 미디어가 동물 문제에 깊이 파고들어가던 시절이 있었다. 하지만 동물 문제 또한 동물을 이용해서 이윤을 얻는 산업자본과 맞닿아 있어서 동물 문제의 심층 보도 또한 언론 자유의 보장과 산업자본의 연결 고리를 끊어내고 독립성을 갖지 않는 한 깊이 다루기가 쉽지 않다.

동물들의 의인화된 감동적인 모습, 귀여운 모습만 보여 주면서 의도적으로 동물 문제의 본질을 무시하는 미디어의 행태는 동물 문제의 해결에 걸림돌만 될 뿐이다. 노벨 문학상을 수상한 작가 존 쿳시의 소설 《동물로 산다는 것》(존 쿳시, 평사리)의 주인공 엘리자베스 코스텔로는 이런 현상을 나치 시대의 유대인 학살과 비교한다. 제2차 세계대전 때 수백만 명이 유대인 수용소에서 죽임을 당할 때 수용소 주변의 사람들은 수용소 안에서 벌어지는 일을 몰랐다고 했다. 대략 추측은 했지만 구체적으로 몰랐다고. 조금 더 솔직히 말하면 사실 알기가 겁났다고. 이런 무관심 덕분에 자신은 살았으니 생존을 위한 수단이 된 셈이다. 그 순간 그들은 모두 인간성을 상실했다. 마찬가지로 지금도 실험실에서 도살장에서 개 농장에서 잔인하게 죽어 가는 동물들이 있는데 우리는 모른 척한다. 그런 모습이 나치 시대의 수용소 옆 사람들과 닮았다고 코스텔로는 말한다. 그들은 입장 바꿔 생각하기를 거부했고, 우리도 지금 그러고 있는 게 아닌가.

동물의 고통에 공감할 수 있는 사람이
수의사가 되기를 바란다

수의사여서 더 분노했다. 개를 물건처럼 쓰고 버린 사람이 수의사였고, 그가 속한 곳이 반려동물이 심하게 아프면 사람들이 믿고 찾아가는 동물병원을 운영하는 서울대 수의대여서 더 분노했다. 비글구조네트워크는 실험동물용 개가 식용견 농장에서 서울대로 반입되는 것을 발견했다. 실험견을 공급한 개 농장은 '뜬장'(배설물 처리를 쉽게 하기 위해 밑에 구멍이 뚫린 채 떠 있는 철제 우리)에서 음식물쓰레기를 먹여 키우는 흔한 식용견 농장의 모습 그대로였다. 제보자는 개 농장에서 온 개들은 학교에서도 뜬장에서 지내다가 난자를 채취당하거나 복제견 출산을 마친 뒤 다시 식용견 농장으로 보내졌다고 밝혔다.

우리나라는 이런 비윤리적 행위를 방지하고자 동물실험을 하는 학교와 기업에 동물실험윤리위원회를 설치, 운영하고 있다. 이 실험이 윤리위원회의 승인을 통과했다는 게 믿기지 않았다. 윤리위원회는 동물단체가 추천한 전문가 등 실험시설과 이해관계가 없는 외부위원이 3분의 1 이상이어야 하고, 그들을 포함한 모든 윤리위원이 동물실험계획 승인 신청서에 승인을 해야 실험이 가능하다. 또한 실험계획서에 실험동물의 구입처와 실험 이후 동물의 처리 방법 등도 자세히 기재해야 하는데 어떻게 승인이 난 걸까? 나 또한 산업체와 대학교의 동물실험윤리위원회의 윤리위원으로 활동하고 있고, 실험동물의 수를 줄이려고 연구자와 매번 신경전을 벌이곤 하기 때문에 잘 안다. 연구자들에게 실험동물은 실험하고 안락사시키면 끝나는 실험'대상'이 아니라 '생명'임을 알려주는 게 윤리위원의 일이다. 그런데 이토록 비윤리적인 실험이 승인되었다면 현재 한국에서 운영되는 동물실험윤리위원회는 요식 행위일 뿐이다.

몇 년 전 의사인 지인이 연구원으로 미국에 갔는데 의사 윤리에 관한 수업을 듣다가 쪽팔렸다고 했다. 의료계 3대 비윤리적 사건에 황우석 논문조작 사건이 언급되었기 때문이다. 끔찍한 건 이번 사건에서 그 사건이 연상된다는 것이다. 당시 그 사건 연루자들은 불법 난자 매매로 유죄 판결을 받았다. 이번 사건도 탐지견 등 특수견 복제실험을 하면서 난자 채취가 필요해 식용견을 반입했다. 황우석 사건 당시 난자를 매매한 여성들은 시술 뒤 2~3주 동안 고통이 심해 거동조차 할 수 없었다고 했다. 그들은 자기가 선택한 고통이지만 동물들은 아무것도 모르는 상황에서 당하는 고통이다. 게다가 개는 난자를 채취하려면 개복수술을 해야 한다. 이런 고통쯤이야 곧 식용으로 팔려서 죽을 처지인데 뭐가 문제냐고 말할 셈인가.

한국의 개 복제 연구가 식용견과 관련이 있다는 의혹은 외국에서 이미 제기되었다. 현재 세계적으로 반려동물을 복제하는 나라는 한국과 중국뿐이다. 미국 바이오아츠사의 대표 루 호손 박사는 한국의 개 복제는 개들을 식용견 농장에서 싸게 사온 후 폐기 처분하거나 다시 농장으로 돌려보낸다고 인터뷰했고, 개 복제에 관한 책 《Dog, Inc.》의 저자인 탐사전문기자

존 웨스텐딕은 한국에서 개 복제 기술이 발달한 이유는 동물에 대한 윤리 의식이 낮기 때문이라고 썼다. 낮은 윤리의식과 동물의 고통으로 얻는 기술을 세계 최고라고 자랑스러워해야 하나.

국내에 수의학의 역사와 수의 윤리에 관한 책이 거의 없는데《근대 수의학의 역사》(천명선, 한국학술정보)가 몇 안 되는 책 중 하나다. 책에는 16세기 근대 해부학의 아버지라는 베살리우스의 해부학 강의 모습이 나온다. 일반인에게도 인기가 있었다는 당시의 해부학 강의에서는 동물의 생체 해부가 흔했다. 개를 끌고 나와 말뚝에 묶어 움직이지 못하게 한 후 신경을 하나씩 끊을 때마다 개가 짖지 못하게 되는 과정을 보여 준다. 산 채로 개의 배를 가르고, 신경을 끊는 모습을 생생하게 공개하는 것이다. 동물의 고통에 대한 윤리적 고민이 없던 시절의 일인데 21세기 한국에서 크게 다르지 않은 일들이 벌어지고 있다.

의사, 기자, 법률가 등 다른 직업에 비해 높은 윤리의식이 요구되는 직업이 있다. 그들의 행동, 말, 글, 생각이 누군가를 살릴 수도 죽일 수도 있기 때문이다. 지금 한국에는 평균보다 못한 윤리의식을 지닌 수많은 사람들이 그 자리에 있다. 식용견이면 어차피 죽을 텐데 죽기 전에 그 따위 고통쯤 느끼는 게 뭐가 어떠냐고 따진다면 이렇게 대답하면 답이 될 것 같다.

"21세기잖아!"

4세기경 그리스의 수의사인 압지르토스는 "사람에게는 태어날 때부터 말할 수 있는 능력이 있어서 자신의 고통에 대해 표현할 수 있음에도 관찰은 매우 중요하다. 그러니 말할 수 없는 동물을 돌보는 수의사는 질병의 증상을 관찰하고 진단하는 일이 얼마나 더 중요하고 필요한 일인가."라고 했다. 수의사들은 이 문구를 알고나 있을까. 부디 동물의 고통을 공감할 수 있는 사람이 수의사가 되기를 바란다.

나라를 위해 일한 사역견을
실험용으로 쓰려면 안락사해라!

안다는 건 불편한 일이다. 주말에 TV에서 개가 나오기에 잠시 멈춰서 봤더니 경찰견의 은퇴 이야기다. 프로그램은 경찰견의 헌신과 입양 이야기를 화면 가득 눈물을 채워 감동적으로 그리고 있었다. 그런데 화면에 나온 개의 모습을 보자마자 나는 '에잇' 소리를 내뱉었다. 입 주변 털이 하얗게 센 12살 노견. 저먼셰퍼드. 마지막 임무라며 주어진 상황에서 경찰견은 앞다리를 들고 쩔쩔 맸다. 퇴행성 관절염이거나 다리를 다쳤던 모양인데 저 상태로 지금까지 임무를 수행했던 모양이다. 며칠 전 읽은 신문의 〈한국 노인들, 건강 다할 때까지 '번아웃 노동'〉이라는 1면 헤드카피가 떠올랐다. 이 나라는 사람이나 개나 죽을 때까지 일해야 한다.

잡지 기자 시절 검역견, 탐지견 등 특수목적견, 안내견 등 장애인 도우미견을 연속 취재했다. 반려견이 아닌 직업을 가진 사역견들이다. 일하는 개답게 그들은 현장에서 반짝반짝 빛났다. 인간보다 뛰어난 능력으로 마약을 찾아내고, 생명을 구하고, 인간을 도왔다. 일하는 개들이 불쌍하다는 사람도 있지만 개가 누구인가, 유일하게 인간과 공진화한 종 아닌가. 개들은 말은 임무를 즐겁게 놀이처럼 수행했다. 물론 그게 사람들의 화려한 치장처럼 헌신, 충성, 희생은 아니다. 그건 인간의 언어다. 어느 개가 조국에 충성하는 마음으로 전장에 나가는가, 어느 개가 헌신하는 마음으로 불길 속으로 뛰어들어 인명을 구하는가. 개의 행동은 그보다 더 고귀한, 함께하는 인간에 대한 신뢰와 우정에서 나온다.

일하는 개들을 취재하면서 우려되었던 점은 노동 강도였다. 대부분의 특수목적견의 일정은 빡빡했다. 특수목적견 한 마리를 키워 내는 데 들어가는 비용이 적지 않다 보니 각각의 노동은 과중했다. 함께 일을 하는 핸들러들도 그걸 미안해했다. 그리고 늦은 은퇴. TV에 나온 경찰견도 12살. 개체마다 타고난 수명은 다르지만 대형견인 저먼셰퍼드의 수명이 10살이 조금 넘으니 너무 오래 부려먹었다는 표현이 딱 맞다. 내가 취재했던 개들도 대부분 은퇴가 늦었는데 흰개미탐지견은 무려 13살에 은퇴를 했다. 눈물의 은퇴식이나 그들의 헌신에 대한 홍보에만 집중할 것이 아니라 일하는 개들의 복지 문제를 집중적으로 논의할 때다.

TV에서 경찰견의 은퇴식이 방송된 다음 날 메이 사건이 터졌다. 2013년부터 인천공항에서 검역탐지견으로 5년간 일한 메이는 2018년 3월에 검역견 페브, 천왕이와 함께 서울대학교 수의과대학 이병천 교수에게 실험용으로 이관되었고, 2019년 2월에 사망했다. 2018년 11월에 검역센터에 잠깐 돌아왔다가 일주일 만에 복귀했는데 당시 사진 속 메이는 갈비뼈가 다 보일 정도로 비쩍 말라 있었고, 생식기가 튀어나왔고, 사료를 허겁지겁 먹다가 코피를 뿜기도 했다. 도대체 무엇이 위풍당당하게 검역견 역할을 해내던 메이를 이토록 참담한 모습으로 만들었을까.

사역견의 은퇴 후 삶은 시민의식의 변화에 따라 격변한다. 오랫동안 퇴

역한 군견은 동물실험용으로 보내지거나 안락사되었다. 그러다가 2011년 국정감사에서 마약탐지견이 은퇴 후 해부용이나 헌혈용으로 사용되는 현실이 공개되었고, 2012년 동물자유연대 조사에서는 탐지견이 대학 연구실에 실험용으로 보내진 것도 밝혀졌다. 홍보용으로 언론에 뿌려지는 눈물의 은퇴식과는 사뭇 다른 결말이다. 탐지견 은퇴 후 수의과대학으로 보내져서 공혈견이 된 엣지는 희생과 헌신하는 개로 책까지 나왔다. 탐지견도 공혈견도 그들이 스스로 선택한 것이 아닌데 희생과 헌신이라니. 생명을 도구로 쓰는 걸 부끄러운 줄 모르던 시절이다. 이후 동물보호법의 개정, 사역견의 관련 규정의 개정으로 안락사는 면했지만 여전히 메이처럼 법의 사각지대에 놓인 사역견이 많다. 실험동물 구조 활동을 벌이는 비글구조네트워크는 OECD 국가 중 사역견이 실험동물로 쓰이는 나라는 우리나라뿐이라고 밝혔다.

이번 메이 사건의 책임자인 이병천 교수는 2년 전에도 식용견 농장에서 개를 데려와 실험동물용으로 썼다. 당시 제보자는 개 농장에서 온 개들은 난자를 채취당하거나 복제견 출산을 마친 뒤 다시 개 농장으로 보내졌다고 했다. 식용견은 어차피 먹을 거니까 생명이 아닌 것으로 취급되었다. 이번에도 같은 상황이 의심되고 있다. 그때와 마찬가지로 연구를 수행하려면 난자 채취, 자궁을 빌려 출산을 할 대리모가 필요하기 때문이다. 한국의 개식용 산업은 이렇듯 뜻밖의 산업과 연결되고, 개식용 농장의 개는 생명이 아니라 고기를 만드는 기계, 난자 기계, 자궁 기계가 된다. 마음도 없고 생각도 못하는 동물은 기계와 다름없다고 여긴 프랑스 철학자 데카르트 학파의 과학자들은 개가 두들겨 맞을 때 지르는 비명은 용수철을 건드릴 때 나는 소리와 같다고 했다. 그래서 동물의 네 발을 널빤지에 대고 못을 박은 후 혈액순환을 살펴보겠다고 생체를 해부했다. 한국의 2019년 수의 윤리는 그때와 다름이 없다.

한국의 개 복제 연구가 식용견과 관련이 있다는 의혹은 해외에서 먼저 제기되었고, 낮은 윤리의식, 개식용 산업의 뒷받침이 한국에서 개 복제 기술이 발달한 이유라고 지적했다. 15년 전쯤, 키우던 반려견이 노화로 백내장이 오자 한 수의사는 내게 각막이식을 권했다. 한국은 개식용 덕분에 건강한 각막을 원하면 얻을 수 있다고 했다. 내 귀를 의심했다. 지금 한국 수의학계에 필요한 건 복제 기술이 아니라 생명에 대한 윤리의식이다.

대체수의학인 홀리스틱 수의학을 발전시킨 미국의 앨런 쇼엔은 그의 책 《닮은꼴 영혼》(앨런 쇼엔, 에피소드)에서 1970년대 자연사박물관에서 일하던 때의 경험을 털어놓는다. 고양이 뇌의 각 부분이 행동 패턴에 어떤 영향을 끼치는지를 연구했는데 연구 대상인 고양이 30마리가 모두 길고양이였다. 뇌의 일부분을 손상시켜 어떤 행동을 하는지 알아보기 위한 연구라서 뇌를 절개하자 저자는 너무 냉혹하다고 의견을 밝혔다. 이에 팀장이 일갈한다.

"이게 과학이야!"

사역견 복제를 위해 개식용 농장의 개를 사용하는 21세기 한국의 과학자는 고양이 행동을 연구한다고 길고양이의 뇌를 여는 1970년대의 미국의 과학자와 닮았다. 동물 중에서도 더 약자인 개식용 농장의 개와 길고양이를 아무렇지 않게 사용한다는 점, 연구 자체가 윤리적으로 문제가 있다는 점이 닮았다. 앨런 쇼엔은 1970년대의 문제는 아무것도 아닐 정도로 미래의 의학은 발달할 것이고 우리는 윤리적인 선택을 해야 하는 상황에 처할 것이라고 지적했다. 지금 한국 사회는 어떤 선택을 하고 있는가. 이번 메이 사건을 교수 한 명의 일탈로 볼 수 없다. 이 연구를 지원한 정부기관, 예외 규정을 둬서 사역견의 동물실험을 가능하게 한 허술한 동물보호법,

이 연구를 승인해 준 있으나 마나 한 동물실험윤리위원회 등 든든한 사회적 지원 덕분에 가능했다.

현재 군견, 탐지견, 구조견 등의 사역견은 대부분 국유재산이고, 장비로 등재되어 있다. 여기저기서 터지는 일을 보면 정말 딱 그 규정대로, 장비처럼 대우받고 있구나 싶다. 대부분의 사역견은 고된 훈련과 스트레스 탓에 보통 개보다 수명이 짧고, 활동 내용에 따라 직업병도 얻는다. 미국에서 마약탐지견으로 활약했던 맥스는 희귀암인 코 암으로 떠나기도 했다.

나라를 위해 일한 사역견에게는 은퇴 뒤 안정적인 환경을 조성해 주는 것이 최소한의 인간의 도리다. 미국 UC 데이비스에서 동물행동의학 전공의 과정을 마친 김선아 수의사는 일하는 개들의 은퇴 후 환경을 조성해 주는 것이 매우 중요하다고 지적한다. 평생 일을 하면서 살아왔기 때문에 은퇴 후에 임무 없이 사는 걸 힘들어하기 때문이다. 은퇴하고서도 계속 일을 하려고 하다니, 짠하다. 그래서 은퇴견에게는 재미있어 하는 일을 계속 만들어 줄 수 있는 인간의 배려와 공간이 필요하고, 노즈워크 등 즐거운 놀이를 할 수 있는 장난감, 물리치료 등을 제공해야 한다. 이런 이야기를 받아 적으면서도 현실감이 떨어졌다. 한국의 사역견은 소위 '국가에 헌신'하고도 실험용으로 생을 마감하는 처지가 아닌가. 은퇴 후에 제대로 된 환경을 제공받지 못한다면 차라리 안락사가 윤리적이다.

사역견의 복제가 윤리적인가에 대한 사회적 논의도 시작되어야 한다. 복제된 동물이 각종 질병을 갖고 태어나고 수명이 짧다는 것은 여러 해외 연구 논문을 통해 나와 있다. 그럼에도 한국에서는 끊임없이 복제견 연구가 지속되고 있다. 생명 문제를 경제 논리로 바라보는 낮은 사회의식과 이를 틈타 경제적인 이익을 보려는 연구자와 주변인들이 있다. 2008년 이병천 연구팀이 암 탐지견의 복제에 성공했을 때도 복제견의 가격이 약 5억 원이라는 기사가 났다. 이후 복제견들이 특수견으로 합격되는 비율이 높다는 결과가 나오자 특수견을 만드는 일반 비용(약 1억 3000만 원)에 비해 비용을 65퍼센트 줄일 수 있다고 성과를 내놓았다. 하지만 복제견의 합격률이 높다는 관련 부서의 발표도 신빙성이 없다는 의견이 많다. 연구 결과를 곧이곧대로 믿어서 복제견이 비용 절감에 도움이 된다고 하더라도 언제부터 국가 과제가 윤리를 배제하고 '가성비'를 선택 기준으로 택했나?

메이 사건으로 쏟아져 나오는 특수견 기사 중에서 반가운 이름을 발견했다. 취재하면서 만난 검역견 태백이와 카이저였다. 현장에서 활동할 때 반짝반짝 빛났던 아이들. 위풍당당하게 공항을 누비던 모습이 멋졌던 아이들의 이름을 만나니 반가웠다. 개의 수명이 우리보다 많이 짧아서 무지개다리를 건넜을 거라고는 생각했다. 예상대로 둘은 이미 이곳에 없었다. 그런데 태백이와 카이저는 워낙 능력이 뛰어났던 아이들이어서인지 복제견의 부모견으로 활용되었던데 메이를 보니 그 과정이 고통스러웠을 것 같아 마음이 아렸다. 게다가 한 기사에서 태백이는 농림축산검역본부 검역탐지견센터의 냉동고에 있었다. 관광객들이 가지고 들어오다가 검역을 통과하지 못한 소시지, 과일, 생선, 건어물과 함께였다. 태백이는 나이가 들어서 더 이상 일을 할 수 없게 되자 견사로 옮겨졌고, 그곳에서 우두커니 죽을 날만 기다리다가 냉동고를 거쳐서 소시지, 과일이랑 같이 소각된 것이다. 카이저의 마지막도 똑같았을 것이다. 메이 사건 후 한동안 사회가 떠들썩했지만 현실적으로 바뀐 것은 거의 없다. 언제나 그렇듯 인간이란 게 이렇게 염치가 없다.

동물들 집에
쓰레기를 버려서 미안해

하루가 멀다 하고 인간이 버린 쓰레기로 고통받는 동물들에 대한 기사가 올라온다. 태국에서는 숨을 제대로 쉬지 못하는 위급한 상태의 고래가 구조되었다가 4일 만에 죽었다. 고래를 부검해 보니 뱃속이 80여 개의 비닐봉지로 꽉 차 있었다. 배가 비닐봉지로 꽉 차 있으니 살 재간이 없었을 것이다. 나는 내 뱃속이 비닐봉지로 꽉 차 있다고 생각하는 것만으로도 구역질이 올라왔다. 뉴스는 태국이 일회용 비닐봉지 사용이 많은 나라라고 지적하지만 중국이 폐기물 수입을 중단하면서 유럽의 폐기물이 재처리시설이 미약한 동남아로 밀려드는 상황이니 어느 나라도 이 고래의 죽음에서 자유로울 수 없다.

우리나라도 상황은 비슷하다. 제주 바다에서 남방큰돌고래가 지느러미에 비닐봉지를 걸고 바다를 헤엄쳐 다니는 모습이 포착되었다. 돌고래는 놀이의 즐거움을 안다. 해조류를 지느러미에 걸고 놀기도 하는데 비닐봉지를 해조류로 착각한 모양이다. 현재 제주 바다에는 남방큰돌고래가 110여 마리 살고 있고, 2013년 이후 서울대공원의 제돌이를 비롯해 돌고래 쇼를 하던 7마리의 남방큰돌고래가 제주 바다로 돌아갔다. 우리는 억압에서 벗어나 고향으로 돌아간 '제돌이들'이 새끼를 출산하고 잘 적응한다는 즐거운 소식만 챙겨들었을 뿐 '제돌이들의 집'에 우리가 쓰레기를 버리고 있다는 생각은 하지 못했다.

태국의 고래만 위에 비닐봉지를 품고 죽은 게 아니다. 코스타리카의 바다거북은 코에 빨대가 꽂힌 채 괴로워하다 발견되었다. 바다거북의 코에 꽂힌 빨대는 우리가 음료를 먹을 때 사용하는 10센티미터의 빨대였다. 빨대를 빼는 과정에서 피가 뚝뚝 떨어졌고 거북은 고통스러워했다. 기사를 읽는 내내 콧구멍이 아팠다. 이 영상을 본 후로 플라스틱 빨대와는 안녕을 고했다. 스페인 해역에서 죽은 향유고래의 배에서는 29킬로그램의 플라스틱 쓰레기가 나왔다. 내가 채 10분도 못 쓰고 버린 빨대와 비닐봉지가 고래와 거북을 죽인 것 같았다. 내가 누린 편의가 그들에게 폐를 끼쳤다.

다큐멘터리 〈플라스틱 바다〉를 봤다. 인간들이 버린 쓰레기로 인한 해양오염에 대해 익히 알고 있었지만 이미지로 보는 충격은 컸다. 플라스틱 쓰레기와 기름이 둥둥 떠다니는 오염된 바다. 죽은 새끼 새의 위를 가르자 플라스틱 조각이 234개나 나오는 장면은 충격이었다. "너희들의 집에 쓰레기를 버려서 미안해."라는 감독의 내레이션이 내 입 안에서도 맴돌았다. 미안하고 미안하다.

뉴욕 한복판에서 환경에 영향을 주지 않고 1년을 살아보기로 결심한 가족의 이야기인 《노 임팩트 맨》(콜린 베번, 북하우스)의 저자인 콜린 베번은 역사 분야 전문 작가로 환경 문제에 관심이 없었다. 그러던 어느 날 아내, 딸, 반려견과 함께 쓰레기를 버리지 않고, 전기를 사용하지 않고, 대중교통도 이용하지 않기로 결심한다. 나는 '다리 열 개, 꼬리 하나'인 이 가족의 이야기를 책과 영화로 모두 보았는데 그 고군분투가 눈물겹다. 미국 전체 폐기물의 20퍼센트를 차지하는 식품 포장지를 배출하는 테이크아웃 음식 끊기를 비롯해서 냉장고 없이 살기, 채식하기, 엘리베이터 이용하지 않기(고층 빌딩이 즐비한 뉴욕에서!), 뭘 자꾸 사라고 부추기는 TV 끊기 등에 도전한다. 이 과정에서 가족은 싸우고, 울고, 원망한다. 아픈 길고양이에게 약을 먹이기 위해 무수한 캔 쓰레기를 배출하면서 딜레마에 빠진 나로서는 반려견과 사는 모습도 궁금했는데 자세하게 묘사되지는 않는다. 다만 책 귀퉁이에 개에 대한 이야기가 살짝 나온다. 개와 산책하다가 똥을 치울 때면 가까운 쓰레기통을 뒤져서 찾은 비닐봉지를 사용한다고 했다. 나도 할 수 있을지 심각하게 고민했다. 저자는 가장 어려운 일은 타성에 젖은 습관을 바꾸는 일이라고 고백하던데 나도 할 수 있을까.

책 홍보를 할 겸 종종 동물박람회에 참가하는데 준비 과정이 쉽지 않다. 가능하면 플라스틱류를 쓰지 않으려고 종이 포장지를 찾는다. 그런데 비닐 포장지는 사이즈, 디자인이 다양한데 종이류는 없어서 발품을 훨씬 더 많이 팔아야 한다. 굿즈 중에 깨지는 게 있으면 비닐 에어캡을 사용하게 되고, 물병을 깜빡하는 날이면 플라스틱 음료수 병을 쓰레기로 배출하게 된다. 매번 좌절했지만 실천은 결과가 아니라 그 자체로 올바른 것이니 지치지 않기로 다짐한다. 실천이 모여서 습관이 되고 그러다 보면 고래랑 거북에게 덜 미안하게 되겠지.

6장

미루지 마,
기다려 주지 않아

이처럼 순간을 만끽하는 생명체가
어디 있을까?

"어야 가자."

이 한 마디면 반려견 찡이는 세상을 다 얻은 듯 벅찬 얼굴로 달려왔다. 순간적으로 직립보행이 가능해져 두 앞발을 들고 콩콩 뛰면서 빙글빙글 돌았다. 빨리 나가자고 어찌나 조르는지 가슴 줄을 해야 하는데 길지도 않은 짧은 두 앞발을 줄에 넣는 것조차 힘겨웠다. 저야 튀어나가면 그만이지만 나는 휴지며 똥 봉투며 챙겨야 하는데 인간의 사정 따위는 알 바 없다. 책 편집자로서 근본도 알 수 없는 '어야'라는 단어가 영 찜찜하지만 찡이가 알아들으면 그게 표준말이다. 사실 어느 순간부터는 말도 필요 없이 가슴 줄만 쳐다봐도 산책 나가는 줄 알고 부릉부릉 발동을 걸었다.

내가 휴지며 똥 봉투를 챙기는 동안 대문 앞에서 메트로놈처럼 꼬리를 좌우로 탁탁 치며 기다리던 녀석은 문이 열리면 온몸을 흔들며 슝 달려 나갔다. 그러고는 마치 태어나서 처음 하는 산책인 것처럼, 마치 다시 없을 마지막 산책인 것처럼 온몸으로 행복감을 '뿜뿜' 뿜어대며 걸었다. 비슷한 시간에 비슷한 길을 딱 하루 전에 걸었으면서도 말이다. 이처럼 순간을 만 끽하는 생명체가 어디 또 있을까. 개만 좋을까. 개와 수다 떨고, 지나는 이웃과 인사를 나누고, 어제와 하루만큼 다른 오늘을 느끼며 함께 걷는 나도 즐겁다. 그렇게 찡이와 나는 19년을 함께 걸었다.

찡이가 떠나고 개와 산책하기 좋은 날이면 '나도 개랑 살고 싶다'라는 말이 탄식처럼 흘러 나왔다. 개와 산책하기에 더 좋은 날은 없다. 바람이 불어도, 눈이 오고 비가 내려도, 추운 겨울 햇살을 맞으며 걸을 수 있는 오후 2시의 산책도, 긴 폭염이 이어지는 여름에 하는 새벽 산책도 다 좋았다.

찡이도 없이 외롭게 터덜터덜 걸을 때면 개와 산책을 나온 분들이 자주 눈에 띈다. 그런데 제대로 산책을 하는 사람이 많지 않다. 개에게 목줄을 하지 않거나 똥 봉투를 들지 않은 기본적인 매너가 없는 사람도 여전하다. 최근 새롭게 등장한 인간 유형도 있다. 스마트폰을 보느라 개에게는 관심이 없는 사람들. 스마트폰을 보며 걷느라 냄새를 킁킁 맡거나 똥오줌을 누는 개를 질질 끌고 가는 것은 기본, 며칠 전에는 개가 길에 구토를 하는데 사람은 스마트폰을 보느라 알지도 못했다. 화면을 보느라 개와 발 맞춰 걷는 법을 잊은 사람들.

산책은 개의 건강을 위해 운동을 시키는 차원의 행위가 아니다. 어떤 일이 벌어질지 모르는 흥미진진한 모험에 나서는 기분이라고 해야 할까? 문밖을 나서며 코로 들어오는 모든 냄새를 통해 새로운 세상에 발을 내딛는 아이들. 얼마나 흥분되고 즐거울까. 사냥을 나가는 것과 같은 흥분되는 일이고, 다양한 개와 인간을 만나며 사회성을 키우고, 몸을 단련시키고, 인간과 교감을 나누는 시간이다. 낯선 환경을 만나 새로운 경험도 하며 복잡한 인간 세상에서 사는 법을 배운다. 인간처럼 개도 몸을 움직이고 싶은 욕구를 타고났고(물론 게으른 도시인들은 그런 욕구를 잃어버렸지만), 무리와 이동하려는 욕구 덕분에 개에게 걷기는 무엇보다 기본적인 활동이다.

물론 모든 개의 문제가 산책 부족이 원인은 아니지만 개에게 문제가 있다며 문의해 오는 분 중에서 제대로 된 산책을 시키지 않는 분이 많다. 산책이 숙제인 것처럼 데리고 나갔다가 대소변만 보고 휙 돌아오는 것은 산책이 아니다. 특히 활동량이 많은 비글, 슈나우저, 웰시코기 같은 견종에게 그런 산책은 운동화 끈도 묶지 못했는데 "오늘 산책 끝!"이라고 선언하는 것과 같다.

《개의 사생활》(알렉산드로 호로비츠, 21세기북스)의 저자이자 동물인지행동 전문가인 알렉산드로 호로비츠는 "개는 몸에 코가 달린 게 아니라, 코에 몸이 붙어 있다."고 말한다. 그 정도로 개는 후각으로 세상을 인지하는 동물이라는 뜻인데 산책 나온 개가 킁킁 전봇대의 냄새 좀 맡으려고 하면 사람들은 어김없이 줄을 끌어당긴다. 냄새를 맡으며 앞서 지나간 개의 정보도 얻고, 내 정보도 남기려는 개의 마음을 인간은 너무나 모른다.

개와 사는 사람이 그렇지 않은 사람보다 비만율이 낮고, 행복감이 높고, 수명이 길다는 등 개와 하는 산책의 실용적인 장점에 대한 많은 연구가 있다. 하지만 나는 개의 산책이 인간의 행복에 얼마나 기여하느냐가 아니라 개의 산책이 개의 행복에 얼마나 중요한지 말하고 싶다. 개는 인간을 관찰하고, 인간에 대해 생각하고, 그러다 보니 인간을 너무나 잘 안다. 우리가 무엇을 원하는지도 알고, 때로는 우리 자신조차 모르는 것도 개는 안다. 그런데 우리는 개에 대해 아무것도 모르고 하다못해 개와 제대로 산책하는 방법조차 모른다. 이렇듯 한참 모자란 우리와 함께 살아 주고 있는 개에게 그저 고마울 따름이다.

《개의 마음》(이토 히로미, 책비)의 저자 이토 히로미는 셰퍼드 다케와 함께 살았다. 다케는 산책이라는 단어만 들으면 이성을 상실한 채 죽기 살기로 설쳐댔다. 부딪치고 넘어지고 화분을 깨고…. 순식간에 아비규환을 만드는 바람에 그의 집에서 '산책'은 금기어가 되어 '음', '그거' 등으로 바꿔 말할 정도였다. 어느 집이나 개와 사는 건 다 비슷하구나 싶어서 실실 웃었다. 그러던 다케가 할머니 개가 되어서 산책을 하려고 차에서 내릴 때마다 밑으로 나자빠지고, 몇 걸음 걷다가 철퍼덕 주저앉아 버렸다. 그래도 인간이 앞서 걸으면 어쩔 수 없다는 듯 한숨을 쉬며 따라오는 다케. 저자는 그것을 '개의 마음'이라고 표현한다. 나랑 14년간 함께 걷던 인간이 앞서 걷고 있으니 나도 힘을 내야 한다는 그런 마음. 저저 또 앞에서 고집 부린다 싶어서 욕하면서 걷는 그런 마음. 귀찮았는데 콧구멍으로 낯선 공기도 들어오고 기분 전환이 되는 걸 보니 저 인간이 나를 참 잘 알아 하는 그런 마음. 어떤 마음이든 그게 개라는 존재다.

개는 순간을 살고, 늘 사는 건 즐거운 거라고 온몸으로 우리에게 알리는 네 발 달린 스승이다. 하지만 그 스승들은 삶의 속도가 우리보다 너무 빠르다. 내 동생이었던, 내 자식이었던 반려동물이 먼저 나이 들고 떠날 때면 받아들이기 힘들다. 하지만 스스로를 동정하지 않는 동물들은 마지막까지 의연함 모습으로 우리에게 교훈을 주고 떠난다. 어느 순간에도 당당하게 우뚝 서 있는 어른 같은 아이들. 언젠가 미치도록 그리워질 오늘 산책의 순간들을 스마트폰이나 보면서 날려 보내지 않기를 바란다.

미루지 마,
기다려 주지 않아

책 계약을 하러 제주에 사는 저자를 만나러 가야 하는데 계속 미루게 되었다. 집에 나이 든 고양이가 있고, 돌보는 동네 길고양이도 나이가 많다 보니 한시도 마음을 놓을 수가 없는데 그 와중에 하나라도 상태가 좋지 않아 보이면 혹시 잘못될까 봐 차마 떠날 수가 없었다. 그래서 미루고, 또 미루고, 양치기 소년이 되어 버렸다. 그사이 작가의 노견이 떠나고 말았다. 내 컴퓨터에 저장된 작가의 폴더명이 '제주 고양이 넷, 노견 하나'였는데 '노견 하나'가 떠났다. 만나서 인사를 나누고 싶었는데 이렇게 되고 말았다. 나이 든 아이들과의 약속은 미루는 게 아니라는 걸 알고 있었으면서.

찡이가 17살 때 노견에 관한 다큐멘터리에 출연했는데 그때 담당 피디에게 사람들은 "개도 늙어요?"라고 물었단다. 그게 벌써 10년 전이다. 개를 움직이는 장난감으로 생각해서 늙지 않는다고 생각하는 사람은 그사이 많이 줄었다. 하지만 함께 사는 사람들은 여전히 반려동물의 노화를 받아들이기가 쉽지 않다. 인간의 몇 배의 속도로 빠르게 늙어가는 아이들을 지켜보고, 이별을 준비하는 일은 힘들다.

나이 든 아이들과 사는 사람들이 제일 듣기 무서워하는 말 중 하나가 "마음의 준비를 하세요!"다. 준비라니, 의미 없다. 이별의 순간은 늘 벼락처럼 오고 순간에 최선을 다하는 것만이 답이다.

《카모메 식당》의 작가 무레 요코의 책 《구깃구깃 육체백과》(무레 요코, 국일미디어)의 제목처럼 나도 요즘 몸 전체가 마구 구겨진 느낌이다. 글쟁이의 운명인지 손가락 관절이 뻣뻣하고, 눈이 침침하고, 몸 균형이 흐트러져서 자꾸 기우뚱기우뚱한다. 저자의 말처럼 되는 건 되는 대로 안 되는 건 안 되는 대로 허허 웃으며 넘기려고 하는데 그런 나를 받아들이기가 쉽지 않다. 꽤 오랫동안 쓸 만한 몸으로 살아서 심리적 반격이 만만치 않다.

길고양이 아침 밥을 줄 때 사람들과 마주치는 걸 피하려고 새벽에 다 끝냈다. 겨울이면 해도 뜨지 않은 깜깜한 새벽에 아이들 밥을 주러 빌라 텃밭에 기어 올라갔다. 그런데 어느 해부터인가 도대체 일어나지지가 않는 거다. 그래서 지금은 동네 길고양이 밥 주는 시간이 많이 늦어졌다. 출근하는 이웃들에게 "잘 다녀오세요." 인사하며 아이들 밥을 챙긴다. 내가 노화를 이렇게 실감하는 사이 아이들도 늙고 있다. 무레 요코는 누구나 늙으니 편히 받아들이라고 하는데 나는 몸이 마음대로 안 움직여서 낭패를 보면 확 짜증이 난다. 아직 갈 길이 먼 인간이다. 그런데 나보다 몇 배나 빠른 속도로 늙어가는 아이들이 연민 없이 그 변화를 받아들이는 걸 보면 존경심이 생긴다. 게다가 개, 고양이의 노년에도 예쁘고 귀여운 얼굴은 우주의 섭리가 비켜간 반칙이다.

나이 든 아이들과 사는 건 이별을 품고 사는 일이다. 그날은 반드시 오고, 언젠가 이별이 온다는 것은 바뀌지 않는 사실이다. 그렇다고 이별만 생각하면서 살 수는 없다. 그만큼 아이들과 함께하는 순간이 소중하기에.

이별 후에 사람들은 빠짐없이 후회와 미안함을 이야기한다. 그걸 줄이는 게 나이 든 아이들과 잘 사는 방법이리라. 나이 든 동물과 사는 걸 안쓰럽게 보는 사람이 많지만 사실 노견, 노묘와 사는 일은 기회를 얻는 일이다. 어릴 때 사고로, 병으로 반려동물을 떠나보낸 사람에게는 아이들을 최선을 다해 돌볼 기회마저 없다. 사람도 동물도 노후를 보낸다는 건 거기에 도달한 존재만 누릴 수 있는 시간이다.

또한 나이 든 아이들과 산다는 건 배움과 놀라움의 연속이다. 찡이가 18살이 지나면서 백내장으로 눈이 안 보이게 되고, 다리에 힘이 빠져서 걷기 힘들어할 때 도와주려고 하면 찡이는 그걸 뿌리쳤다. 그리고 스스로 했다. 안방 문 옆에 물그릇이 있다는 걸 기억하고 있는 찡이는 벽을 끼고 돌아서 정확히 그 자리에서 물을 마셨다. 반면 도움이 필요할 때는 기꺼이 도움을 청할 줄 알았다. 16살쯤 되었을까, 눈도 보이고 딱히 다리에 별문제가 없을 때였는데도 2층에서 1층으로 계단으로 내려와야 할 때면 컹컹 짖어서 우리를 불렀다. 안아서 내려달라는 말이었다. 올라가는 건 쉽게 할 때였는데 혹시 내려오다가 다칠까 봐 조심하는 것 같았다. 찡이는 자기 몸이 불편할 때 가족에게 부탁하는 걸 미안해하지 않았다. 어쩔 수 없이 부탁한 게 아니라 당연하게 요구했다. 약해 보이는 게 싫어서 도움을 뿌리치고 혼자 하겠다고 고집부리는 못난 인간보다 훨씬 지혜로웠다. 나도 그럴 수 있을까? 아직도 아이들에게 배울 게 많다.

퓰리처상을 두 번 수상한 저널리스트인 진 웨인가튼은 《노견 만세》(진 웨인가튼, 책공장더불어)에서 노견의 긴 생애를 유쾌하고 뭉클하게 묘사한다. 그는 반려견이 나이 먹는 것을 지켜보는 일이 자신의 삶의 축소판을 지켜보는 일과 같다고 했다.

"개는 나이가 들면 점점 쇠약해지고, 변덕스러워지고, 상처받기 쉬워진다. 우리 할머니, 할아버지가 그랬던 것처럼. 그리고 우리도 언젠가 분명히 맞이하게 될, 그날은 온다. 우리가 그들을 위해 슬퍼함은 곧 우리 자신을 위한 슬픔이다."

나이 든 아이들과 살면서 많은 것을 배우게 되는데 그중 하나가 '미루지 말자'다. 시간은 기다려 주지 않는다. 미루려면 핑계를 수만 가지나 댈 수 있다. 하지만 지나간 시간은 되돌릴 수 없다.

찡이가 18살 때쯤 장가 간 동생이 회사에 휴가를 내고 오더니 부모님과 찡이랑 바닷가로 나들이를 가자고 했다. 마감이 코앞이라 잠깐 망설였지만 고민하지 않고 따라나섰다. 찡이가 나이 들면서 내 삶의 기준은 바뀌었다. 미루지 말자. 시간도, 사랑하는 존재도 언제나 기다려 주지 않는다. 아마 예전의 나였으면 나는 바쁘니 부모님과 찡이 데리고 다녀오라고 보냈을 것이다. 이게 다 개에게 배운 삶의 태도다.

그날 바닷가에서 함께 찍은 사진을 보면 내가 활짝 웃고 있다. 찡이가 뭐라고 했길래 내가 찡이 얼굴에 귀를 바짝 대고 저렇게 웃고 있을까? 급한 일을 쌓아두고 다녀오길 잘했다. 얼마나 거룩한 일을 한다고 가족과의 나들이를 마다하는 바보가 될 뻔했다. 성공하는 방법에 대해 알려주는 숱한 책에서는 '급한 일보다 중요한 일을 먼저 하라.'고 조언하는데 그보다는 '소중한 이와 함께라면 다 미뤄도 된다.'가 맞을 것이다. 소중한 이의 곁에 머물 수 있는 시간은 미루지 말자. 곁에 더 있어 줄 걸 하고 나중에 후회하지 않으려면.

재난 속에서 한 생명을
전적으로 책임진다는 것

2019년의 강원도 산불은 무서웠다. 그저 인명 피해가 나지 않기를, 불길이 빨리 잡히기를, 집을 두고 탈출한 이들이 안전하게 일상으로 돌아갈 수 있기만을 바랐다. 그곳을 보금자리로 삼고 살던 모든 동물도 부디 무사하길, 간절히 기도했다.

진화 후 산불피해와 현장 상황이 발표되었다. 동물 피해도 막심했다. 농장동물은 4만여 마리가 죽었고, 야생동물은 삶의 터전을 잃었고, 일부 농장동물과 개 농장의 개들은 축사에 갇힌 채로 화마를 피하지도 못했다. 가정집의 개들도 많이 타죽었다. 처음에는 의아했지만 주로 개를 마당에 묶어서 키우는 시골이라고 생각하니 이해가 되었다.

뉴스와 SNS에 목줄을 한 채 불길을 피하지 못하고 까맣게 타죽은 동물들의 사진이 돌아다니기 시작했다. 50센티미터나 될까 싶은 짧은 목줄에 어미 개가 묶여 있고, 그 곁에 새끼 네 마리가 잿더미 속에서 옹기종기 붙어 있기도 했다. 어미는 짧은 줄에 묶여 오도 가도 못했을 테고, 새끼들은 그저 어미 곁에 꼭 붙어 있는 것밖에는 할 수 있는 게 없었을 것이다. 당시 산불은 확산 속도가 워낙 빨라 사람도 빠져나오기 급급했다. 하지만 아주 다급했던 경우가 아니라면 목줄을 풀어줄 단 몇 초의 시간도 없었을까.

'길순이'는 달랐다. 길순이는 고성의 한 대피소에서 포대기에 싸인 채 보호자인 엄마 등에 업혀 지내고 있었다. 길순이의 보호자는 화마가 금방 집을 덮칠 것 같아 길순이만 안고 나왔다고 했다. 보호자는 5년 전 유기견이었던 길순이를 집으로 데려와 함께 지내왔는데 홀로 집에 남아 있던 길순이가 "다시 버려졌다고 느낄까 봐." 우선 길순이부터 챙겼다고 했다. 가족과 함께 대피한 길순이와 줄에 묶인 채 타죽은 개들은 무슨 차이가 있을까.

2020년 수해 때도 묶인 개들은 같은 처지였다. 뉴스를 보던 엄마가 물이 차오르는데 한 곳에 가만히 앉아 있는 개의 영상을 보고 나를 불렀다. "저 개는 왜 저렇게 가만히 있지? 이상하다." 시골에 가면 흔히 있는 야외에 말뚝 하나 박고 묶어놓은 개인 것 같았다. 묶여 있지 않았다면 본능적으로 대피했을 것이다. 소도 수영해서 살았는데. 대피하면서 아무도 그 개에게는 관심을 주지 않았겠지. 그래도 영상에 찍혔으니 촬영한 분들이 도움을 주셨을 것이다.

'시골 개 1미터의 삶' 프로젝트를 진행하고 있는 동물단체 어웨어는 동물에게 도움을 주려면 먼저 보호자의 마음부터 열어야 하기 때문에 많은 시간이 필요하다고 했다. 개도 깨끗한 물을 마셔야 한다는 사실조차 모르는 사람들이 의외로 많다고. 단체는 외진 마을에서 말뚝에 묶인 시골 개들에게 개집을, 1미터 쇠사슬에 묶인 개들에게 3미터의 가벼운 줄을, 제대로 된 그릇도 없는 개들에게 엎어지지 않는 물그릇과 밥그릇을, 짬밥 대신 사료를 제공한다. 비를 피할 집과 밥그릇과 물그릇. 당연한 것이 시골 개에게는 당연하지 않았다. 이렇듯 한국에서 '시골 개'로 불리는 개들의 삶은 일반적으로 생각하는 반려견의 삶과 좀 다르다. 특별한 임무를 지닌 사역견도 아니고(집이나 밭을 지키는 일종의 경비견 역할을 부여한 집도 있기는 하다) '소유물' 같은 모호한 위치에 있다. 결국 이는 화마로부터의 생존과 죽음을 가른 하나의 원인이었을 것이다.

우리 출판사에서는 현재 제2차 세계대전 당시 영국에서 일어난 개, 고양이 대학살에 관한 역사서를 작업 중이다. 영국 사람들은 전쟁을 앞두고 40만 마리의 개와 고양이를 '안락사'시켰다. 정부가 권유하지 않은 자발적인 행동이었다. 도대체 왜? 전문가들은 이를 두고 여러 가지 추측을 내놓았지만, 저자는 '사람과 반려동물의 관계'를 주요 원인으로 꼽는다. 안락사를 택하지 않은 가정은 이미 반려동물과 '가족'과 같은 유대관계를 맺고 있었던 것이다. 전쟁이든 산불과 같은 재난 상황이든, 동물의 생명을 좌우하는 것은 결국 '인간이 동물을 어떻게 생각하느냐.' 오직 이것 하나에 달렸다.

마크 베코프는 《개와 사람의 행복한 동행을 위한 한 뼘 더 깊은 지식》(마크 베코프, 동녘사이언스)에서 동물행동학자이자 반려인으로 개와 잘 살아가는 법을 총정리했다. 그는 "반려견과 함께 살기로 결정했다면 그들을 잘 돌보고 그들에게 '최고의 삶'을 선사하려고 노력해야 한다."고 강조한다. 개에게 최고의 삶은 뭘까? 저자는 개가 무엇을 느끼는지 반려인이 이해한다면 그게 개에게 제일 좋은 삶이라고 말한다. 개는 인간이 무엇을 느끼는지 귀신같이 알지만 자기애가 강한 인간은 그걸 잘 못한다. 인간은 개의 안녕에 전적으로 책임이 있음을 인식해야 한다. 우리는 그들의 '생명줄'과 다름 없기 때문이다. 잦아지는 예측하기 어려운 재해 속에서, 다른 존재의 삶을 '전적으로 책임진다'는 것이 어떤 무게인지 깊게 생각해 봐야 한다.

집에 불이 났는데
개, 고양이부터 구한다고?

2019년 지진이 일어난 일본 구마모토에 관한 다큐 프로그램에서 주차장에 세워둔 차에서 생활하는 노부부가 나왔다. 화면 속 부부는 지쳐 보였다. 다음 날 리포터는 인터뷰 중 신선한 야채와 과일이 그립다던 부부에게 토마토를 들고 찾아갔고 할머니는 울음을 쏟아냈다. 일상을 순식간에 송두리째 빼앗긴 설움이 전해졌다. 노부부가 인터뷰 중 딱 한 번 웃는 순간이 있었다. 친척집 창고로 이사를 떠나는데 거북이를 챙기길래 뭐냐고 물으니 할아버지는 이름이 '카메오'랑 '두코후구'인데 아주 작을 때부터 키웠다며 환하게 웃었다.

"가족이에요, 가족."

거북이 가족이 무사한 게 할아버지에게는 큰 위안이 되는 것 같았다. 이삿짐 트럭은 거북이의 집인 커다란 수조가 반을 차지한 채 떠났다.

인터뷰를 할 때면 반려동물이 내게 어떤 의미냐는 질문을 많이 받는다. 나도 할아버지와 같은 답변을 한다. "가족이죠." 그러면 그게 어떤 의미냐고 재차 묻는다. 가족의 의미는 사람마다, 가정마다, 상황마다 다르다. 언제나 기댈 수 있고 든든하고 위안이 되는 가족도 있지만 때로는 짐이거나 지긋지긋하거나 안 보고 살기를 바라는 존재일 수도 있다. 사람과 반려동물의 관계도 특별할 것 없는 보통의 가족, 보통의 관계다.

여행가방 안에 개가 들어가 앉아 있는 표지가 귀엽다는 단순한 이유로 구입한 책인 《지금 나에게 가장 소중한 것》(포스터 헌팅턴, 앨리스)은 의외로 가족과 소중한 것에 관해 생각해 볼 수 있는 책이었다. 저자는 어느 날 친구들과 만약 집에 불이 난다면 무엇을 챙길지에 대해 이야기를 나누다가 누구나 그 질문에 대한 답을 올릴 수 있는 사이트 버닝하우스(www.theburninghouse.com)를 연다. 사이트는 순식간에 전 세계 사람들이 올린 사진과 글로 가득 찼다. 값비싼 소유물을 과시하는 공간이 아니었다. 사람들은 필요한 것보다 소중한 것에 대해 이야기하고 있었다.

통계적으로 불이 난 집에서 사람들이 가장 많이 들고 나온 건 카메라와 사진이었다. 노트, 일기장, 편지도 많았다. 모두 기억과 관련된 것들이다. '기억이 곧 나 자신'이라면 사람들은 자신을 가장 먼저 구조한 셈이다. 지갑, 여권도 상위권이었는데 이후로도 살아가야 하니 실질적인 당연한 선택이다. 반려동물은 50명이 구한다고 답해서 11위에 랭크되었다. 반려인은 반려동물을 100퍼센트 구조했지만 반려동물이 없는 사람도 있으니 저자 자신이 밝힌 대로 비과학적인 조사 결과다.

내가 책 편집자다 보니 책을 갖고 나온다는 답변이 많아서 반가웠고, 몰스킨이라는 문구 브랜드가 어찌나 많이 거론되는지 선물 받고 처박아둔 몰스킨 노트를 꺼내 보기까지 했다. 갖고 나오고자 하는 소품은 대부분 직접 구입한 것보다 가족이나 친구 등 지인이 선물한 것이었다. 물건보다 관계에 대한 소중함이었다.

반려인들은 당연히 반려동물을 가장 먼저 구한다고 대답했다. 그런데 사진에 개는 많은데 고양이 모습은 찾기 힘들었다. 당연하다. 고양이가 사진 찍을 때까지 소품을 쭉 늘어놓은 어지러운 공간에 얌전하게 앉아 있어 줄 리가 없지. 무지개다리를 건넌 고양이의 사진과 개의 목걸이를 챙기겠다는 사람의 글에 찡했다.

글을 올린 사람 중에는 화재를 직접 겪은 사람이 꽤 있었다. 집에 불이 나면 뭘 들고 나올지 고민하는 동안에 실제로 집에 불이 나자 생각할 것도 없이 반려동물만 안고 대피했다는 네덜란드 사람. 한 미국인은 '고양이랑 노트북만 챙기면 충분하지.'라고 생각했는데 정작 불이 나자 고양이만 안고 뛰쳐나왔다면서 우리에게는 지켜야 할 소중한 것이 많지만 실제 상황에서는 진심으로 소중한 것만 들고 나오게 된다고 했다.

나라면 불이 난 집에서 뭘 챙길까? 사람 가족이야 알아서 대피할 테니 일단 뚱뚱이 고양이를 안고, 19년 동안 함께 살다가 이별한 반려견의 털을 보관한 주머니를 들고 나올 거다. 갖고 싶은 것도, 필요한 것도 아닌 소중한 것. 당신이라면 어떨까?

개를 개답게 키우라는데
개다운 게 뭘까?

내가 길고양이에게 밥을 주는 밥자리의 밥그릇이 자꾸 엎어져 있다는 글을 블로그에 올렸는데 포털 사이트 메인 화면에 노출이 되었는지 낯선 사람들의 댓글이 주렁주렁 달렸다. 동물을 동물답게 살게 두라고 가르치는 사람들이 많았다. 자꾸 밥을 주니 고양이가 쥐도 새도 잡지 않고 산다고. 인간이 자꾸 밥을 줘서 본능을 잃는다고. 그 돈으로 사람을 도우라고. 비판은 진지하게 듣는 편인데 '동물답게'라는 말에 멈췄다. 자주 듣는 말이다. 개는 개답게, 고양이는 고양이답게 살게 두지 왜 유난이냐고.

'성질과 특성이 있다.'라는 의미의 '답다'라는 접미사가 미투 운동이 번지면서 자주 소환되었다. 성폭력 피해자에게 요구하는 피해자다움. 이 사회가 요구하는 피해자다움에 대한 고정관념이 얼마나 유치하고 왜곡되었는지 확인했다. 동물다움은 어떨까. 동물다움은 인간보다 하찮음을 전제로 한다. 동물다움을 이야기하려면 먼저 동물의 성질과 특성에 대해 이해해야 한다. 21세기 도시에 사는 고양이는 쥐나 새를 잡는 게 아니라 쓰레

198

기봉투를 뒤지는 성질과 특성을 지닌다. 이런 상황에서 밥을 주지 않으면 고양이는 쓰레기봉투를 뒤지며 그들이 생각하는 '고양이답게' 살게 된다.

올 여름에 블로그 이웃이 구조한 검둥이는 쓰레기가 꽉찬 비닐하우스에서 살다가 구조되었다. 그런데 검둥이는 선 채 어정쩡한 자세로 오줌을 누었다. 쓰레기 더미 사이에 꽉 끼어서 살다 보니 다리를 들거나 엉덩이를 낮춰서 오줌을 눌 수 없어서 개답게 오줌 누는 법을 배우지 못한 것이다. 얼마 전 친구가 구조한 개는 심지어 걷는 법을 몰랐다. 처음에는 다리에 문제가 있는 줄 알았는데 아니었다. 개는 짧아도 너무 짧은 줄에 매여 있어서 한 자리에서 겨우 일어났다 앉았다만 하며 살다 보니 걸어 보지를 못한 것이다. 다 큰 개가 구조된 후 한 걸음 한 걸음 걸음마를 떼고 있다.

개를 개답게 키우라는데 개다운 게 뭘까? 그 말의 속내는 대체로 짧은 줄에 묶인 채 사람이 먹다 남은 밥을 먹으면서 눈, 비나 폭염을 피할 개집도 없는 마당에서 살라는 것이다. 앞의 구조한 개들처럼 제대로 걷는 법도 모른 채, 오줌을 누는 법도 모른 채 사는 게 개다운 걸까? 개 번식장의 개들은 평생 땅도 못 밟아 보고, 무자격자가 하는 의료 처치와 제왕절개수술을 받는다. 그건 개다운 걸까. 자본주의 사회에서 인간과 관계를 맺고 사는 동물에게 그들다움이란 없다. 그런데 동물다움 타령이라니. 인간다움이 뭔지도 잊고 살면서. 물론 인간다움의 정의 또한 각자 다르지만 나에게 인간다움은 약자에게 손 내밀어 함께 사는 삶이다.

《유기견 입양 교과서》(페르난도 카마초, 책공장더불어)의 저자이자 개 행동 문제 전문가인 페르난도 카마초는 개를 입양 보낼 때 마당 있는 집을 조심하라고 경고한다. 우리나라도 그렇지만 미국 동물단체도 입양을 원하는 집이 마당이 있다면 선호하는 경향이 있다. 하지만 마당이 있을 경우 마당에서 묶인 채 살게 될 수 있기 때문에 입양 조건을 더 꼼꼼하게 따지고 입양 후에도 확인해야 한다. 개가 묶여서 키워지는 건 전혀 개다운 게 아니고 공격성만 키운다. 교외에 전원주택을 짓고 대형견을 마당에서 키우는 로망을 가졌던 사람들이 툭하면 개 행동 문제 교정 프로그램에 등장하는 이유다. 또한 아무리 넓은 마당이 있는 집의 개들도 매일 산책을 나가야 한다. 개는 매일 코를 킁킁거리며 밖으로 모험을 나가야 하는 동물이다. 그러니 개를 개답게 키우라고 가르치고 싶다면 먼저 개에 대해 공부할 것. 비난과 조롱도 공부가 필요하다.

《난 곰인 채로 있고 싶은데…》(J. 슈타이너, 비룡소)는 수면부족에 시달리던 잡지 기자 시절의 내가 애정하던 그림책이다. 곰에게 겨울잠을 허락하지 않는 회사에 분노하며 끼고 살았다. 사실 곰이 곰답게 살도록 내버려두지 않는 이야기에 감정이입을 했다. 책의 주인공인 곰은 본능대로 겨울잠도 자고, 자연 속에서 먹이를 구하면서 살고 싶은데 세상은 그렇게 살고 싶으면 증명하라고 한다. 스스로 곰이라는 것을. 팽팽 돌아가는 마감 일정 속에서 사회가, 조직이 규정한 대로 살고 있던 나에게 너다움이 뭐냐고 묻는 책이었다. 스스로 곰임을 증명하려고 사람들 앞에 서서 애쓰는 주인공 곰의 펑퍼짐한 굴곡진 뒷모습조차 나랑 닮아서 슬펐다.

인간도 동물도 태어난 대로 살기 어려운 시절이다. 같은 반달가슴곰이라도 누구는 지리산에서 겨울잠을 자고, 누구는 철장에 갇혀 쓸개즙을 내주면서 사육곰으로 산다. 어떤 게 곰다운 걸까. 돼지는 코로 흙을 파며 노는 생명체일까, 그저 고기일까. 이미 획일적인 '~다움'은 없다. 환경과 관계에 의해 다르게 정의될 뿐. 동물은 인간이 정의한 대로 존재한다. 길고양이가 고양이답게 살도록 밥을 주지 말라고 한다. 나는 길고양이에게 밥을 주면서 인간답게 살기로 했다.

임신 축하해!
개, 고양이부터 치워야지

책을 만드는 사람에게 책이 도움이 되었다는 말은 큰 기쁨이다. 얼마 전한 독자가 임신 소식을 알려왔다. 임신을 원했던 걸 알기에 기쁘면서도 혹시 이 행복에 훼방을 놓는 사람이 있을까 봐 걱정이 되었다. 그래서 《임신하면 왜 개, 고양이를 버릴까?》(권지형, 김보경, 책공장더불어)를 보내겠다고했더니 이미 구입해서 부부의 필독서가 되었다고 했다. 뿌듯하면서도 10여 년 전에 출간된 이 책이 여전히 필요한 게 씁쓸했다. 여전히 임신을 하면개, 고양이를 버리라는 세상이라니.

이 책을 기획할 때 고민이 많았다. 사람들이 임신하고 반려동물을 버리는 이유가 '개, 고양이 때문에' 임신이 안 되고, 기형아를 낳고, 아토피가심해진다는 것인데 의학적 근거가 부족한 말도 안 되는 속설이었다. 시간이 지나면 사라질 텐데 굳이 책으로 만들어야 할까 의문이 들었다. 그러나웬걸? 반려동물 문화가 성숙되어도 이 현상은 강화되기만 했다.

유독 우리나라에서만 임신, 출산으로 반려동물을 버리는 일이 많다. 개,

고양이를 지키려고 하면 사람들은 애보다 동물이 더 중요하냐고 압박한다. 그럼 임신해도 반려동물을 버리지 않는 나라의 부모들은 자기 아이보다 개, 고양이가 더 소중한 것일까? 책을 만들면서 설문조사를 했는데 결혼 이후 반려동물을 없애라는 압력을 한 번이라도 받았던 사람이 91퍼센트나 되었다. 임신했다는 소식을 전하니 "임신 축하해! 개, 고양이 얼른 치워야지."라고 반응했다는 부모님, 불룩한 배로 강아지와 산책을 나갔는데 "임신했으니 이제 개는 버려야겠네요." 했다는 지나가던 오지랖 넓으신 분 등. 이 정도면 전 국민의 참견이다. 반려인이 임신을 하는 순간 개, 고양이는 생명이 아니라 균 덩어리, 수많은 질병의 진원이 된다.

반려동물을 없애라는 사람들은 주로 양가 부모님이다. 자신들이 생각하는 개, 고양이는 마당에 묶여서 남은 밥을 먹고, 목욕 한 번 하지 않고 살다가 복날에 팔거나 잡아먹는 존재인데 귀한 손주와 방에서 뒹군다니 받아들이기 어려운 것이다. 게다가 산부인과, 소아과 의사에게 반려동물을 없애라고 권유받은 경우도 55.6퍼센트나 되니 전문가들조차 아군이 아닌 상황이다. 무책임한 매스미디어는 잊을 만하면 '임산부는 고양이를 멀리하세요.', '애완동물 배설물, 잘못하면 실명' 등의 기사로 잘못된 정보를 확대 재생산하면서 겨우 설득한 부모님을 흔들어 놓는다.

이런 상황이다 보니 임신, 육아 카페에는 3~4일이 멀다하고 키우던 개, 고양이를 다른 곳으로 보낸다는 글이 올라온다. 그래서 이 책은 사람 의사인 저자가 수많은 속설이 다 틀렸음을 의학적으로 빈틈없이 검증했다. 새 생명이 생겼다고 함께 살던 생명을 버리라는 사람들과의 싸움에서 책이 실탄이 되기를 바랐다.

책을 만들면서 의외의 경우를 만났다. 온갖 시달림에도 반려동물을 지켜낸 반려인 중에 스스로 반려동물을 없애야겠다는 생각을 한번이라도 한 사람이 27.8퍼센트나 되었다. 출산 후 아기를 돌보느라 반려동물을 잘 챙겨 주지 못한 미안함에, 육체적·시간적으로 너무 힘들어서 순간적인 흔들림이 있었다는 것이다. 이런 내적 갈등을 겪으면서까지 생명을 지키려는 사람들에게 사회는 좀더 관대해져야 한다.

우리나라는 아이와 함께 반려동물을 키우는 게 일반적이지 않다는 걸 뜻밖의 장소에서 만난 적이 있다. 청각장애인 도우미견 취재를 갔을 때였다. 청각장애인 도우미견은 초인종이 울리고, 전화가 오고, 요리가 넘치는 등의 상황일 때 이를 장애인에게 알리는 훈련을 받는다. 그런데 일반적인 훈련 리스트 중에서 우리나라는 아기가 울면 엄마에게 알려주는 훈련은 하지 않는다고 했다. 아기와 반려동물을 함께 키우는 사람이 많지 않아서 필요가 없다고. 개와 동물을 함께 키우면 안 된다는 인식이 이 사회에 얼마나 광범위하게 퍼져 있는지 알 수 있었다.

이 책을 출간할 때만 해도 아기와 반려동물이 함께 크는 사진을 구하기가 어려웠는데 지금은 조금 나아졌을까? 반려동물을 버리지 않겠다고 했더니 "니 새끼가 중하냐? 개 새끼가 중하냐?"라는 추궁을 당했다는 분도 있었는데 이런 상황은 과거형일까 여전히 현재 진행형일까? 당시 사람 아이와 반려동물을 함께 키우고 있는 분들은 아이들이 책임감과 배려심이 깊고, 도움이 필요한 친구를 외면하지 않는 따뜻한 아이로 크고 있다고 말했다. 책에 소개된 가윤이, 조한이, 은찬이, 혜수, 예진이, 태경이 등등. 이 아이들은 10여 년이 지난 지금 어떻게 자라고 있을까? 이 아이들이 어른이 된 세상을 얼른 만나고 싶다.

전쟁 통에
동물 타령이라니!

전쟁과 테러와 재난과 난민. 쏟아지는 이런 단어에 스며 있는 공포가 쉽게 내 일로 느껴지지 않는다. 그저 안타까울 뿐. 남의 불행에 구경꾼이 된 것 같아서 문득문득 죄책감이 밀려온다. 안타까운데 내가 할 수 있는 게 없어서 느껴지는 무력감 때문에 생기는 방어기제일까. 동물 관련 내용도 드물지 않게 눈에 띈다. 난세는 약자에게 지옥이니 동물도 고통을 피해갈 수 없다. 시리아 난민 행렬 속에는 반려동물과 함께 도망쳐 온 사람들이 보였다. 새끼 고양이를 안고 지중해를 건넌 남자, 허스키 강아지가 든 이동장을 들고 500킬로미터를 걸어와서 다시 그보다 더 먼 길을 떠나야 하는 소년. 차마 반려동물을 두고 오지 못한 그들은 동물을 챙기느라 정작 필요한 짐을 거의 못 챙겼으면서도 함께 있음에 감사했다.

이들을 보고서야 그들의 전쟁과 공포, 난민의 처지가 내 일처럼 다가왔다. 그들도 나처럼 개, 고양이와 일상을 보내던 평범한 사람들이었을 텐데. 두고 올지 함께 떠날지를 고민해야 하는 상황이 얼마나 지옥 같았을까. 이제서야 그 고뇌가 이해되었다.

《바그다드 동물원 구하기》(로렌스 앤서니, 그레이엄 스펜스, 뜨인돌)의 저자인 로렌스 앤서니는 유명 베스트셀러 작가이자 동물보호 운동가로 남아프리카공화국에서 야생동물보호구역을 운영한다. 2012년 그가 심장마비로 갑작스럽게 떠났는데 이듬해 기일이 되었을 때 코끼리 무리가 찾아와 애도한 것으로도 유명하다. 그런 그가 2003년 이라크전쟁 때 동물원 동물을 구하기 위해 직접 이라크로 들어간다. 나는 그를 코끼리 동물보호구역을 운영하는 활동가로 알고 있었는데 이 책의 저자가 로렌스 앤서니라고 해서 같은 사람이 맞나 싶었다. 남아프리카공화국에서 동물들과 함께 있던 사람이 전쟁 통에 자기가 뭘 할 수 있다고 뛰어들었을까. 시리아 내전을 지켜보며 무력감을 느끼는 나와 달리 자기가 필요한 일이라고 생각하면 일단 행동하는 사람이구나 싶었다.

이라크로 입국하려는 그를 국경 보초병이 막아선다.

"제정신입니까? 인간끼리도 못 잡아먹어서 안달인데 이 상황에 동물 타령이라니요!"

이라크에서 가장 큰 바그다드 동물원을 찾은 그는 동물의 95퍼센트가 폭격과 약탈로 사라진 것을 목격한다. 남은 동물도 굶주림과 갈증으로 고통스럽게 죽어 가고 있었다. 총이 있다면 쏴 죽이는 게 자비롭겠다고 생각할 정도로 비참했다. 전쟁 통에 우리에 갇힌 동물은 도망치지도 스스로를 보호할 수도 없었다.

참담한 상황 속에서 가장 필요한 것은 뭐였을까? 바로 양동이. 동물원을 정상화하는 데 가장 먼저 필요한 게 고작 양동이라니! 바그다드는 상수도가 끊긴 지 오래였고 물을 우리로 연결하는 파이프도 파괴되었다. 2주가 넘게 물을 먹지 못한 사자는 혀가 바짝 말라 부어올라 물을 마실 수 없는 지경이었다. 그러니 물을 나를 수 있는 양동이는 생사를 가르는 중요한 물건이었다.

물 다음은 밥, 위생 순으로 동물들에게 필요한 일을 해나가기 시작했다. 그렇게 바그다드 동물원의 동물들이 죽음에서 벗어나자 이라크 내 다른 곳에서 고통받는 동물들도 구조한다. 사담 후세인의 아들이 사육하던 사자를 구조하면서(동물을 전리품으로 삼는 인간은 언제 어디에나 있다) 타조도 함께 구조했다. 근데 바그다드 거리를 뒤뚱거리며 달리는 타조를 미군이 '자살폭탄 동물부대'로 오인해서 사살당할 뻔하기도 한다(동물을 자살폭탄 테러 장치로 이용하는 군대도 언제 어디에나 있다). 그렇게 몇 달이 지난 후 동물원은 재개장을 한다. 바그다드 시민들에게 동물원의 개장은 일상으로 돌아간다는 의미였다. 일상. 소중한 단어다.

그 몇 달 동안 각기 다른 입장의 사람들 사이에 갈등이 터져 나왔다. 눈앞에서 죽어 가는 동물을 구하는 것만 생각하는 사람들, 다른 입장의 미군과 이라크 행정부, 동물원의 존재 자체를 부정하는 국제동물단체들은 때로는 부딪치고 때로는 타협하다가 갈라서기도 했다.

그럼에도 결국 많은 생명을 살린 건 비참하게 죽어 가는 동물을 위해 뭐라도 해 주고 싶었던 보통사람들의 마음이었다. 동물원 직원들은 미군에 협력한다는 오해로 생명의 위협을 받으면서도 총알이 쏟아지는 전투 지역을 지나 매일 동물을 돌보기 위해 출근했고, 군인들은 자기가 먹을 전투식량을 동물들에게 먹이고 돈을 모아 먹이를 사서 날랐다. 판타지에 가까운 바그다드 동물 구조대 이야기는 전쟁과 테러라는 커다란 공포 앞에서 느끼는 무력감을 이길 수 있는 건 개개인이 '할 수 있는 것부터, 할 수 있는 만큼 하는 것'임을 보여 줬다.

사회가 써라,
죄책일기

온라인 동물판은 늘 버려진 개 문제로 분노한다. 1년이면 공식적으로 10만 마리가 훌쩍 넘는 유기견이 발생하는 나라에서 개가 버려지는 일이 하루 이틀도 아닌데 뭐가 유별났을까 싶다. 하지만 어떤 개는 섭씨 35도가 넘는 폭염에, 데려다 키우라는 메모와 함께 물그릇도 없이 나무에 묶인 채 발견되고, 또 어떤 개는 문 열린 틈을 타서 집을 나갔는데 동네 사람에게 잡혀서 먹히고, 또 어떤 개는 펫숍에서 팔리지 않자 개식용 농장으로 보내진다. 개의 사진이 온라인에 공개되고 비난 여론이 거세지지만 대부분의 사건은 거기서 끝난다. 그런데 폭염에 개를 버린 경우는 좀 달랐다. 함께 살던 개를 버렸으니 악플은 당연한 거고, 개는 누군가의 눈에 띄어서 구조되었으니 지나가는 이야기가 된 듯했는데 뜻밖의 일이 벌어졌다. 개를 버린 사람이 등장한 것이다. 그가 올린 글의 요지는 이렇다.

'버린 게 아니고 공개분양을 한 거다. 사정이 괜찮아지면 다른 아이를 입양해서 못 준 사랑까지 줄 것이다. 그냥 버리는 사람도 많은데 왜 난리

인지 모르겠다.'

글 어디에도 생명을 무책임하게 버린 것에 대한 죄책감이 없었다. 변명도 없었다. 메모에는 개의 이름, 나이, 특징과 함께 개인 사정으로 '공개분양' 하니 잘 키워 달라는 내용이 담겨져 있기는 했다. 하지만 이걸 공개분양이라고 하다니. 가장 흔한 유기 방법인 '집 찾아오지 못하게 거리에 개 버리기'인데. 개는 한 수의사에게 입양되었다. 이 결말을 보고 버린 사람은 '것 봐. 내가 뭐랬어. 좋은 사람 만났잖아.'라며 비난한 사람들을 비웃고 있을지도 모른다.

사회의 책임도 크다. 개를 유기한 사람에게 죄를 물을 수 있는 법도 기본 시스템인 완전한 동물등록제도 갖추지 못했고, 싸게 사서 쉽게 버릴 수 있게 조장하는 듯 반려동물 생산판매업에 대한 규제는 허술하고, 생명의 무거움을 배울 수 있는 교육 시스템은 부재하다. 개를 유기하지 말라면서 싸게 팔고, 등록은 외부 인식표로 했다가 버려도 되는 사회니 그렇게 당당할 수 있었을 것이다. 죄책감을 증발시켜 버리는 사회.

안 그래도 얼마 전 지인과 동물에 대한 죄책감에 대한 이야기를 나눴다. 나는 어릴 때 지렁이에게 소금을 뿌리고 놀았던 걸 생각하면 아직도 마음이 괴롭다. 지인은 어릴 때 잠자리 날개를 뜯으며 놀았다며 몸을 떨었다. 우리는 왜 그때 그런 행동을 했을까. 이 나이 먹도록 후회하며 마음 깊숙이 숨겨두었다가 고해성사하듯 토해 내는 그런 행동을. 내 기억으로는 재미있지도 않았다. 그저 동물의 고통에 무지했고, 또래놀이에 끼고 싶었고, 어른들이 혼내지 않으니 옳지 않다고 느끼지 못했다. 사회가 '그러면서 크는 거지.', '남자애니까 그래.'라고 은연중에 지지하는 모습을 보였기 때문이기도 했을 것이다. 그런데 또래들을 만나 이런 이야기를 나누면 "그땐 몰라서 그랬지." 하고 다들 쉽게 넘어간다. 사회가 눈감아 주면 죄책감은 휘발된다.

일러스트레이터 이아단이 낸 독립출판물 《죄책일기》에는 무력해서, 무지해서 자신이 끝까지 책임지지 못한 아홉 마리 개에 대한 이야기가 담겨 있다. 9개의 짧은 글과 18개의 그림으로 풀어내는 이야기에는 현재 한국에 사는 개의 모습이 거의 다 들어 있다. 저자는 어린 시절 시골 할머니 집 마당에서 어른들이 철장에 가둔 채 키우던 개를 끌어내 죽이는 모습을 보고 왜 어느 어른도 불쌍한 개를 도와주지 않는지 이해하지 못한다. 이후 집에서 개를 키우게 되었는데 부모님은 털이 많이 빠지고 냄새나는 잡종이라 현관문에 묶어서 키운다. 부모님께 대들 수 없었던, 가족 관계 속에서 약자인 저자는 그저 밤마다 개 옆에서 자장가를 불러줄 뿐이었다. 한 달 뒤에 개는 시골로 보내졌고 밭에 묶인 개가 된다.

부모님은 다시 개를 펫숍에서 사온다. 하지만 가족은 연전히 개에 대해 아는 게 없었다. 기본이라고 할 수 있는 중성화수술, 산책, 사회화 교육을 시키지 않았고, 사람 먹는 음식을 먹여 키웠다. 이번에는 반려인의 무지 때문에 개가 죽는다. 성인이 되어서 봉사를 간 유기동물 보호소는 중성화수술을 하지 않아 마구 번식이 되는 곳이었고, 그곳의 개들은 병으로 죽어갔고, 이유 없이 사라졌다. 책을 읽으면서 사례가 너무나 익숙해서 한국의 일반적인 개의 삶을 정리해 책으로 낸 건가 싶을 정도였다. 이 아픈 이야기가 한 개인사에 다 담겨 있으니 저자는 어떻게 견뎠을까. 하긴 한국에서 개에게 마음을 준 이들이 겪는 보편적인 일일 수도 있다.

저자는 고해성사처럼 글을 쓰고 그림을 그렸다. 그래서 제목도 《죄책일기》. 하지만 이제는 죄책감 느끼지 말고 죄책감 갖게 만드는 사회에 분노하라고 말해 주고 싶다. 정작 《죄책일기》는 이 사회가 먼저 써야 하는 게 아닌가.

7장

우리는 너무 많은 야생동물과 살고 있다

빌딩에 살던
고래가 죽었다

'빌딩에 살던 고래가 죽었다.'

야생동물 빈국인 한국의 빌딩에서 고래가 죽었다고? 판타지 소설 속 문장 같지만 서울에서 일어난 일이다. 2019년 서울 롯데월드 아쿠아리움에 살던 벨루가(흰고래) 벨리가 죽었다. 북극해를 헤엄치고 다녔을 벨루가가 서울 한복판의 빌딩 속 좁은 수조에서 이른 나이에 죽음을 맞았다. 벨루가의 평균 수명은 30~35살이다. 그런데 벨리는 12살, 그 전에 벨로가 5살에 같은 수족관에서 죽었다. 이제 8살 벨라만 수조에 덩그러니 남겨졌다.

롯데가 2014년에 제2롯데월드를 개장하면서 희귀동물인 벨루가 3마리를 수입해서 전시를 시작할 때 동물단체는 반발했다. 수족관에 갇혀 사는 고래는 각종 정신적·신체적 고통에 시달리다가 짧은 삶을 마치고 죽기 때문이다. 시속 22킬로미터로 북극해를 유영하는 고래가 사람들 눈에 보이는 게 전부인 좁아터진 수조에 사니 멀쩡한 게 더 이상하다. 벨루가는 세계자연보전연맹이 지정한 멸종위기 근접종이다. 동물을 전시 목적으로 수입하는 기업은 어린 개체를 선호한다. 관람객이 좋아하기 때문인데 이런 이유로 야생동물 수입은 야생동물의 멸종에도 영향을 끼친다. 러시아는 돈벌이를 위해 매년 야생 벨루가를 무분별하게 포획해서 중국, 한국 등에 비싼 가격에 판다.

인간의 돈벌이 때문에 포획되어 전시되던 벨루가는 결국 고향과는 동떨어진 나라의 빌딩에서 숨을 거두었다. 홀로 남은 벨라의 운명이 다시 인간의 손에 맡겨졌는데 다행히 바다로 돌려보내는 것으로 결정되었다. 벨루가는 무리 생활을 하는 사회적 동물이어서 벨라가 혼자 남겨진다면 결말은 뻔했다. 그런데 3년 전 벨로가 먼저 죽었을 때도 고래류를 더 이상 전시하지 않겠다고 동물단체와 합의했던 롯데는 그 약속을 지키지 않더니 홀로 남은 벨라도 시간이 지나도 방사하지 않고 있다. 그사이 혼자 남은 벨라는 좁고 열악한 수조를 빙빙 돌거나 가만히 떠 있는 이상행동을 하고 있다. 결국 벨라도 빌딩 속에서 죽일 참인가.

전시동물로 이용되어 온 고래류의 바다 방사는 세계적인 추세다. 벨라의 방류 결정이 쇼를 하거나 전시되는 고통 속에 있는 고래들을 고향으로 돌려보내는 데 디딤돌이 되기를 바라는데 과연 그렇게 될지 의문이다. 롯데 아쿠아리움 외에도 한화아쿠아플라넷과 거제씨월드에서 벨루가를, 여러 곳에서 고래를 소유하고 있다. 고래류의 수입·전시를 강화·금지하는 법 개정으로 고래를 원서식지가 아닌 곳에서는 볼 수 없게 하는 것이 필요하다. 도시의 빌딩은 야생동물이 머물 수 있는 곳이 아니다.

도시에는 예전부터 야생동물 서식지가 있었다. 동물원이다. 교육과 종 보전 등 여러 이유를 대며 여전히 존속하고 있지만 동물원을 바라보는 사람들의 시선은 이전과 같지 않다. 2018년에 동물원에서 탈출한 퓨마 사살 사건으로 '동물원 폐지' 청원이 올라왔을 정도다. 물론 여전히 갈 길이 멀다. 19대 국회의 끝자락에 동물원및수족관법이 겨우 통과되었지만(중요한 내용이 거의 삭제된 너덜너덜한 상태였다) 이후 개정을 통해 개선을 해나가고 있고, 2020년 코로나의 영향으로 환경부가 야생동물 전시 규제를 강화하기 시작했다. 그럼에도 실내 동물원, 야생동물 체험 카페의 확장 기세는 엄청나다.

아무리 동물원의 환경이 열악해도 야외에서는 햇볕을 쬐고, 바람은 느낄 수 있다. 그런데 실내 동물원과 야생동물 체험 카페는 폐쇄된 실내라는 것이 야생동물의 원서식지와 근본적으로 다르다. 게다가 야생동물 카페는 공간이 좁아도 쉽게 영업을 시작할 수 있기 때문에 사람들이 사는 곳으로 깊숙이 침투해 들어오고 있다.

야생동물 카페에 대해 지속적으로 모니터링하고 관련 법안 개정에 노력을 기울이고 있는 단체인 동물복지문제연구소 어웨어는 2019년 《2019 전국 야생동물 카페 실태조사 보고서》를 발표했다. 보고서에 따르면 2017년 조사 때 35개였던 야생동물 카페가 2년 사이에 64개로 늘었고, 그중 18개 업소가 서울에 밀집해 있다. 2년 전에 비해 카페 수도 늘고, 전시되는 종도 늘어난 반면 위생과 관리 문제, 동물들의 상태의 열악함은 여전했다. 먹이 주기 체험, 동물 접촉도 빈번했다. 물을 흘리거나 소변을 자주 보면 냄새가 나기 때문에 물을 상시적으로 공급하지 않는 곳도 있었다. 수의학적 처치를 제공하지 않아서 외상이나 질병이 있는 동물도 많았다. 질병으로 몸에 염증이 있는 왈라비가 여전히 만지기 체험에 내몰리는 현장은 끔찍했다. 사람들에게는 야생동물 카페가 귀여운 동물을 보고 만지면서 찰나의 쾌락을 얻는 곳이지만 야생동물에게는 생지옥이다.

이런 상황에서 카페를 탈출하거나 유기된 동물도 속속 등장하고 있다. 특히 라쿤이 최근 도시를 배회하는 모습이 자주 목격된다. 우리는 이미 뉴트리아, 황소개구리, 베스 등 외래종의 무분별한 수입과 야생 방사로 인한 생태계 교란을 심각하게 겪었으면서도 또 실수를 반복하고 있다. 일본의 경우 반려동물로 라쿤을 수입했다가 야생으로 퍼져 나가서 매년 천문학적인 세금을 라쿤 개체수 관리에 쏟아 붓고 있고, 유럽연합도 라쿤을 외래 침입종으로 지정해서 수입, 사육, 번식, 판매를 제한하고 있다.

그렇다면 도시의 야생동물은 빌딩 속 수조에, 동물원 철창에, 체험 카페에만 있을까. 가정에도 수많은 야생동물이 산다. 소유한 동물의 습성에 대한 지식과 정보도 없이, 제대로 된 환경을 조성해 주지도 않은 채 희귀 외래종들을 애완동물(반려동물이라고 볼 수 없다)로 키우는 사람들이 많다. 라쿤, 미어캣, 북극여우, 사막여우 등은 물론 수많은 양서파충류도 방 한 구석에서 수많이 키워진다. 아프리카 열대우림에 서식하는 뱀인 볼파이톤이 제주도 저수지에서 발견되는 이유다.

이런 상황을 바꿀 꽤 많은 법안들이 자주 발의되지만 국회에서 논의조차 되지 않다가 다 폐기된다. 다행히 2020년이 끝나가는 12월에 환경부가 제1차 동물원 관리 종합계획을 발표했는데 그간 동물보호 진영에서 요청했던 내용이 대거 포함되었다. 그렇게 바라던 동물원등록제가 허가제로 전환된다. 또한 야생동물 카페에서의 야생동물 전시가 전면 금지되고, 먹이주기, 만지기 등의 동물 체험이 제한되고, 이동식 야생동물 전시도 금지된다. 역설적이게도 2020년 전 세계를 공황에 빠트린 코로나19 덕분에 야생동물을 이용한 산업의 위험성이 부각된 모양새다.

도심의 자연 속에 사는 야생동물도 있다. 서울에 사는 야생 포유류는 30종 정도로 알려져 있는데 슬프게도 '유해조수' 딱지가 붙기도 한다. 인간들만 모여 살기에도 빡빡한 곳이다 보니 환영받기가 쉽지 않다. 특히 서식지를 잃고 도시의 주택가에 자주 출몰하는 멧돼지는 대표적인 유해조수가 되었다. 외국에서는 이런 동물을 근접 야생동물이라고 부르기도 한다. 인간과 관계를 맺지 않고, 인간이 길들일 수도 없으면서 단지 먹이를 찾기 위해 인간의 주거지역에 자리 잡은 동물이다. 근접 야생동물이라는 단어가 유해조수보다는 덜 인간 중심적으로 들린다.

우리 동네에도 가끔 근접 야생동물인 너구리, 족제비가 나타난다. 근처에 서울 성곽, 궁궐이 있다 보니 그쪽에서 오는 것 같다. 한 해는 새끼 너구리들이 나타나서 동네가 시끌시끌했다. 이웃들과 만나면 너구리 이야기로 신났다. 야생동물구조센터에 연락해야 하나 고민했는데 다행히 길고양이 밥이랑 과일껍질 등을 먹고 잘 지내가다 꽤 커서 떠났다. 사람들은 골목에서 새끼 너구리와 마주치거나 어둠 속에서 새끼들이 쩝쩝거리며 먹는 소리를 훔쳐 들으면서 야생동물과 공존하는 신비함을 느꼈다.

야생동물과 어떤 관계를 맺고 살지는 우리에게 달렸다. 돈벌이를 위해 수많은 고래류를 잡아 세계에 팔던 러시아가 2019년 6월 수출을 위해 잡아두었던 98마리의 벨루가와 범고래를 바다로 돌려보내기로 결정했다. 고래를 자연으로 돌려보내라는 세계적인 항의에 백기를 든 것이다. 야생동물을 본성대로 살게 해야 한다는 것에 대한 사람들의 동의는 빠르게 확산되고 있다.

어웨어의 보고서에 따르면 외국인들이 야생동물 카페를 많이 찾는다고 했다. 관련법이 형편없어서 동물복지 사각지대에서 신음하는 야생동물을 나라의 자랑거리라고 내놓을 수 있을까. 야생동물 복지의 첫걸음은 그들을 소유하지 않는 것이다.

"살고 싶다."
자신을 겨눈 총구를 부여잡은 라쿤

정말 한심했다. 스스로에게 이렇게 심하게 실망하기도 오랜만이었다. 동물권 관련된 책을 내고, 동물에 대한 글을 쓰면서 그것도 몰랐다니. 오래 전 겨울, 외투가 낡아서 점퍼와 코트를 새로 장만했다. 무거운 옷이 부담스러워서 점퍼는 가볍고 따뜻하다는 거위 털 소재로 골랐다. 모직 코트를 구입하면서는 "모피로 만든 건 아니죠?"라고 물었다. 밍크나 여우 털만 모피라고 생각했다.

털을 채취하기 위해 양과 거위가 어떻게 사육되고, 털을 깎고 뽑는 과정이 얼마나 잔인한지 알게 되자 저 옷들을 어찌하나 딜레마에 빠졌다. 또 소비를 하느니 낡을 때까지 사죄하는 마음으로 오래 입기로 했다. 그러던 어느 날, 이번에는 겨울 점퍼의 모자에 라쿤 털이 많이 쓰인다는 것을 알게 되었다. 혹시나 하는 마음에 점퍼의 라벨을 살폈는데 'REAL RACCOON FUR'라고 적혀 있었다. 세상에, 인조털인 줄 알았는데 진짜 동물 털이라니.

내가 본 영상에서 철장에 갇힌 라쿤은 손을 뻗어 모피 사냥꾼이 쏴 죽이기 위해 내민 총구를 부여잡고 있었다. 그토록 절실하게 살고 싶어 하던 생명체의 털이 내 점퍼에 붙어 있다니. 앞발을 잘 쓰는 습성이 있는 종이니 본능적으로 총구를 잡은 것이라고 해도 죄책감이 사라지지 않았다.

아니, 차라리 야생에서 잡힌 라쿤이면 나았다. 총을 맞고 죽는 건 고통의 시간이 짧으니까. 현재 세계 모피의 최대 수출국인 중국에서 생산되는 라쿤 털은 훨씬 끔찍하다. 라쿤은 평생 몸도 펴지 못하는 철장에 갇혀 이상행동을 하며 살다가 죽을 때는 바닥에 내팽개쳐져서 의식을 잃는다. 죽일 때 쓰이는 약물 값을 아끼기 위해서다. 그 후 산 채로 가죽이 벗겨진다. 사후강직이 오기 전에 산 채로 벗겨야 쉽게 벗겨지고, 털에 윤기가 살아 있기 때문이다. 중국 모피 산업을 취재한 영상 속에서 라쿤은 가죽이 다 벗겨진 후에도 의식이 있어서 가죽이 사라진 자기 몸을 쳐다보고 있었다.

손을 덜덜 떨면서 점퍼에서 라쿤 털을 떼어냈다. 어찌할 바를 몰라서 한동안 방 안에 두었다가 마당에 묻었다. 그때의 나처럼 모르고 라쿤 털이 달린 겨울 외투를 입고 다니는 사람들이 많다. 라쿤 털이 어떤 과정을 통해 내 점퍼에 달리는지 알기를 바란다. 그 후, 어떤 선택을 할지는 각자의 몫이다.

동물의 학대로 얻은 상품을 알게 모르게 소비하고, 오락으로 즐기는 사람들에게 그 생명체가 얼마나 아름답고 소중한지 전달하는 것이 내가 동물 책을 내고, 동물단체가 하는 일이다. 그런데 야생동물은 일상적으로 접하는 동물이 아니다 보니 대중을 설득하기가 어렵다.《모래 군의 열두 달》(알도 레오폴드, 따님)의 저자이자 환경윤리학자 알도 레오폴드는 "우리는 우리가 보고, 느끼고, 이해하고, 사랑하고, 믿음을 갖는 것들에 관해서만 윤리적일 수 있다."고 말했다. 그의 말처럼 눈에 보이지 않고 사랑을 느껴보지 못한 대상에게는 윤리적이기 어렵다. 그래서 야생동물 문제는 반려동물 문제만큼 사람들의 관심을 끌지 못한다.

　그런데 라쿤은 의외로 우리 가까이에 있다. 라쿤을 '애완'동물로 키우는 사람이 부쩍 늘었고, 라쿤을 전시하는 동물 카페도 많아졌다. 동물 카페에 가장 많이 전시되는 야생동물은 라쿤이다. 동물 카페를 찾는 이들의 목적은 직접 먹이고, 만지고 싶은 욕구를 충족하는 것이다. 그런 방문객의 요구에 맞추려면 라쿤은 피할 곳이 없는 공간에서, 소음과 불빛을 참으면서 매일 10~14시간 노출되어야 한다. 자주 먹으면 자주 싸게 되고, 그러면 냄새가 나니 물을 많이 주지 않는 곳도 많다.

　여느 때보다 인간과 가까워진 야생동물 라쿤. 레오폴드의 생각을 빌리자면 우리는 라쿤을 예전에 비해 더 가깝게 지내며 사랑하게 되었으니 윤리적 고려의 대상에 포함시켜야 한다. 그래서 지금처럼 동물 카페에서는 만지고 먹이고 싶은 자신의 욕망을 채우다가 카페를 나설 때는 라쿤 털이 풍성하게 달린 점퍼를 입는 모순적인 상황에서 벗어나야 한다.

인간의 노예로 산 야생동물은
죽음마저 왜곡된다

동물원에서 부고가 이어질 때가 있다. 서울동물원의 호랑이 크레인과 대전 오월드의 북극곰 남극이의 죽음. 크레인의 죽음은 야생에서의 수명보다 더 살았으니 장수한 거라는 기사가 나왔고, 남극이의 죽음은 15년간 사람들에게 즐거움을 주었으니 추모비 건립이 추진될 거라는 기사가 나왔다. 하지만 그들의 비극적인 삶에 대한 내용이 쏙 빠진 글에는 동의할 수 없다. 인간의 노예로 산 야생동물은 죽음마저 왜곡된다.

황윤 감독의 다큐멘터리 〈작별〉에 새끼 호랑이 크레인이 나온다. 근친교배로 태어나 안면기형, 부정교합 등의 선천성 질병을 지녔고, 어미에게서 떨어져 인공포육된(동물원에서는 흔히 관람객의 시선을 끌기 위해 인기종을 인공포육 한다) 크레인은 영화 속에서 짧은 줄에 묶인 채 순응하는 훈련을 받으며 울부짖는다. 당시 크레인은 TV 동물 프로그램에도 출연해서 인기를 얻었는데 TV 속 동물의 모습은 현란한 편집이 만들어 낸 거짓임을 크레인의 울음소리가 증명했다. 그 후 잊혔던 크레인이 부도 나기 직전의 지방 동물원에서 곧 굶어 죽어도 이상하지 않을 모습으로 나타났고, 우여곡절 끝에 서울동물원으로 돌아왔지만 나아진 환경을 오래 누리지 못하고 외롭게 지내다가 떠났다.

대전 오월드의 북극곰 남극이도 동물원에서 태어났다. 북극에 가보지도 못한 북극곰. 외국 동물원에서 태어난 남극이는 2002년에 오월드로 왔는데 함께 온 북극이가 3년 만에 죽은 이후 혼자 외로이 지냈다. 북극곰은 먼 거리를 이동하며 사는 동물로 동물원에서 키워서는 안 되는 4대 동물(북극곰, 코끼리, 돌고래, 대형 유인원) 중 하나다. 동물원의 북극곰은 야생의 북극곰에 비해 무려 백만 배 이상 작은 공간에 갇혀서 산다. 백만 배라니, 인간으로 치면 평생 관에 갇혀 사는 것과 같을까. 그렇게 동물원은 남의 불행을 엿보러 가는 곳이 되었다.

10년 전쯤 동물원 동물에 관한 책을 출간하려고 국내 저자를 찾았는데 동물의 입장에서 글을 써 줄 전문가를 찾지 못했다. 만난 사람 중에는 이야기를 나누다가 나를 향해 그럼 세상에서 동물원이 없어져야 한다고 생각하느냐며 따진 사람도 있다. 동물원 동물의 복지, 동물권에 관한 논의가 없던 시절이기는 했지만 고통받는 동물을 보면서 즐기는 관람객이나 동물의 고통을 무시하고 동물에 대해 쓰는 글쟁이나 동물을 대상화하기는 마찬가지라는 생각이 들었다. 그리고 7~8년이 지나서야 국내 저자가 쓴 우리나라 동물원에 관한 책 《고등학생의 국내 동물원 평가 보고서》(최혁준, 책공장더불어)를 낼 수 있었다.

세계 어느 곳이나 동물원 문제는 비슷하다. 동물원 동물의 복지 문제에 관심을 둔 선진국은 기후가 적합하지 않은 동물은 전시를 포기하고, 개체 수를 늘리지 않으면서, 종보전의 역할을 하지만 여전히 세계 곳곳의 동물원에서 동물은 본래 환경과 동떨어진 공간에서 오락의 대상이 되고, 근친

교배를 당하고, 무차별 번식되고, 거래된다. 거대하고 잔인한 자본주의 시스템 안에서 살아 움직이는 오락 상품이 되는 것이다.

《고등학생의 국내 동물원 평가 보고서》를 출간한 후 최혁준 저자와 독자가 함께 동물원을 걷는 행사를 여러 번 진행했다. 글로만 읽어도 마음 아픈 동물을 직접 눈으로 보는 것은 힘든 일인데도 많은 독자들이 함께했다. 그런데 행사에는 매번 초대하지 않은 손님들이 합류했다. 동물원 관계자들은 조금 떨어진 곳에서 우리 무리를 조용히 관찰하거나 조롱했다. 구멍가게 출판사의 소박한 행사에 관심을 보여 주다니 조롱도 반가웠다. 저항이 있다는 건 세상을 변화시키고 있다는 증거라는데 우리가 그 균열의 시작이면 좋겠다고 생각했다.

대전 오월드 행사 때는 남극이를 직접 봤다. 저자는 남극이가 국내 북극곰 중 가장 심한 정형행동을 보이고, 내실로 통하는 문 앞에서 서성이는 건 사람들의 시선에서 도망치고 싶어서 하는 행동이라고 했다. 알고 나면, 평생 얼음 위에서 사냥하고 이동하고 번식하는 북극곰이 여름철 사육사가 던져 준 얼음덩어리를 살기 위해 필사적으로 껴안고, 덥고 습한 날씨 때문에 털에 녹조류가 껴서 초록색이 된 북극곰을 보고 웃을 수 없게 된다. 대전시는 시민들에게 오래 기쁨을 준 남극이를 기억할 방안을 찾는다고 하는데 부디 다시는 북극곰을 전시하지 않는 것으로 올바로 기억해 주기를 바란다.

동물원이 동물을 위한
공간인 적이 있었나?

　동물원에서는 새로운 뉴스가 끊임없이 제공된다. 동물이 우리를 탈출하고, 새끼가 태어나고, 더위를 이기는 북극곰과 좁은 공간에 갇혀 이상행동을 하는 동물 등등. 어떤 동물은 예능 프로에서 소비되고, 어떤 동물은 뉴스에서 보도된다. 그중에는 종종 이게 21세기 한국에서 일어나는 일이 맞나 싶은 일도 많다. 2015년에는 서울동물원에서 전시되던 사슴, 새끼 흑염소 등 43마리가 '개체수 조절'이라는 명목으로 매각을 통해 식용으로 도축하는 곳으로 팔려 나갔다.

　서울동물원은 2019년에는 국제적 멸종위기종인 그물무늬왕뱀의 번식 성공으로 얻은 알 중 2개만 부화시키고 나머지 18개를 인위적으로 폐사시켜서 고발당했다. 1984년 암수 한 쌍을 들여와 35년 만에 번식에 성공시켰지만 야생동물원법에 따라 개체가 늘어날 때마다 사육 공간을 35퍼센트씩 늘리는 것에 대한 부담 때문이었다. 동물원에서 인기가 많은 동물은 새끼가 태어나면 언론사에 보도자료를 뿌리며 홍보하면서 어떤 동물은 동물원에서 태어난 새끼를 죽인다. 인간의 유희를 위해 존재했던 동물에 대한 이런 처분 방식은 국내 동물원의 윤리의식뿐만 아니라 잉여개체 관리, 가축 전시 등 동물원이 갖고 있는 여러 문제를 함께 드러냈다.

한국의 동물원에서는 비슷한 일들이 지속적으로 반복된다. 이럴 때마다 동물원의 존재 이유에 대해 질문한다. 《동물원의 탄생》(니겔 로스펠트, 지호)을 쓴 역사학자 니겔 로스펠트는 인간이 개입한 비#자연사를 인류학적 시각으로 푼다.

동물원의 시작은 고대까지 거슬러 올라간다. 하루에 몇 천 마리의 동물이 살육되었던 로마 콜로세움에는 지하에 동물 우리가 있었고, 알렉산더 대왕, 네로 황제를 비롯한 고대 문명의 황제, 총독, 정치인 등 힘 꽤나 쓴다는 사람들은 거의 모두 진기한 동물을 모았다. 이처럼 사적인 동물 수집을 통해 부와 권력을 과시하던 곳을 미네저리menagerie라고 불렀다.

이런 문화 속에서 인기를 얻은 희귀동물도 있다. 1700년대 유럽에서 최고의 인기를 끈 동물은 뭘까? 털이 몽글몽글한 포유류가 인기가 많은 현재와 달리 당시에 인기를 얻은 동물은 코뿔소였다. 특히 '클라라'라는 이름이 붙여진 코뿔소는 무려 18년 동안 모든 계층의 인기를 얻었다. 코뿔소를 흉내 낸 헤어스타일까지 유행했다고 하니 가히 인기를 짐작할 만하다.

비로소 동물원이라고 부를 만한 곳이 문을 연 건 1793년이다. 그때부터 파리 동물원을 시작으로 런던 동물원, 미국 센트럴파크 등이 연달아 문을 연다. 이 시기 동물원은 개인의 부와 지위뿐 아니라 자연에 대한 인간 승리, 식민지에 대한 제국주의 승리의 상징이었다. 미네저리가 개인의 권력을 과시했다면 초기 동물원은 국가의 권력을 과시하는 증거였다. 탐험가들은 식민지에서 호랑이나 코끼리를 사냥해 고국에 보냄으로써 애국심을 증명하기도 했다.

동물원, 서커스, 사냥공원 등이 늘면서 동물 포획량이 급증했고 포획 방법도 점점 폭력적으로 변했다. 당시 코끼리 포획 과정을 묘사한 글을 보면 동물원 동물이 얼마나 끔찍한 과정을 거쳐서 우리 앞에 오는지 짐작해 볼 수 있다.

"어미 코끼리를 죽이고 새끼들을 나무에 묶었는데 흙을 후벼 파면서 울부짖고 신음했다. 결국 새끼 중 하나가 자기 코를 앞다리 사이로 밀어넣어 뒷다리에 묶고 힘들게 숨을 쉬더니 질식해 죽었다."

이런 식으로 식민지의 동물들을 탐욕스럽게 사냥하다 보니 자연스럽게 동물과 함께 사람까지 고국으로 보내졌다. 당시 동물원은 동물은 물론 사람을 전시하는 '사람 쇼'도 열리는 곳이 되었다.

동물원의 역사에서 빠질 수 없는 것이 독일의 하겐베크 가문이다. 생선 장수로 시작한 이 가문은 그물에 걸린 물개 여섯 마리로 쇼를 해서 돈을 번 이후 동물 거래, 서커스, 동물원 등으로 사업을 확장한다. 그러다가 동물 사업이 침체에 빠지자 새로운 수입원으로 찾은 것이 바로 사람 쇼였다. 스리랑카 사람들을 전시한 쇼는 1886년 파리에서 일요일마다 평균 5~6만 명의 인파를 불러모으는 대성공을 거두었다. 당시 한국으로의 사람 수집 여행이 기획되기도 했다니 이 기획이 실행되었다면 한국인도 유럽인들 앞에 전시되었을지도 모를 일이다.

유럽 동물원은 식민지 원주민을 데려다가 동물원 우리에 가둔 뒤 일반인에게 공개했는데 모피, 자동차 등 새롭게 등장하는 많은 사치품이 그렇듯 식민지 인간 전시도 처음에는 귀족들만 즐기는 것이었다가 19세기부터 대중화된다. 주로 아프리카와 남아메리카 원주민들을 전시했는데 당시 인간 전시 사진을 보면 현재의 동물원에서 우리가 동물을 관람하는 모습과 차이가 없다. 백인들은 우리에 갇힌 흑인 아이를 둘러싼 채 아이에게 먹을 것을 내밀며 즐거워한다. 태어난 곳에서 각자의 삶을 살던 사람들이 낯선 곳에 끌려와서 갇힌 채 남의 즐길거리가 된다는 건 한 사람의 삶을 파괴하는 일이다. 아프리카 피그미족으로 미국 뉴욕의 브롱크스 동물원의 원숭이 전시관에 전시되었던 오타 벵가는 1916년 자살한다.

100년 전 사람 쇼를 기획한 동물원은 사람 쇼가 색다른 '것'인 미개인에 대한 호기심을 채우는 것이라고 인정하지 않았다. 인류학에 기여하는 것이라고 주장했다. 현대 동물원도 동물원의 존재 이유를 오락보다 교육과 보존에 방점을 찍는 것과 같은 모양새다.

그 시절 승승장구하던 사람 쇼는 20세기 중반에 막을 내린다. 사람 쇼가 내리막길을 걸은 것은 정치, 사회적인 요인도 있지만 무엇보다 전시된 사람들이 동물과 달리 자신의 의지를 전달할 '언어'를 갖고 있었기 때문이다. 쉽게 말해 "당신들의 보호 아래 있어서 안전하고 너무 행복해요."라며 얌전히 있어야 할 미개인들이 "야, 나도 네가 입은 옷 입고 싶어."라며 거래를 요구했으니 더 이상의 억압이 불가능해진 것이다.

하지만 자신의 의사를 인간의 언어로 표현할 수 없는 동물은 여전히 동물원에 갇혀 있다. 동물원은 그들이 말하듯 생존 투쟁에서 해방된 동물들의 천국도 노아의 방주도 아니다. 현대 동물원의 전시 방식이 동물 위주로 바뀌었다고 하지만 그 또한 사람들이 창살 뒤 좁은 우리에 갇힌 비참한 동물을 보는 것보다 자연 상태에서 사는 것처럼 보이는 동물을 보는 것을 덜 불편해하기 때문이다. 동물원은 탄생부터 지금까지 한 번도 동물을 위한 공간인 적이 없음을 솔직하게 인정해야 비로소 앞으로의 동물원 모습에 대해 이야기할 수 있을 것이다.

북극곰, 코끼리가 없는
동물원이 좋다

여름이면 어김없이 TV에서는 뉴스든 예능 프로그램이든 동물원 동물들의 여름나기를 중계하느라 바쁘다. 특히 북극곰이 영상 35도를 오르내리는 폭염 속에서 과일, 생선이 든 얼음덩어리를 안고 있는 이미지는 명절 뉴스의 귀경길 차량 화면만큼이나 익숙하다. 영하 40도까지 내려가는 북극해에서 헤엄쳐 다녀야 할 북극곰이 영상 40도로 아침부터 열기가 올라오는 나라에 와서 왜 이런 구경거리가 되어야 하나.

한국의 마지막 북극곰, 에버랜드 통키를 걱정하는 많은 사람 덕분에 통키는 야생은 아니지만 더 나은 환경인 영국의 요크셔야생공원으로 떠나기로 결정되었는데 떠나기 얼마 전에 급사했다. 죽음으로 비로소 감옥을 벗어나게 된 통키. 통키 나이는 24살. 북극곰 나이로 치면 노령이다. 동물원에서 태어나 평생 좁은 우리에만 갇혀 살다가 말년을 편히 보내게 될 것 같아서 다행이다 싶었는데 떠나 버렸다.

통키가 떠나고 노파심이 생겼다. 사람들이 왜 동물원에 북극곰이 없냐고 항의하면 어떡하지? 그래서 동물원이 또 북극곰 전시에 욕심을 내면 어떡하지? 실제로 관람객에게 인기가 많은 코끼리, 북극곰, 호랑이, 유인원 등이 아파서 치료 목적 등으로 전시를 하지 않는 날이면 왜 없느냐고 항의하는 관람객이 있다.

통키의 죽음을 알리는 쏟아지는 기사를 보면서 '풋!' 콧방귀를 뀌었다. 많은 기사가 '통키, 한국을 떠나기 싫었을까' 류의 제목을 달고 나왔다. 인간들 참 대단히 인간중심적이네. 동물은 인간을 위해 존재한다는 이런 식의 가부장적 시각이 동물원을 존재하게 한다.

에버랜드 통키의 뉴스가 나올 즈음 서울동물원에서는 코끼리 칸토가 떠났다. 동물원 동물이 떠났다는 소식은 늘 마음을 어지럽힌다. 아시아코끼리 칸토가 미국에서 들어왔다는 아이러니부터 동물원 코끼리에게는 피할 수 없는 질병인 발 염증을 달고 살았다는 이야기까지. 그런데 칸토의 죽음 소식을 전하는 뉴스에 달린 댓글을 보면서 동물원 동물에 대한 사람들의 인식이 꽤 높아졌음을 확인했다. 평생 우리에 갇혀 인간에게 강제 봉사한 칸토에 대한 미안함을, 발 염증이 하루에도 수십 킬로미터를 걸어야 하는 코끼리가 동물원에 갇혀 있어서 생긴 병임을 알기에 그 안타까움을 내비치고 있었다. 동물원에 인기종이 없다고 항의하는 사람들과 칸토에게 애도를 표하는 사람들.

사람들의 이런 복잡한 반응만큼이나 전문가들도 동물원에 대해 다양한 의견을 피력한다. 현대의 동물원은 종보전의 기능을 우선으로 내세우며 존재 이유를 설명한다. 그게 과연 합당한가? BBC 다큐멘터리 〈동물원을 폐쇄해야 할까?〉에서 제인 구달 박사는 침팬지의 경우 서식지 파괴가 심각해서 동물원이 꼭 필요하다고 말한다. 물론 침팬지에게 어울리는 환경이어야 한다. 반면 판다 전문가인 사라 베셸 박사는 1987년부터 시작된 판다 프로젝트로 400마리의 새끼가 태어났지만 단 5마리만 야생에 방사되어 그중 3마리가 살아남았다며 서식지 파괴가 계속되는 한 종보전 프로그램이 의미가 있는지 의문을 제기했다. 그러면서 동물원이 과연 필요한지 우리는 잔인할 만큼 정직하게 답해야 한다고 말했다.

동물원 없는 세상을 원하지만 내가 죽기 전에 보기는 힘들 것 같다. 그렇다면 적어도 코끼리가 추위에 떨고, 북극곰이 여름에 고통받는 기후부적합종은 전시하지 않고, 보유 동물 수를 줄여 최대한 습성에 맞는 환경을 조성하는 동물원이 되어야 한다. 동물원에서 모든 동물을 전시하려는 욕심도 버려야 한다. 그러려면 관람객도 변화해야 하는데 가능할까? 질문은 끊임없이 이어진다.

쇼를 하고, 정형행동을 하고, 공허한 눈빛으로 멍하니 앉아 있는 동물원 동물을 보며 좋아하고, 자는 동물들을 향해 소리를 지르고, 욕을 하고, 먹을 것을 넣어주며 우월감을 느끼는 사람들을 보면 생각이 많아진다. 그런데 프랑스 파리에서는 1700년대부터 200년 동안 시체가 전시되기도 했다. 《구경꾼의 탄생》(바네사 R. 슈와르츠, 마티)에서는 파리의 시체 전시 공간인 모르그를 소개하는데 죽은 시체가 거대한 유리 뒤에 전시되는 모르그에는 1년에 100만 명이 모였다. 특히 어린 여자 아이의 시체가 전시되는 등의 흥행 요소가 있을 때는 사람들이 더 몰려들었다니 인간의 시각적 호기심은 도덕적 책임을 잊게 만드는 모양이다. 사람들이 모여드는 이유에 대해 모르그 책임자는 "진짜 살과 피가 전시되는 곳이니 매혹적이죠."라고 말한다. 동물원도 그런 의미에서 사람들에게 매혹적인 곳일까. 진짜 동물을 눈앞에서 보는 일은 동물들의 고통을 못 본 척 할 정도로 매혹적인 것일까.

남의 불행을 보러 가는 곳,
동물원

동물원의 퓨마가 사살당했다. '탈출, 자유, 4시간 뛰놀다.' 등으로 묘사된 신문 기사가 줄을 이었지만 그저 열린 문으로 나왔을 뿐 그것을 탈출이라고 표현하는 것도, 동물원에서 태어나 8년을 좁은 우리에 갇혀 살다가 본능이었을지 열린 문으로 나와 있었던 4시간을 자유 또는 뛰놀았다고 표현하는 것도 적절해 보이지 않았다. 퓨마가 동물원 안을 배회했을 4시간은 낯선 상황에서 쫓기고 숨기 바빴던 두려움의 시간이었을 것이다.

반복되는 동물원 동물의 탈출과 사살, 사육사의 죽음을 막지 못하는 시스템의 부재에 통탄하고 있었는데 의외의 상황이 벌어졌다. 퓨마의 사살에 항의하는 댓글이 달리고, 청와대 청원 게시판에는 해당 동물원의 폐지와 책임자 처벌을 주장하는 내용이 올라왔다. 놀라웠다.

한국을 비롯한 전 세계에서 동물원에서의 동물 전시는 사회가 용인한 폭력이다. 야생동물을 잡아서 가두고, 가둔 채 번식을 시키고, 타고난 습성대로 아무것도 할 수 없는 좁은 우리에 가둬도 동물학대가 아니다. 그런데 동물원의 폐지를 주장하다니. 이미 사람들은 동물원에 가서 동물을 보는 게 즐겁지 않았던 것이다. 미안했던 것이다. 동물원은 남의 불행을 보러 가는 곳이 되어 버렸다. 동물원 동물의 현실을 알리는 게 어렵다고 생각했는데 시민의식이 동물원의 존재 이유를 되물을 정도가 되었나 싶어서 반갑고 고맙다.

동물학대 문제를 사회학적으로 분석한 《동물학대의 사회학》(클리프턴 P. 플린, 책공장더불어)은 사회가 용인한 폭력이 왜 위험한지에 대해 말하고 있다. 책은 주로 개인이 저지르는 학대행위에 초점을 맞추고 있지만 동물원, 동물실험, 공장식 축산과 같은 사회가 사회적·법적으로 용인한 거대한 폭력도 조명한다. 용인된 폭력이 얼마나 사회에 위협이 될 수 있는지 설명한다.

예를 들어 미국에서 법적·사회적으로 용인되는 동물학대인 사냥의 경우, 사냥면허증 판매량이 높은 주일수록 살인율이 높다. 이는 사회적으로 용인되는 폭력이 많아지면 용인되지 않는 폭력에도 무관심해지고 사회는 안전함으로부터 멀어진다는 것을 증명한다.

개식용이 사회적·법적으로 용인되고 있어서 갇힌 채 음식물 쓰레기를 먹고 사는 개가 200만 마리, 어차피 먹을 개니 산 채로 오토바이에 끌려가도 처분을 받지 않는, 식용견에 대해서는 어떤 폭력도 용인되는 한국 사회에서 이런 연구가 이뤄진다면 어떤 결과가 나올까? 궁금하다.

이미 동물원은 이 사회에서 용인된 폭력이다. 그럼에도 불구하고 그걸 불편해하는 사람들이 등장하기 시작했다. 반갑다. 깨어난 시민들이 등장하기 시작했으니 앞으로 한국 동물원 동물들의 삶은 조금 나아질 것이다.

침팬지 허먼은
왜 금발 여자를 좋아했을까?

동물 문제의 예능적 접근이 싫어서 일요일 아침의 인기 동물 프로그램을 보지 않는데 삼순이라는 긴꼬리원숭이 이야기로 온라인이 들썩거려서 다시보기를 했다. 인도네시아의 식당에서 식재료로 잡혀 있던 원숭이를 구입한 후 국내에 데리고 와서 11년을 함께 살았는데 사정이 생겨 동물원으로 보내는 내용이었다.

삼순이 이야기는 야생동물이 일반 가정을 거쳐 동물원까지 가게 되는 과정을 그대로 보여 주고 있다. 물론 삼순이는 일반적인 희귀 애완동물을 키우는 사람들과는 시작이 좀 다르다. 하지만 야생동물과의 동거가 힘겨워지거나 지겨워진 사람들의 최종 선택지가 동물원이거나 유기 두 가지뿐임을 보여 준다. 요즘 동물원에는 야생동물을 키우다가 버거워진 사람들이 '기증'이라는 명목으로 버린 동물이 꽤 많다.

사람들과 함께 살다가 어느 날 갑자기 동물원에 버려진 동물들은 어떻게 지낼까? 프로그램 사회자의 순진한 바람처럼 잃어버렸던 본능을 되찾아서 야생에서처럼 무리 생활을 하면서 잘 살아갈까?

풀리처상 수상작가인 토머스 프렌치는 6년여에 걸쳐 아프리카의 사바나, 파나마의 정글, 대도시의 동물원 등을 오가며 탐사한 내용을《동물원》(토머스 프렌치, 에이도스)에 담았다. 2006년 미국 플로리다 램파에 있는 로우리 파크 동물원에서 침팬지 사이에 싸움이 벌어졌고 허먼이라는 침팬지가 심한 구타로 죽었다. 허먼의 죽음은 신문 1면을 장식할 정도로 시민들에게 충격이었다. 허먼은 박수를 치거나 물구나무서기를 하고 담배를 피거나 손 키스를 보내는 등 관람객의 시선을 끄는 법을 아는 침팬지로 동물원의 스타였기 때문이다.

허먼이 동물원에 간 과정은 삼순이와 흡사한 부분이 많다. 1966년 서아프리카 라이베리아의 철광회사에 다니던 미국인 애드 슐츠는 직원 식당에서 파는 새끼 침팬지를 산다. 이 침팬지가 바로 허먼이다. 밀렵꾼들은 어른 침팬지는 잡아서 식용으로, 새끼는 애완용으로 팔았다. 애완용 새끼 침팬지 한 마리를 얻기 위해 보통 10마리의 침팬지가 학살되는데 허먼도 자기를 보호하다 죽어 가는 어미를 눈앞에서 보면서 잡혀온 것이다.

허먼은 애드와 함께 미국으로 가서 부인과 두 딸이 있는 집에서 가족으로 자란다. 허먼은 인간 엄마와 아빠의 자식이 되었고, 두 누나의 동생이 되었다. 허먼은 인간 가족과 함께 식탁에서 밥을 먹었다. 하지만 허먼이 힘이 세지고 통제하기 어려워지자 마당의 우리로 쫓겨나는 시간이 많아졌고, 결국 다섯 살인 1971년에 동물원으로 보내졌다. 동물원으로 보내진 날 허먼은 돌아서는 가족의 등에 대고 가족을 애타게 불렀지만 가족은 돌아오지 않았다.

허먼은 동물원의 암컷 침팬지와 짝짓기를 하지 못했다. 오히려 금발의 여성 사육사나 관람객을 보면 반응했다. 허먼은 어린 시절 어미를 잃었던 자신을 따뜻하게 품에 안아 주었던 금발의 엄마를 잊지 못했다. 금발이었던 애드의 직장 동료도 좋아했다. 허먼이 금발 여성을 좋아하게 된 이유다.

허먼은 관람객이 자극을 하면 연기도 하고 경중경중 뛰기도 하는 등 반응을 했다. 인간과 함께 살았던 허먼은 어떻게 하면 인간이 좋아하는지 잘 알고 있었다. 허먼은 동물원의 인기 스타가 되었지만 끝까지 인간도 침팬지도 아닌 '인간이 되기를 갈망한 침팬지'로 살았다. 야생 어미 품에서의 짧은 순간, 인간과의 5년, 동물원 동물로 35년을 살다가 40살의 침팬지는 그렇게 눈을 감았다.

야생동물을 애완용으로 키우는 것은 규제되어야 한다. 야생동물 멸종, 원산지와 국내 생태계 파괴, 감염 문제 등 많은 문제가 생기기 때문이다. 하지만 삼순이라는 개체만을 본다면 남은 생을 가족과 보내는 것이 인도적인 해결법일 것 같은데 가족이 형편이 안 된다고 하니 안타깝다. "내가 너를 왜 데리고 왔니, 못할 짓을 했다."는 삼순이 가족의 아픈 후회처럼 야생동물을 애완용으로 키운다는 것의 마지막은 이런 막막함임을 사람들이 아는 계기가 되었기를 바란다.

살인고래라 불리던 틸리쿰,
자유를 얻다

미국 해양 테마파크 시월드에서 쇼를 하던 범고래 틸리쿰의 죽음 소식이 전해졌다. 조류독감으로 가금류 수천 마리가 생매장되던 뒤숭숭한 시절에 남의 나라 고래 한 마리의 죽음이 대단할까 싶지만 틸리쿰은 사람들의 돌고래 쇼에 대한 인식을 뒤흔든 특별한 존재다.

틸리쿰은 1983년 2살 무렵 아이슬란드의 바다에서 포획되었다. 범고래의 포획 현장은 잔혹하다. 대가족을 이루며 사는 범고래 무리에서 새끼를 포획하려면 먼저 어미와 분리시켜야 한다. 틸리쿰이 무리에서 분리되어 잡혀갈 때 어미와 남은 고래들은 그곳을 떠나지 못하고 계속 울었다. 틸리쿰은 자유와 함께 어미와 무리도 함께 잃은 것이다. 틸리쿰 포획 현장에 참여했던 사람은 인터뷰에서 인생에서 가장 후회되는 순간이라고 되뇐다.

포획 후 틸리쿰은 돌고래 쇼를 하거나 정자를 제공하는 번식용 돌고래로 30년 넘게 수조에 갇혀 살았다. 3명의 인명 사고와 연루되어 '살인고래'로 불리기도 했지만 갇힌 고래에 대한 실상이 밝혀지면서 누구도 틸리쿰을 비난하지 못했다.

틸리쿰을 다룬 다큐멘터리 〈블랙피쉬〉를 통해 쇼를 하는 범고래들의 실상이 드러났다. 틸리쿰의 공격적인 행동은 지능과 사회성이 높은 범고래가 야생의 100만분의 1에 불과한 좁은 수조에 갇혀 학대에 가까운 훈련을 받은 것이 원인임이 드러났다. 범고래는 다른 고래도 잡아먹는 육식고래지만 야생에서 인간을 죽이거나 먹은 사례는 전혀 없다. 인간에게는 호기심만 보일 뿐 공격하지 않는다. 범고래는 사회적인 동물로 세대를 거치면서 사냥의 기술과 방법을 배우는 '문화'가 있는데 무리로부터 배우지 않은 먹이는 먹지 않는 습성 때문일 것이다.

인권이 인간으로서 당연히 누려야 할 보편적인 권리라면 동물권도 마찬가지다. 타고난 습성대로, 타고난 수명만큼 자유와 행복을 누리며 살 권리. 범고래가 범고래로 살 권리. 나는 영화 〈나, 다니엘 블레이크〉를 보면서 〈블랙피쉬〉를 떠올렸다. 타자의 고통을 깊숙하게 이해하기라는 같은 주제를 지닌 영화다. 타자의 수치심까지 고려하지 못했던 나는 〈나, 다니엘 블레이크〉에서 생리대가 시급한 빈곤 여성의 삶을 전혀 알지 못했다는 미안함에 목이 뻐근했다. 〈블랙피쉬〉에서 가르친 대로 따라하지 못한다고 물고기를 얻어먹지 못하고 굶은 채 가둬지는 틸리쿰의 모습에 편한 의자에 앉아 숨을 쉬는 것조차 불편했다. 틸리쿰이 훈련 때 실수를 하면 조련사들은 함께 쇼를 하는 다른 두 마리의 범고래에게도 물고기를 주지 않았다. 그러면 두 마리의 범고래는 틸리쿰을 공격했다. 여성을 여성으로 살지 못하게 하는 폭력, 범고래를 범고래로 살지 못하게 하는 폭력.

두 영화 모두 극장에서 봤는데 엔딩 크레디트가 올라가는 동안 누구도 일어나지도 말을 꺼내지도 못했다. 긴 침묵. 힘이 없어도 인간이 인간답게, 범고래가 범고래답게 살 수 있는 세상이 올까. 그런 세상은 약자의 이야기에 귀 기울여 주는 선한 이웃, 인간의 언어를 갖지 못한 고래의 말을 대신해 주는 인간을 통해 가능하다고 영화는 말하고 있었다.

독일의 동물학자 비투스 드뢰셔는 《하이에나는 우유배달부》(비투스 B. 드뢰셔, 이마고)에서 해양생물학자 윈스럽 켈로그의 돌고래 연구를 소개한다. 돌고래 무리를 찾아다니며 관찰한 결과 돌고래 소리는 스펙트럼이 엄청나게 넓다는 걸 알아낸다. 그리고 그는 수족관에서 훈련을 받는 돌고래의 소리도 관찰했는데 조련사가 돌고래를 뛰어오르게 하기 위해 돌고래 코앞에서 물고기를 흔들다가 빼앗자 돌고래는 가슴을 찢는 듯한 고통스러운 소리를 내뱉었다. 쇼를 하는 동물들은 인간의 곁에서 그렇게 산다.

동물 쇼는 관람객의 주머니에서 나오는 돈으로 유지된다. 나도 그 죄에서 자유롭지 못하다. 오래 전 부모님과 떠난 미국 여행길에서 범고래 공연을 봤다. 동물 쇼에 대해 무지했던 시절이었다. 한국에는 범고래 쇼는 없지만 돌고래 쇼는 여전히 대도시, 관광지마다 빼놓지 않고 자리 잡은, 흥행하는 오락산업이다. 아직도 한국에는 수많은 틸리쿰들이 살고 있다.

틸리쿰은 인간의 노예로 살다가 비로소 자유를 얻었다. 죽고서야 얻은 자유. 야생에서 범고래 무리가 벌이는 사냥 장면은 굉장히 멋지다. 힘과 속도, 창의력과 협동심 등 빼어난 신체적, 정신적 능력을 보여 준다. 범고래는 무리마다 다른 사냥 기술을 갖고 있는 것으로 유명하다. 틸리쿰은 지금쯤 그런 멋진 사냥을 하고 있을까. 틸리쿰은 인디언 말로 친구라는 뜻이다. 인간이 돌고래의 친구가 될 자격이 있을까.

과학 잡지 《뉴사이언티스트》에 이런 글이 실렸다. 지구에서 원자폭탄이 폭발하는 것을 본 베드로가 신에게 말한다. "지구를 차라리 돌고래에게 맡기면 좋았을 걸 그랬어요." 신도 베드로의 말에 아뿔싸 무릎을 탁 치지 않았을까.

코로나,
그래도 생명은 지속된다

2020년은 역사가 기록하겠지. 코로나의 해로. 여느 해처럼 새해를 시작했고, 중국에서 전염병이 시작되었다는 뉴스에도 남의 나라 일이라고 생각했는데 전 세계에 영향을 끼쳤다. 순식간에 지구촌 70억 인구 하나하나의 일상에 영향을 끼치는 일이 영화가 아니고 현실 세계에서 일어났다. 속절없이 사람들이 죽어 갔다. 당장 나도 대부분의 미팅을 메일과 영상회의로 대체했다. 신간을 내고도 독자랑 만날 수 없었고, 종종 참가하던 동물 관련 박람회도 취소되었다. 나 같은 책쟁이는 그나마 어찌어찌 버텼지만 당장 직장을 잃고, 생업을 잃는 일도 흔했다. 1997년 IMF 때 옆 부서가 없어지고, 동료들이 사라질 때 느꼈던 서늘함을 다시 만나게 되었다.

재난에 직접적인 피해를 보는 계층은 언제나 정해져 있다. 집단 발병이 일어나는 곳은 열악한 환경의 직장과 집단 시설이다. 콜센터, 배달업체, 요양시설 등에서 집단 발병이 일어나고 사망으로 이어졌다. 노인, 건강 약자, 경제적 약자들의 피해가 잇따랐다. 재난의 불평등은 모든 나라에서 일어났다. 우리나라의 경우 코로나 초기에 정신병원에서 나온 사망자는 무려 20년간 병원에 입원 중이었던 환자다. 사회가 돌보지 못하고 격리한 채 방치한 그 분은 죽어서야 병원에서 나올 수 있었다. 타 병원에서는 이 병원 환자들의 전원을 거부하기도 했다. 다행히 전원이 결정되어 병원을 나오는 날 "밖에 나오니 너무 좋다."고 말했던 환자는 전원 후 치료 중에 사망했다. 코로나는 사회에서 격리하고 감췄던 사람들을 드러내며 이 사회의 민낯을 보게 했다.

보통 대형 재난 때 동물은 최악의 피해자가 되곤 한다. 체르노빌과 후쿠시마 원전 사고 때 그랬고, 기후 변화로 잦은 산불이 일어나는 호주와 미국에서 그랬고, 인간의 욕심을 위해 밀림에 불을 낸 인도네시아와 브라질이 그랬다. 그런데 코로나는 지구에게 잠시 준 휴식인가 싶기도 했다. 세계가 잠시 멈춘 덕분에 화석연료 사용이 줄자 대기질은 좋아졌고, 오랜만에 파란 하늘이 나타났다. 봉쇄령으로 인간이 사라진 도시에 야생동물도 나타났다. 각국의 도시에 퓨마, 여우, 곰 등이 어슬렁거리는 낯선 풍경. 남미의 한 도시에는 개미핥기까지 나타났다니 인간이 사라지면 의외로 자연은 빠르게 회복할지도 모르겠다는 생각이 들었다.

저널리스트가 각 분야의 전문가와 함께 인간이 사라진 세상을 예측한 《인간 없는 세상》(앨런 와이즈먼, 알에이치코리아)을 보면 지구는 꽤 빠르게 회복한다. 동물 문제에 관심이 있는 사람들과 이야기를 나누다 보면 인간 혐오를 지나 결국 '인간이 다 없어져야 하나 봐.'로 결론이 내려지곤 한다. 그러면서도 인간이 사라지면 정말 다 해결될까 싶었는데 이 책을 읽고 나니 걱정할 필요가 없었다. 지구는 우리 생각보다 강했고, 인간이 이미 지구를 다 망쳐 버린 것 같았는데 전문가들은 '인간, 그까짓 거.'하며 빠르게 회복해 나갈 것이라고 전망했다. 우리가 길들인 개, 고양이와 가축은 살아남을지, 도시와 원전, 건축물은 어찌 변할지, 전염병이 과연 인간을 집어삼킬지 흥미진진한 예측들로 꽉 찬 책이다. 이보다 재미난 이야깃거리가 있을까 싶게 인간 없는 세상을 다이내믹하게 예측하던 전문가들이 모두 빠뜨리지 않고 강조한 말이 있다. 인간의 유무와 상관없이 생명은 지속된다는 것.

코로나 이후 전염병, 바이러스 질병에 관한 책이 많이 출간되었는데 나는 이전에 나온 데이비드 콰먼의 《인수공통 모든 감염병의 열쇠》(데이비드 콰먼, 꿈꿀자유)가 좋아서 다시 꺼내 읽었다. 저자는 인수공통 감염증이 무엇인지, 왜 위험한지, 어떻게 전파되는지 알리기 위해 독자들을 콩고로 중국으로 이리저리 끌고 다닌다. 그곳에서 인간이 훼손한 생태계와 그로 인해 우리가 얼마나 야생동물과 가까워졌는지 보여 준다. 그곳이 바로 코로나를 비롯해 에볼라, 에이즈, 사스, 조류독감 등이 인간에게 옮겨온 현장이었다. 최근 10여 년 사이 훨씬 더 잦아지는 감염병의 전 세계적 유행을 통해 우리가 배워야 할 것은 동물을 그들의 자리에, 그들의 모습으로 있게 해야 한다는 것이다.

코로나가 한창이던 2020년 끝자락에 출간된 프란치스코 교황의 책 《렛 어스 드림》(프란치스코 교황, 21세기북스)은 원서 제목만으로 코끝이 찡했다. Let Us Dream. 책을 만드는 사람이니 원서 소식을 좀 일찍 들었는데 '꿈꾸게 하소서'라는 메시지만으로 충분했다. 긴 절망 속에 갇혀 힘든 사람들에게 우리의 삶을 되돌아보고 다시 함께 나아가자고 다독이고 있었다. 삶을 다시 설계하자고 했다. 약자들과 함께, 자연을 존중하는 마음을 갖고. 불행의 시기에 지친 영혼들에게 종교의 역할이 무엇인지 보여주었다. 남은 자들은 또 삶을 지속해야 하지만 삶의 모습은 예전과 같지 않아야 한다고.

8장

어떤 이별도
네 잘못이 아니야

너무 힘들면
이제 그만 떠나도 돼

　나이 들고 아픈 생명들에게 여름은 힘든 계절이다. 매년 여름에는 겨울 만큼이나 반려동물과의 이별 소식이 자주 들려온다. 가는 생명의 끈을 잡고 있던 아이들이 끈을 놓아 버리는 계절. 여름은 생명의 기운이 가득하다고 생각했는데 의외로 아픈 생명을 위협하는 것들의 생명력도 왕성한 계절인가 보다.

　지인의 골든리트리버 아이도 여름에 떠났다. 이 견종에게 많이 나타나는 고관절이상부터 신경계 질병에 의한 발작까지 여러 질환을 갖고 있었지만 반려인의 보살핌으로 별문제 없이 노년을 보냈다. 17살. 여러 질환에도 큰 고통 없이 장수해서 기적의 아이라고 불렸다. 하지만 아무리 잘 보살펴도 마지막이 다가오는 건 막을 수 없다. 아이는 점점 움직이는 게 힘들어졌다. 종 특유의 친화력에 더해 유난히 사람을 좋아해서 아이가 기운이 떨어지면 사람들이 우르르 몰려갔다. 그러면 예의 환한 미소로 손님들을 맞으며 기운을 차리고는 했다. 하지만 여름이 찾아오고 인간들의 우르르 방문도 효력이 떨어지고 상태가 급격히 나빠져서 안락사를 선택했다. 그동안 강철처럼 단단하게 아이 곁을 지켰던 엄마였던 지인은 안락사가 최선이었음을 알면서도 복잡한 마음을 떨치지 못했다.

안락사는 반려인으로 살면서 내려야 하는 가장 어려운 결정 중 하나면서 마지막 결정이기도 하다. 외국의 애니멀커뮤니케이터들은 상담의 30퍼센트가 안락사 문의라고 했다. 반려인이 안락사 문의를 했다는 건 이미 안락사가 필요함을 느꼈지만 스스로 결정하는 것만은 피하고 싶다는 의미일 것이다. 내게도 종종 지인들이 문의를 해온다. 조언을 구하고 있지만 이미 답은 질문하는 사람 마음속에 있다.

내가 이제 보내도 되겠다 싶을 때 아이들은 떠나고 싶다는 신호를 보낸다. 나의 마음을 나보다 더 잘 아는 아이들은 나의 결정을 기다린다. 물론 이렇게 신호를 받고 안락사로 아이를 보내도 여전히 미안함과 죄책감은 남는다. 그래서 끝까지 아이의 입장에서 생각하고 사람 가족을 떠나보낼 때와 똑같은 마음으로 고민해야 한다. 미국에서는 크리스마스 일주일 전에 가장 많은 안락사가 이루어진다. 행복해야 할 크리스마스를 우울하게 보내기 싫은 마음이지 않을까. 내가 지켜보기 힘들어서, 내 몸이 힘들어서 보내는 게 아닌가를 자꾸 질문해야 한다.

안락사는 오래 곁에 함께한 아이들에 대한 우리의 마지막 책임이고, 사랑하면 끝까지 책임지는 것이라고 아이들이 우리에게 주는 마지막 교훈이다. 안락사라는 단어는 '좋은 죽음'을 의미하는 그리스어에서 유래했다. 나는 고통 속에서 하루 이틀 생명을 연장하는 게 큰 의미가 없다고 생각하지만 안락사는 자연적이지 않은 죽음이라고 생각하는 사람들의 생각도 존중한다. 누구나 저마다 생각하는 '좋은 죽음'은 다르다.

김애란의 단편소설집 《바깥은 여름》(김애란, 문학동네) 중에서 〈노찬성과 에반〉은 고속도로 휴게실에 버려진 늙은 개 에반을 할머니의 타박에도 불구하고 키우는 어린 소년 노찬성의 이야기다. 얼마 전 사고로 아빠를 잃은 찬성은 에반을 책임지는 과정을 통해 천천히 아빠를 떠나보낸다. 가난한 집의 경제력 없는 소년이 늙은 개를 돌보는 건 쉬운 일이 아니다. 에반이 자꾸 뒷다리를 핥아서 병원에 데려갔는데 암일 확률이 높다는 진단이 나오고 자세한 진단을 해야 한다는 의사에게 찬성은 말한다. 삼만 원, 아니 이만이천원어치만 검사해 달라고.

수술하면 더 위험할 수도 있으니 안락사라는 방법도 있다는 의사의 말에 찬성은 고민한다. 죽어야 고통이 사라진다며 하나님께 데려가 달라고 기도하는 할머니를 보며 자란 찬성. 찬성은 에반에게 묻는다.

"내가 잘 몰라서 미안한데 죽는 게 나을 정도로 아픈 건 얼마나 아픈 거야?"

찬성은 에반의 안락사 비용 10만 원을 벌기 위해 아르바이트를 시작한다. 안락사 비용을 벌었지만 휴대전화 케이스를 사는 등 야금야금 돈을 까먹는 과정은 찬성이 에반과의 이별을 의도적으로 미루는 것으로 보인다. 찬성은 에반에게 너무 아프면 꼭 형한테 말해 달라고 부탁하지만 들을 마음은 없었던 것이다.

오래전 3살밖에 안 된 반려견 해리가 종합병원에서 온갖 검진을 했음에도 원인을 알 수 없는 발작을 멈추지 못하고 힘들어할 때 나는 보내 주지 못했다. 이후 고통뿐인 의미 없는 생명 연장은 하지 않겠다고 마음먹고 안락사 기준도 마련했지만 해리 때는 안락사를 알지 못했을 때다. 해리를 고통스럽게 보내 놓고 후회했다. 지금 알고 있는 걸 그때도 알았더라면. 많이 부족한 반려인이었다. 그때 해리에게 이렇게 말했어야 했다. "해리야, 너무 힘들면 이제 떠나도 돼. 이제 그만 너를 보내 줄게."

쉽게 헤어질 수 없다고 생각하지만
헤어지는 건 순간이야, 그렇지?

"아무한테도 말하지 못했던 이야기예요." 이렇게 시작하는 연락을 가끔 받는다. 동물 책을 내는 출판사를 운영하면서 반려동물과의 이별에 관한 책도 여러 권 냈고, 출판사 사이트에 관련 글도 올리다 보니 개, 고양이를 떠나보낸 분들이 종종 연락을 하는데 아무에게도 하지 못했던 말이라고 운을 떼면 벌써 심장이 쿵쾅거린다. 어떤 후회와 아픔이 쏟아져 나올까. 아이를 보내고 느끼는 죄책감, 미안함, 후회…. 울고 싶은데 울지 못한 사람들이 많다.

노견을 지극정성으로 돌보던 지인은 하필 아이가 떠나던 날 곁에 있지 못했다. 임종이 중요한 게 아니다, 나이 든 부모님과 사는 나는 매일 이별 인사를 하며 산다, 매 순간 진심으로 인사했으니 크게 마음에 두지 말라고 했다. 그럼에도 지인은 끝까지 곁을 지키지 않은 자신을 용서하지 못했다. 외출하면서 심심하지 말라며 던져 주고 간 장난감 때문에 사고가 나서 아이가 떠난 경우는 어떤가. 더욱 힘든 건 이런 말을 입 밖으로 내지 못하고 산다는 것이다. 스스로를 가해자로 만들고 나면 증언은 힘들어지고 가슴에 묻은 채 악몽과 함께 살아간다.

후회 없는 이별이 있을까. 교통사고로 3살밖에 안 된 반려견을 보냈을 때, 아침까지 멀쩡하던 고양이가 돌연사했을 때 나도 모든 원망을 내게 돌렸다. 수많은 '그때 만약'을 되뇌며 가슴을 쳤다. 마치 내가 생사를 주관할 수 있는 것처럼. 하지만 떠나고 나면 아무것도 해 줄 수 있는 게 없고, 후회해도 때는 늦다. 사랑하는 사람과 아침에 눈을 뜨고, 충만한 하루를 보내다가 모든 게 완벽한 순간 이별을 하는 건 드라마 속 여주인공인 '기타 누락자'에게나 가능한 판타지다.

일본 소설《아주 긴 변명》(니시카와 미와, 무소의뿔)은 사고로 갑자기 이별하고 남겨진 사람들의 이야기다. 소설을 쓰고, 같은 이름으로 영화화한 감독 니시카와 미와는 후쿠시마 사고 후 남겨진 이들을 생각하며 썼다고 했다. 예고도 없이 벼락처럼 이별을 당한 사람들에게 건네는 이야기. 그래서인가. 책을 읽으며 세월호가 떠올랐다.

소설 속 주인공 쓰무라 케이는 무엇이 잘못된지 모르니 자책이 깊어지고 변명도 길어진다. 사이가 소원했던 아내가 여행을 떠난 후 다른 여자와 만나고 있을 때 아내의 사고 소식을 듣는다. 장례식장에서 울지도 못했다. 아내가 죽은 건 아내에게 자신이 최선을 다하지 않았기 때문이라고 생각하다가도 최악의 타이밍에 최악의 방식으로 떠난 아내를 원망한다. 완벽한 이별은 아니어도 최악은 아니기를 바라지만 현실은 그렇지 못하다. 나도 개가 교통사고로 떠났을 때, 고양이가 갑자기 떠났을 때 아이들에게 했던 말, 했던 생각, 하지 못한 행동을 후회하고 자책했다. 책에서 엄마를 잃은 사내아이가 엄마가 마지막으로 차려준 음식에 짜증을 낸 일, 엄마의 사망 소식에 차라리 아빠가 죽었으면 좋았겠다고 생각한 걸 누구에게도 말하지 못하고 있다가 터놓는 순간, 나도 내 속의 이야기를 꺼냈다.

쓰무라는 아내와 함께 사고를 당한 친구의 남겨진 가족들과 관계를 맺으면서 자신이 있을 곳을 발견한다. 자기가 꼭 필요한 사람이라고 여겨지는 자리를. 그리고 말한다. 인생은 타인이라고. 타인이 없는 곳에는 인생도 존재하지 않는다고. 누구에게나 '그 사람' 때문에 포기하면 안 된다고 생각하는 타인이 필요하다고. 주인공에게 타인이 친구의 가족이듯, 반려동물과 이별한 우리도 떠난 아이, 곁에 남은 이들이 타인일 것이다. 타인이 사람이든 동물이든 그들이 있기에 포기하지 않고, 최선을 다하면서 더 좋은 사람이 되어 간다.

쓰무라가 엄마를 잃은 아이에게 말한다. "쉽게 헤어질 수 없다고 생각하지만 헤어지는 건 순간이야, 그렇지?" 그렇다. 나이 든 반려동물과 살면서 평균 수명보다 오래 함께 살아서 충분히 아끼고 사랑했다고 생각하지만 그래봤자 18, 19년은 순식간이고, 헤어짐은 순간이다. 매순간 가까운 이들에게 최선을 다하며 살아야 하는 이유다.

주인공은 마침내 책의 마지막에 오로지 아내를 생각하고, 운다. 아주 긴 변명의 마침표. 어떤 이별도 나의 잘못은 아니니, 너무 긴 변명은 그쳤으면. 소중한 이와 이별을 하고도 후회와 자책으로 울지 못했다면, 볕이 아름다운 어느 날, 오로지 떠난 이만 생각하며 실컷 울 수 있기를.

학대받은 개들의 마지막 기억이
사랑이기를

드라마 〈시그널〉을 시간이 지난 후 몰아보기를 하고 있다. 주인공인 차수현은 과거에서 무전이 온다면 소중한 존재를 지켜달라고 할 거라고 말했다. 나도 그렇다. 떠나가 버린, 돌이킬 수 없는 이별을 맞았던 여러 아이들을 지켜달라고. 사고로, 약물 부작용으로, 병을 알아차리지 못해 손 한번 못 쓰고 떠나 버린 존재들을 지켜달라고. 반려동물, 길고양이와 인연을 맺는 것은 가슴 벅찬 일이지만 그들과의 이별은 폭우에 둑이 무너져 내리듯 감당할 수 없으니까.

《인간은 개를 모른다》(스티븐 코틀러, 필로소픽)의 저자 스티븐 코틀러는 미국 뉴멕시코 주에서 '란초 데 치와와'라는 유기견 보호소를 운영한다. 이 보호소는 살 날이 얼마 남지 않은 개들만 구조해서 돌본다. 입양을 못 가는 개 중에서 나이가 아주 많거나 큰 병에 걸렸거나 심한 지적장애가 있는 개만 전문적으로 보호하니 보호소라기보다 호스피스 병원에 가깝다. 도대체 그 많은 이별을 어떻게 감당하려고. 나는 상상만으로도 벌써 가슴이 아려오는데.

실제로 어느 해 겨울에 7마리의 개가 노환, 간질 등으로 차례로 떠났다. 두 달 사이에 7마리와의 이별. 스티븐은 떠난 개들을 하나하나 땅에 묻고는 밤마다 아이들이 추울까 봐 걱정이 되어서 잠을 이루지 못한다. 그러던 어느 날 밤 그의 부인이 한 손에는 삽을, 다른 한 손에는 담요를 들고 개들의 무덤 앞에 서 있는 남편을 보게 된다. 아마도 무덤을 파서 아이들에게 담요를 둘러줄 요량이었을 것이다. 부인은 남편을 흔들며 이야기한다.

"아이들은 죽었어. 알지?"

죽음으로 인한 이별은 사람을 나락으로 떨어뜨린다. 저널리스트기도 한 스티븐은 유기동물 보호소가 무서웠다. 그곳에 갔다가 동물에게 감정이입을 할까 봐, 헌신하게 될까 봐 무서웠는데 그렇게 되어 버렸다. 그는 개를 구하기 위해 보호소를 시작했는데 이제 누가 그를 구해 줄 것인가.

그를 구한 것은 결국 개였다. 그는 버려진 개에게는 다시는 학대받지 않을 거라는 믿음을 주는 것이 필요하다고 믿어서 신체 접촉을 최대한 많이 하려고 애썼다. 매일 시간을 정해 놓고 평균 한 마리당 20분씩 쓰다듬어 주었다. 하루 총 8시간. 쓰다듬기가 끝나면 손이 얼얼해졌다. 그러기를 1년. 번식장에서 태어나 속살이 벌겋게 드러나 있고, 사회성 결여로 성격이 더럽고, 아무나 무는 문제행동으로 안락사 8시간 전에 구조했던 파라가 사람에게 다가오기 시작했다. 번식장 불량품이라고 불렸던 문제견이 사람에게 마음을 여는 모습에 그는 구원받는다. 종종 보호소에서 안락사를 앞둔 동물을 입양했는데 보호자의 심장발작, 집의 화재 등 보호자에게 위기가 닥쳤을 때 동물이 사람을 구해 뉴스가 되곤 한다. 하지만 반려동물은 굳이 인간의 생명을 살리지 않아도 인간을 구원한다.

그것뿐인가. 사람만 보면 달아나고 이빨을 드러내던 문제견들이 마침내

"에라 모르겠다. 저 인간이 한 번 쓰다듬게 해 주자."라고 마음먹은 듯 다가오는 모습에 보상받는다. 누군가를 도울 때 느끼는 이런 황홀한 기분을 이타주의 심리학에서는 헬퍼스하이^{helper's high}라고 한다. 죽은 듯 살던 개가 사는 것처럼 사는 모습에 이별의 아픔을 잊는다.

또한 그곳의 개들은 때로 그의 스승이 된다. 산책을 나갈 때면 늙거나 아픈 개들은 당연히 뒤처진다. 그러면 앞서 가던 젊은 개들이 늙은이들이 잘 따라오나 확인하기 위해 뒤돌아보면서 속도를 맞춘다. 이타주의적 행동을 하는 것이다. 또한 불테리어 오스티는 27킬로그램이나 적은 어린 치와와가 달려들 때면 등을 대고 누워서 한 발로만 싸운다. 공정하기 위함이다. 힘이 곧 정의가 아님을 개들이 보여 준다. 인간 사회에서 내쳐진 문제견, 노견, 장애견들이 만들어 가는 세상을 보면서 배우고 앞으로 나갈 힘을 얻는다. 그는 개와 그 자신을 함께 구한 것이다.

이별은 아프지만 스티븐이 늙고 아픈 개들을 구조해서 돌보는 이유는 그들의 마지막 기억이 사랑이기를 바라기 때문이다. 나 또한 여러 번 겪은 이별이 아팠지만 굳이 드라마 속 주인공처럼 무전의 도움을 받지 않더라도 그들이 사랑만 간직하고 떠났음을 안다. 죽음 이전도 이후도 사랑이건만, 결국 문제는 그리움인 건가.

늙은 개, 고양이와
산다는 것

누구나 늙으면 평생 안 하던 행동을 한다. 그게 동물이건 사람이건. 언젠가 아빠가 냉장고 문을 활짝 열고 뭔가를 집어넣고 계셨다. 이발하고 오시면서 산 아이스크림을 넣는 중이라는데 냉동실이 아닌 냉장실이었다. 순간 심장이 쿵 하고 내려앉았는데 냉동실이 꽉 차서 그런 거란다. 나름 이유가 있으니 치매는 아니겠지, 80대 중반의 노인이 암 투병을 하고 있으니 저 정도 인지 능력이면 별문제 아니겠지 생각했다. 그렇게 믿고 싶었다. 나이 들어가는 이와 사는 사람은 누구나 이런 마음을 갖고 산다. '생전 처음 하는 행동이지만 별일 아니겠지.'

《마지막 여행을 떠난 고양이》(피터 게더스, 미디어2.0)의 고양이 노튼과 사는 작가 피터 게더스도 그랬다. 노튼이 나이 들었다는 걸 받아들이지 못하던 어느 날 노튼의 물그릇 물이 너무 빨리 사라지는 걸 보고서도 집에 난방을 많이 해서 물이 증발했을 거라고 생각한다. 노튼이 하루에 물그릇을 두 번이나 비우고, 개처럼 변기의 물을 벌컥벌컥 마시는데도 이상하다고만 느끼면서 며칠을 보낸다. 당장 병원으로 달려가야지 이 무슨 멍청한 행동인가 싶지만 이해할 수 있다. 아이에게 문제가 생겼다는 걸 필사적으로 거부하는 보호자의 심리. 노화의 증상을 받아들이는 순간 죽음을 받아들이는 수순을 밟아야 하기 때문이다.

개의 문제행동에 관한 TV 프로그램의 작가가 문제행동이 있는 노견 사례를 찾는데 찾을 수가 없다고 도움을 달라고 연락을 해왔다. 노견과 사는 분들의 관심사가 오로지 건강이어서 그런 게 아닐까 생각했다. 실제로 노견과 사는 분들은 가끔 물리거나 대소변을 못 가려도 그러려니 한다. 내가 나이 들었다고 오냐오냐 키우면 안 된다, 개는 늙어서도 교육이 되는 훌륭한 종이라고 잔소리를 해도 안 통한다. 늙는 것도 서러운데 기죽으면 안 된다고 오히려 나에게 뭐라 한다. 그 마음을 알기에 웃으며 넘긴다.

늙은 개, 고양이와 산다는 것은 이전과 완전히 다른 삶을 살게 된다는 것을 의미한다. 피터 게더스도 평생 해오던 여행을 포기한 채 노튼 곁을 지키고, 주사가 무서워 병원도 멀리하던 사람이 신장질환이 있는 노튼에게 피하주사를 직접 놓는 프로 간병인이 된다. 내가 아는 지인은 체중이 50킬로그램도 안 되는 여성인데 각종 노환으로 걷기 힘든 30킬로그램의 리트리버를 번쩍번쩍 들어서 옮긴다. 어디서 그런 힘이 나오느냐는 우문에 "엄마니까!"라고 답한다.

이런 물리적인 변화 이외에도 순리를 받아들이고, 서로를 아끼고, 헌신하고, 타인이 주는 사랑과 희생을 자연스럽게 받아들이는 아이들의 모습을 보고 배우며 인생이 변해 간다. 이건 사랑했던 존재를 늙고 귀찮고, 버겁다는 이유로 포기하는 이들은 알 수 없는 영역의 가치다.

나는 19살 노견과 이별했고, 한참 후 18살 노묘와 이별했다. 떠난 노견은 평생 독립적인 아이였는데 늙으면서 자꾸 인간에게 의지해야 하니 불편하고 어색하지만 자연스럽게 받아들였다. 그리고 당당하게 자기를 도우라고 요청했다. 그럴 때면 그 동안 네가 내게 준 거에 비하면 아무것도 아니니 불편해하지 말라고 말했다. 내가 아프거나 우울할 때 24시간 내 곁에서 위안을 주었던 네게 해 줄 수 있는 게 있어서 기쁘다고도 했다.

나이 든 반려동물과 사는 일에 대한 시선이 좋지만은 않다. 늙었어도 평생 매일 하던 산책을 계속 하게 해 주고 싶어서 데리고 나가면 "질기게 오래 사네.", "네 부모한테나 그렇게 해라."며 혀를 끌끌 차는 소리를 듣는다. 끝까지 생명을 책임지는 일이 욕먹을 일은 아니지 않은가.

늙은 개, 고양이와 사는 일은 선택의 연속이다. 수술을 할까 좀 더 지켜볼까, 병원을 옮겨볼까, 치료를 포기할까…. 나는 무작정 오래 살기보다는 삶의 질을, 동물이 아니라 내 일이라고 생각하고 선택하기로 원칙을 정했다. 이별할 때 후회하지 않고 최선을 다했다고 생각할 수 있도록.

나이 든 아이들과 살다 보면 자신의 추한 민낯과 마주치기도 한다. 치매 증상으로 새벽에 깨서 두세 시간씩 빙빙 도는 개에게 나는 이제 그만 좀 하고 자자고 짜증을 내기도 했다. 늙고 말 못하는 동물 앞에서 드러내는 한심한 모습이라니. 그렇게 아이들은 늙어서까지 우리의 맨 얼굴을 비추는 거울이 되어 주고, 아이들을 만난 덕분에 성찰하는 인간이 되어 간다.

피터 게더스는 노튼의 신장에 문제가 생겼다는 말을 듣고 신장이식을 비롯해서 많은 치료 방법이 있다고 설명해 주는 의사에게 떨면서 말한다.

"제 신장을 노튼에게 주겠습니다."

의사는 고양이 사이의 신장이식이라며, 사람 신장은 고양이에게 커서 어렵다고 알려준다. 누군가에게는 그저 웃어넘길 에피소드지만 피터 게더스가 한 말이 진심임을 늙은 개, 고양이와 살고 있는 사람들은 안다.

서툴고 실패해도…
언제나 사랑이었다

함께 사는 나이 든 고양이가 아팠다. 길에서 살던 아이를 입양한 경우라서 아이의 정확한 나이는 모르지만 수의사 선생님 추정 최소 18살. 길에서 6년을 살았고, 우리 가족으로 12년을 살았다. 노령이니 더 세심히 살펴야 하는데 방심하고 있다가 한밤중에 쩔쩔맸다. 밤새 안녕이라는 말의 의미를 실감했다.

돌보던 길고양이가 급작스럽게 떠나 버린 후 겨울이 두렵다. 비가 오기 전 비를 맞지 않도록 주변을 살핀다는 '비설거지'라는 단어처럼 아이들에게 비설거지 같은 존재가 되고 싶었는데 그러기는커녕 이별의 말도 전하지 못하고 떠나보냈다. 그 전에 19살 노견을 떠나보낼 때는 이별의 시간은 충분했지만 내가 해 줄 수 있는 게 많지 않음에 좌절했다. 녀석은 19년 평생 나를 대단한 존재로 생각했을 텐데 노화, 질병, 죽음이라는 거대한 자연 앞에서 나는 해 줄 수 있는 게 없었고, 초라했다.

그렇게 아이들을 떠나보내고도 살아간다. 최선을 다했으니까. 반려동물과 이별하고 슬픔에 잠긴 이들에게 연락을 많이 받는다. 특히 어떤 치료를 할지, 경제적인 부담이 큰데 치료를 계속할지, 안락사를 할지 고민했던 이들은 가지 않은 길에 대한 후회가 죄책감으로 남는다. 그럴 때면 나 스스로에게 했던 말을 그들에게도 전한다. 그 선택이 최선의 선택은 아닐 수 있지만 최선을 다한 선택이었으니 죄책감은 갖지 말라고. 아이를 가장 사랑한 사람이 한 선택이 최선의 선택이 아니면 무엇일까. 우리는 늘 옳은 선택만 할 수 없고, 생사를 주관할 능력도 없다.

여러 동물과 가족으로 살고 있고, 동네 길고양이를 가족처럼 돌보며 오래 살았지만 여전히 나는 매번 실패한다. 그래도 괜찮다고 다독인다. 처음 노견을 돌볼 때는 제대로 뒷바라지할 자신이 없어서 두려웠다. 아이들과 이별하며 후회와 자책도 했다. 그런데 그 덕분에 이후에 가족이 된 아이들을 더 잘 돌볼 수 있게 되었다. 먼저 간 아이들이 서운해할까? 잘하고 있다고 흐뭇해하고 있으리라고 믿는다. 서툴고, 실수하고, 후회하고, 반성하고, 그렇게 성장한다.

그럼에도 내 일이 바쁘다는 핑계로 돌보는 일을 소홀히 하기도 한다. 그럴 때마다 아이들은 무심한 듯 핥아주고, 쓱 비비고 지나가면서 용서한다. 그렇게 인간의 영혼을 위로한다. 그들은 무작정 내 도움을 필요로 하는 존재도 아니었다. 복잡한 인간 세계와 인연을 맺다 보니 가끔 내 도움이 필요할 뿐.

그럼에도 어느 관계보다 미안한 건 그들의 삶이 짧기 때문. 나의 첫 반려견 찡이가 노화를 겪을 때 '이게 뭐지?' 어리둥절했다. 찡이 생일은 1993년 12월 25일. 찡이는 한국의 반려동물 1세대. 나는 반려동물의 노화를 처음 겪는 세대. 도대체 아이들의 수명은 왜 이리 짧으냐고 허둥댔다. 하지만 나이 들어가는 찡이와 그뒤를 따라가는 고양이들을 보살피면서 생각했다.

니들의 수명이 짧아서 다행이다. 내가 돌볼 수 있어서. 인간 아닌 존재에
너무나 냉한 이 세상에 너희들을 남겨 두고 내가 먼저 떠난다면 눈을 감을
수나 있을까. 그래 내가 너희보다 오래 살아서 다행이다. 하지만 그 또한
인간과 비교해서일 뿐 동물들은 그들만의 삶의 속도로 걸어간다.

프랑스의 문호 장 그르니에의 저서 《어느 개의 죽음》(장 그르니에, 민음
사)에는 길에서 만나 오래 함께 살았던 개 타이오를 떠나보내며 느낀 삶,
죽음, 숙명, 고통, 행복 등에 관한 사유가 빼곡하다. 저자는 스스로를 타이
오의 하인이라고 자처하는데 그에게 타이오는 자연과 일체를 이루지 못해
불행한 인간과 달리 대자연 그 자체고, 삶을 고통으로 여기는 인간에게 삶
은 행복이라고 말해 주는 스승이다. 타이오를 안락사로 보내며 주저하지
만 그 결정은 '사랑' 때문이었다고 말한다. 반려동물과 관련한 수많은 우
리의 판단이 때로는 오답이지만 언제나 사랑이었음을.

저자는 쓴다. 우리는 살고 있다고 믿지만 사실은 살아남고 있을 뿐이라
고. 우리는 많은 것을 잃고도, 심지어 자신을 잃고도 살아남는다고. 우리
는 그러고서도 '산다'라고 말한다고. 그러게. 나는 여러 아이들을 노화로,
사고로, 원인을 알 수 없는 이유로 떠나보내고도 살아남았다. 삶은 행복이
라고 말해 주는 동물가족이 여전히 곁에 있기에. 너무나 살고 싶어지도록
사랑을 가르쳐 주는 그들이 있기에.

며칠 전 마루에서 뒹굴고 있는 고양이 사진을 찍는 내게 아빠가 묻는다.
"뭘 그렇게 찍니? 만날 벌러덩하고 있는 녀석을." 매일 듣는 라디오 프로
그램에서 김창완 아저씨는 하루도 빼놓지 않고 말한다. "오늘도 추억이 됩
니다." 아빠, 나는 추억이 될 오늘을 기록하는 중이에요. 언젠가 그리워질
오늘을. 다시 못 올 오늘을.

백만 번째 삶을 살았던
고양이 기를

그 해 봄은 잔인했다. 18살, 함께 살던 나이 든 고양이 대장이 떠났다. 나의 첫 고양이. 길에서 6년을 살다가 함께 살게 된 아이라서 정확한 나이를 알 수 없다. 진료했던 수의사 선생님들의 의견을 종합하면 최소 18살. 20살일 수도 있는 노묘. 크게 아픈 곳 없이 천수를 누렸으니 너무 슬퍼하지 말라는 말도 위로가 되지 않는다. 대장은 떠났고, 나는 남았다.

반려동물과 살고, 길고양이를 돌보다 보니 아이를 떠나보낸 경험이 있고, 펫로스 관련 책도 여러 권 출간한지라 동물의 노화와 펫로스를 주제로 강연도 종종 한다. 나이 든 아이들을 위한 선택이 늘 최선일 수는 없지만 최선을 다한 선택이니 자책하거나 심하게 후회하지 말자, 나이 든 존재를 돌보는 노동은 노력의 양이나 간절함과 상관없이 결과가 정해져 있으니 자책하지 말자, 충분히 슬퍼하고 행복하게 기억하자고 이야기한다. 그렇게 말해 놓고 정작 나는 매번 이별의 순간에 흔들린다.

떠나기 전 3일 동안 움직이지 못하고 누워 있었지만 일주일 전만 해도 골목에서 함께 산책도 했다. 더 뒤로 가면, 고작 넉 달 전에 식욕이 떨어지면서 시작된 일이다. 건강했고 지병도 없었다. 아이는 떠났는데 이렇게 복기나 하고 있는 내가 한심하지만 그게 보내는 과정이기도 했다. 나이 든 동물의 4개월은 인간의 1년도 넘는 시간임을 알고, 아이들과 살면서 숙명을 받아들이는 법을 배우면서도 매번 이렇게 힘들다.

가장 많이 흔들린 순간은 떠나기 이틀 전이었다. 안락사를 고민했다. 스스로 먹지도 못하고, 배변도 하지 못하고, 움직이지도 못하는 상태로 심한 고통을 호소하면 보내주자고 평소에 안락사 기준을 세워 두었다. 그 기준에 다 부합하지도 않는데, 고작 움직이지 못한 지 하루가 지났는데 아이가 순간순간 고통으로 몸을 떨 때면 흔들렸다. 그냥 두면 며칠은 이런 고통을 견뎌야 할 텐데 그게 어떤 의미일까 생각했다.

어차피 죽음은 코앞에 있는 상황이었다. 하지만 이런 상황을 아이도 알까? 몇 년 전 치사율 높은 병에 걸린 새끼 고양이를 돌봤는데 떠나기 전 나는 아이의 눈빛에서 죽음에 대한 공포를 본 것 같았다. 반면 19년간 함께 살았던 반려견은 큰 고통 없이 서서히 노쇠해 가는 과정에서 다가온 죽음에 대한 인식은 없어 보였다. 철학자 레이먼드 게이타는 《철학자의 개》(레이먼드 게이타, 돌베개)에서 자신의 나이 든 반려견 집시 눈빛에서 "죽음의 필연성에 대한 비애감이 보인다고 말하고 싶은 욕구를 느낀다."고 표현했다. 집시의 눈빛에서 비애감을 봤지만 개가 그럴 리 없다고 생각하는 철학자의 표현이다. 그런데 나는 대장의 눈빛에서 봤다. 가족과의 이별을 직감한 애잔함을. 이별을 직감했다면 죽음도 인식한 것일 터였다. 그렇다면 두렵지 않았을 리 없다. 그럼에도 사랑하고 사랑받고 살았기에 두려움보다 애잔함이 컸을까? 대장이 죽음을 인식하고 있다면 그의 마음을 존중하면서 안락사를 생각해 보자 하는 사이 아이는 큰 고통 없이 떠났다.

대장이 떠나고 가족에게 대장은 어떤 의미였나 생각했다. 대가족의 구성원으로 자리 잡고는 엄마, 아빠의 막내딸이었고, 5남매의 동생이었고, 우리 가족 모두의 삶의 동반자였고, 선물이었고, 스승이었다. 그런 대장에게 우리는 어떤 의미였을까. 대장이 떠나고 궁금해졌다.

사노 요코의 글과 그림을 좋아하는데 그중 《100만 번 산 고양이》(사노 요코, 비룡소)는 아주 오래 전에 처음 읽고 눈물을 뚝뚝 흘린 책이다. 백만 번이나 고양이로 태어났던 얼룩고양이는 왕, 뱃사공, 여자 아이, 할머니 등 백만 명의 사람을 만나 함께 살았고 사랑받았지만 죽을 때마다 그들과 헤어지는 것이 슬프지도 아무렇지도 않았다. 백만 번째 도둑고양이로 태어났을 때 마침내 누구의 고양이도 아니게 되었다. 얼룩고양이는 자기 자신을 사랑하며 살았고, 좋아하는 고양이를 만나 새끼도 낳고 함께 늙었다. 어느 날 사랑하는 고양이가 죽자 백만 번의 낮과 밤을 울던 얼룩고양이는 사랑하는 고양이 옆에서 잠든 후 다시 태어나지 않았다.

떠난 나의 대장도 얼룩고양이의 마지막 생애 같기를 바랐다. 누구의 고양이도 아닌 채로 자유롭게 사랑하며 살았기를. 대장은 길고양이로 살다가 어느 날 스스로 우리 집에 들어와 눌러앉았으니 그렇지 않았을까 우려본다. 대장을 비롯한 모든 고양이가 얼룩고양이처럼 이번 삶이 백만 번째 삶이면 좋겠다. 누구의 고양이도 아닌 고양이로 태어나, 누구보다 자기의 삶을 사랑하고, 자기보다 더 사랑하고픈 존재를 만나(고양이든 인간이든), 다시 태어나고 싶지 않을 정도로 충분히 사랑하다가 떠나는 삶이기를.

9장

생명이란 뺏을 수는 있지만
줄 수는 없는 것

동물을 대하는 방식은
인간을 대하는 방식과 연관된다

구제역도, 조류독감도 아닌데 닭, 돼지가 떼죽음을 당한다.

'돈사 화재로 돼지 1천400여 마리 죽어'

돼지농장에서 화재가 나서 돈사 한 동이 전소되었는데 죽은 돼지가 약 1,400마리란다. 어미 돼지 490마리와 새끼 돼지 1,000여 마리. 화재로 죽은 생명도 안타깝지만 한 동에 어떻게 이렇게 많은 돼지가 들어갈 수 있는지 이해가 가지 않는다. 공장식 축산, 밀집사육의 현실이 참사 속에서 드러났다. 어미 돼지들은 스톨(어미 돼지가 움직이지 못하도록 눕거나 일어나는 것만 할 수 있게 몸에 딱 맞게 제작된 철제 감금틀)에 갇혀 오도 가도 못했을 것이고, 갓 태어난 새끼들도 우왕좌왕하다가 그대로 타죽었을 것이다. 양돈장만이 아니라 양계장도 상황은 비슷하다.

이렇게 한 번에 몇 백, 몇 천 마리의 동물이 타죽는 축사의 화재가 잦다. 농촌진흥청에서 발표한 자료에 따르면 축사 화재는 2017년부터 3년간 1,460건, 1년 평균 487건으로, 축사 화재가 평균 하루에 한 건 이상 일어났다. 화재 원인의 절반은 전기적인 요인이며, 축사는 비닐하우스처럼 화재에 취약한 재질로 만들어지고, 건물과 건물의 간격이 좁아서 대형 화재로 번질 수 있다. 이처럼 축사가 화재에 취약한데도 개선 움직임은 없어 보인다. 적어도 생명이 머무는 곳인데 화재가 났을 때 조기에 불을 끌 수 있는 스프링클러와 화재 발생을 알리는 화재경보기가 있어야 하는데, 필수적으로 설치해야 하는 규정이 아직도 없는 실정이다. 이 사회에서 동물농장의 화재는 '피해액 얼마'로 치환되는 과자 공장의 화재와 다름없다는 의미인가.

개식용 폐지를 논할 때면 한 번도 빠지지 않고 나오는 공격이 있다. "개는 먹지 말자면서 그럼 닭은? 돼지는?", "그러니까 소, 닭, 돼지처럼 개식용을 합법화하라고!" 개식용 합법화를 원하는 그들은 합법화된 닭과 돼지가 어떻게 길러지고 있는지 그 실상을 알고나 있을까?

식용이 합법화된 닭의 운명도 돼지와 별반 다르지 않다. '폭염으로 가축백만 마리 폐사' 여름철의 흔한 기사 제목이다. 더위를 이기지 못한 가축들이 죽어 나간다. 매년 최고치를 경신하는 유래 없는 폭염으로 사람들이 고통 속에 있다면 한국의 가축들은 지옥 속에 있다. 유난히 어떤 해만 가축이 많이 죽는 것도 아니다. 거의 매년 여름이면 가축들이 떼로 죽는다. 2017년에는 500만 마리 이상이 죽었다. 오죽하면 2020년 농림축산식품부가 여름철 축산 피해를 최소화하기 위한 대응계획을 마련했을까. 그렇다고 가축이 여름에만 죽는 것도 아니다. 공장식 축산 속 닭들은 매일 죽어 나간다.

대한민국 워킹 푸어 잔혹사라는 르포《인간의 조건》(한승태, 시대의창)을 쓴 한승태 작가는 4년간 닭 농장, 돼지 농장, 개 농장 열 곳에서 일한 경험을《고기로 태어나서》(한승태, 시대의창)에 기록했다. 공장식 축산으로 고기를 생산해 내는 곳들은 개방을 꺼린다. 그건 어느 나라나 마찬가지여서 외국의 경우도 동물권 활동가나 작가가 잠입한 후 일하면서 모은 자료들을 폭로하거나 책으로 낸다. 공장식 축산의 운영 방식은 세계적으로 거의 통일되어 있어서 외국 책과 영상을 보면 농장 안 모습을 알 수 있다. 그런데 한승태 작가 덕분에 국내 사정을 더 생생하게 알게 되었고, 탄식을 하면서 읽었다.

작가는 닭 농장 중 산란계 농장, 부화장, 육계 농장 모두에서 일했는데 특히 육계 농장에서 일할 때 매일 일기에 죽은 닭의 수를 적었다. 닭 농장에서 그가 맡은 임무가 죽은 닭 골라내기였기 때문이다. 작가가 일한 육계 농장은 10동에서 11만 마리를 키웠다. 계산하면 한 동에 1만 1,000마리가 사육된다는 뜻이니 밀집도를 충분히 짐작할 수 있다. 작가가 그 농장에서 첫날 수거한 죽은 닭은 74마리였다. 매일 그만큼의 닭이 죽었고, 많은 날에는 하루에 200~300마리가 죽었다. 죽은 닭을 제때 안 치우면 닭들이 죽은 닭을 쪼고, 그러다가 병에 걸리기 때문에 육계 농장에서 죽은 닭을 치우는 일은 중요했다. 작가는 닭 농장에서 닭을 키우는 일을 맡을 것이라고 생각했는데 실제로는 닭을 죽이는 일이었다고 했다. 수거하는 닭 중에는 죽은 닭도 있지만 제대로 움직이지 못하는 닭도 있는데 이런 경우 어차피 상품이 안 되니 죽여서 수거한다. 죽이는 방법은 닭의 다리를 잡고 그대로 바닥에 패대기치기다. 돼지 농장에서 비실한 새끼들을 솎아내는 방법도 마찬가지로 바닥에 패대기치기다.

닭 농장이나 돼지 농장이나 개 농장이나 운영자들이 노동자에게 요구하는 것은 모두 같다. 동물을 생명이 아니라 물건으로 보라는 것. 한국에서의 개식용이 합법도 불법도 아닌 모호한, 사회가 용인한 폭력이라면, 공장식 축산에서 동물을 대하는 방식은 사회가 용인한 합법적인 폭력이라는 차이가 있을 뿐이다. 사회가 용인한 폭력의 총량이 클수록 사람들은 폭력에 무감각해진다. 개식용 합법화를 주장하는 사람들이 있는데 이런 상황에서 개식용 합법화의 미래는 공장식 축산이라는 너무 뻔한 미래가 아닌가. 개식용 합법화는 30년 전에도 법안이 발의된 적이 있는데, 통과되지 못했다. 그런데 21세기에 한국을 개식용이 합법화된 유일한 나라로 만들 용기 있는 자가 과연 있기나 할까.

개 농장 사장은 다른 가축 농장과 달리 작가에게 한 가지를 더 당부한다.

"개를 미워하지 말고 그렇다고 정도 주지 말고."

개라는 동물이 특별해서 사람의 마음을 움직이기 때문이다. 아니나 다를까 작가는 닭, 돼지와 환경이 비슷함에도 "개에게는 인간의 마음에 좀더 직접적으로 호소하는 무언가가 있는 것 같았다."고 적는다. 인간과 개가 함께 오랜 시간 공진화해 온 결과일 것이다.

공장식 축산은 동물학대 문제만이 아니라 그곳에서 일하는 노동자들의 노동권, 인권에 관한 문제도 심각하다. 동물을 대하는 방식은 인간을 대하는 방식과도 연관되기 때문이다.

식용견은 '개'가 아니고
'고기'인가

　환경단체가 마련한 강연회에서 동물에 관한 강연을 마친 후 질문을 받
았다. 한 학생이 자신은 키우는 닭을 반려동물이라고 생각하는데 친구들
이 개, 고양이만 반려동물이라고 한다고, 동네에 개 농장이 있는데 반려견
과 식용견이 뭐가 다른지 궁금하다고 했다. 학생의 질문은 동물 문제를 보
는 핵심 중 하나다. 인간은 같은 대상을 구분 짓기에 능하고, 다르게 정의
하고, 다르게 대한다. 거기에는 어떤 과학적인 근거도 없다.

　복날이면 동물단체는 개식용 반대 기자회견을 하고, 사람들은 보양식을
찾는 일상이 진행된다. 개식용 반대가 마뜩찮은 사람들이 내미는 카드는
주로 이렇다. "개만 먹지 말라고? 그럼 소, 닭, 돼지는?," "식용견과 반려
견은 다르니 먹어도 돼." 여기에 대한 대답이 필요하고, 이는 초등학생의
질문에 대한 답이기도 하다.

　복날에 개식용 반대 시위를 마친 사람들이 삼계탕을 먹으러 가던 시절
이 있었다고 들었다. 이런 식의 "개는 인간의 친구니까 먹으면 안 돼."라

는 논리는 자신은 설득할 수 있을지 몰라도 다른 사람을 설득할 수는 없다. 식용견과 반려견이 어떤 실질적인 차이도 없는 것처럼 개와 소, 닭, 돼지도 차이가 없다. 개고기 식당의 철장에 갇힌 식용견도 사람이 내민 손을 핥고, 꼬리를 흔들고, 소도 개처럼 감정이 있고, 돼지는 개만큼 지능이 높다. 다만 우리가 식용과 비식용으로 다르게 인식할 뿐이다. 동물을 대하는 사람들의 태도와 행동은 일관성이 없고, 부조리한 논리에 휘둘린다.

고기를 먹는 일이 오랜 세월 당연한 일이 되면서 우리는 육식주의에 대한 의심을 잃었고, 육식을 거부할 자유의지는 무력화되었다. 그러다 보니 제멋대로 동물을 식용과 비식용으로 나누고, 별다른 근거도 없이 육식이 타당하다고 말한다. 이렇듯 내면화된 육식주의 문제를 고민하는 데 개식용은 좋은 소재다. 그래서 현재의 동물단체는 개'만' 먹지 말자가 아니라 육식을 줄이고, 육식을 당연시하는 인식을 바꾸기 위해 노력한다.

개식용 반대를 사대주의적 발상이라고 하지만 반려동물을 가족처럼 키우는 사람이 천만 명인 상황에서 이는 자발적으로 일어난 요구다. 영국의 극작가 조지 버나드 쇼는 아무리 잔혹한 일이라도 관습이라면 사람들은 용인한다고 했다. 하지만 익숙하다고, 오래 전부터 해왔다고, 많은 사람들이 한다고 옳은 것은 아니다. 이미 반려동물과 함께 자라서 개식용이 관습이래도 용인할 생각이 없는 세대가 등장했고, 자연스럽게 변화가 오고 있다. 그렇다고 '언젠가는 사라지겠지' 기다리는 것이 아니라 우리 안의 육식주의를 돌아보고, 생명의식을 높이는 주제로 삼아 논의하면서 사회적 합의를 통해 개식용을 금지하는 게 올바르다.

주변에 어린 시절 개와 관련된 끔찍한 기억을 가진 사람들이 꽤 있다. 반려견이라는 개념도 없던 시절이지만 밥을 챙기고 함께 뛰놀던 개는 아이들에게 소중한 존재였다. 그런 개를 몽둥이로 때려잡는 모습을 본 기억,

몽둥이질을 당하던 개가 도망쳤다가 아버지가 부르자 다가가다 다시 잡혀서 나무에 매달리는 걸 본 기억. 물론 지금이야 예전처럼 집의 개를 잡는 일이 많지 않지만 반려인은 개식용을 이야기할 때 집의 개를 떠올릴 수밖에 없다. 따라서 개식용은 반려동물을 가족으로 여기는 사람들에게 의도치 않은 폭력을 행사하는 셈이기도 하다.

《우리는 왜 개는 사랑하고 돼지는 먹고 소는 신을까》(멜라니 조이, 모멘토)를 쓴 사회심리학자 멜라니 조이는 육식을 당연한 일로 받아들이는데 대상화, 몰개성화, 이분화의 방법이 사용된다고 말한다. 이는 개식용에도 그대로 적용된다. 사람들은 똑같은 개를 식용견이라고 부르며 먹어도 되는 물건처럼 '대상화', '몰개성화'하고, 반려견과 다르다며 '이분화'하고 개식용에 찬성한다. 그렇다면 식용견은 개가 아니고 고기란 말인가. 누구도 반려견과 식용견이 어떻게 다른지 증명하지 못한다. 당연하다. 과학적으로 아무것도 다른 게 없으니까.

개를 먹는 사람들에게 반려견과 식용견이 다르지 않다는 인식의 전환을 요구하려면 개식용을 반대하는 사람들 또한 개와 소, 닭, 돼지가 다르지 않음을 받아들이고 육식을 줄여 나가야 한다. 나는 엉터리 채식인으로 사는데 고기의 유혹이 생길 때면 미국의 홀리스틱 수의사 리처드 피케른의 "우리는 너무 많은 육식동물과 살고 있다."는 말을 떠올린다. 반려인에게 책임감을 묻는 얼마나 뜨끔한 말인가. 반려동물과 살면서 우리는 모든 생명이 다르지 않음을 배웠다. 그렇다면 반려동물의 밥그릇에 올라가는 고기 또한 같은 생명임을 인정하고, 반려인도 육식을 줄이는 책임감을 발휘해야 한다.

동물은 인간이
그렇게 만들 때만 불행하다

아침 저녁으로 선선한 바람이 불면 여름이 끝났다는 게 실감난다. 최근 여름은 너무 덥고 길다. '북극곰을 위해 에어컨 틀지 않을 거야!' 외치며 살지만 요즘엔 그러다가 내가 먼저 죽겠다 싶다. 별 수 없이 전력을 꿀꺽꿀꺽 먹어 삼키면서 대기로 열을 내뿜는 에어컨을 끼고 산다. 우리만이 아니다. 지구 전체가 이상기후로 몸살을 앓는다. 지구온난화의 결과는 잦은 자연재해와 동식물의 멸종이다. 폭염 끝에 이어지는 폭우. 미래의 이야기가 아니다. 지구온난화에 대해서는 '지구온난화는 사기'라는 주장부터 지구에 해롭지만은 않다는 이론까지 여러 시각이 존재하지만 온도 변화가 지금처럼 급격하다면 거기에 적응할 생명체가 얼마나 될까. 같은 인간 종이라도 이미 돈과 힘을 가진 자와 없는 자가 당하는 강도가 다른데.

점점 심해지는 이상기후에 지구온난화의 원인을 찾고 대책을 마련하려는 연구가 다양하게 진행되고 있다. 그중 공장식 축산도 지구온난화에 크게 기여하고 있다. 공장식 축산은 동물학대 문제, 배설물로 인한 환경 문제 등 심각한 문제를 일으키는데 소, 양, 염소 등의 되새김동물(반추동물)이 발생시키는 메탄 가스도 문제다. 메탄 가스는 이산화탄소보다 20배 이상 지구를 뜨겁게 하는 온실가스다.

소, 양, 염소 등이 방귀와 트림으로 방출하는 메탄 가스가 (발표하는 연구마다 차이가 있지만) 전체 발생 메탄 가스의 약 40퍼센트를 차지하니 지구온난화에 아주 큰 영향을 끼치는 셈이다. 이런 이유로 미국의 월드워치연구소는 사람들이 먹는 고기의 25퍼센트를 다른 식품으로 대체하기만 해도 5~10년 내에 기후변화를 예방할 수 있다고 발표했다. 아, 고기 먹는 양을 4분의 1만 줄여도 되는 일을 에어컨을 안 틀고 땀을 삐질 흘리고 있었네.

특히 메탄 가스 방출은 소의 비중이 커서 덴마크 등의 나라에서는 소 방귀세를 도입했고, 마늘, 커리 등을 소 사료에 첨가해서 메탄 가스 발생을 줄이려는 시도도 하고 있다. 호주에서는 소에게 해조류를 사료에 첨가해서 먹였더니 메탄 가스가 80퍼센트 줄어서 상용화에 박차를 가하고 있다. 고기를 좀 덜 먹고, 사육두수를 줄이면 될 것을 소에게 해조류까지 먹이다니! 이런 미련을 떠는 것은 식습관을 고치기가 그만큼 힘들다는 방증일 것이다. 사실 나도 채식을 하려 애쓰지만 엄격하게는 못한다. 앞집에서 키우는 닭 '알이'와 인연을 맺은 후 닭고기는 쉽게 끊었고, 고깃덩어리를 먹기 위한 구운 고기도 끊었다. 하지만 학창 시절 때부터 김떡순(김밥, 떡볶이, 순대)을 달고 살아서 종종 순대의 유혹에 넘어가고, 가끔 육수로 만든 냉면과 칼국수를 먹는다. 고기 덜 먹는 채식. 모두 완전한 채식인이 될 수 없다면 나 같은 엉터리 채식도 한 방법이 아닐까. 언젠가 동물보호 활동가에게 말했다가 그게 무슨 채식이냐며 타박을 들었지만 '채식을 생각하는 것만으로도 이미 보시를 한 것'이라는 스님의 말로 위로받았다.

의지박약인 나는 이런 선택이 어렵다. 'all or nothing.' 완전하지 않으면 아무것도 아니라는. 노력하는 마음도 알아주면 좋으련만 너무 야박하다. '생명이란 뺏을 수는 있지만 줄 수는 없는 것'이라는 부처님 말씀을 무겁게 간직하고 산다. 나처럼 완벽하지는 않지만 노력하는 채식인이 많아진다는 건 채식이 생명을 덜 뺏는 삶의 방법임을 더 많은 사람이 안다는 것이니 좋지 않을까. 나보다 더 초보라면 폴 매카트니가 제안한 일주일 중 하루만 채식을 하는 '고기 없는 월요일' 운동에 동참하거나 고기, 달걀, 유제품을 먹을 때 잔인성이 덜 개입된 동물복지 인증을 받은 제품을 섭취하는 방법도 있다.

존 로빈스는 《존 로빈스의 음식 혁명》(존 로빈스, 시공사)에서 당신이 먹는 고기 때문에 동물들이 고통받는다고 죄책감을 주지 않는다. 대신 동물성 식품 속 단백질, 철분 등 영양 성분에 관한 정보를 제시하면서 선택할 수 있도록 돕는다. 우리가 아는 많은 정보가 동물성 식품을 생산하는 이해관계자들에 의해서 작성되었기 때문이다. 그는 "이발사에게 머리를 깎을지 물어보지 말라."고 조언한다.

존 로빈스는 미국인은 1년에 약 100마리의 동물을 먹는다고 했다(2001년도 책이니 지금은 더 늘었을 것이다). 한 사람이 완전한 채식을 하면 1년에 100마리의 동물을 살린다는 의미다. 그렇다면 100명의 사람이 고기를 먹는 양을 조금씩 줄여 똑같이 100마리를 살린다면 그것도 좋지 않을까. 100명의 사람이 동물에 대한 연민이든 환경과 지구온난화에 대한 걱정 때문이든 스스로의 욕구를 자제한 거니까.

인간이 고기를 먹는 일은 자연스럽다. 잡식동물이니까. 다만 현대의 동물학대에 가까운 공장식 축산 방식을 통한 고기 생산 방식은 자연스럽지 않다. 더럽고 좁은 공간에 생명체를 가두고 폭력적으로 고기를 얻기 때문이다. 영국의 어느 비탈진 언덕에서 솔개둥지 농장을 운영하는 로저먼드 영은 《소의 비밀스러운 삶》(로저먼드 영, 양철북)을 통해 자연스럽게 사는 소들의 이야기를 우리에게 들려준다. 넓은 목초지에 100마리가 넘은 소를 풀어놓고 자유롭게 다니며 풀을 뜯게 하고 하루에 한 번 정도 잘 있나 살피는 정도만 관여하면서 관찰한 그들의 이야기다. 그는 소를 개별적 삶으로 바라보고, 그들의 위엄을 지킨다. 차 매연을 마시고 황홀경에 빠지는 제이크부터 인간의 손길을 완벽하게 거부하다가도 출산 등 도움이 필요할 때만 인간에게 다가오는 아라민타, 비슷한 시기에 태어난 새끼들이 단짝 친구가 되면서 어미들도 자연스럽게 친해진 넬과 줄리엣 등의 이야기가 빼곡하다. 소라고 알리지 않는다면 평범한 어느 동네 사람들이 살아가는 모습 같다. 소들의 세상을 누구보다 깊숙이 이해하는 영은 "동물은 인간이 그렇게 만들 때만 불행하다."고 말한다.

불행을 모르는 소들에게 해조류까지 먹이면서 방귀 뀌지 말라고 하지 말고 인간이 고기를 조금 덜 먹어서 소도 행복하고 지구도 건강한 쪽을 택하는 게 낫지 않을까. 요즘 사람들의 식습관을 보면 마치 타이타닉호의 1등석 손님처럼 앞으로 닥칠 일을 모른 채 럭셔리한 식사를 하며 지내는 것 같다. 이제 식탁 위의 문제는 단지 윤리적인 문제가 아니라 지속가능함의 문제다.

동물과 자연의 경고,
조류독감

조류독감은 이제 토착병이 된 것 같다. 거의 매년 겨울이면 살처분되는 가금류의 숫자가 뉴스에 나온다. 살처분 숫자가 '세상에 서울 인구와 맞먹는 숫자네.'라고 놀란 지 얼마 되지 않았는데 금세 몇 천만 마리가 된다. 살처분하지 않고 그냥 둬도 조류독감으로 이보다 더 죽지는 않을 것 같은 어마어마한 숫자. 매년 같은 일이 반복된다. 그런데 불과 1년 전에 몇 천만 마리가 살처분되었는데 그사이 가축의 개체수는 금세 복구된다. 삽시간에 복구되는 그 속도가 끔찍하게 느껴지는 건 나뿐일까.

2010년 구제역으로 400만 마리에 가까운 소, 돼지를 생매장했던 영상이 뇌리에 남아서 아직도 문득문득 몸서리를 치곤 한다. 그런데 축산 농민은 물론 관련 산업에 엄청난 경제적 손실을 입히는 재난과 같은 상황이 되풀이되고도 정부는 똑같은 대처법만 반복한다. 2016년 우리와 비슷한 시기에 조류독감이 발생한 일본은 철저한 초동 방역으로 100만 마리 미만의 조류만 살처분되었다. 우리나라의 5퍼센트 수준이다.

도시사회학자인 마이크 데이비스가 쓴 《조류독감》(마이크 데이비스, 돌베개)에는 무능한 정부가 여럿 등장한다. 2003년에 태국 전역의 농장에서 조류독감으로 닭이 죽어 나갔다. 걱정이 된 농민이 공무원을 찾아가서 물어도 별문제 없다고 대답했다. 그사이 닭고기 가공공장들은 추가 근무를 하며 평소보다 더 많은 닭을 도살했다. 기업이 닭 값 폭락을 우려해서 병든 닭을 마구 팔고 있는데 당국은 알지도 못했다. 중국 정부는 전국의 농장이 몇 년째 조류독감에 노출되었는데도 다른 나라에 모르쇠로 일관했고, 베트남도 국민에게 발병 사실을 숨겼다. 결국 이런 무능한 정부들 때문에 독감은 조류와 인간, 인간과 인간 사이 감염으로 확대되어 인명 피해로 이어졌다. 이 시기 아시아에서 조류독감으로 인해 30여 명이 사망했다. 아직 우리나라는 조류독감으로 인한 인명 피해가 발생하고 있지 않지만 인간 감염의 가능성은 배제하지 못한다.

조류독감을 비롯한 전염병의 위험이 사라지지 않는 원인 중 하나로 전문가들은 산업화를 꼽는다. 농장 산업화로 동물들은 밀집 사육된다. 우리나라에서 조류독감으로 살처분되는 조류는 대부분 산란계인데 이들은 철장에 여러 마리씩 갇힌 채 A4용지 3분의 2에 해당하는 공간에 산다. 이를 소설가 조너선 사프란 포어는 《동물을 먹는다는 것에 대하여》(조너선 사프란 포어, 민음사)에서 붐비는 엘리베이터에 탄 것으로 표현했다. 너무 붐벼서 옆 사람과 부딪치지 않고는 몸을 돌릴 수도, 앉을 수도 없는 상태. 실제로 사람이 가득 찬 엘리베이터에 갇힌 적이 있다. 다시 작동하기까지 채 몇 분이 되지 않았는데 밀폐된 공간에 갇혔다는 두려움에 식은땀이 흘렀다. 그러니 이런 공간에 갇혀서 매일 알을 낳는 닭에게 면역력을 기대하기 어렵고, 유입된 바이러스가 급속하게 퍼지는 것은 당연하다.

세계사에 기록된 최악의 전염병 중 하나는 1918년의 스페인 독감이다.

무려 4000만 명의 사망자를 냈는데 최근 연구에서 이 바이러스가 조류독감의 일종으로 밝혀졌다. 최근 인간을 긴장하게 한 대유행병은 대부분 동물에게서 왔다. 메르스, 에볼라는 박쥐, 신종플루는 공장식 돼지 농장, 지카는 모기를 통해 인간에게 전해졌다. 2020년의 코로나19 역시 명확히 밝혀지지는 않았지만 야생동물로부터 온 것은 확실하다. 인간이 자연을 파괴하면서 야생동물과의 접촉면이 늘고, 그로 인해 신종 바이러스에 더 많이 노출되고 있는 것이다. 자연을 파괴하고, 야생동물의 서식지에 침입하고, 동물을 밀집사육으로 내모는 등 인간이 자연과 동물을 지금과 같은 방식으로 대하는 한 동물로부터 오는 바이러스는 막을 수 없다. 동물이 그들의 자리에서 안전해야 인간도 안전할 수 있다.

아이슬란드 영화 〈램스〉에서는 양 전염병이 발생해 살처분 명령이 내려지자 주인공 형제는 이를 거부하고 양을 산속에 풀어 주려고 길을 나선다. 그 길에서 형제와 양들은 거대한 눈폭풍을 만나 한치 앞도 안 보이는 곳을 헤매는데 그 모습이 마치 인간이 동물과 어떤 공존의 길을 선택하느냐에 따라 달라질 우리의 미래처럼 보였다. 인간은 현명한 선택을 할 수 있을까.

마당에 나오지 못한 암탉,
잎싹

"살충제 달걀을 성인이 평생 매일 2.6개씩 먹어도 건강에 큰 문제가 없다."

2017년 살충제 달걀 파동이 일어났을 때 보건당국이 내놓은 답변이다. 묻고 싶었다. 닭의 건강은? 사람들이 안전한 달걀을 찾아 나섰다. 여름이면 진드기로 고생하다가 살충제를 뒤집어쓰는 닭의 안전은?

터질 게 터진 거다. 많게는 9단까지 층층이 쌓인 철제 케이지에 구겨 넣어진 산란계 한 마리가 차지하는 공간은 고작 A4 용지 2/3 정도다. 닭이 흙 목욕을 하면 진드기가 다 사라진다는 기사가 나오지만 공장식 축산의 산란계는 평생 한 번도 흙을 밟지 못한다. 날개도 푸드덕거리지 못하는 철장 안에서 기계처럼 달걀만 찍어내다가 죽는다. 개식용 논쟁 때면 차라리 개고기를 합법화하라는 주장을 펴는 사람들이 있는데 이번 사태를 보고도 그런 말을 할 수 있을까. 현재 합법화된 가축 시스템은 이보다 더 불온할 수 없다.

"나는 나의 건강이 아니라 닭의 건강을 위해서 채식을 한다."고 말한 작가 아이작 싱어처럼 나도 닭의 건강을 걱정한다. 평균 수명이 15년이 넘는 닭이지만 산란계는 케이지에 갇혀 알만 낳다가 생후 2년이 되기 전에 죽는다. 심지어 고기로 먹는 육계는 생후 30일에 도축된다. 태어나 고작 30일을 사는 것이다. 그런데 살아 있는 동안이 죽는 것보다 못한 지옥이다. 열악한 환경에서 각종 화학약품에 노출되니 면역력이란 게 있을 수 없고, 조류독감, 진드기를 이길 힘이 없다.

살충제 달걀이란 단어가 낯선 엄마가 질문을 쏟아냈다. 나와 공장식 축산 관련 다큐멘터리를 많이 본 엄마는 그간 동물복지 인증 달걀을 구입했는데 친환경 달걀에서도 살충제가 검출되었다는 소식에 놀란 모양이었다. 사실 동물복지 인증 달걀은 인간이 아닌 닭의 삶의 질을 위한 선택이다. 살충제 달걀 사태 후 쏟아진 기사 중에는 동물복지 인증은 사육 공간, 환경 등 동물권 보장에 초점이 맞춰진 것으로, 살충제 관련 규정이 없기 때문에 소비자 입장에서 대안이 아니라는 기사가 있었다. 지긋지긋하게 인간중심적이고, 사태의 원인도 못 짚는 코앞만 보는 기사다.

엄마는 달걀이 이 모양인데 닭고기는 괜찮겠냐고 묻는다. 육계는 태어난 지 30일 만에 죽어서 닭고기가 된다. 다시 말해 진드기가 생겨 살충제를 쓸 틈도 없이 죽는다는 뜻이다. 30일이라는 말을 엄마는 믿기 힘들어했다.

슬픈 문답은 이어졌다. 살충제 달걀을 낳은 닭들도 조류독감 때처럼 다 죽이는 거 아니냐고 걱정했다. 살충제 달걀이 검출된 농장의 닭이 약 300만 마리인데 다행히 살처분 이야기는 나오지 않았다. 검출된 살충제의 반감기가 일주일 이내니 시간이 지나면 거의 독소가 빠지기 때문이다. 일부 농가는 강제 환우換羽(깃털갈이)를 한다. 환우는 일정 기간 동안 사료를 거의 주지 않고 물만 주면서 강제로 시키는 건데 이때 닭의 지방층에 쌓인 살충제가 함께 빠져나간다. 이 또한 잔인한 방법이지만 강제 환우는 공장식 축산 양계장에서 산란율을 높이기 위해 일상적으로 쓰는 방법이다. 살처분보다 나을 뿐 닭들은 배고픔이라는 지독한 시간을 견뎌야 한다.

살충제 달걀 파동이 반복되지 않으려면 케이지에 닭을 가두고 달걀을 생산하는 공장식 축산 방식은 변화해야 한다. 조금 비싸지만 닭의 고통을 줄인 달걀을 구입하겠다는 소비자의 인식 변화, 밀집사육으로 키운 달걀은 판매하지 않겠다고 선언하는 유통업체, 동물복지 농장을 지원하는 정책이 마련된다면 생산자는 변화할 것이다. 이미 유럽, 미국 일부 등 많은 곳에서 변화가 일어나고 있다.

아끼는 책인 《마당을 나온 암탉》(황선미, 사계절)의 주인공인 잎싹은 산란계다. 단 한 번이라도 알을 품는 것이 소원이지만 수많은 알을 낳고도 한 번도 품지 못한 암탉. 케이지에 갇힌 양계장의 삶에 지쳐가던 잎싹은 어느 날 생각한다. '뱃속에 알이 몇 개나 더 남았을까? 이게 마지막이었으면….' 그러다가 병들어 껍데기도 여물지 못한 알을 낳고는 결심한다. '절대로 알을 낳지 않겠어! 절대로!' 케이지에 갇힌 암탉들이 잎싹처럼 절대로 알을 낳지 않겠다는 결심을 하기 전에 그들에게 마당에 나와 알을 품는 것을 허해야 한다.

온 우주에서 산란계로 태어나는 것보다
더 끔찍한 일이 있을까?

'산란계 850만 마리 도태.'

뉴스에 이런 기사가 떴길래 오보라고 생각했다. 매년 겨울이면 어김없이 조류독감이 발생했지만 초동 대처가 잘된 해여서 대량 살처분이 없다고 들었는데 850만 마리라는 엄청난 수의 산란계를 죽인다니 오보인 게 당연했다. 그런데 사실이었다. 원인은 달걀 가격의 하락. 달걀 값이 폭락하면서 양계협회에서 자구책으로 마련한 방법이었다. 도태하기로 결정한 850만 마리는 전체 산란계의 12퍼센트에 달한다. 사육 마릿수가 줄어들면 달걀 값 반등이 가능할 거라는 예상이었다.

이해가 어려웠다. 1년 전, 조류독감으로 산란계의 36퍼센트인 2517만 마리가 살처분되었다. 당시 마트의 달걀 매대는 텅 비었고, 그나마 구할 수 있는 달걀도 한 판에 7,000~8,000원이어서 달걀 값을 금값이라고 했다. 그런데 1년 사이에 가격이 폭락했다니 이해가 힘들었다. 죽은 닭들이 부활이라도 한 걸까.

조류독감이 종료되자 살처분으로 닭이 사라졌던 양계장에 한꺼번에 많은 산란계를 들였고 이것이 달걀 생산 과잉을 불러왔다. 살처분으로 수없이 죽어 나가는 닭들을 보면서 회복이 쉽지 않겠구나 생각했는데 순진한 생각이었다. 빈 농장을 바로 닭으로 채우고 순식간에 달걀 생산량을 높일 수 있는 거였다. 라면 공장처럼, 콜라 공장처럼. 2015년 조류독감 때 가금류 1400만 마리가 살처분되었는데 2017년에 또 3000만 마리가 살처분되는 것을 보고 가공할 만한 개체수 복구 속도에 소름이 끼쳤는데 언제라도 가능한 일이었다.

1980년대에는 약 70만 농가에서 약 3900만 마리의 산란계를 키웠는데 2012년에는 3,400농가에서 약 1억 5000만 마리의 산란계를 키운다. 30년 사이에 양계 농가 수는 200분의 1 이하로 줄었는데 키우는 닭은 3.8배나 늘었고, 한 농가에서 키우는 산란계는 평균 4만 4,000마리다. 달걀 소비가 폭증하고 양계장이 대형화되면서 산란계는 땅에서 달걀을 낳지 못하고, 좁은 케이지에 감금되었으며, 이로 인한 면역력 저하는 해마다 조류독감과 살처분을 부른다. 불행의 악순환이다.

도태되는 닭은 55주령 이상의 노계라고 했다. 계산을 해봤다. 55×7=385일. 갓 1년을 넘게 산 닭을 노계라고 부르는 게 합당한가. 일반적인 산란계는 보통 산란 능력이 떨어지는 생후 1년 6개월 정도에 도축되어 통조림 재료가 된다. 닭의 자연 수명이 15년 이상인 걸 인간은 모두 잊은 모양이다.

인간의 가축이 된 닭은 두 종류로 나뉜다. 구이, 백숙 등 고기로 사용되는 육계와 달걀을 생산하는 산란계. 산란계는 생명이라기보다 생산 기계나 식품 공장의 식재료에 가깝다. 산란계 수평아리는 태어나자마자 죽임을 당한다. 알을 낳지 못하니 산란계로도, 육질이 좋지 않아서 육계로도 쓰임이 없기 때문이다. 수평아리는 태어나자마자 바로 갈아져서 비료 등의 재료가 된다. 생명도 아니고, 자본주의 사회의 상품조차 되지 못하는 폐기 처분이다. 온 우주에서 산란계로 태어나는 것보다 더 끔찍한 일은 찾기 힘들 것 같다.

고 박상표 수의사는 《가축이 행복해야 인간이 건강하다》(박상표, 개마고원)에서 가축이 행복하고 인간이 건강하려면 유기농이나 동물복지만을 외칠 것이 아니라 농민이 생계를 유지할 수 있는 여건도 함께 마련해야 한다고 말한다. 현실적인 지적이다. 지금처럼 축산의 규모만 키운다면 지속가능한 농업은 불가능하다. 질병의 발생과 살처분이 끊임없이 되풀이되면 농민은 계속 도산 위기에 처할 것이다. 하지만 지금과 같은 육식 수요가 있는 한 대량생산을 위한 공장식 축산은 불가피하다. 결국 다시 이 질문으로 돌아온다. 인간이 지금처럼 '싸게, 많이' 육식성 음식을 먹으면서 공장식 축산이 아닌 행복한 축산이 가능한가?

저자는 공장식 축산 폐기는 어려운 일이지만 지구를 살리고 가축과 인간의 건강을 위해 우리가 가야 할 올바른 길이라고 말한다. 인류는 역사 속에서 신분, 인종, 성차별 등 해결 불가능할 것 같은 문제들을 극복해 왔다. 생산자와 소비자가 만나 힘을 모은다면 이윤보다 생명을 소중하게 여기는 또 다른 세상은 언제든 가능하다.

아무도 미워하지 않는
개의 죽음

"컹컹!"

개가 짖는 소리인지 우는 소리인지가 광장을 채웠다. 광화문 광장에서 열린 '개·고양이 도살 금지법을 촉구하는 국민대집회' 도중 식용으로 개를 키우는 개 농장의 모습이 영상으로 나오자 사람들은 "못 보겠다."며 고개를 돌렸지만 소리까지 막을 수는 없었다.

폭염주의보가 내린 도심 한복판의 아스팔트는 펄펄 끓었고, 집회에 모인 사람들의 기대감과 열정도 뜨거웠다. 우리나라 개식용 역사에 어떤 변화가 있을 것 같다는 기대감, 그렇게 만들어야 한다는 열정이 뜨거웠다. 동물단체, 채식운동단체 등의 깃발이 휘날렸다. 수의사단체, 환경단체도 함께했다. 여타 다른 사회 문제에 밀리고, 하찮게 여겨지던 개식용 관련 운동이 여기까지 온 것은 현장에서 뛰어준 많은 단체의 활동가와 후원자들 덕분이다. 집회라는 게 그렇듯 사람들은 목소리를 내고, 같은 생각을 가진 사람들을 보며 동질감을 얻고, 새롭게 의지를 다진다. 광장에서는 좋은 에너지가 넘쳤다.

국회에서는 '축산법'상 가축에서 개를 제외하는 내용을 담은 축산법 개정안, 동물을 임의로 죽이는 행위를 금지한 동물보호법 개정안 등 의미 있는 법안들이 발의되었다. 가축에서 개가 제외되면 축산법으로는 가축, 동물보호법으로는 반려동물이던 개가 반려동물로만 인정되어 개 농장은 운영될 수 없고, 임의도살금지법은 개 도살을 사실상 금지한다. 대만이 이런 방식으로 개식용을 근절했다. 처음에 도살을 금지했고, 이어서 동물 사체 판매 금지, 식용 금지로 이어졌다. 20대 국회에서는 법안 발의만 되었지만 이후 국회에서는 보강되어 더 발전된 법안이 발의되고 통과되기를 기대한다. 반려동물과 사는 인구가 늘어나면서 관련 문제에 제대로 대응하기 위해 농림축산식품부는 동물보호·복지 업무를 전담하는 동물복지정책팀을 신설했다. 개식용이라는 견고한 장벽에 균열이 생기고 있다.

한국에서 개식용 문제는 모든 동물 문제의 블랙홀이다. 집을 잃은 이웃집 개를 주인에게 데려가 준다는 생각을 못하고 개소주로 만들어 먹는 사람, 길에서 떠도는 유기견을 친구들과 잡아먹는 사람, 개 농장에서 어차피 죽을 개니까 싼 값에 사다가 동물실험을 하는 수의대 교수, 계류 기간이 지난 유기견을 안락사 대신 개 농장에 파는 유기동물 보호소 관계자, 돈을 못 버는 투견을 개 농장에 파는 투견꾼. 다 실제로 일어난 일이다. 특히 강아지 공장 사람들에게 개 농장은 든든한 뒷배다. 안 팔린 개는 개 농장에 팔면 되기 때문이다. 강아지 공장의 개는 대부분 소형 순종일 텐데 그것도 보신탕으로 먹는지 의아하겠지만 소형견은 개소주용으로 인기가 많다. 이렇듯 강아지 공장에서는 잉여동물 걱정이 없으니 기계처럼 새끼를 빼낼 수 있다. 공장에서 수 없이 뽑아낸 강아지가 펫숍에서 싼 값에 팔리고, 보호자는 싸게 샀으니 쉽게 버려서 유기동물을 만드는 악순환이 반복된다.

이런 악순환이 폭력적 행위에 가담한 사람들만의 문제일까. 문제는 폭력을 용인하는 사회 시스템이다. 인간 앞에 무력한 생명에게 가하는 폭력을 용인하는 사회가 인간에게는 안전할까. 사회가 용인하는 폭력 지수가 높을수록 먼저 위험해지는 건 여성, 아동, 노인 등 사회적 약자다.

하재영 작가의 《아무도 미워하지 않는 개의 죽음》(하재영, 창비)은 강아지 공장부터 개 농장, 보호소 등을 직접 취재한 르포다. 대부분 아는 내용이라서 별 충격이 없을 거라 생각했지만 끔찍함은 영상보다 글이 더 세다. 상상하기 때문이다. 책장을 넘기며 누구도 관심 갖지 않은 한국 개의 삶에 대해 힘겹게 써 준 작가에게 감사했다. 저자가 인터뷰한 사람 중 동물보호단체 행강의 박운선 대표의 말이 오래 남는다.

"우리나라에서 개에 관한 문제는 개식용이 시작이자 끝일 수밖에 없어. 개식용이 종식되고 번식견과 유기견 문제가 근본적으로 해결되는 것. 내가 보기엔 30년, 40년. 아니면 반세기쯤 걸릴 것 같아. 그런 날이 오면 나는 이 세상에 없겠지. 하지만 끝을 못 보더라고 가야 해. 우리가 시작해야 다음 세대가 완성할 수 있어."

광장에 모인 사람들도 다 이런 마음이었을 것이다.

동물을 학대하지 말라는 교육은
아이들에게도 중요하다

"짐승이나 사람이나 배고픈 건 똑같지."

TV에서 길고양이를 학대하는 내용이 나오거나 내가 동네 고양이들 밥을 챙기다가 이웃들에게 한 소리 들으면 엄마가 늘 하는 말이다. 길고양이 문제는 동물의 문제라기보다 인간 사이의 문제고, 인식 전환과 제도가 뒷받침되어야 하는, 생각보다 단순하지 않는 문제지만 엄마의 말이 핵심이다. 살기 위해 먹고, 먹이는 일이라는 것. 딸이 동물 관련 일을 하다 보니 딸에게 듣기도 하고 함께 관련 다큐멘터리를 많이 봐서 생긴 생각이기도 하겠지만 배를 곯아 본 가난한 시절을 지나온 세대의 연민일 것이다. 그런 엄마가 몇 달 전 동생네 가족과 강원도로 여행을 다녀와서는 신나서 이야기를 풀어놓았다.

"운 좋게 축제 기간이었지 뭐냐. 오징어 맨손으로 잡기 행사가 있더라고."

건성 듣다가 귀를 쫑긋 세웠다. 오징어가 안 잡혀서 무산되었는데 대신 다른 물고기로 대체해서 진행이 되었고 동생 가족도 참가했단다. 사람들이 물고기를 잡으려고 허둥대는 모습이 엄마 눈에는 꽤나 재미있었던 모양이다. 그건 물고기에게 두렵고 고통스러운 일이라며 내가 통을 놓자 잡혔으니 어차피 죽을 거라며 얼버무린다. 최근 각 지자체의 겨울 축제에 빠지지 않고 등장하는 맨손으로 물고기 잡기 행사를 동물단체가 반대할 때 나오는 흔한 반응이다. 어차피 죽을 거! 길고양이의 배고픔에 동질감을 느꼈던 엄마는 그 감정을 물고기로는 확장하지 못했다. 엄마는 나이가 들면서 죽는 건 무섭지 않은데 죽기 전의 고통이 두렵다고 말한다. 그러면서 물고기의 죽기 전 고통에는 닿지 못했다. 다르다고 생각했다.

내가 엄마에게 더 뭐라 했던 건 그 자리에 어린 손자도 있었기 때문이다. 식용을 위해서도 아니고 유희를 위해서 생명에게 고통을 주는 체험이 아이에게 어떤 기억을 남길까. 인간과 동물은 다르고, 동물은 인간을 위한 수단이 되어도 된다고 생각할 것이다. 취미로 다람쥐 사냥을 하는 사람에게 《월든》의 작가 헨리 데이비드 소로는 "당신이 장난삼아 죽인 다람쥐는 진지하게 죽어 간다."라고 했다.

오래된 전통이고, 재미있어서, 사람들이 몰려든다고 동물을 한낱 유희의 대상으로 하는 축제가 세상에 넘친다. 특히 가족이 함께하는 자리에서 동물에게 고통을 주고 살생에 무감각해지는 경험을 아이에게 권하는 것은 끔찍한 일이다. 2017년 서울대 수의과대학 천명선 교수팀은 전국에서 열리는 86개 축제 중 129개 동물 관련 프로그램에 대해 조사한 결과를 내놓았는데 95퍼센트인 122개 프로그램이 동물을 죽이거나 죽음에 해당하는 고통, 스트레스를 주는 것으로 나타났다. 대부분 가족 단위로 찾는 축제임에도 불구하고 교육 프로그램은 전무했다.

척추동물인 어류도 고통을 느끼기 때문에 식용 목적으로 죽이더라도 고통을 줄이기 위해 최대한 노력하는 것이 세계적인 추세다. 세계동물보건

기구, 동물단체는 이에 대한 가이드라인을 마련해 놓았다. 2018년 스위스는 랍스터(바닷가재)를 요리하기 전에 기절시키는 법을 통과시켰다. 다시 말해 산 채로 끓는 물에 넣을 수 없다는 이야기다. 살아 있는 낙지, 문어, 게 등을 탕에 넣어 먹는 우리나라는 아직 어류의 동물복지에 관한 논의를 시작하지 못하고 있다. 현행 동물보호법 적용을 받는 동물 대상을 문어 등의 두족류와 랍스터 등의 갑각류로 넓히려면 시간이 좀더 필요할 것이다.

동물행동학자 조너선 밸컴의 《물고기는 알고 있다》(조너선 밸컴, 에이도스)는 내가 처음으로 읽은 물고기의 입장에서 쓴 책이다. 저자는 그저 우리가 무지했을 뿐 알고 나면 미안함에 가슴이 뜨끔할 어류 이야기를 조곤조곤 알려준다.

"물고기가 왜 미각이 필요하냐고 묻는 독자들이 있다면, '우리와 마찬가지'라고 대답해 주고 싶다. 물고기의 입맛은 종마다 다르고, 심지어 개체별로도 다르다. … 물고기들이 간혹 먹이를 덜컥 삼켰다가 이내 뱉어내는 것을 봤을 것이다."

미국 펜실베이니아에도 비슷한 행사가 있었다. 목적은 소방서를 위한 기금 모음이지만 비둘기 사냥으로 유명한 가족 단위 축제였다. 여느 축제가 그렇듯 술과 먹을거리로 흥겨움이 더해지고 마침내 축제가 한껏 달아오르면 수십 개의 상자에 갇혀 있던 비둘기를 일제히 날려 보낸다. 그리고 그 순간 준비하고 있던 사수들이 비둘기를 향해 일제히 총을 쏜다. 후드득 땅으로 떨어지는 수천 마리의 비둘기들. 비둘기를 쏘는 행사는 축제 분위기를 돋우는 이벤트가 되었고 죽어 가는 비둘기를 무감각하게 바라보며 사람들은 웃고 마시고 떠든다.

이 축제의 가장 큰 문제는 아이들이 이런 광경을 보게 된다는 것이다. 심지어 부모나 다른 구경꾼들의 격려에 힘입어 땅에 떨어진 다친 비둘기를 짓밟기도 했다. 이런 어린 사냥꾼들은 시간이 지나 비둘기 사냥을 즐기며 흥청거리는 어른이 될 것이다. 주최 측은 비둘기 개체수 조절을 위한 행사라고 주장했지만 거짓말이다. 행사에 사용된 비둘기는 야생동물이 아니라 동물 판매상에게서 사온 것이고, 운 좋게 총에 맞지 않은 비둘기는 도망가서 오히려 지역 비둘기 개체수를 증가시킬 수 있다. 다행히 1999년 펜실베이니아 고등법원은 반학대법률에 근거하여 비둘기 사냥꾼을 체포할 수 있는 법률을 제정하면서 오랜 전통의 비둘기 사냥 행사는 사라졌다.

한국 최대의 겨울 축제장이 된 화천 산천어축제도 이와 닮았다. 산천어는 원래 화천의 강에 사는 물고기가 아니다. 동해안 계곡에 산다. 그런 산천어를 전국 양식장에서 구입해 오다 보니 생태계 교란이 우려되고, 이동을 위해 또는 돈을 내고 들어온 입장객의 손맛을 위해 며칠간 굶기고, 인간에게 맨손으로 잡혀 인간의 입에 물리거나 공기에 노출되는 등 고통에 시달린다.

인간의 유희를 위해 동물을 제물 삼아 즐기는 축제임이 분명하지만 관람객의 숫자는 매해 최고치를 경신하고, 경제 유발 효과가 보도되면서 다른 지역 축제에도 영향을 주고 있다. 또한 겨울 날씨가 덥거나 코로나처럼 감염병이 유행하면 축제 인원이 줄어서 남은 산천어를 처리해야 하는데 화천에서 사는 물고기가 아니어서 방류가 불가능해 대부분 폐기 처분된다. 2019년에는 40톤, 2020년에는 75톤이 폐기되었다. 가늠하기 어려울 정도로 많은 생명의 숫자다.

성별, 인종, 종, 국적, 나이, 종교, 장애, 경제력, 성정체성 등 셀 수 없이 많은 기준으로 나와 다른 남에 대한 학대와 폭력이 넘치는 세상이다. 약자, 소수자는 끊임없이 다르지 않음을 증명하면서 살아가고 있다. 동물도 같은 생명이니 소중히 여겨야 한다는 소수의 외침은 여전히 힘이 미약하지만 다음 세대에는 반드시 전해져야 하는 가치고, 그러려면 어른들의 노력이 필요하다. 아무짝에도 쓸모없는 어른들의 기준을 아이들에게 넘겨줄 수는 없다.

아동문학가이자 교육자인 이오덕 선생님이 쓰신 글 중 아이들의 동물에 관한 글쓰기에 문제가 있다고 지적하신 내용이 있다. 개식용에 관한 주제였는데 선생님은 개식용이 옳다 또는 그르다고 이야기하지 않았다. 문제는 아이들이 스스로 생각하지 않고 어른들의 생각을 그대로 옮겨 쓴다는 것이다. 개식용을 찬성하는 아이들은 우리 전통이니까, 문화니까 괜찮다는 논리로 글을 썼다. 아이들에게 생각하고 고민할 기회를 주지 않으면 아이들은 어른들의 생각을 고스란히 답습한다.

미국의 8살 아이가 대형 사슴을 사냥한 후 피 흘리는 사슴 곁에서 찍은 사진이 온라인에 올라와 논란이 되었다. 미국은 주마다 다르지만 어린 아이의 사냥을 규제하지 않고, 나이 제한이 없는 주도 있다. 자기에게 위협을 가하지 않는 무고한 생명을 죽인 경험은 어린 아이에게 어떤 영향을 끼칠까. 대부분의 미국 가정이 그러하듯 가족처럼 여기는 반려견과 살 텐데 반려견과 사슴은 어떻게 다르다고 생각할까. 죄책감 없이 학대하고 살해하는 것을 정당화하는 이런 세상에서 아이는 무엇을 배울까.

아이들에게 동물에게 고통을 주지 말라고 가르치는 것은 동물을 위해서기도 하지만 아이를 위해서도 중요하다. 그런 가르침을 통해 아이들은 동물도 우리와 다르지 않은 살고자 하는 존재임을 배우게 된다. 우리가 아이들에게 가르쳐야 할 것은 '다름'이 아니라 '다르지 않음'이고, 모든 생명에게 다르지 않은, 합당한 대우를 하는 것이다.

10장

인간의 선의에
기대어 산다는 것

인간의 선의에 기대어
산다는 것

모니터 안 그림 한 장에 울컥했다. 슬픈 내용도 아니었다. 《고양이 임보일기》(이새벽, 책공장더불어) 작가가 새끼 길고양이 다섯 마리의 임시보호를 하고 있었는데 그중 한 마리인 밀크티라는 이름의 고양이에게 입양자가 나타나서 그를 만나러 가는 내용을 그린 그림이었다. 제목은 '밀크티의 여행.' 폭염이 이어지던 어느 날, 사람들로 붐비는 버스터미널에서 이동장 속 고양이는 낯선 상황에 울고, 사람들의 시선이 불편한 작가는 입양자를 빨리 만나기 위해 애쓰고 있었다. 그림을 보며 밀크티라는 이 아이에게 앞으로 어떤 세상이 기다리고 있을지 생각하다가 혼자 울컥한 것이다. 밀크티는 길면 20년쯤 되는 자신의 여행을 무사히 마칠 수 있을까.

작가는 분명 꼼꼼하게 입양자를 골라서 선택했고, 입양자도 생명을 들인다는 책임감의 무게와 새 식구를 맞는다는 설렘을 안고 오고 있는데 괜히 나 혼자 궁상떨고 있네 싶었다. 하지만 오늘도 구조하지 않으면 죽을 길고양이 새끼는 넘치고, 마음만 먹으면 누구든 그 아이들을 입양할 수 있다. 그러다 보니 입양간 아이가 사라지거나 다치거나 죽임을 당한 사고는 차고 넘친다. 입양 후보자가 입양 계약서를 쓰다가 지레 나가떨어질 정도로 계약서를 철저하게 작성해도 '인간의 마음'이 변하는 순간은 막을 수 없이 온다.

우리 동네에는 길고양이 홍보부장인 갑수가 있다. 동네 사람 누구나 가리지 않고 잘 따르다 보니 사람들도 갑수를 좋아해서 동네 마스코트가 되었다. 사람의 마음이란 게 간사해서 눈길도 주지 않던 사람들도 갑수가 만날 때마다 눈을 맞추며 따라오니 슬쩍 마음을 연다. 덩치 큰 검은 고양이고 예쁜 얼굴도 아닌데도 마음을 주고 나니 "갑수가 참 예쁘게 생겼다."며 칭찬도 한다.

그렇다고 모두가 그럴 수는 없다. 어느 날 골목길을 걷는데 골목 끝에 갑수가 앞발을 모으고 앉아서 고개를 반짝 들고 지나가는 사람들과 눈을 맞추려고 애를 쓰고 있었다. 하지만 지나가는 아저씨고 학생이고 누구도 갑수에게 알은 체를 하지 않았다. 실망한 듯한 갑수. 인간의 선의에 기대어 산다는 건 이처럼 쓸쓸한 것이다. 인간의 마음은 상수가 되지 못한다. 늘 변수. 그 모습이 애처로워 "갑수야, 밥 먹으러 가자." 크게 불렀다. 갑수는 앞선 사람들에게 거절당한 건 다 잊은 듯 기쁘게 쿵쿵쿵 달려왔다.

동물원에서는 슬픈 소식이 자주 들려온다. 서울대공원의 코끼리 40살 칸토와 고작 14살 가자바가 떠났고, 대전 오월드 동물원의 퓨마 뽀롱이가 사살되었고, 영국 이주를 앞둔 에버랜드의 북극곰 통키가 떠났다. 동물원 동물의 죽음은 늘 많은 생각을 일으킨다. 그들의 죽음은 마침내 얻은 해방일까. 특히 통키는 곧 좋은 환경으로 이주를 앞두고 있어서 더 안타까웠다. 통키가 옮겨갈 요크셔야생공원은 북극곰의 습성에 꽤 적합한 기온과 면적을 갖춘 곳이어서 동물원에서 태어나 평생 갇혀 매 순간 교도소 독방에 갇힌 듯한 고통을 느꼈을 통키가 마지막으로 받을 삶의 선물 같은 것이었다.

통키가 처한 환경을 바꾸라는 동물단체와 시민들의 요구에도 언 발에 오줌 누기 식으로 찔끔찔끔 개선하던 동물원이 갑자기 노령의 통키를 이주시키기로 결정했을 때 반가우면서도 내막이 궁금했다. 동물을 이용해서 이윤을 얻어온 대기업의 선의에 선뜻 고개를 끄덕일 수 없었다. 에버랜드는 미국동물원수족관협회의 우수 동물원 인증을 추진하는 중이었다. 그 추진 과정에서 덜컥 이주가 결정된 것인지 속내가 궁금하면서도 모든 것을 차치하고 통키가 북극곰답게 짧게라도 살 수 있기를 바랐다. 하지만 통키는 떠났고 의문만 남았다.

올 봄 유기동물 보호소에 봉사를 갔을 때 수많은 시추 중 한 아이가 유독 침을 질질 흘렸다. 보호소에는 언제나 몸도 마음도 아픈 아이가 많으니 그러려니 했다. 나중에 알고 보니 그날 봉사 온 분이 입양해서 집에서 키우는 아이라고 했다. 워낙 이 보호소에서 오래 머물던 아이인데 그때도 침을 흘렸다고. 집으로 입양 간 후 침흘림이 없어졌는데 그날 봉사에 데리고 왔더니 또 이곳에 자기를 버리고 가는 줄 알고 스트레스로 침을 흘리는 것 같다고 했다. 버려져서 보호소에서 오래 살다가 입양된 이 아이는 인간의 마음이 공기보다 가볍다는 걸 이미 알고 있는 것이다. 인간의 선의에 기대어 산다는 게 얼마다 위태로운지도.

투견장의 미끼견으로 살다가 한쪽 귀와 얼굴 반쪽을 잃었지만 좋은 가족을 만나 행복하게 살아가는 개 우기의 이야기인 《세상에서 가장 못생긴 개 우기》(래리 레빈, 21세기북스)에서도 인간의 선의는 마지막에 등장한다. 우기는 미끼견으로 사용되다가 얼굴의 반이 날아가는 사고를 당한 채 투견장에 버려져 있었다. 투견장을 급습한 경찰은 우기를 병원으로 데려다 놓았지만 의료진은 수술비를 낼 보호자가 없는 개니 피를 닦고 거즈를 붙인 채 며칠을 구석에 방치했다. 곧 보호소로 보내질 예정이었다. 보호소로 가면 당연히 입양이 안 될 테니 안락사로 죽을 터였다. 며칠이라는 꽤 긴 시간 동안 처참할 정도의 상처를 입은 생후 3개월의 강아지는 어떤 사람의 도움도 받지 못했다. 물론 우기는 운 좋게 한 의료진의 눈에 띄어 좋은 가족을 만났지만 투견장 미끼견의 99퍼센트는 긴 시간 동안 어느 인간의 눈길도 받지 못한 채 죽어 갈 것이다. 우기를 입양한 반려인은 우기에게 말한다. "네가 기댈 수 있는 사람, 도움을 청할 수 있는 사람이 나라서 참 좋다."고. 하지만 상처투성이인 개가 절체절명의 순간에 기대고 도움을 청할 사람을 만날 확률은 벼락을 맞을 확률보다 희박하다.

그래서 사람의 선의를 믿기보다는 대책을 강구하는 게 낫다. 한 대학교의 학생들이 야생동물과의 공존을 위해 교내 도토리를 지키는 방법이 흥미로웠다. 가을이면 교내 야산에 일반인이 들어와서 재미삼아 운동삼아 도토리를 주워 가자 겨울에 동물이 먹을 게 부족했다. 주워 가지 말라고 현수막을 걸어도 소용없었다. 선의에 호소하는 것에 한계가 있음을 느낀 학생들은 아예 선수를 쳤다. 도토리가 떨어지자마자 다 주워 버린 것이다. 도토리를 몽땅 주워서 보관했다가 먹이가 부족해지는 한겨울에 야산에 뿌렸다. 역시 '선빵'이 중요하다. 인간의 선의는 막강하고 아름답지만 매번 필요한 순간에 맞춰 나타나지 않고, 때맞춰 나타나지 못했다고 반성하는 법도 없으니 언제나 플랜 B를 갖고 있어야 한다.

인간이 부추기지 않는 한
이유 없이 공격적인 동물은 없다

'피의 스포츠.' 투견, 투우, 투계, 사냥 등 사람이 동물과 싸우거나 동물끼리 싸우도록 강요하는 스포츠를 일컫는 단어로 동물보호론자인 헨리 솔트가 100여 년 전 영국 왕실의 사슴 사냥을 비판하면서 사용했다. 사실 역사의 어느 순간, 어느 장소로 가더라도 동물을 억지로 싸우게 하는 장면을 만날 수 있다. 고고학자에 따르면 동물싸움은 적어도 3,000년 전에도 있었을 것이라고 하니 인간들의 폭력적 놀이 문화가 징글징글하다.

투견의 실상이 미디어에 공개되면 많은 사람이 놀라지만 그런 단발성 시선 끌기로 피의 스포츠가 종결될 수 있을까. 사람들은 영국이 동물보호운동의 역사가 길고 동물보호단체의 영향력이 크다며 부러워하지만, 동물보호운동이 영국에서 일찍 시작된 이유는 동물싸움이라는 학대행위가 가장 흔한 곳이었기 때문이다. 원죄라고 할까. 엘리자베스 1세 때는 곰을 기둥에 묶은 후 6마리의 개를 풀어서 개가 곰을 잔인하게 물어뜯는 모습을 외국사절에게 오락거리로 보여 주곤 했다. 동물싸움에는 늘 강력한 팬과 옹호자가 있다.

그림책 《꽃을 좋아하는 소 페르디난드》(먼로 리프, 비룡소)를 좋아한다. 투우의 나라 스페인에서 태어난 황소 페르디난드는 조용히 앉아서 꽃향기를 맡는 일을 가장 좋아한다. 어느 날 투우에 쓸 거친 황소를 찾던 사람들 눈에 벌에 쏘여서 펄쩍펄쩍 뛰는 페르디난드가 보였고 바로 잡혀서 투우장으로 가게 된다. 하지만 시합 날 페르디난드는 투우를 보러 온 아가씨들의 머리에 꽂힌 꽃에서 나는 향기를 맡으며 투우장 한가운데에 조용히 앉아서 꼼짝도 하지 않는다. 결국 퇴출된 페르디난드는 다시 고향으로 돌아와 꽃향기를 맡으며 행복하게 산다는 이야기.

스페인의 투우는 전형적인 동물학대인 피의 스포츠다. 투우하면 얼핏 생각나는 이미지는 빨간 망토를 휘두르는 남자와 황소지만 투우는 평화로운 망토 놀이가 아니다. 투우에는 한 마리의 소와 여섯 명의 사람이 필요하다. 첫 번째 사람은 말을 탄 채 소의 목에 창을 내리꽂아 소가 피를 쏟고 목 근육을 못 가누게 하고, 다음으로 세 명이 등장해서 작살 6개를 소의 어깨에 꽂아 많은 피를 쏟게 하고, 마지막으로 등장한 사람이 이미 출혈, 상처, 골절, 공포감으로 지친 소의 심장에 검을 찔러 죽인다.

인간이 부추기고 조작하지 않는 한 이유 없이 공격적인 동물은 없다. 그럼에도 투우 이야기를 하면 전통이네 뭐네 또 갑론을박이다. 하지만 페르디난드 그림책을 본 아이들에게 투우를 말하면 꽃향기를 좋아하는 소 페르디난드를 가장 먼저 떠올릴 것이다. 아이들에게는 죄책감과 무력감, 공포가 아닌 페르디난드처럼 긍정의 에너지로 생명에 관한 이야기를 해야 한다. 가끔 어린이들을 상대로 동물 수업을 하면 편견 없이 고개를 끄덕이는 모습이 정말 귀엽다. 어른을 설득하는 일도 아이들을 이해시키는 것만큼 쉬우면 얼마나 좋을까.

영화, 드라마가 대박 나면
동물 배우도 행복할까?

나는 동물이 나오는 영화, TV 프로그램이 좋다. 아니 좋아했다. 내가 극장에서 본 생애 첫 영화는 개가 주인공인 〈벤지〉였고, 일요일 아침이면 〈TV 동물농장〉을 챙겨봤다. 화면 속 동물들은 행복해 보였고, 행복해 보이는 동물을 보면서 나도 덩달아 행복감을 느꼈다. 하지만 화면 뒤 동물들의 삶에 대해 너무 많이 알게 된 후 마냥 행복하게만 볼 수 없다.

동물은 예능 프로그램의 소품으로 완벽하다. 존재 자체로 방송의 '귀여움, 사랑스러움'을 담당하기 때문이다. 하지만 프로그램이 끝나면 소품 창고 구석의 다른 소품처럼 잊히기 쉽다. 다행히 요즘은 시청자들이 종료된 프로그램에 등장했던 동물의 처우에도 관심을 갖는다. 방송 제작자들에게는 귀찮은 일이겠지만 이런 게 희망이다.

불과 얼마 전까지도 사람들은 동물이 화면 뒤에서 어떤 대우를 받는지에 관심이 없었다. 어떻게 훈련을 받고, 촬영장에서의 대기 시간이 얼마나 길며, 촬영이 어떻게 진행되고, 촬영이 끝나고 어떤 대우를 받는지 몰랐다.

하지만 동물을 등장시키는 매체가 많아지면서 그들을 보호해야 한다는 요구가 높아졌다. 인간의 즐거움을 위해 전시되고, 무대에 서고, 연기를 하는 쇼 동물에 관한 책《동물 쇼의 웃음, 쇼 동물의 눈물》(로브 레이들로, 책공장더불어)에는 우리가 아는 유명 동물 배우들의 뒷이야기가 나온다. 영화〈해리포터〉에 나온 올빼미의 주인은 17가지 동물학대 혐의로 2009년 기소되었고, 영화〈흑성탈출〉에 나온 침팬지 첩스는 썩은 음식과 배설물로 가득 찬 우리에서 살다가 2003년 동물보호단체에 의해 발견되었다. 영화가 흥행에 성공했다고 출연한 동물들이 행복한 것은 아니다.

동물이 등장한 영화의 엔딩 크레디트에는 "영화 제작 과정에서 동물에게 어떤 피해도 입히지 않았다."는 내용의 글이 올라오는데 이는 동물단체가 동물을 안전하게 관리하라고 요구한 덕분이다. 하지만 이 기준은 촬영 현장에만 해당되기에 학대가 빈번하게 일어나는 제작 준비 단계, 제작 이후의 동물학대는 감시할 수 없다. 실제로 영화〈라이프 오브 파이〉에 나오는 호랑이를 비롯해 수많은 동물을 훈련시킨 유명 훈련사가 호랑이의 얼굴에 수많은 채찍을 가하면서 훈련시키는 끔찍한 영상이 공개되기도 했다.

각종 매체에 동물을 공급하는 미국의 가장 큰 동물공급업체의 조련사로 일했던 사라 배클러는 "그곳에서 동물학대는 하루도 빠지지 않고 일어났다."고 고백했다. 심지어 아기 침팬지를 발로 차고 막대기로 때리는 일도 비일비재했다. 동물을 가두고 습성에 맞지 않는 행동을 훈련시키려면 폭력과 배고픔을 이용하는 것밖에 다른 방법이 없다.

그럼에도 변화의 조짐은 있다. 헝가리 영화〈화이트갓〉은 겉으로는 유기견에 관한 이야기지만 세상의 모든 강자와 약자, 지배자와 피지배자에 관한 이야기다. 모든 주종 관계에 관한 커다란 은유 같은 영화지만 영화는 명확하게 유기견 문제를 앞에 내세운다. 현재 사회에서 강자와 약자의 관계를 극명하게 드러내는데 인간과 동물만한 것이 있을까?

영화에는 개가 250마리 출연하는데 감독은 모두 유기견 보호소에서 데려 와서 전문 훈련사를 통해 6개월간 훈련시켰다. 촬영은 개에게 부담이 가지 않도록 천천히 진행되었고, 주연 동물 연기자는 혹사당하지 않도록 대역이 있었으며 촬영을 마친 후 개 250마리는 모두 감독이 책임지고 새로운 가족을 찾아주었다. 감독은 개 이야기를 다루면서 그들을 혹사할 수 없다는 의지가 강력했다고 한다. 그래서 그런가? 영화 속 동물 배우들의 연기가 아주 뛰어나다. 특히 감동적인 마지막 장면에서 개들이 보여 주는 표정 연기는 정말 최고다.

시청률을 보장하는 TV 동물 프로그램은 계속 쏟아져 나오고 사라졌다가 다시 나오기를 반복하고 있다. 연예인이 반려동물을 키우거나 남의 반려동물을 잠시 돌보거나 문제행동을 고치거나 그저 예쁜 소품이거나 등등 종류도 다양하다. 동물이라는 소재만으로 시청자의 눈길을 끌기 충분하기 때문이다. 부디 영화 〈트루먼쇼〉에서처럼 방송 중에는 함께 웃고 우는 충성 시청자였다가 프로가 끝나자마자 망설임 없이 채널을 돌리는 시청자가 되지 말자. 제작 과정, 종영 후 정황까지 매의 눈으로 동물의 안녕을 챙기는 시청자가 필요한 시대다.

우리의 모든 여행이
동물에게 인간다운 모습을 보여 줄 수 있기를

"예전에 동남아 여행을 갔을 때 코끼리 털이 행운을 준다고 해서 코끼리 트래킹하면서 코끼리 털을 뽑아 왔잖아요."

북디자이너가 인간의 재미를 위해 일하는 쇼 동물에 관한 책을 나와 함께 만들고 나더니 어느 날 불쑥 고해성사하듯 지난날의 행동을 털어놓았다. 오랜만에 가족들과 떠난 해외여행에서 코끼리 트래킹이라는 낯선 경험에 흥분하고, 코끼리 털을 뽑으며 특별한 재미를 느꼈을 것이다. 하지만 그런 작은 추억이 동물에게 얼마나 고통을 주는 일인지 알게 되자 미안함을 느끼게 되었다. 알면 보이고, 무지해서 한 행동은 용서가 되는 법. 무지했던 그는 이제 여행을 가서 절대 동물 트래킹을 하거나 동물 쇼를 보지 않을 것이다. 물론 순간의 기쁨을 위해 모른 척하는 사람도 있겠지만 사람들은 대부분 자신의 행동이 동물에게 고통을 준다는 걸 알게 되면 멈추게 된다. 그래서 안다는 게 중요하다. 사실 나도 아무것도 모르던 시절 코끼리 공연을 보면서 박수 쳤던 사람이다.

한국인이 많이 찾는 동남아 관광지에서는 관광객을 태우던 코끼리가 종종 쓰러져 숨지기도 한다. 2016년에 캄보디아에서 죽은 코끼리의 나이는 사람으로 치면 80살이 넘는 45세였고, 40도가 넘는 무더위에 쉬지 않고 일하다가 스트레스와 탈진으로 심장마비를 일으켰다.

벨라루스의 한 공연장에서는 코끼리가 공연 도중 2미터 높이의 구조물에서 떨어졌다. 코끼리는 쌓아놓은 의자 위에서 뒷다리를 들고 물구나무서기를 하는 쇼를 선보인 후 내려오다가 추락했다. 이목이 집중된 사고였음에도 불구하고 공연 주최 측은 그 코끼리를 다시 공연에 내보내겠다고 했다. 동물들의 노동 강도와 노동 환경이 어느 지경인지 알 수 있다.

몇 년 전 오랜만에 태국 치앙마이를 찾았다. 코끼리 보호소에 봉사를 하러 간 길이었다. 치앙마이 시내에는 현지 투어를 중계해 주는 사무소가 많다. 현지 투어 사무소에는 코끼리 체험, 호랑이 공원, 코브라 농장 등 동물 관련 투어 팸플릿이 즐비하게 꽂혀 있었다. 태국의 호랑이 공원은 호랑이에게 수면제를 먹이고 폭력을 가한다는 동물단체의 폭로로, 태국 정부의 수사가 이어지기도 하는 곳이다. 내가 간 치앙마이에도 호랑이 공원이 있었고, 툭툭 기사가 추천할 정도로 관광명소지만 나는 차가 꽉 찬 주차장을 씁쓸하게 보며 지나쳤다.

호랑이 공원은 비싼 입장료를 내고 들어가서 호랑이와 사진 찍기를 할 수 있는 곳이다. 팸플릿에는 이곳 호랑이는 수면제를 먹이지 않았고, 호랑이는 야행성이라서 낮에 자는 것뿐이고(인간들이 마구 주물럭거리는데도 꼼짝하지 않는 호랑이가 자는 거라는 말을 믿을 수 있나), 이곳에서 태어나고 자라서 순한 거라고 구구절절 변명을 하고 있었다. 차라리 호랑이와 마음의 소리로 대화를 나눈다고 하지! 폭력을 쓰거나 약을 먹이지 않고 최상위 포식자인 호랑이와 다정하게 투샷을 찍을 수 있다는데, 진짜 믿으라고 하는 말이라기보다는 어차피 호랑이 만지고 싶어서 온 사람들이니까 죄책감이나 덜라고 하는 말일 것이다.

태국에는 그림 그리는 코끼리도 있다. 코끼리는 코로 붓을 쥐지 않는다. 코끼리의 코는 인간의 눈과 코, 손이 하는 일을 다 합친 것과 같은 곳이다. 코로 친구에게 인사를 하고, 새끼를 구하고, 새끼를 안심시키고, 진흙을 튀기고, 식량을 모으는 역할을 한다. 그런 코끼리 코에 붓을 쥐게 하려면 사람을 등에 태울 때와 마찬가지로 파잔phajaan이라 불리는 잔인한 복종 과정을 거쳐야 한다. 파잔은 어미에게서 떼어낸 어린 코끼리를 좁은 곳에 가둔 채 복종할 때까지 밤낮없이 찌르고 굶기고 잠을 못 자게 하는 폭력을 통해 야생성을 잃게 하는 과정이다. 그 과정에 코끼리는 육체와 감정뿐 아니라 영혼까지 상처를 입는다. 그러면 비로소 등에 인간을 태우고 코로 붓을 쥔다.

생태학자인 칼 사피나는 동물이 어떻게 생각하고 느끼는지에 대해 서술한 《소리와 몸짓》(칼 사피나, 돌베개)에 이렇게 썼다. "세계 속에서 우리가 존재하는 것처럼 동물에게도 존재할 정당성이 있다. 우리보다 더 큰 정당성을 지닐지도 모른다. 그들이 먼저 왔으니까. 그들이 우리 존재의 기초에 있으니까. 그들은 필요한 것만 가져가니까. 그들은 주위 삶과 공존 가능하니까. 그들이 지킬 때 세상은 지속했다." 우리는 그들에게서 너무 많은 것을 빼앗았다. 그들은 인간의 쾌락을 위해서가 아니라 그들 모습 그대로 존재해야 한다.

종교적으로 코끼리를 숭배하는 인도에서는 코끼리를 죽이지는 않지만 각종 행사와 돈벌이에 이용한다. 생태학자며 심리학자인 브래드쇼는 책 《코끼리는 아프다》(G. A. 브래드쇼, 현암사)를 통해 동시대에 우리와 살고 있는 코끼리가 어떻게 살고 있는지, 어떤 일을 겪고 있는지 자세히 적었다. 인도의 코끼리 수의사인 패니커 박사는 1976년부터 2003년까지 자신의 병원에서 죽은 코끼리의 사망 원인을 조사했다. 248마리 중에 198마리가 고된 노동과 훈련을 위한 폭력, 형편없는 식사 등으로 죽었다. 습성에 맞지 않는 일을 시키다 보니 폭력이 행사되고, 형편없이 먹이면서 과한 노동을 시켰다는 증거다. 나는 이 책을 코끼리를 애정하는 마음에 읽기 시작했다가 영혼이 부서지는 느낌을 받았다.

치앙마이 여행길에서 모짜, 깡능, 문틍이라는 세 코끼리와 하루를 보냈다. 셋 다 산속에서 벌목된 나무를 옮기는 노동을 하다가 벌목이 금지되자 도시로 끌려왔다. 거리에서 쇼를 하거나 관광객에게 구걸을 하면서 지냈다. 인간에게 긴 세월 학대를 당하다가 마침내 구조되어 깊은 산속 코끼리 보호구역에 마련된 평생의 안식처에 안착했다.

가장 나이가 많은 문틍이 40살이었고, 셋 다 여자였다. 그녀들과 하루를 보내면서 코끼리 코가 얼마나 많은 역할을 하는지 눈앞에서 확인했다. 나무를 쓰러뜨리고, 가지를 훑어서 잎을 먹고, 진흙을 뿌리고, 옆의 코끼리 몸을 만지며 대화를 나누고, '뿌우~' 소리를 냈다. 그녀들 사이에 있는데도 나는 벌써 그녀들이 그리웠다. 내내 그리워하다가 또 만나러 가야지.

앞에서 언급한 벨라루스의 코끼리 사고 영상을 보면 두려움에 내려오지 못하고 벌벌 떠는 코끼리를 조련사가 꼬챙이로 찌르면서 재촉하는 모습이 굉장히 잔인하다. 하지만 더 잔인한 건 공포에 질려 주저하면서도 높은 곳에서 물구나무서기를 하는 코끼리를 보면서 박수를 치는 사람들이다. 그 장면을 보면서 우리는 이미 인간이기를 포기한 것 같다는 생각이 들었다. 반면 함께 공연하던 코끼리들은 추락한 코끼리에게 걱정하듯 다급하게 달려갔다. 인간보다 더 인간적인 동물들. 인간은 인간이 되는 것이 두려운 것일까. 우리의 모든 여행이 동물들에게 인간다운 모습을 보여 줄 수 있는 여행이기를 바란다.

한국에 고양이 역장,
도서관 고양이는 없다

한때 온라인 동물판을 달구었던 한국판 고양이 역장 다행이가 사라졌다는 소식은 모두를 분노하게 했다. 동물은 여전히 홍보수단일 뿐이구나.

다행이는 2016년에 부천시 역곡역이 입양하면서 명예역장이 되었다. 역곡역의 역장은 어린이를 구하다가 다리를 잃었고, 다행이도 길에서 다리를 다쳐서 둘의 만남은 언론의 관심을 받았다. 몸이 아프면서도 살아 있어서 정말 다행이라는 의미로 이름이 지어진 다행이는 역 생활에 잘 적응했다. 다행이가 역에서 편히 지내는 모습은 많은 사람을 흐뭇하게 했다. 그런데 역장이 건강 문제로 자리를 비우자 보호소로 보내졌고, 관리 부실로 그곳에서 사라졌다. 어디선가 살고 있기를 바라는 마음이지만 불편한 몸으로 낯선 곳에서 살아 있을지 기대하기 어려운 게 사실이다. 홍보에 그렇게 열을 올리더니 이용할 대로 이용하고 조용히 아이를 보호소로 보내다니. 역 광장을 역곡다행 광장으로 이름을 붙이고, 다행이를 주인공으로 책을 만들고, TV 프로그램에도 뻔질나게 홍보했으면서. 코레일, 부천시는 책임 문제에서 자유로울 수 없다.

오래 전 강아지를 명예역장으로 임명한 기차역을 취재한 적이 있다. 강아지 명예역장 스토리는 많은 미디어에서 사랑받았다. 다음 해에 그 아이들이 궁금해서 연락했더니 새로운 강아지가 역장이 되어 있었다. 귀여웠던 강아지가 1년 만에 훌쩍 크자 다른 강아지로 교체한 것이었다. 기가 막혀 먼저 아이들의 연락처를 물으니 여러 핑계를 대면서 끝내 알려주지 않았다. 관공서에서 이런 식으로 동물을 이용하면 안 된다고 항의해도 그게 왜 문제인지도 모르는 것 같았다.

우리나라에 동물 역장 바람이 분 건 일본 기시역의 타마 역장 덕이다. 2006년 기시역은 이용객 감소로 폐쇄 위기에 몰렸는데 매점 아주머니가 챙기던 고양이 타마를 고양이 역장이라며 홍보하기 시작했다. 타마 역장 덕분에 기시역은 외국 여행객도 찾아오는 명소가 되었고 기사회생했다. 고양이 역장은 홍보수단으로 시작했지만 역은 타마가 16살로 떠날 때까지 아프면 치료도 해 주고, 살뜰히 챙기면서 끝까지 책임을 다했다.

안타까운 이야기는 또 있다. 서울 강동구의 암사도서관에 나타난 길고양이 해리는 사람을 좋아하는 성격으로 도서관 직원과 이용객의 사랑을 받았다. 해리는 어느 동네에나 한 녀석쯤 있는 길고양이 홍보대사 같은 아이였다. 인기 동물 프로그램인 〈TV 동물농장〉에도 소개되었고, 해리가 주인공인 책도 출간되고, 덕분에 도서관 이용객도 늘었다. 여기까지는 도서관 고양이로 유명한 미국의 고양이 듀이와 닮았다. 하지만 말이 좋아서 도서관 고양이지 해리는 여전히 도서관 밖에 마련된 급식소에서 밥을 먹는 길고양이였다. 이걸 도서관 고양이라고 홍보하는 도서관도, 미담을 짜내는 방송국도 어이없기는 마찬가지다.

그해 겨울, 해리는 피투성이가 된 채 도서관 앞에 쓰러져 있었다. 길에 사는 아이가 유명세를 얻으면 쉽게 폭력에 노출된다. 이 사고로 해리는 턱뼈가 부러지고 한쪽 눈이 실명되었다. 그런데 이해하지 못할 일이 더 이어졌다. 부상으로 큰 수술을 받은 해리가 수술 후 도서관 근처에 방사된 것이다. 방사라니. 도서관으로 들인 것도, 집고양이도 아닌 다시 길 위라니. 사람들의 우려대로 방사된 해리는 얼마 지나지 않아 실종되었다. 오랫동안 해리를 찾지 못해 많은 사람들이 분노했는데 무려 석 달 후 멀리 떨어진 곳에서 한 캣맘에게 발견되었다. 다행히 해리는 현재 많은 사람들의 도움으로 집고양이로 살고 있다.

다행이와 해리의 이야기는 꽤 유사하다. 미디어의 스포트라이트를 받으면서 책까지 출간되는 등 관공서의 홍보에 이용되었는데 결론은 평범한 고양이보다 못하게 된 것이다. 게다가 동물을 홍보에 이용하면 의도치 않은 일도 발생한다. 해리가 큰 부상을 입은 건 시기적으로 TV 동물 프로그램에 소개된 후다. 안전을 책임지지도 못하면서 벌이는 지나친 홍보는 동물학대자에게 길고양이의 신상 정보를 제공하는 것과 같다.

같은 도서관 고양이지만 해리와 너무 다른 삶을 살았던 듀이는 어땠을까? 《듀이: 세계를 감동시킨 도서관 고양이》(비키 마이런, 브렛 위터, 갤리온)의 저자 비키 마이런은 도서관 직원이었는데 한겨울에 도서관 반납함에 버려져 꽁꽁 언 새끼 고양이를 살리기 위해 목욕부터 시킨다. 나는 저자가 목욕물의 온도가 적당한지 알아보려 팔꿈치로 수온을 체크하는 모습에 뭉클했다. 엄마가 아기 목욕을 시킬 때 하는 행동이 아닌가. 한 생명을 받아들이는 태도가 이렇게 다르다.

듀이는 이후 도서관 고양이가 되어서 직원과 이용객의 사랑을 받으며 지낸다. 해리처럼 도서관 밖이 아니라 도서관 안에서 생활했다. 1988년 당시 미국은 경제불황이 심각하던 시기여서 실업자가 넘쳤고, 온종일 일을 해도 먹고 살기 힘든 시절이었다. 부모는 자녀를 돌볼 시간이 없었다. 그런 아이들을 사랑하고 함께 놀아준 상대가 바로 듀이였다. 어느 날 한 아이의 엄마가 부모 대신 아이들 곁을 지키는 듀이에게 와서 속삭였다. "듀이야, 고맙다." 이러니 저자가 듀이를 입양한 건 온 마을이라고 표현하는 게 지나치지 않다.

듀이는 16살에 암으로 떠났다. 저자는 주말이나 휴가 때면 듀이를 도서관에서 집으로 데려오곤 했기에 늙은 듀이를 집에서 돌보려 했다. 하지만 듀이는 주말을 지내고 도서관에 갈 때면 흥분해서 앞발을 자동차 계기판에 올려놓을 정도로 도서관을 사랑했다. 듀이에게 도서관은 돌아가야 하는 집이고, 도서관 직원과 이용객은 사랑하는 가족이었다.

이렇게 온 마음으로 동물을 받아들이지 않을 거라면 도서관 고양이, 고양이 역장 등의 홍보놀음은 이제 그만하자. 동물 당사자에게 인간의 반짝 관심은 불행을 가져올 뿐이다.

사육곰은 철장 밖 구조자의
손을 꼭 잡았다

한국에는 영화 〈아무도 모른다〉의 아이들처럼 이 땅에 존재하지만, 존재를 들키지 않고, 존재를 알고 싶지 않은 사람들의 의도적인 무관심 속에, 존재하는 동물이 있다. 사육곰. 웅담 채취만을 위해 사육되는 곰을 사육곰이라고 부른다. 그런 곰들에게 2020년 겨울, 좋은 소식이 들려왔다. 정부가 웅담 채취 등의 목적으로 곰 사육을 권장한 지 40년 만에 사육곰 및 반달가슴곰 보호시설 설계비가 국회 본회의를 통과했다. 40년 만에 사육곰 문제 해결을 위한 첫걸음을 시작한 것이다. 사육곰은 400여 마리가 남아 있다.

사육곰 문제 해결을 위해 주도적으로 뛰었던 시민단체 녹색연합은 2017년 한국 사육곰 백서인 《사육곰, 36년의 이야기》를 펴냈다. 사육곰 문제는 전형적인 국가정책의 실패가 동물학대로 이어진 참극이다. 사육곰은 1981년 우리나라에 들어왔다. 정부가 농가소득 증대와 재수출용으로 곰의 수입을 허가하고 장려했다가 멸종위기종인 곰 보호 여론이 높아지자

4년 만인 1985년 곰 수입을 전면 금지했다. 그사이 수입된 496마리의 곰은 한때 1,500여 마리로 불어날 정도로 인기를 끌었다. 하지만 웅담 소비 감소, 값싼 중국 웅담의 수입, 학대 논란이 겹치면서 사양 산업이 되었다.

2013년에는 한 마리라도 구조해 보자며 사육곰 구출작전 프로젝트가 진행되었는데 사육곰을 받아줄 공간이 없어서 무산되었다. 농장주에게 사육곰을 샀을 경우, 그 가격이 이후 정부가 곰을 일괄 매입할 때 기준 가격이 되는 부담도 작용했다. 사육곰 문제 해결은 이렇게 복잡하고 어려웠다.

최선은 정부가 정책 실패의 책임을 지고 전부 매입해서 관리하는 것인데 정부는 매입을 거부하고 2017년 중성화수술 사업을 선택했다. 사육곰은 10살이 되어야 도축이 가능하다. 그러니 중성화수술 전에 마지막으로 태어난 2015년생 곰이 10살이 되어 도축이 가능해지는 2024년에 곰 사육을 중지하는 게 정부의 계획이었다. 다시 말하면 10년을 기다렸다가 모두 죽이겠다는 것이다. 종국에는 죽이기 위해 곰들을 수술대에 올린 것인가라는 비난이 일었다. 이런 지난한 과정 끝에 마침내 2020년, 곰 보호시설로 가는 큰 전환을 맞게 되었다. 사육곰에 대한 동물단체와 사람들의 관심과 관련 보도가 이어지고, 무엇보다 코로나19로 야생동물 질병관리 문제가 중요해진 것이 결정적 요인이 되었다.

중국에서 활동하는 동물보호단체 애니멀스아시아재단은 사육곰 300여 마리를 구조해서 곰 보호구역에서 보호한다. 산 채로 웅담을 뺏기는 고통을 겪으며 살던 곰들은 그곳에서 비로소 곰처럼 산다. 애니멀스아시아재단의 질 로빈슨 대표는 1993년 사육곰을 구조하는 현장에서 재스퍼를 만나는 데 그 과정이 《고통받은 동물들의 평생 안식처 동물보호구역》(로브 레이들로, 책공장더불어)에 자세히 나온다.

재스퍼는 15년 동안 좁은 철장에 갇혀 꼼짝도 못하고 누운 채로 웅담을 빼앗기며 살았다. 재스퍼가 15년간 들어가 있던 틀인 크러시케이지는 쓸개즙을 쉽게 채취하기 위해 작은 철장에 곰을 눕히고 꼼짝도 하지 못하게 만든 기구다. 이 장치를 단 곰은 앉거나 일어나거나 돌아눕지도 못하고 바닥에 눌린 채로 살아야 한다. 수 년 동안 이런 과정에 익숙해진 곰은 사람이 쓸개즙을 빼기 위해 다가오면 자연스럽게 배를 쇠창살에 갖다 댄다.

마침내 동물단체의 도움으로 틀에서 벗어나던 날, 재스퍼는 쇠창살 밖으로 손을 내밀어 질 로빈슨 대표의 손을 꼭 잡았다. 이후 평생의 안식처인 곰 보호구역으로 간 재스퍼가 그곳에서 지내는 모습은 보는 사람을 절로 행복하게 했다. 재스퍼는 넓은 자연에서 뒹굴고 놀면서 온몸으로, 얼굴 전체로 행복하다고 말했다. 곰 보호구역은 곰이 곰다운 모습으로 살 수 있는 곳이고, 재스퍼를 비롯한 곰들에게 삶이 살 만한 것임을 알게 해 주는 곳이다. 이제 그런 곳이 한국에도 생긴다.

재스퍼가 살았던 곰 보호구역이 한국에는 아직 없지만 다른 곰들에 비해 좀 일찍 철장에서 해방된 사육곰이 4마리 있다. 시민단체가 농장에서 구조한 후 청주동물원과 전주동물원에서 임시 보호하고 있는 곰들이 그들이다. 반이, 달이, 들이, 곰이라는 이름도 생겼다. 배고픔을 잊고, 비와 더위를 피할 수 있는 곳에서, 아프면 수의사의 진료를 받으면서, 고통과 죽음의 두려움에서 해방되어 살고 있다. 이들이 어서 완전한 곰 보호구역으로 가서 편히 지내기를 바란다. 40년 동안 책임 회피만 해오던 정부가 등떠밀려 이제 겨우 사육곰 해방을 위한 첫걸음을 시작했다. 부디 곰 보호구역이 또 다른 동물원이 되지 않고, 돈을 벌기 위한 지자체의 수익 사업으로 전락하지 않도록 끝까지 지켜보자.

햇빛에 뒹구는
고양이만도 못한

가끔 귀를 의심할 때가 있다. 어떻게 저런 말을 아무렇지도 않게 할까. 꽤 오래 전 어느 겨울, 미팅이 있어서 한 디자인 사무실을 찾았는데 대뜸 1층 문을 제대로 닫고 올라왔냐고 묻는다. 왜 그러냐고 했더니 길고양이 때문이란다.

"아, 추우니까 아이들 들어오라고 문을 열어두시나 봐요. 제가 모르고 닫고 왔는데."

"아니요. 추우니까 자꾸 고양이들이 건물 안으로 들어오더라고요. 그래서 들어오지 못하게 문을 꼭 닫아야 해서요."

"추워서 들어온 걸 텐데…."라고 말끝을 흐리고 말았다. 그때의 나는 지금처럼 길고양이에 대해 잘 아는 것도 아니어서 좋은 해결 방법을 제시할 수 없었고, 처음 본 사람의 문제에 참견할 의욕도 없었다. 그저 길 위에서 혹한을 견디기 어려워 실내로 몸을 피한 생명에 대해 조금의 연민도 없음이 놀라웠다.

이번 겨울에 그날의 데자뷔를 경험했다. 체감 온도가 영하 20도 가까이 되는 혹한이 이어지던 날, 어두워지기 전에 동네 고양이들 저녁을 먹이려고 찾아다니고 있는데 멀리 아이들이 보였다. 우리 동네 길고양이 홍보대사인 갑수가 역시나 사람들에게 몸을 쓱쓱 비비며 홍보 활동을 열심히 하고 있었다. 그때 갑수를 둘러싸고 있던 무리가 자리를 뜨면서 나누는 대화를 들었다.

"어, 얘, 어떡해. 따라와."

"에이씨, 떼버려. 쟤는 조금 예뻐하면 건물 안까지 따라와서 짜증나."

이렇게 야박하게 말하는 사람이 누군지 안다. 오가며 가끔 먹을 것도 주고 갑수를 예뻐하던 사람이다. 그들에게 길고양이는 길을 가다가 잠시 들어가서 한 판 하고 나오는 오락실 게임 같은 건가? 잠시 즐거웠으면 그만인. 손톱만큼이라도 불편하게 하면 바로 안면을 바꾸는. 갑자기 태도를 바꾼 사람들에 당황한 채 홀로 남겨진 갑수를 불러서 "괜찮아, 괜찮아." 다독였지만 생각이 많아졌다. 인간이란 뭘까.

언젠가 TV에서 인공지능과 4차 산업혁명에 대한 이야기를 하는데 패널들의 '인간부심'이 대단했다. 인간만이 할 수 있는 판단, 인간만이 가진 감정이 반드시 있다고 굳게 믿고 있었다. 과연 그럴까. 과연 인간만이 동물부터 인공지능까지, 다른 모든 것보다 모든 면에서 우월한가.

존 그레이의 《하찮은 인간, 호모 라피엔스》(존 그레이, 이후)는 인간이란 무엇인가에 대해 우리가 갖고 있는 수많은 가정들을 흔든다(호모 라피엔스는 '약탈하는·자'라는 뜻이다). 우리는 인간을 규정하는 가장 중요한 요소를 의식이라고 믿지만 객관적으로 바라보면 우리는 삶에서 중요한 많은 의사결정을 의식할 새도 없이 내린다. 인간이 가장 고결한 생명체라는 주장은 다른 생명체가 그 주장에 이의를 제기한 적이 없기 때문이라는 독일의 사상가 리히덴베르크의 말에 키득키득거리며 웃었다.

인간이 다른 점이 있긴 하다. 인간은 동물과 달리 여러 본능이 서로 상충한다. 안전을 갈구하지만 쉽게 지루해하고, 평화를 사랑하지만 폭력을 열망하고, 생각하기를 원하지만 생각이 가져오는 불안을 싫어하고 두려워한다. 정말 특이한 존재다. 또한 동물과 달리 더 치졸하고 비열하게 삶에 집착하기도 한다. 스페인 작가 베르나르도 소아레스는 인간과 동물의 삶이 다른 점을 아무래도 찾지 못하겠다고 말하며 이렇게 썼다.

"고양이는 햇빛에서 뒹굴거리고 나서 잠을 자러 간다. 사람은 (그 삶이 얼마나 복잡하든) 삶에서 뒹굴거리고 나서 잠을 자러 간다. 둘 다, 본성의 법칙에서 벗어날 수 없다."

길고양이를 대하는 사람들의 태도에서 인간은 무엇인가 생각하게 되었는데 햇빛에서 뒹굴거리는 고양이에게서 해답을 얻었다. 모든 계절을 좋아하는데 인간의 못남을 자꾸 확인하게 되는 추운 겨울이 부끄럽다.

돼지의 행복에 대해
생각해 본 적이 있던가?

　매년 새해가 되면 그해의 띠인 동물에 대한 기사가 무수히 쏟아진다. 그런데 동물을 다룬 기사를 보면 인간에게 그 동물이 어떻게 인식되고 있는지 쉽게 알 수 있다. 예를 들어 돼지해의 기획은 대부분 이렇다. 돼지가 가축이 된 유래, 문명사, 돼지고기 요리라는 범주를 벗어나지 못한다. 슬프게도 인류에게 돼지는 돼지고기라는 식재료로 가장 먼저 떠오르는 모양이다. 식재료가 되기 위해 갇혀 사는 불편한 돼지의 현실은 건너뛰고 맛있는 요리에 집중한다.

　하긴 현대인은 살아 있는 돼지를 실물로 볼 기회가 거의 없다. 식재료가 된 돼지 신체의 일부를 고사용 돼지머리, 족발, 간, 순대 등으로 만나거나 돼지저금통으로나 만날까. 오히려 푸우의 소심한 친구 피글렛이 실제 돼지보다 더 친숙하다. 도시에서 태어나 자란 나도 농장을 하시던 할아버지를 만나러 갔다가 생각보다 거대한 돼지를 보고 놀랐던 어린 시절의 가물가물한 기억 정도가 실물을 본 전부고, 이후로는 일 때문에 찾았던 동물원이나 테마파크에 전시된 새끼 돼지를 본 정도다. 이처럼 실제 돼지는 우리와 단절되어 있다.

사람들이 알 만한 돼지 관련 단어도 대부분 가축으로서의 돼지다. 공장식 축산이라는 단어, 어미 돼지가 새끼를 임신하고 수유를 하는 동안 갇혀 사는 철제 우리인 스톨이라는 단어가 그렇다. 초기 로마 시대에도 돼지를 먹이고 살찌우는 기술을 가리키는 포르쿨라티오 Poruculatio라는 단어가 있었다고 한다. 동물학대 요리로 비난을 받는 거위 간 요리인 푸아그라처럼 그 시대에도 돼지에게 무화과와 꿀을 탄 와인을 강제로 먹여서 비대해진 돼지 간을 최고의 진미로 여겼다고 하니 돼지는 가축화된 후 특히 고통받은 종이다. 그러면서도 서양에서 공장식 축산이 도입되기 이전의 돼지는 일종의 식용 가능한 애완동물이었다니 아마도 돼지의 높은 지능과 귀여운 외형 덕분일 것이다.

《대단한 돼지 에스더》(스티브 젠킨스 외, 책공장더불어)를 어느 신문에선가 반려돼지와 사는 에세이라고 소개했던데 그보다는 돼지와 함께 살게 된 인간이 어디까지 변화할 수 있는지를 보여 주는 다큐멘터리에 가깝다. 파티를 좋아하는 두 남자가 돼지와 살게 된 후 겪게 된 첫 번째 변화는 베이컨을 먹지 못하게 되는 것이었다. 우리나라였으면 삼겹살을 먹지 못하게 되는 것과 비슷할 테니 대단한 변화고 결심이다. 이후로는 다른 고기, 우유도 먹지 않고, 가죽 옷, 가죽 신발도 입지 않고 신지 않는다. 자기 옆의 에스더는 이렇게 행복한데 행복하지 못한 동물들에게서 착취한 것들을 소비할 수 없게 되었다. 그런데 두 남자는 자기들만 변한 게 아니라 행복한 돼지 에스더의 모습을 SNS에 소개하면서 세계 수백만 명의 사람들이 육식 소비를 줄이는 큰 변화를 일으킨다. 나 또한 에스더의 수백만 팬덤의 일원이 되면서 생각했다. 우리가 돼지의 행복에 대해서 생각해 본 적이 있던가?

나도 채식을 하기 위해 노력하는데 인간에게 착취당하는 동물들의 끔찍한 영상을 보면서 채식의 의지를 다지는 건 고통이다. 그럴 때면 에스더의 페이스북으로 간다. 에스더가 코로 땅을 파헤치고, 넓은 땅에서 여유롭게 어슬렁거리고, 인간, 개, 고양이, 칠면조 등 종이 다른 가족들과 행복하게 지내는 모습을 보면 오히려 육식의 욕구가 슬며시 꺼진다. 다른 돼지도 에스더처럼 행복하게 살았으면 좋겠다는 아주 단순한 바람 때문이다.

돼지해에는 사람들이 고통받는 돼지보다 행복한 돼지를 많이 보는 해가, 개의 해에는 행복한 개를 많이 보는 해가 되면 좋겠다. 꿈에서 돼지를 보면 복이 들어오는 길몽이라고 하는데, 육식을 좀 줄여서 현실에서도 행복한 돼지가 많은 세상에 일조한다면 그게 복 짓는 게 아닐까. 황금돼지해에는 임신을 계획하는 부부도 많다. 그렇지만 암컷 돼지에게 임신과 출산이란 지옥과 다름없는 게 현실이다.

돼지의 문화사에 대해 다른 책 《돼지의 발견》(새러 레스, 뿌리와이파리)에는 돼지에게는 두 개의 심장이 있다고 나온다. 돼지의 심장 하나는 가슴에서 뛰고, 나머지 하나는 코끝에서 뛴다고. 돼지의 코를 자세히 보면 심장을 거꾸로 한 딱 그 모양이다. 그래서 돼지는 코로 흙을 파며 자연의 기운을 흡수하고, 코로 인사하는 모양이다. 에스더가 함께 사는 가족들에게 코를 비비는 건 사랑한다는 표현이라고 했다. 코에서도 심장이 뛰는 이 멋진 동물이 행복해지려면 인간은 무엇을 해야 할까? 동물을 인간의 미각을 위한 존재로 소비하는 것이 아니라 그들의 행복에 대해서도 생각해 보자.

책공장더불어의 책

동물을 만나고 좋은 사람이 되었다
(한국출판문화산업진흥원의 출판콘텐츠 창작 자금 지원 선정)
개, 고양이와 살게 되면서 반려인은 동물의 눈으로, 약자의 눈으로 세상을 보는 법을 배운다. 동물을 통해서 알게 된 세상 덕분에 조금 불편해졌지만 더 좋은 사람이 되어 가는 개·고양이에 포섭된 인간의 성장기.

동물에 대한 예의가 필요해
일러스트레이터인 저자가 지금 동물들이 어떤 고통을 받고 있는지, 우리는 그들과 어떤 관계를 맺어야 하는지 그림을 통해 이야기한다. 냅킨에 쓱쓱 그린 그림을 통해 동물들의 목소리를 들을 수 있다.

고양이 그림일기 (한국출판문화산업진흥원 이달의 읽을 만한 책, 학교도서관저널 추천도서)
장군이와 흰둥이, 두 고양이와 그림 그리는 한 인간의 일 년 치 그림일기. 종이 다른 개체가 서로의 삶의 방법을 존중하며 사는 잔잔하고 소소한 이야기.

고양이 임보일기
《고양이 그림일기》의 이새벽 작가가 새끼 고양이 다섯 마리를 구조해서 입양 보내기까지의 시끌벅적한 임보 이야기를 그림으로 그려냈다.

우주식당에서 만나
2010년 볼로냐 어린이도서전에서 올해의 일러스트레이터로 선정되었던 신현아 작가가 반려동물과 함께 사는 이야기를 네 편의 작품으로 묶었다.

개.똥.승. (세종도서 문학 부문)
어린이집의 교사면서 백구 세 마리와 사는 스님이 지구에서 다른 생명체와 더불어 좋은 삶을 사는 방법, 모든 생명이 똑같이 소중하다는 진리를 유쾌하게 들려준다.

노견 만세
퓰리처상을 수상한 글 작가와 사진 작가의 사진 에세이. 저마다 생애 최고의 마지막 나날을 보내는 노견들에게 보내는 찬사.

강아지 천국
반려견과 이별한 이들을 위한 그림책. 들판을 뛰놀다가 맛있는 것을 먹고 잠을 수 있는 곳에서 행복하게 지내다가 천국의 문 앞에서 사람 가족이 오기를 기다리는 무지개다리 너머 반려견의 이야기.

고양이 천국
(어린이도서연구회에서 뽑은 어린이·청소년 책)
고양이와 이별한 이들을 위한 그림책. 실컷 놀고 먹고, 자고 싶은 곳에서 잘 수 있는 곳. 그러다가 함께 살던 가족이 그리울 때면 잠시 다녀가는 고양이 천국의 모습을 그려냈다.

대단한 돼지 에스더
(환경부 선정 우수환경도서, 학교도서관저널 추천도서)
300킬로그램의 돼지 덕분에 파티를 좋아하던 두 남자가 채식을 하고, 동물보호 활동가가 되는 놀랍고도 행복한 이야기.

동물과 이야기하는 여자
SBS 〈TV 동물농장〉에 출연해 화제가 되었던 애니멀 커뮤니케이터 리디아 히비가 20년간 동물들과 나눈 감동의 이야기. 병으로 고통받는 개, 안락사를 원하는 고양이 등과 대화를 통해 문제를 해결한다.

나비가 없는 세상
(어린이도서연구회에서 뽑은 어린이·청소년 책)
고양이 만화가 김은희 작가가 그려내는 한국 최고의 고양이 만화. 신디, 페르캉, 추새. 개성 강한 세 마리 고양이와 만화가의 달콤쌉싸래한 동거 이야기.

고양이는 언제나 고양이였다
고양이를 사랑하는 나라 터키의, 고양이를 사랑하는 글 작가와 그림 작가가 고양이에게 보내는 러브레터. 고양이를 통해 세상을 보는 사람들을 위한 아름다운 고양이 그림책이다.

깃털, 떠난 고양이에게 쓰는 편지
프랑스 작가 클로드 앙스가리가 먼저 떠난 고양이에게 보내는 편지. 한 마리 고양이의 삶과 죽음, 상실과 부재의 고통, 동물의 영혼에 대해서 써 내려간다.

펫로스 반려동물의 죽음 (아마존닷컴 올해의 책)
동물 호스피스 활동가 리타 레이놀즈가 들려주는 반려동물의 죽음과 무지개다리 너머의 이야기. 펫로스(pet loss)란 반려동물을 잃은 반려인의 깊은 슬픔을 말한다.

채식하는 사자 리틀타이크
(아침독서 추천도서, 교육방송 EBS 〈지식채널e〉 방영)

육식동물인 사자 리틀타이크는 평생 피 냄새와 고기를 거부하고 채식 사자로 살며 개, 고양이, 양 등과 평화롭게 살았다. 종의 본능을 거부한 채식 사자의 9년간의 아름다운 삶의 기록.

치료견 치로리 (어린이문화진흥회 좋은 어린이책)

비 오는 날 쓰레기장에 버려진 잡종개 치로리. 죽음 직전 구조된 치로리는 치료견이 되어 전신마비 환자를 일으키고, 은둔형 외톨이 소년을 치료하는 등 기적을 일으킨다.

용산 개 방실이 (어린이도서연구회에서 뽑은 어린이·청소년 책, 평화박물관 평화책)

용산에도 반려견을 키우며 일상을 살아가던 이웃이 살고 있었다. 용산 참사로 갑자기 아빠가 떠난 뒤 24일간 음식을 거부하고 스스로 아빠를 따라 간 반려견 방실이 이야기.

개·고양이 순종의 진실

생명을 사고파는 사회가 만들어 낸 괴물, 순종. 순종을 원하는 문화가 개, 고양이에게 어떤 문제를 만들어 내는지 수의사인 작가가 과학적·사회학적으로 접근한다.

고양이 질병의 모든 것

40년간 3번의 개정판을 내며 고양이 질병 백과의 고전이 된 책. 고양이 질병의 예방과 관리·증상과 징후·치료법에 대한 모든 해답을 완벽하게 찾을 수 있다.

우리 아이가 아파요!
개·고양이 필수 건강 백과

새로운 예방접종 스케줄부터 우리나라 사정에 맞는 나이대별 흔한 질병의 증상·예방·치료·관리법, 나이 든 개, 고양이 돌보기까지 반려동물을 건강하게 키울 수 있는 필수 건강백서.

개 고양이 사료의 진실

미국에서 스테디셀러를 기록하고 있는 책으로 반려동물 사료에 대한 알려지지 않은 진실을 폭로한다. 2007년도 멜라민 사료 파동 취재까지 포함된 최신판이다.

개·고양이 자연주의 육아백과

세계적 홀리스틱 수의사 피케른의 개와 고양이를 위한 자연주의 육아백과. 40만 부 이상 팔린 베스트셀러로 반려인, 수의사의 필독서. 최상의 식단, 올바른 생활습관, 암, 신장염, 피부병 등 각종 병에 대한 대처법도 자세히 수록되어 있다.

개 피부병의 모든 것

홀리스틱 수의사인 저자는 상업사료의 열악한 영양과 과도한 약물사용을 피부병 증가의 원인으로 꼽는다. 제대로 된 피부병 예방법과 치료법을 제시한다.

암 전문 수의사는 어떻게 암을 이겼나

수많은 개 고양이를 암에서 구하고 스스로 암에서 생존한 수의사의 이야기. 인내심이 있는 개와 까칠한 고양이가 암을 이기는 방법, 암 환자가 되어 얻게 된 교훈을 들려준다.

개가 행복해지는 긍정교육

개의 심리와 행동학을 바탕으로 한 긍정교육법으로 50만 부 이상 판매된 반려인의 필독서다. 짖기, 물기, 대소변 가리기, 분리불안 등의 문제를 평화롭게 해결한다.

임신하면 왜 개, 고양이를 버릴까?

임신, 출산으로 반려동물을 버리는 나라는 한국이 유일하다. 세대 간 문화충돌, 무책임한 언론 등 임신, 육아로 반려동물을 버리는 사회현상에 대한 분석과 안전하게 임신, 육아 기간을 보내는 생활법을 소개한다.

인간과 개, 고양이의 관계심리학

함께 살면 개, 고양이와 반려인은 닮을까? 동물학대는 인간학대로 이어질까? 248가지 심리실험을 통해 알아보는 인간과 동물이 서로에게 미치는 영향에 관한 심리 해설서.

버려진 개들의 언덕 (학교도서관저널 추천도서)

인간에 의해 버려져서 동네 언덕에서 살게 된 개들의 이야기. 새끼를 낳아 키우고, 사람들에게 학대를 당하고, 유기견 추격대에 쫓기면서도 치열하게 살아가는 생명들의 2년간의 관찰기.

개에게 인간은 친구일까?

인간에 의해 버려지고 착취당하고 고통받는 우리가 몰랐던 개 이야기. 다양한 방법으로 개를 구조하고 보살피는 사람들의 이야기가 그려진다.

사람을 돕는 개

(한국어린이교육문화연구원 으뜸책, 학교도서관저널 추천도서)

안내견, 청각장애인 도우미견 등 장애인을 돕는 도우미견과 인명구조견, 흰개미탐지견, 검역견 등 사람과 함께 맡은 역할을 해내는 특수견을 만나본다.

햄스터

햄스터를 사랑한 수의사가 쓴 햄스터 행복·건강 교과서. 습성, 건강관리, 건강식단 등 햄스터 돌보기 완벽 가이드.

토끼

토끼를 건강하고 행복하게 오래 키울 수 있도록 돕는 육아 지침서. 습성·식단·행동·감정·놀이·질병 등 모든 것을 담았다.

사향고양이의 눈물을 마시다 (한국출판문화

산업진흥원 우수출판콘텐츠 제작 지원 선정, 환경부 선정 우수환경도서, 학교도서관저널 추천도서, 국립중앙도서관 사서가 추천하는 휴가철에 읽기 좋은 책, 환경정의 올해의 환경책)

내가 마신 커피 때문에 인도네시아 사향고양이가 고통받는다고? 내 선택이 세계 동물에게 미치는 영향, 동물을 죽이는 것이 아니라 살리는 선택에 대해 알아본다.

순종 개 품종 고양이가 좋아요?

사람들은 예쁘고 귀여운 외모의 품종 개, 고양이를 좋아하지만 많은 품종 동물이 질병에 시달리다가 일찍 죽는다. 동물복지 수의사가 알려주는 건강한 반려동물과 오래 함께 사는 법.

유기동물에 관한 슬픈 보고서 (환경부 선정 우수

환경도서, 어린이도서연구회에서 뽑은 어린이·청소년 책, 한국간행물윤리위원회 좋은 책, 어린이문화진흥회 좋은 어린이책)

동물보호소에서 안락사를 기다리는 유기견, 유기묘의 모습을 사진으로 담았다. 인간에게 버려져 죽임을 당하는 그들의 모습을 통해 인간이 애써 외면하는 불편한 진실을 고발한다.

유기견 입양 교과서

유기견을 도우려는 사람을 위한 전문적인 정보·기술·지식을 담았다. 버려진 개의 마음 읽기, 개가 보내는 카밍 시그널과 몸짓언어, 유기견 맞춤교육법, 입양 성공법 등이 담겼다.

후쿠시마에 남겨진 동물들

(미래창조과학부 선정 우수과학도서, 환경부 선정 우수환경도서, 환경정의 청소년 환경책)

2011년 3월 11일, 대지진에 이은 원전 폭발로 사람들이 떠난 일본 후쿠시마. 다큐멘터리 사진 작가가 담은 '죽음의 땅'에 남겨진 동물들의 슬픈 기록.

후쿠시마의 고양이

(한국어린이교육문화연구원 으뜸책)

2011년 동일본 대지진 이후 5년. 사람이 사라진 후쿠시마에서 살처분 명령이 내려진 동물을 죽이지 않고 돌보고 있는 사람과 함께 사는 두 고양이의 모습을 담은 평화롭지만 슬픈 사진집.

인간과 동물, 유대와 배신의 탄생

(환경부 선정 우수환경도서, 환경정의 올해의 환경책)

미국 최대의 동물보호단체 휴메인소사이어티 대표가 쓴 21세기 동물해방의 새로운 지침서. 농장동물, 산업화된 반려동물 산업, 실험동물, 야생동물 복원에 대한 허위 등 현대의 모든 동물학대에 대해 다루고 있다.

동물들의 인간 심판

(대한출판문화협회 올해의 청소년 교양도서, 세종도서 교양부문 선정, 환경정의 청소년 환경책, 아침독서 청소년 추천도서, 학교도서관저널 추천도서)

동물을 학대하고 학살하는 범죄를 저지른 인간이 동물 법정에 선다. 고양이, 돼지, 소 등은 인간의 범죄를 증언하고 개는 인간을 변호한다. 이 기묘한 재판의 결과는?

물범 사냥 (노르웨이국제문학협회 번역 지원 선정)

북극해로 떠나는 물범 사냥 어선에 감독관으로 승선한 마리는 낯선 남자들과 6주를 보내야 한다. 남성과 여성, 인간과 동물, 세상이 평등하다고 믿는 사람들에게 펼쳐 보이는 세상.

고통받은 동물들의 평생 안식처

동물보호구역 (환경부 선정 우수환경도서, 환경정의 어린이 환경책, 한국어린이교육문화연구원 으뜸책)

고통받다가 구조되었지만 오갈 데 없었던 야생동물의 평생 보금자리. 저자와 함께 전 세계 동물보호구역을 다니면서 행복하게 살고 있는 동물을 만난다.

똥으로 종이를 만드는 코끼리 아저씨 (환경부 선정 우수환경도서, 한국출판문화산업진흥원 청소년 권장도서, 서울시교육청 어린이도서관 여름방학 권장도서, 한국출판문화산업진흥원 청소년 북토큰 도서)

코끼리 똥으로 만든 재생종이 책. 코끼리 똥으로 종이와 책을 만들면서 사람과 코끼리가 평화롭게 살게 된 이야기를 코끼리 똥 종이에 그려냈다.

야생동물병원 24시 (어린이도서연구회에서 뽑은 어린이·청소년 책, 한국출판문화산업진흥원 청소년 북토큰 도서)

로드킬 당한 삵, 밀렵꾼의 총에 맞은 독수리, 건강을 되찾아 자연으로 돌아가는 너구리 등 대한민국 야생동물이 사람과 부대끼며 살아가는 슬프고도 아름다운 이야기.

숲에서 태어나 길 위에 서다 (환경부 환경도서 출판 지원사업 선정)

매년 길에서 로드킬로 죽는 동물 200만 마리. 인간과 야생동물이 공존할 수 있는 방법을 찾는 현장 과학자의 야생동물 로드킬에 대한 기록.

고등학생의 국내 동물원 평가 보고서 (환경부 선정 우수환경도서)

인간이 만든 '도시의 야생동물 서식지' 동물원에서는 무슨 일이 일어나고 있나? 국내 9개 주요 동물원이 종보전, 동물복지 등 현대 동물원의 역할을 제대로 하고 있는지 평가했다.

동물원 동물은 행복할까 (환경부 선정 우수환경도서, 학교도서관저널 추천도서)

동물원 북극곰은 야생에서 필요한 공간보다 100만 배, 코끼리는 1,000배 작은 공간에 갇혀 있다. 야생동물보호운동 활동가인 저자가 기록한 동물원에 갇힌 야생동물의 참혹한 삶.

동물은 전쟁에 어떻게 사용되나

전쟁은 인간만의 고통일까? 자살폭탄 테러범이 된 개 등 고대부터 현대 최첨단 무기까지, 우리가 몰랐던 동물 착취의 역사.

동물 쇼의 웃음 쇼 동물의 눈물 (한국출판문화산업진흥원 청소년 권장도서, 한국출판문화산업진흥원 청소년 북토큰 도서)

동물 서커스와 전시, TV와 영화 속 동물 연기자, 투우, 투견, 경마 등 동물을 이용해서 돈을 버는 오락산업 속 고통받는 동물의 숨겨진 진실을 밝힌다.

동물학대의 사회학 (학교도서관저널 추천도서)

동물학대와 인간폭력 사이의 관계를 설명한다. 페미니즘 이론 등 여러 이론적 관점을 소개하면서 앞으로 동물학대 연구가 나아갈 방향을 제시한다.

동물주의 선언 (환경부 선정 우수환경도서)

현재 가장 영향력 있는 정치철학자가 쓴 인간과 동물이 공존하는 사회로 가기 위한 철학적·실천적 지침서.

묻다 (환경부 선정 우수환경도서, 환경정의 올해의 환경책)

구제역, 조류독감으로 거의 매년 동물의 살처분이 이뤄진다. 저자는 4,800곳의 매몰지 중 100여 곳을 수년에 걸쳐 찾아다니며 기록한 유일한 사람이다. 그가 우리에게 묻는다. 우리는 동물을 죽일 권한이 있는가.

동물을 위해 책을 읽습니다

초판 1쇄 2021년 1월 25일
초판 2쇄 2022년 1월 16일

글 김보경

표지 그림 백영욱
교정 김수미

펴낸곳 책공장더불어

디자인 나디하 스튜디오(khj9490@naver.com)
인쇄 정원문화인쇄

책공장더불어

주소 서울시 종로구 혜화동 5-23
대표전화 (02)766-8406
팩스 (02)766-8407
이메일 animalbook@naver.com
블로그 http://blog.naver.com/animalbook
페이스북 @animalbook4
인스타그램 @animalbook.modoo
출판등록 2004년 8월 26일 제300-2004-143호

ISBN 978-89-97137-43-5 (03800)

이 도서는 한국출판문화산업진흥원의 '2020년 출판콘텐츠 창작 지원 사업'의 일환으로
국민체육진흥기금을 지원받아 제작되었습니다.